BESTSELLER

Clive Cussler posee una naturaleza tan aventurera como la de sus personajes literarios. Ha batido todos los récords en la búsqueda de minas legendarias y dirigiendo expediciones de NUMA, la organización que él mismo fundó para la investigación de la historia marina americana, con la que ha descubierto restos de más de sesenta barcos naufragados de inestimable valor histórico y que le ha servido de inspiración para crear dos de sus series más famosas, las protagonizadas por Dirk Pitt y por Kurt Austin. Asimismo, Cussler es un consumado coleccionista de coches antiguos, y su colección es una de las más selectas del mundo. Sus novelas han revitalizado el género de aventuras y cautivan a millones de lectores. Los carismáticos personajes que protagonizan sus series son: Dirk Pitt (*El complot de la media luna*, *La flecha de Poseidón*...), Kurt Austin (*Hora cero*, *El buque fantasma*...), Juan Cabrillo (*El mar del silencio*, *La selva*...), Isaac Bell (*El espía*, *La carrera del siglo*...) o el matrimonio Fargo (*El reino*, *Las tumbas*...). Actualmente vive en Arizona.

Graham Brown es coautor de las novelas protagonizadas por Kurt Austin *La guarida del diablo*, *La tormenta* y *Hora cero*, de la serie NUMA, y autor de dos *thrillers* de aventuras. Además es piloto y abogado. Vive en Arizona.

Biblioteca

CLIVE CUSSLER
y GRAHAM BROWN

El buque fantasma

Traducción de
Gabriel Dols Gallardo

DEBOLS!LLO

Título original: *The Ghost Ship*

Primera edición: febrero, 2016

© 2014, Sandecker, RLLLP, por acuerdo con Peter Lampack Agency, Inc.,
350 Fifth Avenue, Suite 5300, Nueva York, NY, 10118 EE.UU.
© 2016, Penguin Random House Grupo Editorial, S. A. U.
Travessera de Gràcia, 47-49. 08021 Barcelona
© 2016, Gabriel Dols Gallardo

Printed in Spain – Impreso en España

ISBN: 978-84-663-2975-0 (vol. 244/51)
Depósito legal: B-25.830-2015

Compuesto en M. I. Maqueta, S. C. P.
Impreso en Liberdúplex, S. L. U.
Sant Llorenç d'Hortons (Barcelona)

P 3 2 9 7 5 0

Penguin
Random House
Grupo Editorial

PRÓLOGO: LA DESAPARICIÓN

Durban, Sudáfrica, 25 de julio de 1909

Viajaban hacia el vacío, o por lo menos eso le parecía al inspector jefe Robert Swan del Departamento de Policía de Durban.

En una noche sin luna, bajo un cielo oscuro como la tinta china, Swan iba de copiloto en la cabina de un camión que avanzaba con estruendo por un polvoriento camino rural al norte de Durban. Los faros del gran Packard arrojaban haces de luz amarilla que entre parpadeos y saltos hacían poco por alumbrar el camino que tenían por delante. Al escudriñar la oscuridad, Swan nunca llegaba a distinguir más de cuarenta metros de la calzada llena de surcos.

—¿Cuánto falta para esa granja? —preguntó, volviéndose hacia un hombre delgado y fibroso llamado Morris, que estaba encajonado entre él y el conductor.

Morris echó un vistazo al reloj, se inclinó hacia el lado del volante y miró el cuentakilómetros. Tras un cálculo mental, consultó el mapa que sostenía.

—Ya tiene que faltar poco, inspector. Diez minutos o menos, diría yo.

El inspector jefe asintió y se agarró al marco de la puerta mientras proseguía la accidentada travesía. El Packard, un Tres Toneladas recién llegado de Estados Unidos, era uno de los primeros automóviles propiedad del Departamento de Policía de Durban. Había salido del barco con la cabina y el parabrisas ya personalizados. Unos trabajadores del recién constituido parque móvil, en un alarde de iniciativa, habían construido un armazón para cubrir el remolque plano y habían tendido encima una lona, aunque nadie había hecho nada para que resultara el vehículo más cómodo.

Mientras el camión daba tumbos y sacudidas sobre los baches y rodadas del camino de carros, Swan decidió que hubiese preferido ir a caballo. Pero lo que perdía en comodidad la gran máquina, lo compensaba en capacidad de carga. Además de Swan, Morris y el conductor, en la parte trasera viajaban ocho policías.

Swan se asomó por la ventanilla y volvió la cabeza para mirar hacia atrás. Les seguían cuatro pares de faros. Tres coches y otro Packard. En total, Swan llevaba consigo a casi un cuarto del cuerpo de policía de Durban.

—¿Está seguro de que necesitamos a tantos hombres? —le preguntó Morris.

A lo mejor se había pasado un poco, pensó Swan. Pero claro, los delincuentes a los que buscaban —un grupo bautizado por la prensa como la Banda del Río Klaar— también eran un grupo numeroso. Los rumores hablaban de entre treinta y cuarenta personas, según a quién se creyera.

Aunque habían empezado como salteadores de caminos del montón, asaltando al prójimo y extorsionando a quienes intentaban ganarse la vida haciendo negocios honrados en el inhóspito *veld*, en los últimos seis meses se habían vuelto más taimados y violentos. Reducían a cenizas las granjas de quienes se negaban a pagar por su protección; mineros y viajeros desaparecían sin dejar rastro. La verdad salió a la luz cuando capturaron a varios miembros de la banda intentando atracar un banco. Los llevaron a Durban para interrogarles, pero fueron rescatados tras un atrevido ataque que dejó tres policías muertos y otros cuatro heridos.

Era una línea que Swan no pensaba permitirles cruzar.

—No me interesa una pelea justa —explicó—. ¿Tengo que recordarle lo que pasó hace dos días?

Morris sacudió la cabeza, y Swan dio unos golpecitos con los nudillos en la pared que separaba la cabina de la parte de atrás del camión. Se abrió un panel corredero y apareció la cara de un tipo fornido, que llenó casi por entero el ventanuco.

—¿Están listos los hombres? —preguntó Swan.

—Estamos listos, inspector.

—Bien —convino Swan—. Recuerden, esta noche no habrá prisioneros.

El hombre asintió para indicar que lo entendía, pero la frase hizo que Morris le mirase de reojo.

—¿Tiene algún problema? —le espetó Swan.

—No, señor —contestó Morris, devolviendo la atención a su mapa—. Es solo que… ya casi hemos llegado. Es al otro lado de esa colina.

Swan volvió a mirar hacia delante y respiró hondo, para prepararse. Casi al momento le llegó un olorcillo a humo. Tenía un aroma característico, como de hoguera.

El Packard remontó la colina al cabo de unos instantes, y la noche negra como el carbón quedó partida en dos por un incendio naranja desatado en mitad del campo que tenían debajo. La granja ardía de parte a parte, pasto de unas llamaradas que se arremolinaban en torno a ella y se elevaban hacia el firmamento.

—Joder —exclamó Swan.

Los vehículos descendieron del altozano a toda velocidad y se dispersaron. Los hombres salieron en tropel y tomaron posiciones alrededor de la casa.

Nadie les atacó. Nadie disparó.

Morris se acercó al edificio con un destacamento. Se aproximaron con el viento a la espalda y entraron raudos en la última sección del granero, que no había prendido. Rescataron varios caballos, pero los únicos bandoleros que encontraron ya estaban muertos. Varios de ellos estaban medio quemados, pero a otros sencillamente los habían matado a tiros.

No había ninguna esperanza de apagar el incendio. La madera antigua y la pintura al aceite chisporroteaban y ardían como la gasolina. Irradiaban tanto calor que los hombres de Swan pronto se vieron obligados a retroceder para no abrasarse.

—¿Qué ha pasado? —preguntó Swan a su lugarteniente.

—Parece que se han matado entre ellos —dijo Morris.

Swan recapacitó sobre aquello. Antes de las detenciones en Durban, circulaban rumores que sugerían que la banda se estaba descomponiendo.

—¿Cuántos muertos?

—Hemos encontrado cinco. Algunos de los chicos creen que han visto dos más, dentro, pero no han podido llegar hasta ellos.

En ese momento sonaron unos disparos.

Swan y Morris se lanzaron detrás del Packard para protegerse. Después de ponerse a cubierto, varios de los agentes empezaron a responder al fuego, disparando unas cuantas veces contra el incendio.

El tiroteo continuó, con un compás extraño, entrecortado, aunque Swan no vio muestras de que ninguna bala impactara cerca de él.

—¡Alto el fuego! —gritó—. Y seguid a cubierto.

—Pero si nos están disparando —protestó uno de los hombres.

Swan sacudió la cabeza mientras continuaba el pim pam de los disparos.

—Solo es la munición, que se dispara sola por culpa del fuego.

La orden corrió a gritos de boca en boca. A pesar de sus propias instrucciones, Swan se levantó y se asomó por encima de la capota del camión.

Para entonces las llamas ya habían engullido la granja entera. Las vigas que aguantaban parecían la osamenta de un gigante en lo alto de una especie de pira funeraria nórdica. El fuego se ensortijaba a su alrededor y las atravesaba ardiendo con una extraña intensidad, blanco y naranja brillante con algún que otro destello de verde y azul. Parecía que el mismísimo infierno se hubiera levantado para consumir desde dentro a la banda y su escondrijo.

Mientras Swan observaba, se produjo una explosión enorme en el interior de la estructura que la hizo volar en pedazos. La onda expansiva tiró al suelo a Swan, que cayó de espaldas cuan largo era mientras fragmentos de cascotes repiqueteaban contra los costados del Packard.

Momentos después de la explosión, empezó a caer confeti ardiente, unos pequeños fragmentos de papel que descendían a millares, revoloteando y dejando estelas de humo y ceniza sobre el fondo del cielo negro. Cuando los pedazos tocaron el suelo, empezaron a prender fuego a la hierba seca.

Al verlo, los hombres de Swan pasaron a la acción sin demora, apisonando las ascuas con los pies para no verse envueltos en un incendio forestal.

Swan se fijó en varios fragmentos que se habían posado cerca de él. Rodó para acercase a uno de ellos, que apagó con unos golpes de la palma de la mano. Para su sorpresa, vio números, letras y la adusta cara del rey Jorge, que le devolvía la mirada.

—Billetes de diez —dijo Morris emocionado—. Son billetes de diez libras. Miles de ellos.

Cuando la noticia empezó a circular entre los hombres, estos redoblaron sus esfuerzos, corriendo de un lado a otro y reuniendo los fragmentos chamuscados con un entusiasmo algo atolondrado que rara vez demostraban cuando se trataba de recoger pruebas. Algunos de los billetes estaban unidos en fajos y no habían ardido demasiado. Otros eran como las hojas de los árboles en una chimenea, retorcidas y renegridas hasta quedar irreconocibles.

—Esto sí que es dinero que quema en las manos —bromeó Morris.

Swan soltó una risilla, pero en realidad no estaba prestando atención, porque tenía la cabeza en otra parte; estudiaba el incendio, contaba cuerpos, daba vueltas al caso como correspondía a la mente de un inspector.

Algo no encajaba, no encajaba en absoluto.

Al principio, lo achacó a la naturaleza anticlimática de la noche. La banda a la que pretendía hacerle la guerra le había quitado el trabajo de las manos. Eso lo aceptaba; lo había visto otras veces. Los delincuentes a menudo se peleaban por los despojos de sus fechorías, sobre todo cuando estaban más o menos asociados pero carecían de cabecilla, como se rumoreaba que era el caso de aquella banda.

No, pensó Swan; aquello resultaba sospechoso en un plano más profundo.

Morris pareció darse cuenta.

—¿Qué pasa?

—No tiene sentido —respondió Swan.

—¿Qué parte?

—Todo —dijo Swan—. El arriesgado atraco al banco a plena luz del día; el golpe para liberar a sus hombres; el tiroteo en la calle.

Morris le miró inexpresivo.

—No le sigo.

—Mire a su alrededor —sugirió Swan—. A juzgar por la tormenta de dinero quemado que llueve sobre nosotros, esos matones habían reunido una pequeña fortuna.

—Sí —coincidió Morris—. ¿Y qué?

—¿Por qué atracar un banco bien defendido a plena luz del día si ya estaban forrados de dinero? ¿Por qué correr el riesgo de liarse a tiros en Durban para liberar a sus compañeros, solo para matarlos al volver aquí?

Morris miró fijamente a Swan durante un largo instante antes de asentir para darle la razón.

—No tengo ni idea —dijo—. Pero es cierto: no tiene el menor sentido.

El incendio se prolongó hasta bien entrada la madrugada, y no se apagó hasta consumir la granja entera. La operación terminó sin bajas entre la policía y nadie volvió a oír hablar de la Banda del Río Klaar.

La mayoría lo consideró un golpe de suerte, pero a Swan nunca le convenció. Él y Morris repasaron los sucesos de aquella noche durante años, hasta mucho después de jubilarse. A pesar de numerosas teorías y conjeturas sobre lo que había ocurrido en realidad, nunca lograrían responder a esa pregunta.

1

El SS *Waratah* surcaba las olas en su travesía de Durban a Ciudad del Cabo, con un visible cabeceo provocado por la marejada creciente. El humo oscuro de sus calderas alimentadas con carbón salía de la única chimenea y se alejaba en dirección contraria impulsado por un viento de proa.

Sentado a solas en el salón principal de aquel buque de vapor de ciento cincuenta metros, Gavin Brèvard, de cincuenta y un años, sintió que el navío se balanceaba pesadamente hacia estribor. Observó cómo la taza y el platillo que tenía delante se deslizaban hacia el borde de la mesa, poco a poco al principio, para luego cobrar velocidad a medida que el ángulo de balanceo del buque aumentaba. En el último segundo, estiró la mano, asió la taza e impidió que se precipitara por el borde y se estrellara contra el suelo.

El *Waratah* mantuvo una pronunciada escora y tardó dos minutos completos en enderezarse, lo que hizo que Brèvard empezase a preocuparse por el buque para el que había comprado un pasaje.

En una vida anterior, había pasado diez años en el mar a bordo de varios vapores. Aquellos barcos adrizaban más deprisa, a la quilla se le daba mejor enderezarse. El buque en el que viajaba le parecía descompensado, demasiado pesado en la parte de arriba. Se temía que algo iba mal.

—¿Más té, señor?

Enfrascado en sus pensamientos, Brèvard apenas reparó en el camarero vestido con el uniforme de la naviera Blue Anchor.

Tendió la taza que había salvado de la destrucción.

—*Merci*.

El camarero se la llenó y se fue. Cuando desapareció, una nueva figura entró en la sala, un hombre de hombros anchos de unos treinta años, con el pelo rojizo y la cara sonrosada. Fue derecho hasta Brèvard y se sentó en la silla de delante.

—Johannes —dijo Brèvard a modo de saludo—. Me alegro de ver que no estás atrapado en tu camarote como los demás.

Johannes estaba un poco verde, pero al parecer aguantaba el tipo.

—¿Para qué me has hecho venir?

Brèvard dio un sorbo a su té.

—He estado pensando. Y he descubierto algo importante.

—¿Y eso qué puede ser?

—No estamos a salvo, ni mucho menos.

Johannes suspiró y apartó la vista. Brèvard comprendió. Johannes le tenía por un agonías, un hombre cargado de miedos. Pero Brèvard solo intentaba ser cauto. Había pasado años con gente persiguiéndole, años viviendo bajo la amenaza de la cárcel o la muerte. Había tenido que anticiparse a los movimientos de los demás solo para mantenerse con vida. Eso había puesto su mente en un estado de alerta constante.

—Pues claro que estamos a salvo —replicó Johannes—. Hemos adoptado identidades nuevas. No hemos dejado rastro. Todos los demás están muertos y el granero ha ardido hasta los cimientos. Solo nuestra familia sigue adelante.

Brèvard dio otro sorbo al té.

—¿Y si algo se nos ha pasado por alto?

—No importa —insistió Johannes—. Aquí estamos fuera del alcance de las autoridades. Este barco no tiene radio. Es lo mismo que estar en una isla perdida.

Eso era cierto. Mientras el buque estuviera en alta mar, podían descansar y relajarse. Pero la travesía terminaría muy pronto.

—Solo estaremos a salvo hasta que amarremos en Ciudad del Cabo —señaló Brèvard—. Si no hemos eliminado nuestro rastro tan perfectamente como creemos, quizá encontremos de comité de bienvenida a un grupo de policías o soldados de Su Majestad.

Johannes no respondió enseguida. Estaba pensando, asimilando la información.

—¿Qué sugieres? —preguntó por fin.

—Tenemos que hacer que este viaje dure para siempre.

—¿Y eso cómo lo hacemos?

Brèvard hablaba de forma metafórica. Y sabía que con Johannes tenía que ser más concreto.

—¿Cuántas armas de fuego tenemos?

—Cuatro pistolas y tres fusiles.

—¿Qué hay de los explosivos?

—Dos de las cajas aún están llenas —respondió Johannes con la frente arrugada—. Aunque no estoy seguro de que sea una buena idea traerlas a bordo.

—No pasa nada —insistió Brèvard—. Despierta a los demás, tengo un plan. Es hora de que cojamos el timón de nuestro destino.

El capitán Joshua Ilbery estaba en el puente del *Waratah* a pesar de que ya era la hora de que les relevase la tercera guardia. El tiempo le preocupaba. El viento empezaba a alcanzar rachas de cincuenta nudos y soplaba en la dirección contraria a la marea y la corriente. Esa extraña combinación creaba olas en forma de pirámide puntiaguda, de una altura e inclinación infrecuentes, como montones de arena compactados desde dos direcciones.

—Por ahora mantenga el rumbo —le dijo Ilbery al timonel—. Corrija cuando sea necesario, no queremos que las olas nos entren por el costado.

—Sí, señor —contestó el timonel.

Ilbery levantó los prismáticos. La luz del atardecer empezaba a menguar, y esperaba que el viento amainase por la noche.

Mientras observaba el oleaje hacia proa, Ilbery oyó que se abría la puerta del puente. Para su sorpresa, sonó un disparo. Dejó caer los prismáticos y giró sobre sus talones para ver cómo el timonel se desplomaba sobre la cubierta, agarrándose el vientre. Detrás de él había un grupo de pasajeros armados, uno de los cuales se adelantó y agarró el timón.

Antes de que Ilbery acertase a pronunciar una palabra o echar mano de un arma, un pasajero rubicundo le golpeó en la barriga con la culata de un fusil Enfield. El capitán se dobló por la mitad y retrocedió hasta chocar con el mamparo.

El hombre que le había atacado le apuntó al corazón con el cañón del Enfield. Ilbery observó que lo sostenía con unas manos encallecidas, más propias de un granjero o un ranchero que de un pasajero de primera clase. Miró al hombre a los ojos y no vio piedad. No podía estar seguro, por supuesto, pero le cabían pocas dudas: su agresor ya había disparado y matado otras veces.

—¿Qué significa esto? —preguntó Ilbery con un gruñido.

Un miembro del grupo dio un paso hacia él. Era mayor que los demás, y tenía canas en las sienes. Llevaba un traje más caro y se desenvolvía con la elegancia desenfadada de un líder. Ilbery le reconoció como un integrante del grupo que había embarcado en Durban. Brèvard, se llamaba. Gavin Brèvard.

—Exijo una explicación —insistió Ilbery.

Brèvard le miró con una sonrisilla.

—A mí me parece bastante obvio. Tomamos el control de este barco. Fijarán un nuevo rumbo; nos alejaremos de la costa y luego volveremos hacia el este. No vamos a Ciudad del Cabo.

—No puede hablar en serio —dijo Ilbery—. Nos encontramos en pleno temporal. El buque apenas responde tal y como estamos; virar ahora sería...

Gavin apuntó con la pistola a un punto situado entre los ojos del capitán.

—He trabajado en vapores alguna vez, capitán. Lo bastante para saber que este buque es inestable y no navega bien. Pero no va a naufragar, o sea que deje de mentirme.

—Este buque se hundirá sin ninguna duda —replicó Ilbery.

—Dé la orden —exigió Brèvard—, o le haré un agujero en el cráneo y pilotaré el barco yo mismo.

Ilbery entrecerró los ojos hasta reducirlos a dos rendijas.

—A lo mejor sabe navegar, pero ¿qué pasa con el resto de las tareas? ¿Piensan tripular el barco usted y esta panda?

Brèvard sonrió con sorna. Sabía desde el principio que aquel era su punto flaco, el hueco en su armadura. Iba acompañado de ocho personas más, tres de ellas niños. Aunque hubieran sido adultos, nueve personas no podían mantener los fuegos alimentados durante mucho tiempo, y menos vigilar a los pasajeros y a la tripulación, y pilotar la nave al mismo tiempo.

Pero Brèvard estaba acostumbrado a encontrar la manera de sacar partido de cualquier situación. Su vida entera era un tratado de cómo conseguir que los demás hicieran lo que él deseaba, ya fuese por la fuerza o sin que ellos supieran que cumplían su voluntad. Sabía de antemano que necesitaría una baza negociadora, y las dos cajas de explosivos le permitían volver las tornas.

—Traed al prisionero —dijo.

Ilbery observó mientras se abría la puerta del puente y aparecía un adolescente de aspecto descuidado, que hizo pasar a un hombre cubierto de carbonilla. Sangraba por la nariz rota y tenía un corte en la frente.

—¿Jefe?

—Lo siento, capitán —dijo el jefe de máquinas—. Nos han engañado. Han usado a unos niños para distraernos, y luego no hemos podido hacer nada. Tres de los muchachos han recibido disparos, pero ahí abajo hay tanto ruido que nadie ha oído nada hasta que era demasiado tarde.

—¿Qué han hecho? —preguntó el capitán con los ojos abiertos como platos.

—Dinamita —respondió el jefe—. Una docena de cartuchos pegados a las calderas tres y cuatro.

Ilbery se volvió hacia Brèvard.

—¿Está loco? No puede poner explosivos en un espacio como ese. El calor, las ascuas… Una chispa y…

—Y todos saltaremos por los aires en mil pedazos —dijo Brèvard, terminando la frase por él—. Sí, soy muy consciente de las consecuencias. La cuestión es que a mí, en tierra, me espera una soga, de las que se ajustan al cuello. Si muero, prefiero que sea una muerta gloriosa y rápida que una lenta y dolorosa. De modo que no me ponga a prueba. Tengo tres hombres ahí abajo, armados con fusiles como estos, para asegurarse de que nadie retira los explosivos, por lo menos hasta que desembarque de este buque en un puerto de mi elección. Ahora, haga lo que le digo y aleje el barco de la costa.

—¿Y luego qué? —preguntó Ilbery.

—Cuando lleguemos a nuestro destino, cogeremos unos cuantos botes, un buen montón de víveres y el dinero y las joyas de todos los pasajeros, y luego dejaremos su buque y desapareceremos. Usted y su tripulación serán libres de navegar otra vez hasta Ciudad del Cabo con una anécdota fantástica que contarle al mundo.

Apoyándose en el mamparo que tenía detrás, el capitán Ilbery se obligó a levantarse y ponerse recto. Miró a Brèvard con desprecio. El hombre le tenía en un puño y los dos lo sabían.

—Jefe —dijo sin apartar la vista del secuestrador—. Coja el timón y cambie el rumbo.

El jefe avanzó a trompicones hasta el timón, apartó al secuestrador y cumplió la orden. El timón respondió y el SS *Waratah* empezó a virar.

—Sabia decisión —comentó Brèvard.

Ilbery tenía sus dudas al respecto, pero sabía que no había alternativa.

Por su parte, Brèvard estaba satisfecho. Se sentó en una silla, dejó el fusil apoyado en el regazo y observó al capitán con detenimiento. Después de una vida engañando al prójimo, desde policías hasta jueces de empolvada peluca, Brèvard había aprendido que algunos hombres eran más fáciles de calar que otros. Los honrados resultaban más obvios que los demás.

Escudriñando al capitán, Brèvard lo clasificó como uno de esos últimos. Un hombre provisto de orgullo, inteligencia y un gran sentido del deber hacia los pasajeros y la tripulación. Ese sentido del deber le obligaba a aceptar las exigencias de Brèvard con el fin de proteger la vida de quienes viajaban a bordo; pero también le hacía peligroso.

Ilbery había cedido, sí, pero a la vez se mantenía erguido y derecho como un palo. Aunque se agarraba la barriga por culpa del golpe que había recibido, conservaba un fuego en la mirada que no tenían los vencidos. Todo ello sugería que el capitán no estaba dispuesto todavía a entregar su buque. Llegaría un contragolpe, más temprano que tarde.

Brèvard no culpaba al capitán. A decir verdad, le respetaba. De todos modos, tomó nota mental de que debía estar preparado.

SS Harlow. *10 millas a proa del* Waratah

Igual que el capitán del *Waratah*, el del *Harlow* estaba en el puente. Lo exigían unas olas de diez metros y unas rachas de cincuenta nudos. Él y su tripulación realizaban constantes correcciones, en un denodado esfuerzo por impedir que el *Harlow* se desviara de su curso. Incluso habían bombeado más agua al interior a modo de lastre, para reducir el balanceo.

Cuando el primer oficial volvió al puente tras un recorrido de inspección, el capitán le miró.

—¿Cómo vamos, primero?

—Limpio y ordenado de proa a popa, señor.

—Excelente —dijo el capitán. Salió al alerón y echó un vistazo detrás del buque. En el horizonte se distinguían las luces de otra nave. Estaba varias millas a popa y echaba mucho humo.

—¿Qué le parece? —preguntó el capitán—. Ha cambiado de rumbo y se aleja de la costa.

—Podría tratarse de un viraje para apartarse de los bajíos —dijo el primer oficial—. O quizá el viento y la corriente lo estén empujando. ¿Alguna idea de quién es?

—No estoy seguro —contestó el capitán—. Podría ser el *Waratah*.

Al cabo de unos instantes, un par de destellos separados por apenas unos segundos aparecieron en la posición aproximada del buque. Emitieron un brillo blanco y después naranja, pero a aquella distancia no les llegó sonido alguno; fue como presenciar unos fuegos artificiales lejanos. Cuando se apagaron, el horizonte quedó a oscuras.

Tanto el capitán como el primero parpadearon y escrutaron aquella oscuridad.

—¿Qué ha sido eso? —preguntó el primer oficial—. ¿Una explosión?

El capitán no estaba seguro. Cogió los prismáticos y tardó un momento en dirigirlos hacia el punto correcto. No había indicios de fuego, pero sintió un escalofrío en la columna al caer en la cuenta de que las luces del buque misterioso también habían desaparecido.

—Podrían haber sido llamaradas de un incendio en la orilla, detrás de ellos —sugirió el primero—. O un relámpago.

El capitán no respondió y siguió oteando con los prismáticos, recorriendo con la mirada el horizonte. Esperaba que el primer oficial estuviese en lo cierto, pero si los fogonazos de luz procedían de la tierra o el cielo, ¿qué había sucedido entonces con las luces del buque que habían avistado hacía apenas unos instantes?

Al atracar, los dos hombres se enterarían de que el *Waratah* estaba desaparecido. No había arribado a Ciudad del Cabo cuando lo esperaban ni había regresado a Durban o recalado en ningún otro puerto.

En rápida sucesión, tanto la Marina Real como la naviera Blue Anchor despacharon barcos en busca del *Waratah*, pero regresaron con las manos vacías. No se halló ningún bote salvavidas, ni restos del buque o del cargamento; tampoco cuerpos flotando en el agua.

Con el paso de los años, colectivos náuticos, organizaciones gubernamentales y buscadores de tesoros tratarían de encontrar los restos del barco perdido. Utilizarían sonar, magnetómetros e imágenes vía satélite. Enviarían buzos, submarinos y robots sumergibles para inspeccionar diversos pecios cercanos a la costa. Pero todo fue en vano. Más de un siglo después de su desaparición, no se había encontrado un solo rastro del *Waratah*.

2

Bahía de Maputo, Mozambique, septiembre de 1987

El sol descendía hacia el horizonte cuando una vetusta barca pesquera de quince metros entró en la bahía desde las aguas abiertas del canal de Mozambique. Para Cuoto Zumbana había sido una buena jornada. La bodega de su barca iba llena de pescado fresco, no se había rasgado o perdido ninguna red y el viejo motor había sobrevivido a una salida más, aunque seguía vomitando humo gris.

Satisfecho con la vida, Zumbana cerró los ojos y se volvió hacia el sol, para que bañara los curtidos pliegues de su cara. Había pocas cosas que le gustaran más que aquella gloriosa sensación. Tanta paz le aportaba que los gritos emocionados de su tripulación ni siquiera la interrumpieron al principio.

—*Mashua* —gritó uno.

Zumbana abrió los ojos y parpadeó por culpa del brillo que el sol arrancaba al mar, como fuego líquido. Haciéndose sombra con la mano, vio lo que señalaban sus hombres: un pequeño bote de madera que cabeceaba mecido por el mar picado del atardecer. Parecía ir a la deriva, y no se veía a nadie a bordo.

—Acercadnos a él —ordenó. Encontrar un bote que pudiera vender sería la guinda de aquella buena jornada. Hasta compartiría parte del dinero con la tripulación.

La barca pesquera cambió de curso y el viejo motor resopló un poco más fuerte. No tardaron en acortar la distancia.

A Zumbana se le arrugó la cara. El bote estaba muy maltratado por las inclemencias y se diría que lo habían parcheado deprisa y corriendo. Incluso desde una distancia de quince metros se veía que buena parte de la embarcación estaba podrida.

—Alguien debe de haberlo tirado al mar para librarse de él —conjeturó uno de los marineros.

—Tal vez haya algo de valor a bordo —dijo Zumbana—. Poneos al lado.

El timonel hizo lo que le ordenaban y la barca pesquera aminoró hasta detenerse junto al maltrecho bote. Cuando los costados se tocaron, otro marinero saltó a bordo del bote. Zumbana le tiró un cabo y las dos embarcaciones pronto quedaron atadas y flotando juntas a la deriva.

Desde su posición, Zumabana vio ollas vacías y montones de trapos, desde luego nada de valor, pero cuando el marinero retiró una manta apolillada, todo pensamiento acerca del dinero quedó desterrado de su cabeza.

Bajo la vieja manta había una mujer joven y dos niños. Resultaba evidente que estaban muertos. Tenían la cara cubierta de llagas causadas por el sol y los cuerpos estaban rígidos. Tenían la ropa hecha harapos y la mujer llevaba atado al hombro un trapo ensangrentado. Un examen más detenido reveló costras en las muñecas y los tobillos, como si los tres hubieran estado esposados e inmovilizados en el pasado.

Zumbana se persignó.

—Deberíamos soltarlo —dijo uno de los marineros.

—Es un mal presagio —añadió otro.

—No. Debemos respetar a los muertos —replicó Zumbana—. Sobre todo a aquellos que parten tan jóvenes.

Los hombres le miraron con recelo pero cumplieron sus órdenes. Con un cabo bien atado, pusieron de nuevo rumbo a la orilla, con el viejo bote de doble proa a remolque tras ellos.

Zumbana se situó en la popa, donde podía mantener vigilada la pequeña embarcación. Su mirada se desplazó desde el bote hasta el horizonte. Se preguntó por los ocupantes. ¿Quiénes eran? ¿De dónde habían zarpado? ¿De qué peligro habían huido, solo para morir en alta mar? Tan jóvenes, pensó al recordar los tres cuerpos. Tan frágiles.

El bote en sí era otro misterio. El tablón superior de su costado daba la impresión de haber lucido en algún momento un nombre pintado, pero ya no resultaba legible. No veía claro si el bote llegaría hasta el puerto. A diferencia de sus pasajeros muertos, parecía muy viejo. Más, sin duda, que sus tres ocupantes. A decir verdad, le parecía que podía pertenecer a otra época.

3

Océano Índico, marzo de 2014

El fogonazo azul de un relámpago en zig zag cruzó el horizonte. Durante un segundo o dos, iluminó la oscuridad gris en la que coincidían mar y tormenta.

Kurt Austin contemplaba esa oscuridad desde la cabina trasera de un Sikorsky Jayhawk mientras el gran helicóptero se abría paso entre cortinas de lluvia torrencial. Las turbulencias zarandeaban el aparato, y por debajo de él batían unas olas de diez metros, cuyas crestas desmochaba el viento huracanado.

Cuando el relámpago pasó, Kurt se vio reflejado en el cristal. Rondando los cuarenta y con el pelo canoso plateado, Kurt resultaba apuesto cuando la luz era favorecedora. De ello se encargaban un mentón fuerte y unos penetrantes ojos azules. Sin embargo, como un camión que pasara los días en la obra en vez de en el garaje, en su cara saltaba a la vista el kilometraje.

Las arrugas que rodeaban sus ojos eran un poco más profundas que las demás. Un surtido de cicatrices procedentes de peleas a puñetazos, accidentes de coche y otros avatares le marcaba la frente y la mandíbula. Era la cara de un hombre que parecía preparado para todo, decidido e implacable, por mucho que el helicóptero se acercara a los límites de su autonomía.

Pulsó el botón del intercomunicador y miró hacia delante, hacia el asiento del copiloto que ocupaba su amigo Joe Zavala.

—¿Algo?

—Nada —respondió Joe a voces.

Kurt y Joe trabajaban para la NUMA, la Agencia Nacional de Actividades Subacuáticas, un organismo del gobierno estadounidense dedicado al estudio y la conservación de los mares. Pero, en esos momentos, formaban parte de un equipo de rescate improvisado que respondía a la llamada de socorro de un grupo de embarcaciones que luchaban por mantenerse a flote tras verse atrapadas en una furiosa tormenta.

Mientras volaban, por la radio se oían interferencias y las conversaciones atropelladas entre la Guardia Costera Sudafricana y el pequeño grupo de embarcaciones de salvamento.

—Zafiro Dos, ¿cuál es tu posición?

—Zafiro Dos mantiene contacto con el *Endless Road*. Parece que va a la deriva, pero no se hunde. Hay cuatro tripulantes a la vista. Maniobramos para iniciar rescate en barquilla.

—Recibido, Zafiro Dos. Zafiro Tres, ¿cuál es tu situación?

—De vuelta con náufragos. Dos parecen sufrir hipotermia, el tercero está estable.

La tormenta había llegado en un visto y no visto desde el sudeste y había cobrado intensidad a medida que se acercaba al cabo de Buena Esperanza. Se había llevado por delante varios cargueros, entre ellos un buque portacontenedores de trescientos metros, y luego había doblado al norte y puesto la vista en un grupo de yates y otras embarcaciones de recreo que participaban en una regata amistosa de Durban a Australia.

La furia de la tormenta y lo repentino de su llegada habían llevado hasta el límite a la Guardia Costera Sudafricana, que había hecho un llamamiento a cualquiera que pudiese ayudar y había obtenido la asistencia de una fragata de la Marina Real británica, dos buques de suministro estadounidenses y un navío de investigación de la NUMA, el *Condor*.

Setenta millas al este del *Condor*, Kurt, Joe y el piloto del Jayhawk se acercaban a las coordenadas de GPS que les habían proporcionado, pero aún no habían avistado nada.

—Tendríamos que estar casi encima —dijo Kurt.

—Puede que se haya hundido —señaló el piloto.

Kurt no quería considerar esa posibilidad. Por un extraño capricho del destino, conocía a la familia del yate al que intentaban socorrer. Por lo menos, a uno de sus miembros.

—¿Cuánto combustible?

—Hacemos bingo en diez minutos.

A partir de ese momento, solo les quedaría combustible suficiente para volver al *Condor*, de modo que tendrían que dar media vuelta o arriesgarse a caer al agua antes de llegar y precisar ellos un salvamento.

—Apura todo lo que puedas —dijo Kurt.

—El viento de proa nos está matando.

—Será viento a favor cuando volvamos —insistió Kurt—. Sigue adelante.

El piloto se calló y Kurt miró otra vez hacia el mar.

—Capto algo —gritó Joe, apretando un auricular con la mano—. Es débil, pero creo que es su señal de emergencia. Vira a la derecha rumbo cero siete cero.

El helicóptero se ladeó para efectuar el viraje y, al cabo de unos minutos, Kurt avistó el casco de un yate de cincuenta metros escorado hacia un lado. Seguía a flote pero tenía la proa algo hundida y estaba prácticamente envuelto por las olas.

—Acércanos —ordenó Kurt.

Abrió la compuerta deslizante de la bodega y la dejó fija en esa posición. El viento y la lluvia azotaron la cabina.

Un sistema de poleas y ciento veinte metros de cuerda les permitirían izar a bordo a los supervivientes, pero no tenían montacargas, de modo que Kurt tendría que descender para agarrarlos en persona. Se enganchó el cabo al arnés que ya llevaba puesto y se deslizó hasta dejar los pies colgando por el borde.

—No veo a nadie —dijo el piloto.

—A lo mejor están agarrados a la borda —replicó Kurt—. Da una vuelta.

Kurt sentía correr la adrenalina por sus venas, una sensación que llevaba notando más o menos desde que la emisora de la Guardia Costera Sudafricana le había comunicado los detalles de la embarcación averiada.

«El yate *Ethernet* tiene una vía de agua grave —había transmitido el controlador sudafricano—. Jayhawk de la NUMA, socorra, por favor. Son el único medio de rescate en la zona.»

«¿Me confirman el nombre del yate?», había preguntado Kurt, que no daba crédito a lo que había oído.

«*Ethernet* —repitió el controlador—. Zarpó de San Francisco. Siete personas a bordo. Entre ellas Brian Westgate, su esposa y dos hijos.»

Brian Westgate se había hecho multimillonario con internet. Su mujer, Sienna, era una vieja amiga de Kurt. Años atrás, había sido el amor de su vida.

El mensaje le había sumido en un desconcierto que rara vez experimentaba, pero Kurt era de los que se recuperaban enseguida. Apartó de su cabeza cualquier pensamiento sobre el pasado y los temores de no llegar a tiempo al yate y se concentró en la tarea que tenía entre manos.

—¡Enciende el foco, Joe!

Mientras el helicóptero trazaba un círculo por encima de la embarcación en apuros y descendía hacia ella, Kurt vio que las olas batían por encima del casco. El único consuelo era que la superestructura delantera quedaba protegida por la sección de popa del yate.

Joe encendió el foco y la lluvia se convirtió en un campo de líneas oblicuas. El efecto resultó deslumbrante por un momento, pero en cuanto Joe corrigió el ángulo, Kurt pudo observar el casco con mayor claridad. Vislumbró algo naranja.

—¡Allí! Cerca del puente.

El piloto también lo vio. Maniobró para acercar el helicóptero, mientras Joe se desenganchaba y pasaba atrás para manejar el cabrestante.

—Este cable no está diseñado para izar personas —le recordó a Kurt.

—Remolca un módulo de sonar —dijo este.

—El pez solo pesa cuarenta kilos.

—Aguantará —afirmó Kurt—. Ahora, suelta cuerda.

Joe vaciló y Kurt, después de echar un vistazo abajo y observar la posición de su objetivo, estiró el brazo y pulsó el tensor él mismo. Antes de que Joe pudiera impedírselo, se lanzó por el borde del helicóptero.

Con una mascarilla apretada contra la cara y los pies rectos apuntando hacia abajo, Kurt tocó el agua en la cresta de una ola y se hundió a través de ella. Durante un largo instante, lo bañó el silencio extraño y apagado del mar. Era una reconfortante sensación de paz.

Después emergió al caos.

Las olas eran como un macizo de montañas, y las gotas del torrencial aguacero bailaban sobre la superficie allá adonde mirase.

Kurt se volvió hacia el yate medio hundido y empezó a patalear con fuerza hacia él.

Llegó a la embarcación por su punto central y se estiró para alcanzar la barandilla. Antes de que pudiera agarrarse bien, llegó la depresión de una ola y Kurt se deslizó hacia abajo por el costado del casco. Luchó para conservar la posición, hasta que llegó la siguiente ola, que lo elevó hasta dejarlo a la altura de la cubierta. Esta vez agarró con rapidez la barandilla y tiró para izarse a bordo. Cruzó la cubierta a trompicones y evitó por los pelos que otra ola se lo llevara por la borda.

Llegó al puente, donde encontró las ventanas destrozadas. No había ni rastro de la mancha naranja que había tomado por un chaleco salvavidas.

—¡Sienna! —gritó, aunque el viento volvió inútil el intento.

Se asomó al interior, que estaba inundado por varios palmos de agua que chapoteaban con el balanceo del barco. Por un segundo le pareció ver un cuerpo, pero se había ido la luz y en la oscuridad podría haberse tratado de cualquier cosa. Asió la escotilla, la abrió de un fuerte tirón y entró.

El yate crujía de forma alarmante sacudido por la tormenta. Alrededor de Kurt, todo parecía moverse. Levantó el brazo y encendió la linterna sumergible que llevaba enganchada a él.

El haz de luz danzó en el agua y destelló al reflejarse en una pared de cristal que había detrás del puente. En un rincón de su cabeza, Kurt recordó haber leído algo sobre el diseño del yate. Todas las paredes de la cubierta superior eran de material acrílico. En teoría, así el interior del barco parecía más espacioso. Si hacía falta intimidad, los mamparos podían oscurecerse tocando un interruptor.

Otra ola golpeó el yate, que se escoró un poco más. Kurt se descubrió deslizándose hacia esa pared de cristal, mientras que por la escotilla abierta empezaba a entrar agua verde a chorro.

A su alrededor nadaban muebles, mapas, chalecos y toda clase de objetos. Kurt se puso en pie y trató de mantener el equilibrio. Sacó el brazo del agua y la luz volvió a arrancar reflejos del cristal. Por un momento el brillo le deslumbró, pero al ajustar la posición del brazo vio una cara al otro lado. Un rostro de mujer enmarcado por una melena rubia y mojada. Junto a ella flotaba una niña, también rubia, que no tendría más de seis o siete años. Sus ojos estaban abiertos, pero inertes.

Kurt se lanzó hacia ellas, aunque solo consiguió chocar contra un tabique de cristal.

—¡Sienna! —gritó.

No hubo respuesta.

El nivel del agua empezaba a crecer con mayor rapidez, y ya se arremolinaba en torno al pecho de Kurt mientras este le daba un puñetazo al cristal y luego intentaba romperlo con una silla que encontró flotando junto a él. El mamparo resistió dos golpes fuertes. Cuando Kurt cogió impulso para un tercero, el yate se escoró otro poco más y el agua le llegó hasta el cuello.

El barco estaba volcando. Lo notaba.

Sin previo aviso, el arnés se le tensó en torno al cuerpo y sintió que algo lo arrastraba hacia atrás.

—¡No! —gritó, y tragó una bocanada de agua.

Estaban tirando de él hacia atrás contra una gran corriente que entraba en tromba por el puente. Era como ser izado a través de una catarata. Durante un breve instante, volvió a ver las caras, pero luego se le desprendió la mascarilla y el mundo se volvió verde y borroso. El cabo se tensó una vez más y le dio un fuerte tirón, que le hizo golpearse la cabeza contra el marco de la puerta.

Aturdido y apenas consciente, Kurt notó que lo habían sacado, pero que su avance se estaba frenando. Una parte de él sabía el motivo: Joe y el piloto debían de haber maniobrado el helicóptero para extraerle del yate que se hundía. Habían logrado sacarlo a tirones, pero el cable debía de haberse partido, quizá cuando él había chocado con el mamparo.

Intentó nadar, con un débil pataleo, pero no tenía la cabeza clara y los músculos casi no le respondían. En lugar de subir, se iba hacia abajo, arrastrado por la succión del yate que se hundía. Lo vio debajo de él, una mancha gris que se alejaba de su haz de luz.

Sin otra idea que la supervivencia, volvió la mirada hacia arriba. Por encima de él, distinguió un anillo de luz plateada. Y entonces, sintiendo solo una mera fascinación, lo vio cerrarse como la pupila de un ojo inmenso y exigente.

4

Con una sacudida, Kurt se incorporó bruscamente en su cama. Estaba empapado en sudor y daba boqueadas, y que el corazón le latía como si acabara de subir corriendo una montaña. Durante un instante, se quedó quieto y contempló la oscuridad, mientras intentaba sacudirse la pesadilla y las poderosas emociones que sobrevivían después del sueño.

El proceso siempre era el mismo, una rápida asimilación del lugar donde se encontraba, seguida de un breve momento de incertidumbre, como si su cabeza no acabase de decidir qué mundo era la realidad y cuál la ilusión.

Fuera retumbó un trueno, acompañado por un tenue relámpago y el sonido de la lluvia que azotaba su cubierta.

Estaba en casa, en su propio dormitorio, en la casa flotante que tenía amarrada en el río Potomac, en Washington, D.C. No se estaba ahogando en el fallido intento de salvamento que había tenido lugar meses antes y a medio mundo de distancia.

—¿Estás bien? —preguntó una reconfortante voz femenina.

Kurt la reconoció: Anna Ericsson, tan amable como guapa. Una rubia natural con unos ojos verdes espectaculares, las cejas más pálidas del mundo y una naricilla perfecta y respingona. Por algún motivo, en aquel momento Kurt hubiese preferido no encontrarla allí.

—No —respondió, mientras retiraba las mantas—. No estoy bien, ni mucho menos.

Salió de la cama y fue a la ventana.

—Solo es una pesadilla —dijo ella—. Recuerdos reprimidos que encuentran una vía de escape.

Kurt sentía un dolor palpitante en la cabeza, no solo por culpa de una jaqueca sino también en la nuca, donde había sufrido una pequeña fisura cuando Joe lo había sacado a tirones del yate hundido.

—No están reprimidos —corrigió—. Para serte franco, ojalá lo estuvieran.

Anna mantuvo la calma. No era propio de ella dejarse afectar por su agitación.

—¿Las has visto? —preguntó.

Fuera tronó otra vez, y la lluvia azotó la cristalera con energías redobladas. Kurt se preguntó si la pesadilla habría sido provocada por la lluvia. Aunque lo cierto era que no necesitaba nada para provocarlas. Parecía que le asaltaban casi todas las noches.

—¿Las has visto esta vez? —preguntó Anna de nuevo.

Kurt exhaló con frustración, se desentendió de la pregunta con un gesto de la mano y se dirigió al mueble bar del salón. Anna le siguió al cabo de unos segundos, vestida con unas mallas y una camiseta de Kurt, que no pudo evitar admirar lo guapa que era. Incluso en mitad de la noche. Incluso sin una pizca de maquillaje.

Encendió la luz. Por un momento le hizo daño en los ojos, pero le permitió coger de la bandeja una botella de Jack Daniel's medio vacía. Reparó en que le temblaba la mano. Se sirvió un whisky doble.

—Ya sabes que eso significa algo —insistió Anna.

Kurt echó un trago.

—¿Podemos dejar el psicoanálisis para el horario de oficina, por favor?

En teoría Anna era su terapeuta. La conmoción le había

dejado como secuelas unos temblores y otros problemas. Primero llegaron las pesadillas, después las pérdidas de memoria y una ira apenas contenida que quienes le conocían consideraban, con acierto, impropia de él.

A modo de respuesta, la NUMA le había asignado como terapeuta y orientadora a la señorita Ericsson. En un arrebato de rabia contra quienes intentaban ayudarle, Kurt había pasado semanas haciéndose el cascarrabias. Eso no había bastado para alejarla, y los dos habían acabado viéndose, y no solo con fines profesionales.

Kurt bebió un poco más de whisky e hizo una mueca de dolor. Avistó un frasco de aspirinas junto a las botellas de alcohol y estiró la mano hacia él. ¿Cuántas noches de aquella semana había repetido la misma rutina? ¿Cuatro? ¿Cinco? Intentó sumarlas, pero la verdad era que no se acordaba. Se había vuelto demasiado habitual.

—¿Has ido al trabajo últimamente? —preguntó Anna mientras se posaba en el borde del sofá.

Kurt sacudió la cabeza.

—No puedo ir a trabajar hasta que me reparen, ¿lo recuerdas?

—No estás roto, Kurt. Pero sufres. Da igual lo mucho que quieras fingir. Sufriste una conmoción grave, una fractura en el cráneo y un trauma emocional, todo al mismo tiempo. Durante meses mostraste todos y cada uno de los síntomas de una lesión cerebral traumática. Y sigues teniendo algunos. Aparte de eso, eres un caso de manual de culpabilidad del superviviente.

—No tengo nada de lo que sentirme culpable —insistió Kurt—. Hice todo lo que pude.

—Ya lo sé —dijo ella—. Lo saben todos los implicados; pero no lo crees.

Kurt no sabía qué creer. Literalmente.

—Hasta Brian Westgate sabe que lo que intentaste hacer fue una heroicidad.

—Brian Westgate —murmuró Kurt con desdén.

Anna captó su tono de voz, el que marcaba la subida de un peldaño más en su nivel de agitación, pero presionó de todas formas.

—Sigue queriendo verse contigo, ¿sabes? Darte la mano. Expresar su agradecimiento. —Anna hizo una pausa—. ¿Has devuelto alguna de sus llamadas?

Por supuesto que no las había devuelto.

—He estado un poco ocupado.

Anna lo escudriñaba, con un leve asentimiento de cabeza.

—De eso se trata, ¿verdad?

—¿De qué?

—Tenías que casarte con Sienna pero la alejaste de ti. Si no lo hubieras hecho, no habría conocido a Westgate. Sin Westgate, no hay yate. Sin yate, no hay tormenta. Sin tormenta, no hay naufragio. Ni intento fallido se rescatarla. De eso te culpas.

El síndrome del superviviente era complicado; Kurt lo sabía. Tenía amigos que habían vuelto de Irak y Afganistán. Habían realizado hazañas, actos más heroicos que cualquiera de los que hubiera hecho él, pero aun así se culpaban de buena parte de lo que había salido mal.

Respiró hondo y apartó la vista. Lo que Anna decía contenía demasiada veracidad para que lo rebatiera, pero por motivos que no estaba en condiciones de explicar, eso no le ayudaba demasiado. Devolvió su atención a las aspirinas, abrió la tapa del frasco y se echó unas cuantas pastillas a la boca. Las regó con un poco más de whisky.

Sintiendo que su dolor de cabeza ya había recibido el tratamiento adecuado, se volvió hacia Anna e intentó ser más educado.

—¿Qué importancia tiene? —preguntó—. ¿Por qué tiene tanta importancia para ti?

—Porque es mi trabajo —respondió Anna—. Y porque soy idiota y me ha dado por preocuparme por ti, más que si fueras un paciente cualquiera.

—No —dijo Kurt, para corregirla—. ¿Qué importancia tiene si las veo en el sueño o no? No paras de preguntármelo. ¿Por qué eso en concreto es tan importante para ti?

Anna hizo una pausa y lo miró a la cara, con una expresión que combinaba amabilidad y frustración.

—No es importante para mí —le contestó—. Es importante para ti.

Kurt la miró.

—Basándome en lo que me has contado, los sueños son todos iguales —señaló ella—. Salvo que, en la mitad de ellos, ves a una mujer rubia y blanca y a una de sus hijas, mientras que en los demás no ves más que restos y chalecos salvavidas vacíos. Ni siquiera puedes estar seguro de que la mujer sea Sienna. Pero en cualquier caso, real o imaginario, no pudiste llegar hasta ellas, el barco se hundió y, por desgracia, ya no están con nosotros. Fin de la historia.

Anna ladeó un poco la cabeza y adoptó una expresión de empatía.

—Para el resto del mundo no existe ninguna diferencia, porque el resultado es el mismo. Pero esos sueños alternativos, esas realidades alternativas, deben de tener importancia para ti, o no los tendrías tan a menudo. Cuanto antes comprendas por qué, antes empezarás a sentirte mejor.

Kurt solo pudo quedarse mirándola. Estaba más cerca de la verdad de lo que ella misma se creía.

—Ya veo —fue todo lo que supo decir.

Anna suspiró.

—No tendría que haber venido esta noche —dijo, mientras buscaba sus deportivas y se las ponía—. Bien pensado, tampoco tendría que haberte besado. Pero me alegro de haberlo hecho. —Se puso en pie y agarró su abrigo del perchero que había junto a la puerta—. Me voy a casa —dijo—. Vuelve al trabajo, Kurt. Puede que te siente bien. Ya puestos, ve a ver a Westgate. Está aquí, en Washington. Mañana piensa anunciar algo importante en la escalinata del museo Smithsonian.

Probablemente no es tan cabrón como tú te crees. Y a lo mejor te sirve para superar esto de una vez.

Se puso el abrigo, abrió la puerta, por la que entró el repiqueteo de la lluvia en el camino de acceso, y luego salió y cerró a su espalda. Al cabo de unos segundos, se oyó el rugido del motor de su Ford Explorer, seguido del sonido del vehículo dando marcha atrás y remontando la colina en dirección a la carretera del río.

Kurt contempló el espacio vacío durante unos instantes. Con un trago sonoro, apuró la bebida y dudó sobre si ponerse otra. Al final dejó el vaso en la mesa. De todas formas, no ayudaba demasiado.

En lugar de otra copa, paseó por el salón y abrió la cristalera que daba a la cubierta. La lluvia no amainaba y se agrupaba en goterones sobre la madera recién teñida como mercurio en una placa de laboratorio. El río estaba cubierto de gotitas danzarinas, igual que el mar de su sueño.

¿Qué importancia tenía?, se dijo.

Caminó hasta la barandilla. La lluvia, al empaparle, parecía aliviar parte del sufrimiento. Lejos, a la izquierda, vio las luces rojas del Ford de Anna que se alejaba.

¿Por qué intentaba con más y más ahínco ver la verdad, cada vez que el sueño empezaba?

Conocía la respuesta a aquel misterio, se le había ocurrido de golpe semanas antes, pero se la guardaba para sus adentros. No podía contársela a nadie, y menos a su psicóloga.

Calado hasta los huesos, volvió adentro, cogió una toalla para secarse las manos y la cara y se desplomó en la silla de su escritorio.

Lanzó a un lado la toalla, encendió el ordenador y esperó mientras se iluminaba el monitor. Después de introducir la contraseña principal, hizo clic en un icono que exigía una segunda contraseña. Apareció una serie de e-mails encriptados.

El último lo enviaba un ex agente del Mossad al que Kurt conocía a través de una tercera persona. Tras el envío y la recepción de un giro telegráfico, el hombre había accedido a investigar un rumor.

El mensaje iba bastante al grano.

«Imposible confirmar o descartar la presencia de Sienna Westgate en Mashhad o alrededores.»

Mashhad era una ciudad del norte de Irán, donde se sospechaba que tenía su cuartel general un nuevo grupo técnico que trabajaba para el ejército iraní. Nadie estaba seguro de qué tramaban, pero se creía que el país intentaba a la desesperada mejorar su seguridad y capacidad de ataque cibernéticas. Amargados por el virus, conocido como Stuxnet, que Estados Unidos había logrado de algún modo introducir en sus instalaciones de procesamiento nuclear y que había provocado que un millar de costosas centrifugadoras girasen de forma descontrolada hasta explotar, los iraníes no solo pretendían protegerse, sino que planeaban devolver el golpe.

Parte de ese empeño parecía conllevar la participación de extranjeros, a los que se había visto entrar y salir de Mashhad, en ocasiones escoltados.

Kurt leyó el resto del mensaje.

Una fuente fiable me ha informado de que tres occidentales, dos varones y una mujer, pasaron una temporada en Mashhad. Estuvieron presentes durante al menos diecinueve días, y posiblemente hasta treinta. No está claro si estas personas eran prisioneros o expertos a sueldo. La descripción de la mujer concuerda con la señora Westgate en estatura y edad aproximada, pero no en el color de pelo. No hay fotografías disponibles. La sujeto no parecía herida ni demostró preferencia por una mano u otra en sus actividades diarias.

Se la vio llegar y partir del supuesto edificio de defensa ubicado en el norte de Mashhad con ligeras medidas de seguridad. No hubo muestras de coacción. No se detectó maltrato.

Se avistó a los tres individuos partiendo en avioneta hace veintiún días. No se ha averiguado nada que sugiera con alguna precisión el destino de esa aeronave o el paradero o estado actual de los pasajeros.

Kurt cerró el archivo.

¿Por qué era importante lo que veía en sus sueños? Porque, a pesar de todas las pruebas en contra, estaba convencido de que Sienna seguía viva. Y si estaba viva, solo se le ocurría un motivo por el que trabajaría para los iraníes: sus hijos, Tanner y Elise. Alguien debía de retenerlos como rehenes para obligarla.

Sabía que era un salto lógico a ciegas, basado en una suposición tras otra. Teniendo en cuenta los hechos, era una conclusión irracional e irrazonable, y aun así la creía con todas las fibras de su ser.

Solo los sueños le hacían dudar.

Si el salón vacío y el yate abandonado eran los auténticos recuerdos, tenía motivos para creer, esperar y confiar en sus instintos.

Pero si de verdad había presenciado como se ahogaban Sienna y su hija —y estaba intentando reescribir de forma subconsciente sus recuerdos para sustituir lo que sabía por lo que quería que fuera real—, entonces hacía equilibrios al borde mismo de la locura, y un paso en falso podía precipitarle al abismo.

5

Oeste de Madagascar, junio de 2014

La mujer que montaba a caballo se movía poco a poco, materializada como una aparición a través de la calima provocada por el calor del mediodía. Joven y esbelta, rondaba los treinta años y sostenía con tranquilidad y confianza las riendas de un appaloosa moteado, mientras este trotaba sin prisa por la arena de la orilla de un río fangoso.

Iba vestida de negro de la cabeza a los pies, con unas elegantes botas de montar y un sombrero de ala ancha para proteger del sol su pálida piel.

Guiando al caballo sin esfuerzo, pasó por un tramo estrecho sin perder de vista el agua por si acechaba algún cocodrilo. Cuando el cañón se ensanchó, topó con un grupo de cebúes, mamíferos bovinos de afilados cuernos en forma de uve y unas características gibas en el lomo.

Esos toros formaban parte del abundante patrimonio de su familia, un símbolo tanto de poder como de abundancia, aunque se les prestase poca atención de un tiempo a esa parte. En general deambulaban a su aire, pastando la vegetación que había crecido durante la estación de las lluvias de Madagascar.

Dejó atrás el ganado y dobló un recodo del río, que la llevó a una zona de catástrofe natural. Las semanas de precipitaciones habían provocado unas tremendas crecidas, las peores que había visto nunca aquella parte de la isla.

A medida que los afluentes se incorporaban al cauce principal, la torrentada había adquirido fuerza suficiente para desprender secciones enormes de las orillas, socavando la tierra hasta llevarse por delante fragmentos del tamaño de un aparcamiento. El río arrastraba árboles caídos como si fueran mondadientes, y los que quedaban estaban todos revueltos y con las raíces al aire.

Más adelante, la amazona llegó a un tramo de la orilla que antes formaba una península que se adentraba en un gran remanso del río. Ahora era una isla, separada de la ribera y rodeada en todas direcciones por los brazos del río desbocado.

Detuvo el caballo con un ligero movimiento de las riendas. Por delante de ella se extendía el canal de Mozambique, cuyas aguas resplandecientes llegaban hasta el horizonte. Trescientas millas más allá, se encontraba la costa oriental de África.

Había acudido a aquel punto con frecuencia a lo largo de los años. Era su lugar favorito de la isla, aunque por razones que a otro le parecerían extrañas. Sola en aquel paraje desierto, sentía algo diferente: una especie de tristeza que le escondía al resto del mundo. Parecía pertenecerle como ninguna otra de sus posesiones. Formaba parte de ella, una emoción que no quería perder.

Por desgracia, las cosas estaban cambiando. Los acontecimientos se precipitaban ajenos a su control, y aquella melancolía se estaba descomponiendo pieza a pieza, como la islita erosionada en pleno centro del rugiente canal.

Mientras observaba, una sección de arcilla roja del tamaño de una casa se desprendió de la parte delantera de la isla. Se deslizó en diagonal, como un iceberg separado de un glaciar, y empezó a disolverse al entrar en contacto con las agitadas aguas del río.

En el hueco resultante, la joven reparó en algo extraño: en lugar de más arcilla, una superficie de metal oscuro, ennegrecido; plana y lisa como una pared de hierro. Las aguas turbulentas erosionaban sin tregua el barro que la cubría y la dejaban cada vez más a la vista. Apareció una rendija y luego otra. Vio que la superficie en realidad consistía en un conjunto de grandes planchas de metal remachado.

Sintió un escalofrío en la espalda, y una sensación de mareo que nacía en el estómago. El miedo y la curiosidad se entremezclaban en un cóctel de emociones. Se sentía atraída por lo que tenía delante, y a la vez asustada.

La asaltó el impulso de cruzar el río e investigar, como si algo o alguien la llamara, como si le pidieran que acudiese en ayuda de unos fantasmas atrapados al otro lado del muro de metal.

Acercó el caballo hasta la orilla, pero el animal se encabritó y se resistió. La corriente era demasiado fuerte, el suelo demasiado traicionero. Un paso de más y ella y el caballo serían arrastrados con la misma facilidad que aquellos grandes árboles.

El animal alzó la cabeza y relinchó. De algún modo, aquella reacción hizo que la mujer recobrara el sentido común. Solo quería marcharse, salir de allí, antes de que la verdad quedase al descubierto.

Dio media vuelta con el caballo, tirándole bruscamente de la cabeza, y luego le clavó los talones en los costados.

—Vamos —dijo—. ¡Arre!

El caballo arrancó a galopar de buena gana y se alejó tierra adentro, de vuelta a la plantación, la mansión palaciega y la vida que conocían.

A lo lejos, sobre los montes, se estaban acumulando más nubarrones de tormenta. Se avecinaba otra crecida. La mujer supuso, con acierto, que lo que había enterrado bajo aquella isla, fuera lo que fuese, habría desaparecido antes de la mañana.

Sebastian Brèvard esperaba en el pasillo principal de la opulenta casa de su plantación. Con su metro ochenta de altura, su cuerpo esbelto y musculoso a los cuarenta y dos años, su tersa piel color aceituna y su pelo moreno, que revelaban sus orígenes ancestrales en el sur de Francia, Brèvard era un hombre apuesto en la flor de la vida. Tenía el cabello espeso y oscuro como la caoba, los ojos de un color más claro, casi avellana, y lucía una barba fina a lo largo de la mandíbula, que un barbero personal le recortaba a diario. Se desenvolvía con una confianza —otros dirían arrogancia— nacida de su educación privilegiada como señor de la casa.

Y aunque le gustaban las cosas bellas de la vida, no llevaba más joyas que un anillo de oro que le había dejado su padre.

La casa en la que se encontraba era un palacete, construido según el estilo barroco de la Francia dieciochesca. Los terrenos, dispuestos en bancales sobre la ladera del monte, contenían establos, jardines ornamentales, fuentes y hasta un laberinto de setos que ocupaba varias hectáreas en el segundo bancal, justo debajo del edificio principal.

La casa en sí derrochaba esplendor. Al recorrer el pasillo, pisaba en silencio mármol italiano pulido. A cada lado del corredor había columnas dóricas de granito, mientras que unos cuadros extraordinarios cubrían las paredes, entre estatuas y elaborados tapices.

Igual que su hogar, Sebastian vestía de forma impecable. Llevaba un traje de Savile Row de tres botones que costaba tanto como un Mercedes pequeño. Cubrían sus pies unos calcetines de seda y un par de zapatos de piel de cocodrilo de dos mil dólares. Como remate del conjunto llevaba una camisa Eton de quinientos dólares de puño francés, con gemelos de diamantes.

Era cierto que tenía una reunión importante esa misma tarde, pero consideraba un privilegio vestir como un rey. Ayudaba a quienes se encontraban con él a reconocer su estatus; también tranquilizaba a quienes trabajaban para él, al recordarles que el suyo era un camino jalonado de éxitos.

Cerca del final del pasillo le esperaban dos hombres de facciones parecidas a las suyas. Eran sus hermanos Egan y Laurent, que sabían de la importancia de la reunión de esa tarde.

—¿De verdad piensas recibir al mensajero de Acosta? —preguntó Laurent—. Tendríamos que haberlo matado por traicionarnos.

Laurent, que era varios años menor que Sebastian, siempre andaba buscando pelea, como si no conociera otro modo de abordar las confrontaciones. Pese a lo mucho que se había esforzado Sebastian por enseñarle, nunca había comprendido que la manipulación era más rentable y, por lo general, más eficaz que la confrontación.

—Deja eso en mis manos —le dijo—. Tú ocúpate de que nuestras defensas estén preparadas por si tenemos que luchar.

Laurent asintió y partió. En otros tiempos habían tenido sus más y sus menos, pero a esas alturas Laurent ya reconocía por completo la autoridad de su hermano mayor.

—¿Qué pasa con todos los explosivos de la armería? —preguntó Egan—. Parte de la munición que dejó aquí Acosta es inestable.

—Les he encontrado una utilidad —explicó Sebastian.

De los tres hermanos, Egan era el más joven e interesado en complacer a los demás. Sebastian lo consideraba una debilidad, pero claro, Egan solo tenía catorce años cuando falleció su padre. No había aprendido de primera mano a ser duro.

—Me ocuparé de hacerte un inventario —dijo Egan, y se alejó por el pasillo principal.

Una vez partieron los dos, el repique de unas botas de tacón alto sobre el suelo de mármol hizo que Sebastian se volviese.

Por el pasillo se acercaba la esbelta figura de la integrante más joven de la familia.

Calista era quince años menor que él y tan diferente de los hermanos como la noche y el día. A diferencia de ellos, vestía como una persona cualquiera. Aunque con la mitad de estilo, pensaba Sebastian.

Aquel día iba vestida de negro de la cabeza a los pies, incluido el sombrero de vaquera, que se quitó y dejó sobre la cabeza de una estatua de valor incalculable.

Llevaba el pelo corto teñido del color del carbón, las uñas pintadas de oscuro y suficiente rímel en los ojos para parecer un mapache.

—Hola, Calista —dijo—. ¿Dónde estabas?

—Fuera, montando a caballo —respondió ella.

—Y veo que vestida para un funeral.

Calista le pasó el brazo por la espalda con gesto provocador y alzó la mano para torcerle la corbata, perfectamente centrada.

—¿Ese es el programa para hoy?

Sebastian la fulminó con la mirada hasta que ella retrocedió. Después se reajustó la corbata y habló con franqueza.

—Lo será como Acosta no nos devuelva lo que nos ha quitado.

Eso la animó.

—¿Viene Rene?

—Me molesta tu interés personal en él —la reprendió Sebastian—. Es poco para ti.

—A veces el gato juega con el ratón —respondió ella—. A veces lo mata. No sé en qué te incumbe eso.

Calista era una niña perdida. No hacía buenas migas con la gente. No era que evitase las relaciones humanas; al contrario, siempre andaba comenzando o terminando alguna. Pero empezando por su padre, todas las relaciones que había tenido habían sido una mezcla de amor y odio, en las que la furia se veía siempre compensada por una arrolladora devoción hacia todo lo que nunca podría tener.

Y en cuanto lo poseía, el objetivo cambiaba. La respuesta habitual era una indiferencia repentina y cruel, o incluso un deseo de ocasionar dolor y tormento a aquello que ya controlaba. Qué maravilla, pensó Sebastian, tener por hermana a una pequeña y guapa sociópata. Eso la volvía útil.

—Me incumbe la desobediencia de Rene —le explicó—. Nos ha traicionado.

Calista parecía dispuesta a defender a su ex amante.

—Llevó a la mujer a Irán como le pediste —dijo—. La tipa hizo lo que necesitábamos que hiciera. El troyano está colocado. El enlace trampa está activo. Lo he comprobado yo misma.

Brèvard sonrió. Calista tenía sus encantos, uno de los cuales era su habilidad con los ordenadores y los sistemas. Por lo menos eso lo tenían en común, porque Sebastian era, por su parte, un consumado programador. Pero su hermana carecía de su visión de conjunto.

—Los iraníes solo son una parte del plan —le recordó—. Concederles acceso no nos sirve de nada a menos que la mujer esté de vuelta aquí y en nuestras manos en el momento adecuado. Si el mundo no teme lo que podamos hacer, no reaccionará como queremos.

Calista le miró y se encogió de hombros, para después sentarse de un brinco en una credencia de quinientos años de antigüedad y balancear las piernas adelante y atrás como si fuera un aparador comprado en un baratillo.

—Ese mueble antaño decoró la residencia veraniega de Napoleón —le censuró Sebastian.

Calista echó un vistazo a la antigua madera, con sus perfectas líneas curvas y su ornamental acabado.

—Seguro que él ya no lo necesita.

Sebastian sintió crecer la ira en su interior, pero se contuvo.

—No tendríamos que haber dejado a la mujer en manos de Rene —añadió ella, recuperando su versión fría y siniestra—. Tendríamos que haber cerrado un acuerdo con los iraníes nosotros en persona.

Brèvard sacudió la cabeza.

—Rene es la fachada. Su presencia nos aísla y nos protege. Le montamos el negocio por ese mismo motivo. Necesitamos mantenerlo en su sitio; pero hay que tenerlo a raya.

—Entonces debemos encontrar un modo de motivarle —añadió ella—. Sugiero la violencia. En abundancia.

—No me digas —dijo Sebastian—. No sé por qué, pero no me sorprende.

—Es lo único que entiende.

—Nosotros no somos burdos instrumentos como Rene —insistió él—. Nosotros debemos triunfar con estilo y elegancia. En pocas palabras, somos artistas. Cuando nos llevamos lo que buscamos…

—Ya lo sé —le interrumpió Calista—; «nadie tiene que saber que hemos sido nosotros».

—No —replicó Sebastian—. Nadie debe saber que alguien se ha llevado algo.

Era una diferencia que creía haber dejado ya clara.

Calista suspiró, harta de los sermones de su hermano.

—Rene no te devolverá a la mujer hasta que tenga miedo. Puede que sea un animal, pero yo te digo que vive muy asustado y que por eso la toma con los demás. Si quieres recuperarla, tienes que explotar ese miedo.

Sebastian guardó silencio durante unos instantes.

—Quizá tengas razón —reconoció—. Ven a mi despacho. El mensajero de Rene está al caer.

Veinte minutos más tarde, un criado abría la puerta del estudio de Sebastian.

—Ha llegado un invitado, monsieur Brèvard. Afirma representar al señor Acosta.

—¿Ha llegado solo?

—Le acompañan tres hombres. Van armados, sin la menor duda.

—Haz pasar al mensajero —dijo Sebastian.

—¿Y los otros, señor?

—Ofréceles una copa de nuestra bodega privada.

—Muy bien, señor.

El sirviente hizo una ligera reverencia y retrocedió hasta atravesar las puertas dobles.

Al cabo de un momento, entró un hombre corpulento vestido con pantalones militares de color caqui y un polo ancho.

—Me llamo Kovack —dijo. Hablaba con acento de Europa del Este. Cruzó una mirada incómoda con Sebastian y echó un vistazo nervioso detrás de él, hacia Calista, que estaba allí de pie, con la espalda apoyada en la pared; ni le hizo caso, ni se movió ni parpadeó.

Sebastian sonrió para sus adentros. La rarita de su hermana tenía el don de incomodar al más curtido de los invitados.

—¿Dónde está Rene?

—Aquí y allá —respondió Kovack con descaro—. Es un hombre muy ocupado.

—¿Y por qué ha roto nuestro acuerdo? En teoría debía devolvernos a la americana en cuanto terminase el ejercicio iraní.

Kovack se sentó en una de las sillas situadas ante el decorado escritorio de Sebastian y empezó a explicar la situación.

—Hemos descubierto otros compradores para sus servicios.

—¿Quiénes? —preguntó Sebastian.

—No estoy autorizado para revelarlo.

Sebastian supuso que estarían de por medio los chinos, y probablemente los rusos. Se sabía que ambos países estaban interesados en la guerra cibernética y el uso de la piratería informática como arma. Tal vez hubiera otros. En otras circunstancias, se habría enzarzado en una guerra de pujas para vender a la mujer y los demás al mejor postor, tal y como intentaba hacer Rene. Pero necesitaba recuperarla. No le servía nadie más.

Consciente sin duda de ello, Kovack cambió de postura en la silla. Su nueva pose rezumaba suficiencia y arrogancia, como si estuviera dispuesto a imponer sus términos en la propia casa de Brèvard. Su mirada fue a dar en la caja de puros cubanos de la mesa de Sebastian.

—Esos son deliciosos.

—No se comen —señaló Sebastian con intención—. Pero

si se refiere a que poseen un aroma maravilloso, sí, en efecto, tiene razón. —Con gran parsimonia, Brèvard cogió la caja y se la ofreció al insolente invitado—. ¿Por qué no prueba uno?

Kovack estiró la mano y sacó uno de los puros de la caja. En un visto y no visto, Calista apareció en la silla junto a él. Se había movido con rapidez, y Kovack se llevó un susto. La joven, más que sentarse, se apostó en el brazo de la silla, con los pies en el cojín.

Se agachó, cogió el cortapuros del escritorio de Sebastian y jugueteó con él.

—Permítame —indicó con un ronroneo. Con un movimiento veloz, cortó la punta del cigarro de Kovack.

Sebastian casi se rió. Cómo le gustaba a su hermana aquella pequeña guillotina.

Kovack parecía disfrutar con tanta atención. Sonrió y se acercó el puro a la nariz, para inhalar el aroma.

—¿Tienen fuego?

Sebastian cogió un bloque en forma de cuña hecho de cristal iridiscente. Tenía los cantos afilados y parecía vagamente volcánico. Contenía un mechero de butano, medio empotrado en una de sus caras.

—Obsidiana —aclaró Sebastian—. Del monte Etna.

El puro estuvo encendido en un momento. La fragancia del tabaco cubano no tardó en extenderse por la habitación.

Sebastian dejó que su invitado disfrutara del cigarro durante un minuto antes de hablar.

—Volviendo a los negocios —dijo—. ¿Qué quiere Rene de mí, exactamente?

—Quiere que le haga una oferta. Hablamos de dinero de verdad —dijo en un tono sarcástico.

—¿Dinero de verdad? —preguntó Sebastian, alzando las cejas.

Kovack asintió.

—Está organizando una nueva subasta. Ya ha rechazado a algunos candidatos. Sus pujas eran demasiado bajas. Si quiere que le traiga aquí a la americana, tendrá que mejorar las otras ofertas o al señor Acosta no le quedará más remedio que mover la mercancía a un lugar que ofrezca mayores beneficios.

A pesar de su ego y orgullo, Sebastian respondió enseguida.

—Hecho —dijo. Era de necios ponerse quisquilloso cuando había en juego miles de millones.

—No creo que lo entienda —explicó Kovack mientras daba unas caladas a su habano—. Hay muchos postores. Dudo que sea usted capaz de permitirse las cifras que se manejan.

Al decir eso, Kovack exhaló una gran bocanada de humo que, por un momento, formó un anillo.

Sebastian notó crecer su ira; sobre todo, porque Kovack tenía razón. Era imposible que ofreciera más dinero que los chinos, los rusos o los coreanos, quienes, según los rumores, también codiciaban los conocimientos que poseía la mujer. Acosta lo sabía y se lo estaba restregando por la cara.

Era evidente que a esas alturas Acosta se había independizado de ellos por completo. No conocía el plan de Brèvard, por lo que era imposible que lo revelase o amenazara con replicarlo; pero por pura avaricia, y estupidez, estaba poniendo en peligro un proyecto que llevaba tres años de elaboración. Una estafa larga que era una obra maestra. La más larga de la vida de Sebastian Brèvard, y la más rentable, con diferencia, si funcionaba.

Se había acabado el tiempo de las negociaciones. Brèvard no pensaba dejarse mangonear. Impondría su voluntad. Sonrió como un lobo que enseñara los dientes.

—Ha aprendido usted mucho de Rene, sobre el capitalismo —dijo—. Le felicito.

La tensión se relajó un poco. Kovack respondió con un leve asentimiento de cabeza.

—Parece que se le ha apagado el puro —añadió Sebastian—. Permita que se lo vuelva a encender.

Kovack se inclinó hacia delante y se apoyó con una mano en el escritorio mientras Sebastian cogía otra vez el mechero de obsidiana.

En vez de darle fuego, Sebastian estiró el brazo libre y agarró la muñeca de Kovack con la fuerza de un torno. Tiró de él hacia delante mientras Calista se bajaba de un brinco del brazo de la silla, aterrizaba detrás de Kovack y empujaba su asiento hacia la mesa.

Kovack quedó empotrado contra el escritorio, con un brazo atrapado debajo de la mesa y el otro estirado hacia Sebastian hasta el extremo de que parecía que se lo iban a arrancar de cuajo. El puro se le había caído de la boca hacía rato, pero Sebastian seguía aferrando el pesado mechero con la mano libre.

Kovack cambió de postura e intentó colocarse de manera que pudiera usar las piernas, pero Calista le puso un abrecartas en la garganta y le pinchó con la punta.

Kovack dejó de revolverse al instante.

—Sácale de quicio —susurró, rozando la oreja de Kovack con sus labios suaves—. Quiero ver lo que hace.

Kovack no estaba seguro de si se refería a él o a Sebastian. Ni que decir tiene, no hizo nada.

—No le hagas caso —le dijo Sebastian a Kovack con calma—. Te llevará por mal camino. No serías el primero.

—¿A qué viene esto? —gritó Kovack, aterrorizado por lo que parecía un juego desquiciado entre los dos hermanos—. Estamos hablando de negocios.

—Esta es mi manera de transmitir un mensaje —explicó Sebastian—. Uno que se entienda con claridad.

—Llama a tus hombres —le recomendó Calista—. A lo mejor la bebida todavía no se les ha subido a la cabeza. A lo mejor el veneno no era tan potente como pensábamos.

—¿Veneno? —A Kovack casi se le salían los ojos de las órbitas. Miró de un lado a otro hasta que se obligó a parar y centrarse en Brèvard. La mujer estaba loca—. ¿Qué mensaje quiere que transmita? —farfulló—. Le comunicaré cualquier cosa que me digan. Se lo diré en persona. Pueden confiar en mí, soy la mano derecha de Rene.

Sebastian hizo una mueca al oír esa afirmación, un gesto peculiar que arrugó los contornos de su rostro curtido.

—Qué desafortunada expresión por su parte —dijo.

Acto seguido, tensó el brazo más aún, levantó el mechero de obsidiana y golpeó con él la muñeca estirada de Kovack como si fuera un cuchillo de carnicero.

Resonó en el palacio un grito que helaba la sangre, y Kovack se desplomó hacia atrás; Calista lo soltó y cayó al suelo. Aterrizó de espaldas, agarrándose el muñón de la muñeca mientras saltaban chorros de sangre en todas direcciones.

Las puertas dobles se abrieron y por ellas entraron tres de los sirvientes de Sebastian.

—Ocupaos de él —ordenó este, mientras tiraba al suelo la mano del herido.

Los criados se agacharon junto a Kovack y le vendaron el brazo con rapidez. Le aplicaron un torniquete y se lo llevaron a rastras.

Sebastian miró a su alrededor y contempló las manchas de sangre de su escritorio y su traje.

—Mira qué desastre —dijo, como si se hubiera derramado una copa.

Acudieron más criados, que se pusieron a limpiar de inmediato. Sebastian se quitó la americana y salió a un balcón por una cristalera doble. Calista le siguió.

A lo lejos sonaban los truenos de la nueva tormenta que se aprestaba para remojar el oeste de Madagascar. Sebastian pensaba que había cometido un error. Había sido fruto de la cólera.

—Rene no confiará en ti después de esto —le dijo a su hermana.

—Rene nunca ha confiado en mí —corrigió ella—. Pero me desea y se cree que juego con dos barajas.

—Entonces irás tú a su subasta.

—¿Para pujar por la mujer?

—Para robarla y recuperarla —contestó Sebastian sin dejar lugar a error—. Rene jamás aceptaría nuestra oferta, ni siquiera antes de lo que acaba de pasar. Se ha lanzado a hacer negocios por su cuenta. Sabe que, si nos la entregara, nos la quedaríamos. Es nuestra propiedad, a fin de cuentas. Además, supondría renunciar a demasiado dinero. Tal y como gasta, necesita todo lo que pueda conseguir.

Mientras hablaba su hermano, Calista asentía, aunque parecía distraída, mirando la sangre de Kovack que le había salpicado el dorso de la mano. Mojó un dedo en ella y trazó líneas en su antebrazo, como si fuera pintura de guerra.

—¿Me estás escuchando?

—Sabes que sí.

—Entonces dime si estás dispuesta a hacerlo.

—Por supuesto —respondió Calista, alzando la mirada—. Pero Rene no es ningún tonto. Estará atento. Y si robo algo por lo que otros han pujado, los rusos, los chinos… Ellos también se convertirán en un problema.

A Brèvard no le preocupaban los enemigos. Cuando hubiera terminado con aquel golpe, desaparecería como un fantasma, como humo en el viento. Y sería como si nunca hubiera llegado a existir.

—Piensa algo —le espetó a su hermana—. Eres más inteligente que él; que todos ellos. Pon esa cabecita retorcida a trabajar y trae aquí a la americana antes de que todo lo que hemos planeado se vaya al garete.

6

Kurt Austin llegó al edificio de la NUMA en el centro de Washington bajo un cielo azul radiante. Aparcó en el garaje, se dirigió al vestíbulo y cogió el ascensor hasta el noveno piso. La recepcionista se sorprendió al verle.

—Buenos días —le dijo él con una sonrisa mientras caminaba hacia el pasillo.

Llegó a la oficina dividida en cubículos que había delante de su despacho, donde ya encontró unas cuantas personas, tomando café y preparándose para una jornada de duro trabajo.

—Si uno solo de vosotros aplaude o dice «Bienvenido a casa», le destinaré a la estación de McMurdo en la Antártida a pasar el invierno y no verá la luz del sol durante seis meses.

Los compañeros esbozaron sonrisas de complicidad y varios le saludaron con la cabeza, pero la reacción se limitó a un estrujón en el brazo por parte de su secretaria y un café que le ofreció otro de los presentes.

Llegó Joe Zavala, cargado de energía y sonriente como casi siempre.

—Hombre —exclamó a voces—, mira quién ha llegado por fin al trabajo.

Pareció sorprenderle la escasa reacción de los demás.

—Buena suerte, Joe —dijo alguien—. Ponte ropa de abrigo.

—No metas crema solar en la maleta —recomendó otro compañero.

Mientras los demás desfilaban hacia sus puestos, Joe se volvió hacia Kurt.

—¿A qué viene esto?

—Es una larga historia —dijo Kurt, sorprendido ante lo bien que le sentaba volver a estar rodeado de amigos—. ¿Qué sabes de la geografía de la Antártida?

—¿Por qué lo preguntas?

—Porque ahora tendré que mandarte allí si no quiero perder toda mi credibilidad ante la plantilla.

Joe entrecerró los ojos. Ya imaginaba por dónde iban los tiros.

—Teniendo en cuenta que ni siquiera estarías aquí si yo no me hubiera lanzado a un mar embravecido para rescatarte cuando se rompió el cable de seguridad, diría que estamos en paz.

Kurt era el director de Proyectos Especiales de la NUMA. Eso significaba que él y su tripulación podían recibir un encargo en cualquier momento y en cualquier parte. Joe Zavala era el subdirector del equipo, un ingeniero de primera y una de las personas con más recursos que Kurt había conocido nunca. También era su mejor amigo.

—Bien visto —reconoció Kurt, mientras abría con llave la puerta de su despacho y entraba—. Pero claro, si no te hubieran entrado las prisas y me hubieses intentado pescar como si fuera un pez vela, no me habría partido la crisma contra aquel marco de acero que me dejó zumbado. Gracias a ti, he pasado los últimos meses en el diván de una loquera.

Joe siguió a Kurt al interior del despacho y cerró la puerta tras de sí.

—He visto a la loquera con la que has compartido diván. Ya me darás las gracias más tarde.

Kurt asintió. Eso también tenía mucho de verdad. Se sentó ante su mesa. Estaba llena de paquetes sin abrir e informes sin leer. La bandeja de entrada tenía una pila de medio metro de papeles.

—¿Es que aquí no ha trabajado nadie mientras yo no estaba?

—Anda que no —replicó Joe—. ¿De dónde te crees que salen todos esos informes?

Kurt empezó a hojear documentos, la mayor parte de ellos aburridos. A lo mejor se llevaría esos archivos a casa por si tenía problemas para dormir. Parecían lo bastante tediosos para noquearlo en el acto.

Repasó una pila de memorandos y otros papeles que reclamaban su presencia en reuniones que habían terminado hacía tiempo. Los archivó en la papelera.

Empezó a examinar el correo. Un par de tubos contenían cartas de navegación que había solicitado meses atrás. Abrió una caja y dentro encontró un DVD.

—¿Qué es esto?

Joe se inclinó para mirar.

—De la cámara del Jayhawk —respondió—. Un periodista sudafricano lo sacó en las noticias. Se ve una parte de lo que pasó.

Kurt se planteó reproducir el vídeo pero decidió no hacerlo. No podía ayudarle con las preguntas que él tenía.

—Lástima que yo no llevase una cámara al hombro.

Dejó a un lado el DVD y repasó unos cuantos mensajes más de correo interno. Al final, llegó a un sobre procedente de la Guardia Costera Sudafricana. Lo abrió y encontró un informe sobre la tormenta y la operación de salvamento. Le echó un vistazo en diagonal, como si fuera la sección de deportes, leyendo solo los titulares. Prestó atención cuando llegó a una parte que no conocía.

Se sentó recto y leyó el párrafo tres veces para asegurarse. Miró a Joe.

—¿Recogieron a Brian Westgate a diecinueve millas de donde se hundió el *Ethernet*? ¿Diecinueve?

—Al día siguiente —corroboró Joe—. Cuando amainó la tormenta. Iba en una balsa inflable.

—Pensaba que lo habían encontrado con el chaleco salvavidas puesto, cabeceando en el agua como un piloto de caza que hubiera saltado con el paracaídas de emergencia.

—Es lo que dieron a entender, más o menos. Westgate saltó de la balsa y nadó hasta el helicóptero. Cuando lo recogieron, el único vídeo que hicieron público fue el que lo mostraba a él en el agua, solo. Probablemente fuera una maniobra publicitaria.

Kurt dejó el informe en la mesa.

—¿No te parece extraño que estuviera en una balsa mientras su mujer y sus hijos se ahogaban?

—Él dijo que estaba intentando preparar la balsa mientras ellos esperaban agarrados en el puente. Una ola enorme batió contra la cubierta y se los llevó a él y a la balsa por la borda. Según su versión, remó como un loco para intentar volver, pero fue imposible.

Kurt encendió el ordenador y abrió el sistema de mapas de la NUMA, donde amplió la costa oriental de Sudáfrica.

Pasando el dedo por debajo de los números recogidos en el informe, memorizó la latitud y longitud donde se había hundido el *Ethernet*. Las introdujo en el ordenador y pulsó la tecla de Enter. El programa marcó el punto exacto con un triángulo rojo brillante.

Hizo lo mismo con la ubicación del salvamento de Westgate y apareció un triángulo verde.

—A diecinueve millas de distancia —dijo Kurt—. Imposible.

—Habían pasado casi treinta horas —señaló Joe—. Y fue una tormenta de la hostia.

Kurt sabía lo que Joe estaba pensando, pero no cuadraba.

—A menos que viajara a la deriva en contra de la corriente y con el viento de través, no tendría que haber acabado allí.

Kurt giró el monitor para que Joe lo viera. Las flechitas grises que indicaban la corriente preponderante apuntaban en contra de la derrota de Westgate.

—Tendría que haber ido a parar al sudoeste del yate, no al nordeste.

Joe miró el mapa con cara de perplejidad.

—A lo mejor la tormenta causó un desvío temporal de la corriente —sugirió—. O quizá el viento cambió al amainar.

—No tanto.

Joe volvió a examinar el mapa. Suspiró.

—Vale, me rindo. ¿Qué crees tú que pasó?

—No tengo ni idea —respondió Kurt mientras se ponía en pie—. ¿Por qué no vamos a preguntárselo a don Forrado en persona? Hoy ha montado un numerito en el Smithsonian.

—Humm…

Kurt echó un vistazo al reloj y cogió las llaves.

—Venga, si nos damos prisa todavía lo encontraremos.

Joe vacilaba. Se levantó a la velocidad de un perezoso arborícola.

—No sé si es muy buena idea.

Kurt estaba radiante, casi frenético. A él le parecía una idea genial. Sobre todo la parte de que fuera en público.

—No pasa nada —dijo mientras se dirigía hacia la puerta—. En realidad, mi médico me lo recomendó. Forma parte de mi recuperación.

Dicho eso, atravesó el umbral y de paso apagó el interruptor de la luz. No se volvió para comprobar si Joe le seguía. No hacía falta; le oyó correr por el pasillo para ponerse a su altura.

7

La escalinata del museo Smithsonian original ofrecía un telón de fondo excelente para cualquiera que desease anunciar algo a bombo y platillo. Construido con arenisca roja de Maryland, el Castillo, como conocían algunos al edificio original, tenía un halo romántico a la par que robusto. Parecía un fuerte de la época de la guerra civil o incluso el tipo de edificio que podría haber sido iluminado por «el rojo resplandor de los cohetes» mencionado en el himno estadounidense.

Pero el Smithsonian también era célebre por su vocación didáctica y su celebración de la tecnología moderna. Para un hombre como Brian Westgate —multimillonario gracias a internet y descendiente de una familia rica de toda la vida—, era el lugar idóneo para publicitarse a sí mismo o a su empresa.

Había empezado a congregarse público bajo el cielo azul claro, y Westgate ya estaba un poco nervioso. Se encontraba dentro del edificio, refugiado en un despacho situado en el pasillo que daba a la entrada misma. Mientras esperaba el momento de salir, dos asesores le acicalaban y atusaban.

Para ellos era un cliente agradecido. A sus cincuenta y un años, estaba en forma y tenía una constitución esbelta que no acusaba en el rostro señal alguna de excesos; tenía el pelo ondulado, los pómulos marcados y el mentón ligeramente partido. Recordaba más a un presentador de telediario que a un informático friqui, que era como le pintaban.

Nunca iba despeinado, aunque una joven llamada Kara se aseguró de que su cabello rubio rojizo estuviera perfecto.

—Es importante no parecer ni demasiado joven ni demasiado viejo —susurró.

Al mismo tiempo, otro asesor le ajustaba el pin con la bandera estadounidense en la solapa y se aseguraba de que la raya de su traje azul marino estuviese perfectamente marcada.

Mientras esos mariposeaban alrededor de él, David Forrester, el director general de la empresa de Westgate, se le sentó delante.

—Es como si me presentara a presidente —rezongó Westgate, que ahuyentó a los asesores de imagen con un gesto de la mano. Ya se había cansado de ellos.

—A lo mejor deberías —dijo Forrester.

—Sería un poco difícil vender el Phalanx a otros gobiernos si fuera el jefe del nuestro —respondió Westgate.

—También es verdad —reconoció Forrester—. Ya tenemos pedidos de cinco países europeos, además de Brasil y Japón. Todo el mundo quiere que sus datos estén seguros, y el Phalanx no tiene parangón en lo relativo a seguridad.

—A lo mejor tendrías que salir tú a dar el discurso.

—¿Te parezco la cara de esta empresa?

Forrester era un abogado que había pasado dos decenios en una empresa de banca de inversión y varios años más trabajando para uno de los bancos de la Reserva Federal. Era bajo y fornido, como un viejo deportista que se hubiera abandonado, pero con una gran fuerza oculta bajo aquella capa de grasa que crecía poco a poco. Tenía las mejillas flácidas, el pelo le empezaba a clarear y llevaba gafas sin montura, tras las que había unos ojos perspicaces a los que no se les escapaba nada. Los labios finos y casi incoloros le conferían una expresión severa y amenazadora, de hombre que sabía cómo imponer la disciplina.

—Vas a donar un millón de ordenadores a las escuelas del país —le recordó Forrester—. Y acabas de firmar un contrato con el gobierno federal para proteger frente a potencias extranjeras los datos estadounidenses. Son dos cosas positivas. Es tu oportunidad de alardear ante una nación agradecida; de decirles a todos los norteamericanos que sus datos están a salvo.

—No parece correcto —gimió Westgate.

—¿Por el naufragio?

Westgate asintió.

—Es demasiado pronto.

—Han pasado meses —señaló Forrester—. Eso es una eternidad en nuestro ciclo de noticias, que cambia cada veinticuatro horas. Además, las acciones han subido un quince por ciento desde el accidente. Compradores compasivos.

—¿Pero a ti qué te pasa? —estalló Westgate—. Estás hablando de mi mujer y mis niños. Mi hija y mi hijo.

Forrester levantó una mano.

—Lo siento —dijo.

—Olvídalo.

—Mira —continuó Forrester—, ¿esto no fue idea de Sienna en un principio? ¿No te preguntó ella de qué servía tener más dinero en la cuenta del banco? Quería que empezases a devolver algo y aquí estás. Todos sabemos que el diseño y la arquitectura del Phalanx fueron un golpe de genialidad de Sienna. Es su legado. Mientras el sistema opere, habrá dejado una huella en el mundo que nadie podrá borrar.

Westgate se mordisqueó los labios, incapaz de darle la razón o discrepar.

Una llamada a la puerta les avisó de que había llegado el momento de salir a escena.

Los dos se pusieron en pie. Westgate salió por la puerta y subió a la tarima entre una ovación bastante sonora.

Arrancó algo aturullado, hablando casi demasiado deprisa. Pero cuando le cogió el tranquillo, se olvidó del público, de los contratos y hasta de David Forrester, y empezó a hablar con el corazón.

Habló sobre educación, oportunidades y la enorme inversión que su empresa se disponía a hacer en las escuelas de Estados Unidos. Explicó que la suma de ordenadores y formación significaba mejores empleos para las madres solteras y que la tecnología y la educación ofrecían una salida de la pobreza y de la dependencia de las prestaciones sociales.

No mencionó los acuerdos que su empresa acababa de firmar para mejorar la seguridad de una serie de organismos federales, como tampoco mencionó los contratos multimillonarios con los Departamentos de Defensa y de Seguridad Nacional, la comisión reguladora de la Bolsa y la Reserva Federal. Como tampoco mencionó el naufragio o la pérdida de su familia.

No necesitó hacerlo. Los periodistas asistentes sacaron ambos temas en el mismo instante en que empezó a aceptar preguntas.

La primera fue una mujer con un vestido rojo.

—Entendemos que su empresa acaba de ser seleccionada para mejorar la seguridad informática de la mayoría de los organismos del gobierno federal. Un millón de ordenadores es un regalo generoso, pero palidece en comparación con un contrato de varios miles de millones de dólares.

Westgate sonrió. Le habían hecho ensayar con esa misma pregunta exacta, planteada con las mismas palabras, la noche anterior. Se le ocurrió que Forrester debía de andar detrás, que probablemente habría pagado a aquella mujer para que hiciera la pregunta y así mantener puro el mensaje y asegurarse de que la cara de la empresa se atenía al mensaje.

Conservó la sonrisa el tiempo justo para que las cámaras sacaran un par de fotos.

—Los ordenadores son solo el principio —dijo—. La siguiente etapa consistirá en abrir centros educativos seguros en todos los barrios deprimidos. Unos lugares seguros donde niños y adultos puedan aprender de forma gratuita. No solo queremos que estén seguros los datos, sino también las personas que los usan.

»Por lo que respecta al gran contrato —añadió—, mil millones de dólares al año son calderilla si evitan veinte mil millones en robos. ¿Sabían que, solo el año pasado, hackers anónimos y grupos financiados por otros estados han penetrado en las redes, supuestamente seguras, del FBI, el Departamento de Energía y la Administración de la Seguridad Social, además de centros de almacenamiento de datos de la NASA y el Departamento de Defensa?

»Y eso son solo las infiltraciones que afectan al gobierno. Todos los días, empresas del mundo entero sufren el asedio de delincuentes, terroristas a sueldo y proveedores de espionaje industrial. El sistema Phalanx que mi esposa ayudó a desarrollar crea un tipo distinto de seguridad en cuanto se instala. Piensa literalmente por sí mismo, detecta las amenazas usando la lógica y no meros emparejamientos aleatorios de código. La Reserva Federal y el Departamento de Defensa están emocionados. Y el resto del país pronto lo estará.

Capeó sin apuros unas cuantas preguntas de seguimiento, hasta que una periodista de una cadena local le preguntó por Sienna y los niños. Westgate hizo una pausa. Intentó serenarse, pero cuando habló se le quebró la voz genuinamente y no le salieron las palabras.

No lo había planeado y le resultó embarazoso, pero con el rabillo del ojo vio que Forrester esbozaba una sonrisilla. Una parte de él quería pedir disculpas y saltarse la pregunta, pero siguió adelante, a pesar de un repentino dolor en la sien que parecía el principio de una apoplejía.

—Una parte de mí cree que debería estar de luto —dijo—. Y en privado lo estoy. Echo de menos a mi mujer y a mis hijos. Eran la luz de mi vida. Pero Sienna sería la primera en decirme que no me hundiera en la pena y la autocompasión. Ella era la primera en levantarse para ayudar a los demás cuando lo estaban pasando mal. Este programa era suyo. Me gusta pensar que es su legado. Un legado que nos ayudará a proteger nuestro país en lo que ha llegado a ser una guerra no declarada.

Un respetuoso silencio se adueñó del público, antes de que le plantearan unas cuantas preguntas más fáciles. Cuando terminó, la ovación fue sonora y sincera. Para cuando bajó de la tarima, Brian Westgate se alegraba de haber seguido adelante con aquello.

Forrester le salió al paso en la escalinata y entraron juntos en el Smithsonian.

—Muy buen trabajo —susurró Forrester.

Entraron y avanzaron por el pasillo hacia la oficina que les habían concedido como sala de espera. Cuando se acercaban a la puerta, Westgate reparó en que se aproximaban dos hombres.

Uno de ellos le sonaba de algo. El mentón cuadrado, los ojos azul claro, la melena gris platino.

—Tengo una pregunta —dijo el hombre en cuestión.

—No hay más preguntas —replicó Forrester.

Westgate se detuvo ante la puerta y miró de arriba abajo al recién llegado. Cayó en la cuenta de repente. Kurt Austin. Antes de que tuviera ocasión de decir nada, Austin habló otra vez.

—¿Dónde estabas?

—¿Disculpe? —preguntó Westgate.

Forrester se interpuso entre los dos hombres.

—He dicho que no hay más preguntas.

Forrester cometió el error de ponerle las manos encima a Austin, por lo que no tardó en encontrarse con que este le daba la vuelta, le doblaba el brazo hacia atrás y le empotraba la cara contra la pared. El impacto fue tan brusco que agrietó el tabique de contrachapado.

Aplastado contra la pared, Forrester llamó a gritos a los guardias de seguridad. Un par de vigilantes situados al final del pasillo se volvieron poco a poco y luego empezaron a correr hacia ellos.

El segundo intruso, un hombre de pelo moreno y ojos castaño oscuro, intentaba que hubiera paz. Enseñaba una especie de placa.

—Trabajamos para el gobierno —dijo—. Kurt Austin, Joe Zavala. Somos de la NUMA.

No funcionó. En el mismo instante en que Austin soltó a Forrester, los agentes de paisano se le echaron encima. Austin no se resistió ni intentó evitar que lo tumbaran. Solo parecía tener ojos para Westgate.

A través de una maraña de cuerpos, le gritó:

—¿Dónde estabas cuando se hundió el *Ethernet*?

—Esto no es necesario —dijo Westgate, intentando intervenir.

—¡Y un huevo que no! —bramó Forrester—. Detengan a este hijo de…

—Estabas a diecinueve millas de distancia —gritó Austin—. ¡Diecinueve millas!

—Cállate —ordenó Forrester.

Apareció un hombre al final del pasillo, que sacó un teléfono con cámara y lo apuntó hacia ellos.

—¡Apague esa cámara!

Un tercer agente entró en la refriega, sacó un par de esposas y las cerró en torno a las muñecas de Austin, que ya estaban unidas a su espalda. Austin no ofreció ninguna resistencia, consciente, al parecer, de que sería peor, pero seguía esforzándose en mirar a Westgate a los ojos por entre todos aquellos hombres.

—Suéltenlo —gritó Westgate, mientras se llevaba una mano a la sien—. ¡Por el amor de Dios, no hay ninguna necesidad de esto!

Los policías levantaron a Kurt a peso y lo pusieron en pie.

—Tenemos que llevárnoslo —explicó uno de los agentes—. Cuando pasa algo así, tenemos que ficharlos.

—A él también —insistió Forrester, señalando al hombre del pelo moreno.

—¿Y yo qué he hecho? —preguntó Zavala.

—Ha venido con él —dijo uno de los policías—. ¡Venga, media vuelta!

—Ocultas algo —insistió Austin mientras se lo llevaban a rastras.

Forrester se había hartado. No podía obligar a la policía a amordazar a aquel chiflado, pero podía sacar a su jefe de allí. Agarró del brazo a Westgate y lo metió a empujones en la oficina.

—¡Consigue esa cámara! —le gritó a un ayudante—. Me da igual cómo lo hagas.

Westgate estaba demasiado atónito para hacer algo que no fuera acompañar a Forrester. Mientras lo metían en la sala de espera, entrevió a Austin, que le gritaba una vez más.

—¿Qué pasó en aquel yate, Westgate? ¿Qué coño pasó?

Forrester cerró de un portazo, poniendo fin a la intrusión, y sentó a Westgate en el sofá.

—¿Estás bien?

Westgate parpadeó.

—Pues claro que estoy bien. ¿Tú has visto que alguien me pegara?

—Quizá no te sientas como si te hubieran pegado —gruñó Forrester—. Pero si esa cinta sale a la luz, tú, yo y la empresa entera vamos a tener un problema.

Westgate apenas podía pensar. El martilleo de su cabeza era incesante.

—¿De qué estás hablando?

En vez de explicarse, Forrester se dirigió hacia un mueble bar improvisado, sirvió una copa y se la metió a Westgate en la mano.

—Toma.

Westgate dio un par de sorbos. Se sentía confuso y mareado.

Forrester se sentó y sirvió otra copa para él. No se limitó a tomar unos sorbos.

—Esto podría suponer un desastre —masculló.

Se abrió la puerta y entró el asesor de imagen. Llevaba en la mano el teléfono en cuestión.

—¿Cuánto?

—Veinte mil —respondió el asesor.

Forrester asintió.

—Vale, deshazte de él. Y dale a ese tipo un empleo si lo quiere. Un puesto bien pagado. No quiero que cambie de idea.

El asesor se marchó y Westgate alzó la vista. Empezaba a volver en sí, y el dolor de cabeza estaba remitiendo.

—¿Sabes quién era ese?

—Pues claro que lo sé —respondió Forrester—. Y haré que lo encierren por agresión, amenazas y por cualquier otra cosa que se me ocurra.

—¿Estás loco? —le espetó Westgate—. Ese tipo se lanzó desde un helicóptero en pleno huracán para intentar salvarnos a mí y a mi familia. ¿Y tú piensas denunciarle? ¿Qué impresión daría eso?

Forrester resopló con frustración. Westgate le vio pensar hasta llegar a la única conclusión lógica. El cálculo era fácil.

—Quiero reunirme con él —dijo Westgate.

—Ni hablar.

—¿Por qué no?

—Porque no —insistió Forrester.

—Pero ¿por qué?

Forrester carraspeó y remugó durante un instante.

—Porque está loco. Tengo entendido que ha pasado una mala temporada. Salió herido del salvamento y ha estado de baja médica. Tiene entre ceja y ceja la teoría conspirativa de que el yate en realidad no se hundió, o de que tu esposa no estaba a bordo o de que sobrevivió de alguna manera. Cree que ella trabaja para los iraníes.

Westgate quedó perplejo por un momento; se sentía mareado.

—¿Que trabaja para Irán? ¿Estás de broma?

—Ya te he dicho que está loco —le recordó Forrester—. ¿Ahora entiendes por qué no puedes reunirte con él?

—¿Cómo puede pensar eso?

Forrester apartó la vista.

—Olvídalo, Brian. No es nada.

—Sí que es algo —insistió Westgate—. ¿Podría tener razón? ¿Hay alguna posibilidad?

Forrester se volvió y clavó la mirada en Westgate.

—No te hagas esto. Sabes tan bien como yo que ella se ahogó.

Westgate apartó la vista; la cabeza le daba vueltas. Por supuesto que lo sabía. La cuestión era: ¿por qué Austin no? Era él quien la había visto.

—¿Cómo sabes que Austin ha estado de baja?

—Me mantengo al día de las cosas —explicó Forrester—. Es mi trabajo. Y cuando me llegaron los detalles del incidente, empecé a hacer averiguaciones.

—¿Y no me lo contaste?

Forrester se inclinó hacia Westgate, con la copa cogida con ambas manos. Cambió de tono; de pronto rezumaba veneno.

—¿Y qué habrías hecho si te lo hubiese contado?

Westgate no respondió.

—Ese hombre es un peligro para nosotros. No sé qué le has hecho, pero tenemos que mantenerlo alejado de ti.

—¿Qué podría haberle hecho yo?

—Venga, Brian —dijo Forrester—, no seas tan inocente. Estuvo prometido con tu esposa hace años. Iban a casarse el mismo verano en que os conocisteis. ¿Es que ella no te lo contó?

Westgate encajó el comentario como lo que era, una pulla para que se sintiera cabreado con Austin, un aguijonazo para que diera su visto bueno a algún ardid. Y la verdad era que le había pinchado, pero no le venía de nuevo.

—Te sorprendería lo que Sienna llegó a contarme de Kurt Austin —repuso—. Lo principal fue que es un ser humano decente. Bueno como pocos.

—Pues, ese ser humano decente podría destruir esta empresa con una palabra a destiempo.

Westgate captó un destello de miedo en los ojos de Forrester. Era algo que no había visto nunca.

—¿De qué estás hablando?

Forrester no se anduvo por las ramas.

—Tú no lo sabes, pero estamos haciendo equilibrios al borde de un colapso financiero. Anteponer el Phalanx a otros productos nos ha dejado en una situación desesperada. De momento, nos las hemos apañado para ocultarlo con unos cuantos trucos contables que aprendí en mis tiempos en Wall Street y una entrada reciente de líquido que nos permite ir tirando.

Westgate dedujo de dónde procedía el dinero.

—El yate era propiedad de la compañía —dijo—. Los cincuenta y cuatro millones de Lloyd's… Eso es lo que nos permite ir tirando. Te preocupa que corten el pago.

Forrester agitó la mano como para indicarle que andaba muy desencaminado.

—Ese sería el menor de nuestros problemas —dijo—. La auténtica amenaza son los conocimientos de Sienna. Ella diseñó el sistema. Si empieza a circular el rumor de que está viva y escondida en alguna parte… ¿Te lo imaginas? Nos iríamos a pique.

Westgate miró a otra parte.

—A pique —susurró—. Como mi mujer y mis hijos.

—Ya sabes que no me refería a eso…

Westgate asintió.

—¿Y si Austin tiene razón?

Forrester entrecerró los ojos y escudriñó a Westgate; parecía que buscara algo. Metió una mano en el bolsillo como si quisiera sacar las llaves y se puso cómodo en el sofá.

—Ya hemos hablado de esto, Brian.

Westgate sintió de nuevo el pálpito en la cabeza.

—Sí… Supongo que hemos hablado de esto…

—Tal vez debamos repasarlo otra vez.

Westgate notaba la llegada de una migraña. El dolor era atroz, la habitación parecía demasiado iluminada.

—¿Qué pasó durante la tormenta? —preguntó Forrester—. ¿Cómo acabaste en la balsa?

Westgate vaciló. Sabía qué decir, pero las palabras se le atragantaban, de modo que echó un trago de ginebra para intentar liberar las cuerdas vocales.

Aunque pueda parecer extraño, Forrester empezó a contarle la historia a él.

—Estaba entrando agua en el yate. Tú preparabas la balsa. Una ola enorme os golpeó y se te llevó por la borda.

Westgate lo recordaba. Sintió el frío del mar.

—Casi me ahogo —dijo.

—Exacto, Brian. Casi te ahogas.

Westgate miró a Forrester. El dolor de cabeza le provocaba una visión borrosa. Pronto Forrester no fue más que una voz al final de un túnel.

—No pudiste volver hasta ellos.

—Lo intenté —dijo Westgate. Sintió en los hombros el dolor de remar con todas sus fuerzas. Notaba en los labios la sal marina, los ojos le escocían—. Hacía un temporal… Al cabo de veinte minutos, ni siquiera veía el barco. Oí… Oí…

—Oíste el helicóptero —le recordó Forrester.

—Pero no me vieron.

—¿Y antes? —preguntó Forrester—. ¿Antes de que salieras a la cubierta?

Westgate recordaba algo. Gritos, caos. El esfuerzo pareció intensificar su dolor de cabeza. Incluso con los ojos cerrados, veía una luz cegadora. Recordaba algo de unas bombas. Una escotilla averiada. Recordaba a Sienna y a los niños abrazados, con el chaleco salvavidas puesto. Pero había algo extraño en aquel recuerdo. Era demasiado inmóvil. Nadie se movía. Nadie hablaba.

La voz en la niebla insistió.

—Necesito una respuesta, Brian. ¿Qué pasó en el yate antes de que cayeras por la borda? ¿Podrás contar la historia sin ayuda esta vez?

Westgate buscó palabras.

—¿Brian?

La verdad. Por una vez, Westgate consiguió decirla.

—Ojalá —respondió—. Daría lo que fuera por saberlo.

Nada más pronunciar esas palabras, el dolor alcanzó unas cotas insoportables. Se le nubló la vista y su mundo se encogió hasta reducirse a la nada. Nada salvo la voz de David Forrester.

—Lo siento, Brian. Pero esa no es la respuesta que estoy buscando.

8

Dirk Pitt era el director de la NUMA, cargo que llevaba ocupando varios años, desde que su mentor y amigo el almirante James Sandecker lo había dejado para ocupar la vicepresidencia de Estados Unidos.

Con su metro noventa de estatura, Pitt era delgado y tirando a desgarbado. Sus ojos opalinos transmitían intensidad y alegría a partes iguales. Con el cabello moreno y abundante, los hombros anchos y la mandíbula cuadrada, era un hombre imponente. Aquello resultaba especialmente cierto esa noche, gracias al esmoquin que llevaba puesto, a que estaba recién afeitado y a las gotas de colonia que se había echado.

Aquella noche tenía en la agenda un baile benéfico en honor de los veteranos de guerra heridos, una causa en la que Pitt participaba de buena gana. Daría un discurso, entregaría un premio y realizaría una donación privada anónima. Durante el resto de la noche, se codearía con un grupo de personas interesantes. A pesar de eso, Pitt sabía que la auténtica estrella de la velada sería su esposa, Loren Smith.

Ella había presidido el baile, supervisado los comités e invitaciones y hasta elegido la orquesta. Con su despampanante belleza y su encanto natural, cautivaría a todo aquel con quien se encontrase. Sin duda estaría radiante llevara lo que llevase, y la mayoría de los asistentes quizá solo recordarían a

Pitt como el apuesto caballero que la acompañaba. Lo cual a él le parecía perfecto.

La única pega era vestirse para la ocasión. Llegarían tarde si Loren no estaba preparada pronto.

En vez de incordiarle, con lo que solo lograría alargar el proceso, esperó en silencio entre un grupo de coches antiguos perfectamente restaurados. Los vehículos formaban parte de su colección y decoraban la planta baja del hangar del Aeropuerto Nacional de Washington donde vivía.

Como director de la NUMA, y antes máximo responsable del Departamento de Proyectos Especiales, Pitt había viajado por todo el mundo en cumplimiento de diversas misiones y expediciones. Muchos de los vehículos del hangar se los había traído de sus viajes o le habían sido enviados al cabo de poco por colegas o gobiernos agradecidos.

El botín de los vencedores.

Antes de que tuviera tiempo de decidir cuál de aquellos magníficos vehículos conduciría esa noche, sonó el timbre del interfono. Pitt echó un vistazo a un monitor colgado en la pared. Vio la cara de un viejo amigo de bigote y perilla bien cuidados plantado ante la puerta. A su espalda había dos hombres más corpulentos, sin duda miembros del Servicio Secreto.

Pitt tocó un botón que descorrió los cerrojos de la puerta de acero, que se abrió sobre sus goznes y dejó pasar al vicepresidente de Estados Unidos. Los guardaespaldas intentaron seguirle, pero Sandecker les hizo retroceder con un gesto de la mano.

—Descansen, caballeros —dijo.

—Señor vicepresidente —saludó Pitt—. No esperaba verle hasta más tarde, esta noche. ¿A qué debo el placer?

—He pensado que a lo mejor tendrías un momento para hablar antes del acto —dijo Sandecker.

Pitt echó un vistazo a la escalera de caracol que subía al piso de arriba. Loren aún no daba señales de vida.

—Creo que vamos por el tercer cambio de vestuario

—dijo—. Probablemente disponemos de al menos uno más antes de la gran presentación.

Sandecker sonrió.

—Contaba con eso. ¿Tienes algo en este antro para aplacar la sed de un viajero cansado?

Pitt acompañó a Sandecker hasta el bar y llenó un par de vasos de chupito con whisky escocés Johnnie Walker Etiqueta Azul.

Después de pasarle uno al vicepresidente, Pitt empezó con las preguntas.

—¿Por qué tengo la impresión de que esta no es una visita de cortesía?

—Porque vengo por líos de negocios —respondió Sandecker—. En concreto, el lío que le ha montado esta mañana Kurt a Brian Westgate.

Pitt asintió.

—Ya, yo también me las he visto con las repercusiones.

—No ha dejado en buen lugar a la NUMA.

Si había algo que sacase de quicio a Sandecker, era la mala publicidad para la NUMA, la organización que él había construido desde la nada y que aún protegía como un ángel vengador.

—Es verdad —dijo Pitt—. Pero creo que a estas alturas Kurt se ha ganado que le dejemos pasar alguna cosilla.

Sandecker entrecerró los ojos.

—¿Eso es lo que le has dicho a David Forrester? Me cuentan que te ha llamado.

Pitt esbozó una sonrisa traviesa y dio un sorbo al whisky.

—Lo que le he dicho a Forrester —empezó— no debería repetirse en sociedad. Pero, en pocas palabras, venía a ser lo siguiente: que si pensaba ir a por Kurt, antes tendría que vérselas conmigo.

Sandecker sonrió.

—Tendría que habérmelo imaginado. Kurt es un hombre afortunado.

—Kurt la ha cagado —reconoció Pitt—, pero no pienso echarlo a los leones. Si quieren pelea, siempre puedo apoyarme en su hoja de servicios. A mí con eso me basta.

Sandecker asintió. Sus ojos transmitían una inconfundible sensación de orgullo.

—No esperaba menos. La lealtad tiene que ser recíproca y Kurt nunca nos ha fallado; puedes contar con mi apoyo. Pero hay un tema de más calado: ¿qué opinión tienes del estado mental de Kurt?

Pitt no estaba seguro de cómo responder. Y no estaba acostumbrado a que Sandecker se anduviera por las ramas.

—¿Por qué lo pregunta?

—Kurt se ha puesto en contacto con fuentes extranjeras. Ha enviado giros postales a personas que quizá trabajen en lo que podríamos llamar el lado menos luminoso de la calle.

Eso Pitt no lo sabía.

—¿Con qué fin?

—Para buscar cualquier indicio de que Sienna Westgate sigue viva, de alguna manera.

Pitt alzó las cejas.

—¿Está seguro?

Sandecker asintió.

Pitt se volvió hacia el hangar con la mirada perdida. Aquello no parecía muy sano. Ni tampoco muy propio de Kurt, que era un hombre pragmático, poco dado a los arrebatos de fantasía.

—Todo el mundo tiene un límite —elucubró en voz alta, recordando la pregunta original de Sandecker—. Incluso usted y yo hemos estado cerca del nuestro una vez o dos. Supongo que es posible que Kurt haya llegado al suyo.

—Puede —dijo Sandecker—. Pero, en este caso, hay una sorpresa. Trent MacDonald, de la CIA, me ha pasado hoy un archivo. Han examinado las mismas fotografías que recibió Kurt y no pueden descartar la posibilidad de que haya descubierto algo.

—¿«No pueden descartar»? ¿Qué significa eso?

—Significa que creen que arremete contra molinos, pero no pueden demostrarlo. —Sandecker sacó del bolsillo una fotografía de nueve por trece en papel satinado. En ella aparecía una mujer que se parecía un poco a Sienna Westgate, entrando en un coche con un guardaespaldas de aspecto fornido—. La sacaron en Bandar Abbas.

Dirk estudió la imagen. Estaba un poco borrosa a causa de la ampliación.

—¿De verdad creen que es ella?

—Existe una posibilidad entre cinco, según me cuentan. No es mucho, pero la posibilidad de que paseen en coche por Irán a una norteamericana desaparecida no entusiasma al gobierno. Sobre todo cuando se trata del cerebro del Phalanx.

—Entiendo que la idea no sea muy tranquilizadora —dijo Pitt—. ¿Qué piensan hacer al respecto?

—Bueno, esa es la cuestión —respondió Sandecker—. A pesar de mis esfuerzos, la agencia es reacia a hacer nada, más allá de mantener los ojos abiertos. Para ellos es un dilema. Si se trata de ella y los iraníes la han secuestrado, es un acto de guerra. Y créeme, nadie quiere abrir ese melón. Por otro lado, si no es ella, se arriesgan a exponer unos recursos muy valiosos en el empeño.

Dirk entendía lo complicado de la situación. Echó otro vistazo a la foto. La mujer iba maquillada, con el pelo recogido y ropa formal de negocios. Unas grandes gafas de sol impedían verle los ojos o realizar cualquier clase de análisis de reconocimiento facial.

—No da la impresión de que la estén obligando a nada.

—Ese es otro motivo de preocupación.

—¿Quién es el gorila que tiene al lado?

—Es un misterio —contestó Sandecker—. Responde al nombre de Acosta. Es un personaje de segunda fila en Oriente Medio y África. Armamento, sobre todo. Sabemos que trafica con armas y otros artículos de vez en cuando, pero no es ningún pez gordo.

Dirk le devolvió la foto.

—¿Y qué tiene que ver esto con Kurt?

—Se me ha hecho saber que, si Kurt Austin está interesado en curiosear un poco, nadie que ocupe un puesto de poder va a rasgarse las vestiduras. Siempre que lo haga en su condición de ciudadano particular.

Pitt alzó una ceja.

—Ya veo.

—Ya ha sacudido el árbol —señaló Sandecker—. Si lo sacude un poco más fuerte, quién sabe lo que puede caer.

Pitt no estaba muy convencido.

—De modo que quieren utilizar a Kurt para que tantee los bordes de esta cueva oscura. Si descubre algo, mejor para nosotros. Y si sale escaldado en el proceso, no se pierde nada de valor estratégico.

—Así es la vida en primera división —observó Sandecker.

—Eso lo entiendo —dijo Dirk—. Pero ¿alguien se ha parado a pensar en el estado de Kurt? No me interesa enviar un hombre herido a la guarida del león.

—Ni a mí —aseguró el vicepresidente—. Lo que nos lleva de vuelta a mi pregunta original. En tu opinión, ¿Kurt Austin es apto para el servicio?

La conversación había cerrado el círculo, y la respuesta a la pregunta quedaba en manos de Pitt.

Sandecker se sacó del bolsillo una delgada tarjeta de memoria. El minúsculo LED verde del extremo emitía un tenue brillo.

—Archivos encriptados. Para que Kurt empiece a trabajar. Pero solo si lo ves capaz.

Pitt cogió el dispositivo que le ofrecía el vicepresidente sin hacer ningún comentario. Mientras tanto, se abrió la puerta del apartamento de arriba y por ella salió Loren Smith. Llevaba un vestido Ralph Lauren ajustado color dorado vainilla que le quedaba como un guante. La melena cobriza, peinada hacia atrás, le caía suavemente sobre un hombro.

—Congresista —saludó el vicepresidente—, está usted radiante. Lo bastante bella para compensar a este cacho de carne que tendrá que pasear durante toda la noche.

—Gracias, señor vicepresidente —respondió ella—. Pero un vistazo a Dirk y estoy segura de que necesitaré un bastón para ahuyentar a las admiradoras.

A Sandecker se le iluminaron los ojos.

—Ahuyente unas cuantas hacia mí.

Se agachó para darle un beso en la mejilla y después dio media vuelta para salir.

—Nos vemos en la fiesta.

Cuando Sandecker partió, Loren envolvió a Dirk con el brazo y luego hizo una pausa. Había notado la tensión de forma instintiva.

—¿Qué pasa?

—Tengo que tomar una decisión difícil —explicó Pitt.

—Nunca has sido una persona a la que le cueste decidir nada.

—Esta decisión es más complicada de lo normal —dijo él—. Espero que no tengas mucha hambre. Tendremos que hacer una parada de camino a la fiesta.

9

Kurt Austin estaba ocupado preparando el equipaje. Llenaba una mochila de ropa y cualquier cosa que le pareciera que podía ser útil. Tenía preparada una pila de dinero y varias tarjetas de crédito, además del pasaporte y otros documentos de identificación.

Había escrito dos notas. Una era para Anna, y parecía una combinación de disculpa y carta de agradecimiento. La segunda era para Dirk Pitt y contenía su dimisión de la NUMA. No había esperado tener que entregarla en persona.

—¿Loren quiere entrar? —preguntó Kurt cuando le abrió la puerta a Pitt.

—Prefiere que hablemos a solas —respondió este—. Además, no hay nada que le guste más que reordenar los botones de la memoria de mi radio. Es uno de sus pasatiempos secretos.

Kurt asintió e hizo pasar a Dirk a su despacho.

—¿Vas a alguna parte?

Kurt no intentó ocultarlo.

—Irán.

—¿Han abierto un Club Med allí y yo no me he enterado?

Kurt sacudió la cabeza.

—Tengo motivos para creer que Sienna sigue viva y está retenida en Irán. Conozco a alguien en Turquía que puede ayudarme a cruzar la frontera. Ya improvisaré a partir de allí.

Pitt permaneció impasible.

—Incluso a ti eso debe de sonarte como una posibilidad entre un millón.

—Es un principio —replicó Kurt. Abrió un cajón. Dentro estaba su placa de la NUMA y su llave magnética—. Lamento lo que ha pasado hoy. De verdad que no era mi intención perder los estribos. Pero ahora mismo estoy alterado. —Kurt vaciló durante un segundo y luego cogió la placa y la tarjeta y las deslizó por encima de la mesa hacia Pitt—. Sé que me has defendido. Significa mucho para mí. No quiero fallarte otra vez ni hacer nada más que deje a la NUMA en mal lugar, pero no voy a cambiar de opinión.

Pitt cogió la placa y la estudió detenidamente durante un momento.

—En realidad, no he venido a disuadirte.

—Entonces, ¿qué haces aquí?

—Me preguntaba si ves elefantes rosas.

Kurt era pasto de la melancolía y las dudas. Se sentía como un niño que fuera a escapar de casa, porque dejaba a una familia de la que había formado parte durante diez años. El deber con la NUMA siempre había sido lo primero, pero ese era, en buena medida, el motivo por el que había perdido a Sienna desde un buen principio. Si estaba viva y atrapada en alguna parte, ahora mismo no podía anteponer nada a eso.

—¿Y qué, los ves? —preguntó Pitt.

—No estoy seguro —respondió Kurt—. Nunca he estado menos seguro de nada en mi vida, pero no puedo quedarme aquí esperando a ponerme bien. Tengo recuerdos que carecen de sentido. Tengo sentimientos que parecen no encajar con lo que sé que son hechos. Tengo preguntas y necesito ir a buscar las respuestas. Hasta que las encuentre, no le serviré de nada a nadie.

—¿Has pensado en bucear hasta el pecio?

Kurt asintió.

—Es lo primero que se me ocurrió, pero la Guardia Costera Sudafricana lo escaneó con el sonar. El yate se rompió de camino al fondo. Está partido en tres, puede que cuatro pedazos grandes. Lo más probable es que cualquiera que estuviese dentro haya salido flotando, de modo que no serviría de nada.

Pitt asintió, y a Kurt le dio la impresión de que ya sabía aquello de antemano. Notó que le observaba, que le evaluaba. Ya había tenido suficiente de aquello durante los tres meses anteriores.

—¿Crees que estoy loco?

—Creo que si alguien es consciente de la posibilidad de que puede estar loco —empezó Pitt—, lo más probable es que no lo esté. Y tengo motivos para creer que existe una posibilidad de que hayas descubierto algo.

Kurt no movió un solo músculo mientras Pitt le transmitía la información que le había proporcionado Sandecker. Escuchó con atención, sin perder palabra. Aquello no demostraba que Sienna estuviera viva, ni siquiera hacía que pareciese más probable, pero si los analistas de la CIA opinaban que existía la posibilidad, de pronto esa parte de la búsqueda de Kurt se antojaba más racional.

—Cambia el vuelo —sugirió Pitt—. Empieza en Dubái.

—¿Por qué allí?

Pitt sacó la foto que llevaba en el bolsillo del pecho y le entregó la tarjeta de memoria a Kurt.

—Sacaron esta foto en Bandar Abbas, justo enfrente de Dubái, al otro lado del golfo.

Kurt examinó la imagen. El hombre parecía un matón, pero la mujer... ¿Era Sienna? Ni siquiera él podía estar seguro.

—No tengo contactos en Dubái.

—Yo sí —replicó Pitt—. Reserva habitación en el hotel Excelsior. Un hombre llamado Mohammed El Din irá a buscarte. Puedes confiar en él.

Kurt por un momento se quedó sin habla. Se había esperado que lo despidiesen, lo suspendieran o le echaran una bronca; en cambio, encontraba apoyo.

—Gracias —fue todo lo que logró decir.

—Ya que vas a jugar a los espías —añadió Pitt—, asegúrate de destruir la foto y la tarjeta de memoria cuando hayas acabado de estudiarlas.

Kurt asintió y luego se le ocurrió otra cosa.

—Dile a Joe que no me siga. No quiero meterlo en esto. Ya he hecho que la policía del Capitolio le detenga. Hasta le han prohibido entrar en el Museo del Aire y el Espacio, y sabes lo mucho que le gusta ese sitio.

Pitt vaciló.

—Le encontraré algo que hacer —dijo—. ¿Cuándo crees que volverás?

Era una pregunta difícil. Kurt solo podía responder dándole la vuelta.

—Si Loren estuviera en esa situación, o si supieras que Summer lleva viva todos estos años, ¿durante cuánto tiempo las buscarías?

—Hasta encontrarlas —respondió Pitt con franqueza.

—Entonces será cuando vuelva yo.

Pitt sonrió y deslizó los documentos de identificación de vuelta hacia Kurt.

—Mételo en un cajón —dijo—. A mí no me deserta nadie.

Kurt hizo lo que le ordenaba y los dos amigos se dieron la mano, un apretón firme como una roca entre dos hombres hechos de la misma pasta.

Pitt se dispuso a partir, pero hizo una parada en el umbral.

—Ten cuidado, Kurt. Ya sabes que existe la posibilidad de que no te guste lo que descubras.

Dicho eso, Pitt atravesó la entrada y desapareció.

Cinco minutos más tarde, Kurt salía marcha atrás con su Jeep negro por el camino de entrada y ponía rumbo al aeropuerto. Sin que él lo supiera, Dirk Pitt y Loren Smith le observaban desde su coche, parado cien metros calle arriba.

—O sea que al final se va a la aventura —comentó Loren.

—No —dijo Pitt—; se va de caza, y de caza mayor. —Arrancó el motor y metió primera—. Pero no irá solo. Voy a reunir a Joe y los Trout. En algún momento, Kurt va a necesitar ayuda. Y, oficialmente o no, estaremos allí cuando eso pase.

10

Dubái, Emiratos Árabes Unidos

Kurt Austin miraba por los prismáticos la tierra fértil y oscura que levantaban los cascos de un purasangre castaño que galopaba por la pista del Hipódromo de Meydan. Lo seguían otros siete competidores, pero la mayoría de ellos estaban tan lejos que parecía que el primero fuese el único caballo de la carrera.

Millares de personas vitoreaban, otras gemían. Kurt observó que las apuestas alternativas no habían tenido ninguna posibilidad de ganar.

—Aquí nada es lo que parece —comentó alguien. La voz era un susurro de persona mayor. Su tono transmitía sabiduría e incluso una advertencia—. Es lo primero que debe entender.

Kurt observó como el caballo atravesaba la línea de meta. El jockey se levantó sobre los estribos y poco a poco aflojó las riendas para permitir que el animal perdiese velocidad de manera paulatina.

Acabado el espectáculo, Kurt bajó los prismáticos y echó un vistazo al hombre que había hablado.

Mohammed El Din llevaba una *dishdasha* blanca impecable, una túnica que le cubría desde el cuello hasta los tobillos. Le tapaba el pelo una *gutra* o pañuelo blanco, sujetada por una cinta de cuadros. Su cara parecía pequeña bajo la tela; sus hombros, delgados. Kurt le echó setenta años o más.

Dejó los prismáticos en el borde de la mesa.

—¿Se refiere a la carrera o a algo más?

El hombre sonrió. Se le arrugaron las comisuras de los ojos.

—A todo —respondió, y luego señaló hacia la pista—. Esto no es una carrera sino una exhibición amañada para adornar el producto. Ahí abajo están los compradores. El caballo ganador es el trofeo. Pagan a los demás jockeys para que vayan más despacio y así hacen que la victoria parezca más impresionante de lo que marca el cronómetro. Hasta la tierra que pisan los cascos es artificial; en realidad es una mezcla sintética de arena, goma y cera. Todo es un engaño escenificado con mucho esmero, más o menos como la ciudad en sí.

Kurt asintió con gesto reflexivo. El intento de distinguir entre ficción y realidad parecía un tema recurrente en su vida.

—Entonces, ¿es un espejismo? —preguntó.

—Es una manera de decirlo.

Kurt cogió una tetera de vidrio soplado a mano, decorada con un anillo de plata con un sinuoso motivo árabe.

—¿Té?

—Por favor.

Sirvió dos vasos, uno para él y otro para su anfitrión.

El Din era a esas alturas un acaudalado hombre de negocios, pero antes había trabajado de proveedor de información. Según los rumores, había vendido información tanto a Estados Unidos como a Rusia durante la guerra fría, algo que ambos países conocían. Pero nunca se la había jugado a ninguno de los dos bandos, al menos que ellos supieran. Además, en cualquier caso, la buena información era difícil de encontrar, lo que situaba a El Din en la categoría de lo malo conocido, siempre mejor que lo bueno por conocer.

Cualquiera sabía dónde había nacido la relación entre El Din y Dirk Pitt, pero el dubaití hablaba de Pitt con admiración y el estadounidense lo había calificado de fiable. Eso a Kurt le bastaba.

Dejó la tetera y volvió a mirar hacia la pista.

—Entonces, ¿nos hemos reunido para hablar de la naturaleza inconstante de la realidad? —preguntó—. ¿O estamos aquí por algo más concreto?

El Din dio un sorbo al té con aroma de manzana.

—Dirk ya me avisó de que venía con prisas. Mire hacia el *paddock* donde están cepillando al caballo ganador.

Kurt volvió a coger los prismáticos y los enfocó hacia la otra punta de la pista. Vio a varios hombres reunidos alrededor del caballo. Dos vestían a la manera árabe, igual que El Din, mientras que los otros tres iban de traje a pesar del calor.

—¿Qué estoy mirando? —preguntó Kurt.

—El que no lleva corbata —indicó El Din.

—¿Quién es?

—Se hace llamar Rene Acosta, pero no es ni portugués ni español. Habla un francés pasable, pero nadie sabe cuál es su verdadero nombre ni de dónde viene.

Kurt reconoció el nombre gracias al fichero electrónico que le había pasado Pitt. Aumentó el zoom centrado en Acosta. Era el mismo hombre de la foto que Dirk le había enseñado. Era ancho y bajo, grueso de la cabeza a los pies, con el pecho como un tonel y el cuello como un tocón. Tenía la nariz aplastada como un boxeador que hubiera recibido demasiados puñetazos. Llevaba la cabeza rapada. El pelo canoso cubría las sienes y el cogote, aunque la coronilla y la frente despejadas brillaban bajo el cálido sol de Oriente Medio. Kurt le echó unos cuarenta años.

—¿Viene a comprar o a vender? —preguntó, mientras echaba un vistazo rápido a los dos hombres que Acosta tenía detrás. Por su pose, supuso que eran guardaespaldas.

—Las dos cosas —respondió El Din—. A Acosta le gustan las cosas buenas de la vida. Ofrece artículos menos valiosos para conseguirlas.

—¿Trueques?

—No exactamente —dijo El Din—. Es un intercambio a tres bandas. Él entrega el producto que tiene bajo su control a una tercera parte, si esa tercera parte adquiere lo que él desea y se lo entrega. Una manera muy complicada de vivir, pero está libre de impuestos.

—O sea que es un contrabandista.

—Eso sí —confirmó El Din—. Y tiene una línea comercial nueva que se encuentra en rápida expansión: el contrabando de mercancía humana; en especial, de expertos en electrónica avanzada.

—¿Está seguro de eso?

—Por desgracia, sí.

Kurt volvió a mirar hacia el *paddock*.

—Quiere el caballo.

—Desesperadamente —dijo El Din—. Ese animal será el favorito para ganar la Copa de Dubái y un premio de diez millones de dólares. Si vence, valdrá cincuenta millones o más como semental.

—Es un precio abultado. Acosta debe de tener algo que vender.

El Din asintió.

—Y si lo que ofrece es a su amiga desaparecida, puede estar seguro de que hay muchas personas en el mundo que pagarían una fortuna por lo que ella sabe.

Casi era más de lo que Kurt podría haber esperado. Se preguntó por un momento si los conocimientos de Sienna podrían valer millones para la persona adecuada. Luego dejó de dudar. Solo el Phalanx ya valía miles de millones para la compañía de Westgate. Si Sienna podía proporcionarles a los iraníes su propia versión, estarían a salvo detrás de un muro electrónico, un objetivo que buscaban desde hacía años. Cincuenta millones no eran nada a cambio de esa clase de seguridad.

—¿Hay alguna posibilidad de que usted pueda colarme en una de sus reuniones?

El Din sacudió la cabeza.

—No —contestó—. Mi trabajo lo hace imposible.

Kurt estaba al corriente del «trabajo» de El Din gracias a los archivos de la CIA que le habían entregado con la tarjeta de memoria. La triste realidad era que buena parte del resplandeciente paisaje urbano de Dubái se había edificado sobre la espalda de esclavos modernos, extranjeros traídos de la India y Filipinas con la promesa de hacerse ricos. No eran esclavos en el sentido literal, pero a menudo les pagaban mucho menos de lo que les habían prometido y trabajaban el doble de duro. El Din, junto con un puñado de personas más, había luchado por cambiar eso.

—Se ha ganado enemigos intentando emancipar a los trabajadores de su país.

—Y me temo que eso me hace demasiado conocido para conseguirle acceso a un hombre como Acosta.

Kurt admiraba la postura de El Din.

—Entonces, ¿cómo llego hasta él? Parece que va sobrado de seguridad.

—Tiene un yate en el puerto —explicó El Din—. Se llama *Massif*. Quizá se trate de un monumento a su ego. Pasado mañana por la noche celebra una fiesta para todos sus posibles compradores y vendedores. Tiene planeado hacer un trayecto de ida y vuelta por la costa.

Kurt sonrió.

—Un crucero turístico.

El Din asintió.

—Sí, exacto. Algo me dice que un hombre como usted quizá encuentre un modo de colarse a bordo.

11

Kurt regresó al Excelsior pasando por el puerto. Echó un buen vistazo al *Massif* y sacó unas fotos con el zoom de su Canon DSLR de 20 megapíxeles.

Era demasiado grande para cualquiera de los amarres del puerto deportivo, de modo que atracaba delante de la costa. Tenía el casco azul oscuro y la superestructura blanca. Por delante, la proa era afilada y en forma de V, con un ancho escobén para la cadena de la pesada ancla que en esos momentos estaba echada. En la parte central se encontraban las habituales cubiertas abiertas, con un elevado puente volante y un helipuerto en la popa, sobre el que estaba posado un elegante helicóptero con un logotipo rojo. Delante de él, las ondas de calor que emitían las chimeneas gemelas hacían que el aire reverberase. Las chimeneas estaban inclinadas como si fueran las aletas de cola de un caza supersónico, y estaban pintadas con el mismo logotipo que el helicóptero.

—El negocio del contrabando debe de ser bastante provechoso —masculló Kurt para sí.

Paseó por los muelles haciéndose el turista, sacando fotos de otros barcos y hasta volviéndose hacia Dubái para retratar un par de veces la silueta de los rascacielos. Cuando se volvió de nuevo hacia el *Massif*, una pequeña lancha se detenía a su lado. Sacó una docena de fotos de esa embarcación, en las que captó a Acosta subiendo al yate junto a una rubia. Cuando la chica se quitó las gafas de sol para limpiar uno de los lentes, Kurt amplió el zoom y enfocó hasta conseguir una instantánea nítida. Incluso a través del objetivo no pudo evitar fijarse en sus ojos oscuros grisáceos.

Mientras Kurt observaba, Acosta cogió de la mano a la mujer misteriosa y caminó hacia la proa. En cuanto los perdió de vista, Kurt desvió su atención hacia el equipo de seguridad.

Había guardias armados patrullando las cubiertas delantera y trasera, a plena vista. Vio cámaras de vídeo en la superestructura más alta. Calculó que desde allí podían controlar las cubiertas superiores en toda su extensión y cualquier cosa que se acercara por babor o estribor. Del puente sobresalían un par de focos y una pareja de cúpulas de radar, probablemente uno para rastrear el tiempo y el otro, el tráfico.

Aquello significaba que sería poco menos que imposible aproximarse al dichoso buque mientras estuviera navegando. Eso dejaba dos opciones: llegar por arriba o por abajo. Kurt recordó que hacía unos años se había tirado en paracaídas sobre un superpetrolero en marcha. Había sido una operación traicionera a pesar de que el buque tenía el tamaño de varios campos de fútbol y navegaba despacio. No le hacía gracia la idea de intentar lo mismo con un yate que medía una quinta parte y se movía el triple de rápido.

Ya decidido, Kurt salió del puerto y siguió a pie hacia el hotel, combatiendo la extraña sensación de que le observaban o le seguían todo el rato. Cambió de dirección y se detuvo unas cuantas veces, para escudriñar el mar de caras que lo rodeaban en busca de alguien o algo sospechoso. En un momento dado, un varón vestido con una *dishdasha* estampada apartó la vista y se metió a toda prisa entre el gentío.

Kurt se quedó mirando, pero el hombre no reapareció.

—Genial —murmuró.

Contrariado por la idea de que su presencia en Dubái pudiera ser conocida, Kurt siguió su camino hacia el hotel, mirando atrás de vez en cuando, aprovechando los reflejos de los escaparates del bulevar. Entrevió al mismo hombre varias veces, pero fingió no darse cuenta.

Cuando por fin llegó al hotel, cruzó el vestíbulo, cogió el ascensor hasta el piso diecisiete y esperó detrás de una esquina.

En efecto, el otro ascensor pitó al cabo de un momento.

Oyó como se abrían las puertas y a alguien que caminaba hacia él. Confiando en no estar a punto de agredir a un turista, Kurt esperó a que el hombre doblase la esquina y entonces se le echó encima. Era el mismo hombre, con la misma chilaba.

Kurt le tapó la boca de un manotazo, lo empotró contra la pared y luego le dio un puñetazo en el plexo solar. Para su sorpresa, el hombre reaccionó casi al instante, arqueando el cuerpo y retorciéndose hacia un lado.

El puñetazo de Kurt le alcanzó solo de refilón, en unos abdominales endurecidos y preparados para encajar el golpe. El extraño le apartó la mano de un golpe y levantó las suyas.

—Tranquilo, Kurt. ¡Soy yo! ¡Joe!

Se produjo un momento de incoherencia mientras la cabeza de Kurt sumaba dos y dos e intentaba reconciliar la voz de su amigo con la ropa que tenía delante y el hecho de que Joe en teoría se encontraba a por lo menos once mil kilómetros de allí.

Como si le leyera la mente, Joe se quitó la *gutra* color gris que le cubría la mitad de la cara.

—¿Qué haces aquí? —preguntó Kurt.

—He venido a ayudarte.

Kurt no sabía si alegrarse o enfurecerse. Llevó a Joe a su habitación y repitió la pregunta.

—Te he estado siguiendo —dijo Joe—. Es difícil seguirte el rastro, ¿sabes?

—No demasiado, obviamente. ¿A qué viene el disfraz?

—No quería que me vieses.

—En ese caso, tu técnica de vigilancia deja un poco que desear —comentó Kurt—. Mi consejo: cuando el objetivo gira sobre sus talones y mira derecho hacia ti, no te escondas corriendo.

Joe sonrió.

—Tomo nota.

—Bien —dijo Kurt—. Ahora que hemos aclarado eso, te subirás a un avión y te largarás de aquí. Agradezco la intención, pero no quiero meterte en esto. Este es mi problema, no el tuyo.

—No puedes mandarme a casa —replicó Joe.

—¿Por qué no? Soy tu jefe.

—Estás de permiso —le recordó Joe—. Técnicamente, ahora mismo no eres jefe de nadie.

—Aun así, te irás a casa.

Joe sacudió la cabeza.

—Lo siento, amigo, no puede ser.

Metió la mano en un bolsillo, sacó un sobre y se lo entregó a Kurt con un brillo travieso en los ojos.

Mientras Kurt lo abría, Joe se tumbó en el sofá, puso los pies en alto y se colocó las manos detrás de la cabeza como si planeara quedarse así un buen rato.

Dentro había una nota de puño y letra de Dirk Pitt. No contenía ninguna orden, tan solo unas breves palabras y una cita de Rudyard Kipling.

«Esta es la Ley de la Selva, tan antigua y cierta como el cielo.

Y el Lobo que la respete podrá prosperar, pero el que la quebrante debe morir.

Como la enredadera que abraza el tronco del árbol, la Ley va adelante y atrás...

Porque la fuerza de la Manada es el Lobo, y la fuerza del Lobo es la Manada.»

Necesitamos que vuelvas de una pieza, Kurt. Y tú necesitas nuestra ayuda.

DIRK

—¿Qué dice? —preguntó Joe—. Me moría por leerla.

Kurt reflexionó sobre lo que Dick intentaba transmitirle.

—Dice que no me queda más remedio que aguantarte. Y que soy afortunado de tener tan buenos amigos.

—Muy bueno —dijo Joe—. ¿Comenta algo acerca de un aumento y mi solicitud de un plus de peligrosidad?

—Me temo que no —respondió Kurt, mientras doblaba la nota y se la guardaba en el bolsillo. Miró a Joe.

A pesar de su tono cascarrabias, Kurt se alegraba de ver a su mejor amigo. Joe era la clase de compañero que nunca vacilaba, que no sabía nadar y guardar la ropa. Siempre lo daba todo. Aquellos que le importaban siempre podían contar con él. Aunque la tarea se previese difícil, Kurt podía confiar en que Joe llegaría hasta el final.

Tampoco venía nada mal el que Joe fuera un genio de la mecánica: construía y se ocupaba del mantenimiento de la mayor parte de los sumergibles avanzados, los ROV, y el resto del exótico material mecánico de la NUMA. Su trabajo con coches era legendario: hacía que uno volase y otro nadara. Hasta había convertido un carro de golf en un bólido de carreras de quinientos caballos.

—A lo mejor te encuentro una utilidad y todo —dijo Kurt—. Necesito idear una manera de subir a un yate llamado *Massif*. Está fondeado en el puerto, vigilado durante las veinticuatro horas y lleno de matones armados. Ah, sí, casi me olvidaba: tengo que hacer todo eso sin alterar una reunión de alto copete de tipos que tal vez sean o no sean delincuentes reincidentes.

Joe le miró como si hubiera perdido la cabeza. Era una mirada a la que Kurt se había acostumbrado en los últimos meses. Pero no pasaron más de diez segundos antes de que su amigo se animara.

—Supongo que no puedes colarte entre el personal del catering.

—No, a menos que aprenda a hablar árabe en un tiempo récord —respondió Kurt—. Tampoco puedo acercarme por la superficie, ni esperar a embarcar cuando haya atracado. Creo que nuestra mejor opción es que me acerque desde abajo mientras esté en movimiento.

—Necesitarás un submarino.

—Eso mismo estaba pensando.

—Pues sí que avisas con tiempo… —protestó Joe—. No puedo construir uno desde cero.

—¿Y algo a lo que me pueda montar?

—¿Un vehículo de propulsión para buceo?

Kurt asintió.

—¿Puedes construirme algo capaz de atrapar a un yate?

—Claro —dijo Joe—. Pero ¿de dónde sacaremos las piezas?

—Qué curioso que me lo preguntes. —Kurt sonrió—. Tengo una idea.

Una hora más tarde, mientras El Din alquilaba un barco de pesca que no llamase mucho la atención, Kurt y Joe estaban en el aeropuerto contemplando un enorme aparcamiento lleno de coches polvorientos.

—Me siento como si hubiera muerto y subido al cielo de los supercoches —comentó Joe.

—O por lo menos el purgatorio —matizó Kurt.

Los coches que tenían delante eran exóticos. Centenares de ellos. Lamborghinis, Maseratis, Bentleys… Los Ferraris abundaban tanto como los monovolúmenes delante de un campo de fútbol infantil. Estaban almacenados como vulgares carracas en un lote de subasta, aparcados tan pegados que las puertas se tocaban. Era imposible saber cuánto tiempo llevaban allí, pero la mayoría tenían encima tanta arena y tanto polvo que costaba distinguir los colores. Muchos tenían las ruedas pinchadas, y todos se estaban cociendo al sol.

—En alguna parte, un hombre llamado Enzo está llorando —dijo Joe.

—Por no hablar de cinco hermanos de Módena.

—Hay tres aparcamientos más como este —les informó el vendedor que les había llevado a ver la muestra.

—¿Por qué? —preguntó Joe.

—Los extranjeros endeudados los dejan cuando se van corriendo. En Dubái no existe la bancarrota. Quienes no cumplen con sus deudas se las ven con la cárcel y otros castigos.

Kurt alzó una ceja.

—Procuraremos pagar por adelantado.

—Sabia decisión —comentó el vendedor—. ¿Qué es lo que necesitan?

—Uno de los más raros entre los raros —dijo Kurt—. El nuevo sedán de Tesla.

Una hora más tarde y con cincuenta mil dólares menos en la cuenta corriente, Kurt y Joe desmontaban el polvoriento Tesla en un garaje que les había proporcionado Mohammed El Din, que llegó por la tarde con un cargamento de material de la chatarrería náutica. Había secciones de fibra de vidrio, un par de motos de agua siniestradas y las hélices de varios motores fueraborda de alta cilindrada. Dos de ellos parecían destrozados sin remedio, pero el tercero estaba bastante limpio.

—Esto servirá —dijo Kurt.

—¿Para qué? —preguntó El Din.

—Ya lo verá —respondió Kurt—. Ya lo verá.

12

Dos días después, el atardecer encontró a Kurt y Joe sentados en la regala de una pequeña barca de pesca que cabeceaba mecida por las suaves olas del golfo Pérsico. La alargada embarcación tenía una pequeña cabina cerca de popa, un par de motores fueraborda y montones de redes y contenedores, que normalmente iban llenos de hielo para mantener fresca la pesca del día. Unas abrazaderas situadas en la popa sostenían sendas cañas de pescar, con el hilo extendido y metido en el agua.

—¿Seguro que quieres hacer esto? —preguntó Joe.

—¿Seguro que quieres ayudar a un tío que a lo mejor ha perdido un tornillo o dos hace poco?

—¿Hace poco? —repitió Joe con una carcajada—. Puede que esto te sorprenda, pero nunca me pareció que estuvieras del todo en tus cabales.

Kurt no pudo evitar reírse.

—¿Sabes que eres el único que no me ha preguntado por qué hago esto?

—Eso es porque no me importa —respondió Joe con firmeza—. Necesitas ayuda. Aquí me tienes.

Kurt asintió y miró más allá de las cañas de pesca, hacia los resplandecientes edificios de Dubái, bañados de luz dorada y cobriza a medida que el sol empezaba a ponerse tras ellos. Sin dejarse deslumbrar, bajó la mirada y orientó un potente catalejo hacia el contundente perfil del *Massif* de Acosta.

—Es gordo por todos los lados —comentó Kurt.

Mohammed El Din salió de la pequeña timonera.

—Como el propio Acosta, ¿no?

Kurt sonrió y siguió estudiando el yate.

—¿Qué velocidad cree que puede alcanzar?

—Ni idea —respondió El Din—. No me gano la vida diseñando barcos.

—Yo diría que unos veinte, veinticinco nudos como máximo —terció Joe—. Mucho más rápido que nosotros en este trasto.

—Saca humo —observó El Din—. Deben de estar preparándose para zarpar.

Kurt estaba de acuerdo.

—Es hora de poner este plan en acción.

El Din se trasladó al asiento del piloto y giró la llave. La pareja de fuerabordas arrancaron con un petardeo y una nube de humo azulado.

Joe fue a popa y empezó a recoger los sedales mientras El Din hacía avanzar la barca con un toquecito de acelerador. Trazó un amplio semicírculo hasta acabar orientado hacia el canal.

Kurt se quitó la *dishdasha* para revelar un traje de submarinismo. Se tumbó en el suelo y retiró una lona de encima de lo que parecía un pequeño torpedo con asas.

—¿Crees que este artilugio vuestro funcionará? —preguntó El Din.

—Por supuesto que sí —afirmó Joe—. Lo he construido yo casi entero.

Con cuidado, Kurt y Joe habían sacado las baterías del Tesla abandonado y las habían acoplado al motor eléctrico de una de las ruedas del coche. Con un poco de ingenio, habían soldado ese motor a una hélice extraída de una lancha.

Después de probar el motor y confirmar que podían controlarlo, habían envuelto el invento en una gruesa funda de plástico, alrededor de la cual habían construido un chasis hermético con secciones de fibra de vidrio rescatadas de las motos acuáticas y otras embarcaciones pequeñas. Sellaron las juntas con resina superresistente sin preocuparse por las rebabas y añadieron una mano de pintura gris oscura para que el artefacto resultase menos visible.

Parecía un proyecto infantil de ciencias pasado de vueltas. Kurt se montaría encima a horcajadas, usaría los pies para controlar un timón enganchado a la cola y, manipulando mediante los mangos un par de planos de inmersión, podría guiar la unidad propulsora.

—Reconozco que, desde un punto de vista estético, no es el más agradable de nuestros diseños —dijo Kurt—. Pero Joe y yo íbamos cortos de dinero y de tiempo.

—Por lo menos irá fuera —comentó El Din, aunque luego echó una mirada que indicaba que tenía sus dudas—. Irá sentado fuera, ¿no?

Kurt asintió. Moviendo un interruptor forrado de goma, activó el aparato. Un conjunto de luces LED se encendieron en la unidad de control improvisada. Dio gas y la hélice giró en una demostración de potencia instantánea. El gemido del motor eléctrico y el aire desplazado eran los únicos sonidos, pero la potencia resultaba obvia de inmediato.

—Si sobrevives a esto —dijo Joe—, a lo mejor empiezo a vender este cacharro por las esquinas.

—Me parece que tendrás un problemilla de liquidez —comentó Kurt—, si tenemos en cuenta que sacamos todas las piezas de un coche de ochenta mil dólares.

Mientras la vieja barca de pesca avanzaba petardeando, El Din hizo la siguiente pregunta:

—¿Cómo piensa subir a bordo cuando los alcance?

—Como Spiderman —respondió Kurt.

Se acercó a un armario, lo abrió y sacó cuatro objetos metálicos. Los dos primeros estaban enganchados a una especie de muñequera. Kurt se los pasó por los antebrazos y cerró las correas. Parecían guanteletes de esos que llevaban los antiguos caballeros. Los otros dos iban unidos a unas rodilleras parecidas a las que se ponían los esquiadores lesionados. Eran voluminosas e incómodas, pero se ajustaban bien a la pierna, por encima del traje de neopreno.

Kurt sonrió, orgulloso de su inventiva. Cada funda llevaba su propia batería de iones de litio y un potente electroimán acoplado. Después de ajustarse las muñequeras hasta sentirse cómodo, encendió la del brazo derecho pulsando un interruptor accionado por el pulgar y colocó el brazo encima de una caja metálica de cebo. La caja se despegó del suelo levitando y se le pegó al brazo con un ruido metálico.

A pesar de tirar con el otro brazo, Kurt no pudo desprenderla. Apagó el dispositivo y la caja cayó a la cubierta con estrépito.

—Si el *Massif* tiene el casco de acero, debería poder trepar por el costado sin problemas.

—¿Y si está hecho de fibra de vidrio? —preguntó El Din.

—En ese caso —contestó Kurt—, necesitaré que me recojáis lo antes posible y me llevéis a alguna parte donde pueda beber lo suficiente para ahogar todas mis penas.

Joe y El Din rieron mientras Kurt terminaba sus preparativos. Al cabo de un minuto, estaba listo para marcharse. Metió un pequeño transmisor en un bolsillo hermético diseñado para guardar las llaves durante el buceo y luego cerró la cremallera. En un segundo bolsillo guardó una compacta pistola Beretta de 9 milímetros y se ató a la pantorrilla un cuchillo de buceo.

—Cuando salga del yate mojaré el transmisor, que se activará automáticamente. Emite una luz muy tenue que se ve desde una distancia inferior a diez metros, pero si estáis más lejos tendréis que usar el escáner para localizarme.

Joe asintió y sostuvo en alto un pequeño aparato que parecía un teléfono nuevo.

—Comprobado y funcionando —dijo.

—Seguidme a un poco de distancia, pero que parezca natural. Y si Acosta le mete caña, no intentéis seguirle —añadió

Kurt—. Parecería sospechoso que le siguierais por toda la costa a alta velocidad.

—Estas aguas están llenas de barcas de pesca —señaló El Din.

—Sí, pero la mayoría están ocupadas pescando, no persiguiendo yates.

—También es verdad.

Kurt asintió.

—Si todo sale conforme al plan, encontraré a Sienna y la sacaré del yate sin que se enteren. En ese caso, esperad a que se alejen antes de acercaros a recogernos.

—¿Y si no todo sale conforme al plan? —preguntó Joe.

Kurt le miró con mala cara.

—Solo lo pregunto porque nunca sale todo bien.

Kurt se encogió de hombros; no podía negarlo.

—En ese caso, tened criterio y adaptaos a la situación en función de las necesidades, las exigencias y las circunstancias.

El Din parecía confundido por aquella respuesta.

—Quiere decir que improvisemos —explicó Joe—, que supongo que es lo que llevamos haciendo desde el principio.

—Posees una sabiduría impropia de tu edad —dijo Kurt.

—Es solo que te conozco demasiado bien.

A esas alturas se estaban acercando al final de la bocana de media milla, el canal que salía del puerto a aguas abiertas, en el que estaba prohibido levantar olas. El yate tardaría siete u ocho minutos en cubrir esa distancia si respetaba las reglas.

—Dejadme aquí —dijo Kurt—. Lo más probable es que empiecen a saltarse el límite de velocidad antes de superar la última boya. No quiero perder el tren.

—Aquí hay poca profundidad. Seis metros.

—El yate no puede tener mucho más de dos y medio de calado —respondió Kurt—. Esperaré en el fondo y arrancaré cuando me pase por encima.

El Din aminoró un poco más y realizó un leve viraje a babor para que Kurt quedase oculto.

Con la ayuda de Joe, Kurt levantó la unidad propulsora con forma de torpedo y la puso en equilibrio sobre el espejo de popa. Indicó que estaba listo levantando el pulgar, se bajó la mascarilla y mordió la blanda goma del regulador. Después de que El Din le hiciera un gesto con la cabeza, él y Joe tiraron el vehículo por la borda; cayó al agua y se hundió como si fuera la maqueta de un submarino. Kurt se sumergió en el golfo acto seguido.

Con los plomos que llevaba en el cinturón, Kurt se hundía más rápido que la unidad propulsora, que solo poseía una ligera flotabilidad negativa. La agarró con rapidez, la llevó hasta el fondo fangoso y luego se colocó encima, escuchando el ruido de la pequeña barca pesquera que se alejaba.

Sumergido en el agua cálida, Kurt pronto no oyó otra cosa que su propia respiración, el aire circulando por los conductos hasta sus pulmones y luego de vuelta al reciclador. La ventaja de ese sistema era que no dejaba rastro de burbujas. Dudaba que la tripulación del yate buscara algo tan simple —estarían más bien pendientes de sus sondas de profundidad y el radaroscopio—, pero no pensaba correr ningún riesgo.

13

Mientras esperaba en el fondo del canal, una vibración de baja frecuencia indicó a Kurt que el *Massif* se aproximaba.

Miró en dirección al puerto, en busca de cualquier indicio del yate. Lo primero que avistó fue la espumosa zona en forma de V de la proa del barco. Pronto cobró definición el borde delantero de la quilla. Se diría que avanzaba hacia él como un molinillo, pulverizando el agua, más que cortándola.

Tal y como sospechaba, el yate avanzaba más deprisa que los tres nudos permitidos.

Cambió de postura y se colocó como un policía de carretera que preparase su moto para salir en persecución de un infractor. Abrió un poco el gas y la hélice comenzó a girar, levantando sedimento e impulsándole hacia delante. Empezó a moverse e intentó coordinar la intercepción.

Sería un acercamiento complicado. Necesitaba situarse junto al yate, lo bastante cerca para quedar oculto por la curvatura del casco pero no tanto como para que lo arrollasen. El mejor punto sería la zona cubierta que quedaba justo detrás de la V de la estela de proa. Si se colocaba un poco más adelante, el agua desplazada le alejaría del barco; si se situaba algo más atrás, se arriesgaba a meterse en la parte más fuerte de la estela y verse arrastrado hacia las hélices.

El rumor armónico del yate se acercó más, y Kurt aumentó la velocidad. Un vistazo por encima del hombro le indicó que el barco se le echaba encima demasiado deprisa. Abrió más el gas, aceleró y se echó a un lado.

Al superar los siete nudos, Kurt se percató del error de su plan. La fuerza del agua, que amenazaba con apearlo del vehículo de buceo, era diez veces mayor que la que sentiría montando en moto. Ya era como agarrarse contra un viento de ciento diez kilómetros por hora.

Pegó el cuerpo al vehículo. El agua le pasaba a chorro por los lados. Volvió la cabeza con apuros. El *Massif* seguía cerrando distancias, con aquella quilla que avanzaba implacable hacia él como una gran espada que amenazase con partirlo en dos. De repente su gran idea parecía mucho menos brillante.

Dio gas a fondo y empezó a mantener el ritmo del yate que se le echaba encima. Casi de inmediato, en la unidad propulsora se puso a parpadear un piloto de advertencia.

«Eso me pasa por usar un coche embargado y abandonado en el aeropuerto.»

Echó un vistazo a la luz de aviso y luego al casco que se acercaba. Se dejó llevar hacia él, sintiendo en los hombros la presión del desplazamiento de la proa. Cuanto más se acercaba, más violenta se volvía la resistencia a su avance. El mero ruido era ensordecedor, como la mezcla de una catarata y un tren de mercancías. Le martilleaba en los oídos mientras la onda de la presión le aplastaba los hombros. La luz que parpadeaba en el equipo de propulsión pasó del amarillo al naranja.

Kurt frenó un poco para pasar por debajo de la estela de proa, y el empuje casi le hizo perder el control. Situado por fin detrás de la ola, subió el morro hacia el casco y empezó a elevarse poco a poco. Cuando afloró a la superficie, la resistencia contra el vehículo de buceo disminuyó y pudo coger algo de velocidad.

Chocó sin querer con el casco una vez, desplazado hacia la izquierda por un remolino. El impacto estuvo a punto de ponerlo a girar como una peonza, pero consiguió enderezar el rumbo e intentó acercase otra vez. La luz naranja parpadeaba, a punto de ponerse roja. Empezaba a perder potencia.

Con un esfuerzo desesperado, Kurt se lanzó hacia el casco, se estiró hacia delante y se dio impulso apoyando los pies en el vehículo. Saltó, pulsó los interruptores con los pulgares y se empotró contra la piel metálica del casco del yate.

Las placas de los antebrazos tocaron la superficie y se pegaron las primeras. A continuación llegaron las rodilleras, que se acoplaron al casco un instante después.

Estaba allí. Justo por encima de la línea de flotación; un polizón de lo más extraño.

Alzó la vista. Por lo que podía apreciar, nadie le había visto. No era nada probable, de buen principio. La forma en V del casco se curvaba por encima de él, ensanchándose hacia arriba. Para avistarle, alguien tendría que sacar medio cuerpo por encima de la regala y mirar directamente hacia abajo.

Durante un minuto no se movió, recobrando fuerzas mientras los potentes campos magnéticos le mantenían sujeto. Cuando se sintió preparado, pulsó el botón del pulgar izquierdo y separó ese brazo. Lo estiró hacia delante y volvió a sujetarlo al yate. Otro clic, y subió la pierna derecha.

Brazo izquierdo, pierna derecha, brazo derecho, pierna izquierda. Fue avanzando de esa manera, despacio y con calma.

A juzgar por la forma y la furia de la estela que dejaba la proa por debajo de él, Kurt supo que el yate estaba cobrando velocidad. Calculó que ya debían de superar los quince nudos, camino de los veinte. Siguió escalando. «La parte difícil ya está superada», se dijo a sí mismo.

Por lo menos, la primera parte difícil.

14

La cubierta principal del *Massif* contenía un enorme salón ovalado, más o menos el doble de largo que de ancho. Los laterales estaban cubiertos de ventanales que llegaban hasta el techo. Las paredes estaban revestidas de madera de tonos cálidos, taraceada con intrincados motivos repetidos. El mobiliario, estilo *art déco* y envuelto en cuero italiano suave como la mantequilla, estaba distribuido con gusto. El espacio entero estaba iluminado por apliques empotrados que emitían una luz suave.

En el centro de la sala, como si fuera el vórtice de un remolino, había una escalera de caracol, que descendía en espiral hacia los niveles inferiores del yate, bajo una claraboya de cuatro metros de diámetro que dejaba entrar la luz natural durante el día, y de noche actuaba como un espejo oscuro que reflejaba todo lo que sucedía debajo.

Repartidas por el salón había quince personas, sin contar el personal del yate. Algunas admiraban las obras de arte, otras bebían y charlaban.

Calista Brèvard entró en aquel paisaje tranquilo pero móvil vestida con un resplandeciente vestido negro de cóctel. Iba maquillada con más contención de lo habitual y con la melena oscura escondida bajo una peluca rubia platino, que le caía sobre los hombros y la espalda y por delante formaba un elegante flequillo que terminaba justo encima de los ojos.

Avanzó despacio hacia un piano de cola, donde Rene Acosta era el centro de atención.

—En el fondo es muy sencillo —le explicaba Acosta a un chino—. Ustedes se quedarán aislados y ellos seguirán teniendo acceso a sus secretos más ocultos.

—¿De verdad puede ser tan avanzado ese sistema? —preguntó el otro—. Ya hemos oído historias parecidas otras veces. Todos los sistemas tienen puntos débiles. Solo es cuestión de tiempo que penetremos el Phalanx.

Acosta sacudió la cabeza.

—¿Se lo jugaría todo a una carta Estados Unidos si no supiera que esa carta es absolutamente intocable?

—A lo mejor se equivocan.

Acosta se encogió de hombros.

—A lo mejor —dijo—. ¿De verdad pueden permitirse correr ese riesgo?

El chino se volvió y empezó a debatir la cuestión con dos de sus compatriotas, y Acosta se excusó y cogió a Calista del brazo.

—Los tienes comiendo de tu mano —dijo ella—. Debo reconocer que tienes más mano izquierda de lo que esperaba.

—He aprendido a tener tacto —repuso Acosta.

—Y mi hermano ha aprendido a ser un salvaje.

—Podrías habérselo impedido —dijo Acosta—. Pobre Kovack. Ahora tendrá que aprender a disparar y apuñalar con la otra mano. Quizá sería mejor que le evitaras por el momento.

—Dudo que me reconozca.

—¿Y si te reconoce?

—Entonces descubrirá que salió bien parado con mi hermano.

Acosta soltó una risilla y llegaron al bar. El camarero le sirvió de inmediato una copa de oporto de cincuenta años.

—¿Y para la dama?

—Agua con hielo —dijo Calista.

—Le corre por las venas —apostilló Acosta.

El camarero llenó en el acto un vaso de cristal de plomo con agua y hielo. Limpió el borde con una servilleta antes de entregárselo.

—Al menos podrías haber intentado limitar los daños —insistió Acosta.

—¿Y que se me viera el plumero? Ni pensarlo. Si hubiese protegido a Kovack, mi hermano habría sospechado. Puede que sospeche de todas formas. Si no nos devuelves la mujer, será la guerra entre vosotros dos.

—Solo la necesito durante un poco más de tiempo —dijo Acosta.

—No solo ella, sino también los demás. Los tres.

—No lo entiendes —protestó Acosta—. No tienes ni idea de lo que estos extranjeros están dispuestos a pagar. Diez millones por un mes de trabajo. Veinte por seis semanas. ¿Te lo imaginas? Es imposible que para tu hermano valga más. Entretenle. Dile que le daré una parte de los beneficios.

—Él tiene otros planes —dijo Calista.

—¿Qué clase de planes?

—¿Cómo voy a saberlo yo? —preguntó Calista—. Solo me cuenta lo que quiere. Pero te prometo que para él son importantes. Me ha mandado aquí para quitártela. La única manera que tengo de impedir eso es que me la entregues como estaba planeado y eches la culpa del retraso a los iraníes.

Acosta vaciló y Calista entrecerró los ojos. Había visto algo en la mirada de Acosta que le decía que ya había cruzado el Rubicón.

—¿Qué has hecho, Rene?

Él no respondió, pero su nerviosismo quedó de manifiesto en el modo en que tensó los músculos de su grueso cuello.

—¿Rene?

—La mujer no está aquí —dijo él por fin—. Se la entregué a Than Rang la semana pasada. También quiere a los otros.

Than Rang era un industrial coreano. Calista, con el cerebro a mil por hora, intentó pensar para qué querría o necesitaría a la estadounidense o los demás hackers.

—Si es así, será mejor que la recuperes.

—No puedo —respondió Acosta—. Than Rang no es un hombre que se ande con chiquitas. Prefiero vérmelas con la cólera de tu hermano que con la suya.

Calista se preguntó si mentía o no.

—Sebastian no esperará —advirtió—. La mujer debe estar en manos de mi hermano antes de que los americanos terminen el período de pruebas del Phalanx o tres años de esfuerzos se irán al garete, eso sí que lo sé. Y si eso sucede, Sebastian no descansará hasta asesinarte.

Mientras hablaba, Calista miró a su ex amante sin parpadear. Cuanto más nervioso parecía, más disfrutaba ella. Cualquier cosa con tal de hacerle sufrir.

—A lo hecho, pecho —dijo Acosta—. El único interrogante es de qué lado están tus lealtades.

—¿Mis «lealtades»?

—Sí —confirmó él—. Si estalla la guerra entre nosotros ¿de qué lado te pondrás?

Calista ladeó la cabeza como si la pregunta fuese una tontería. Una sonrisa maliciosa fue apoderándose de su cara.

—Qué cosas tienes, querido Rene —empezó a decir—. Estaré de mi propio lado, por supuesto. Creía que a estas alturas ya lo habrías aprendido.

Dejó la copa y se fue.

Acosta miró como se alejaba, en dirección a la escalera de caracol. A pesar de su plan de conservar la calma, notó que sus emociones se habían desequilibrado, para dar paso a la mezcla de ira y lujuria que Calista siempre llevaba aparejada.

Pero no había vuelta de hoja: no podía arrancar a la norteamericana de las garras de Than Rang aunque quisiera, como tampoco podía renunciar a los ingresos, fruto de las transacciones relacionadas con los otros tres expertos que tenía en su poder. Para costear su extravagante ritmo de vida necesitaba más dinero en efectivo, y lo necesitaba ya.

Hizo chasquear los dedos y aparecieron dos de sus hombres.

—No la perdáis de vista —les ordenó—. No quiero que cause ningún problema ni moleste a los demás invitados.

Asintieron y salieron detrás de ella.

Por su parte, Calista esperaba que la siguieran. Caminó despacio hasta el centro del salón y bajó por la escalera de caracol hasta la cubierta de alojamiento. Se dirigió hacia la popa, donde tenía reservado un camarote pequeño pero acogedor, con una sola litera.

Abrió la puerta y esperó un momento, lo suficiente para asegurarse de que sus perseguidores la veían. Los hombres de Rene aflojaron el paso pero siguieron acercándose. Calista les guiñó un ojo, entró agachando la cabeza y cerró la puerta.

Probablemente la vigilarían hasta la subasta. Pero Rene querría verla allí. Era una presencia misteriosa y una distracción. Las pujas serían más altas gracias a ella. Eso lo haría más fácil.

Encendió la radio y abrió el grifo de la ducha. Supuso que con aquello bastaría. Ya había registrado el camarote en busca de micrófonos y demás dispositivos de escucha.

Bajó la cremallera del vestido de cóctel, se quitó la peluca y con movimientos rápidos se puso otro conjunto, formado por pantalones oscuros y una camisa de seda gris. Era lo bastante elegante para hacer que pasara por una de las invitadas pero lo bastante práctico para concederle libertad de movimientos.

A continuación, retiró un doble fondo de su maleta, sacó un teléfono vía satélite y se lo metió en el bolsillo. Lo siguiente fue una pistola, una Bersa compacta de 9 milímetros. Era una automática fina, niquelada y con cachas de polímero negro. Llevaba siete balas de punta hueca en un cargador corto y otra más en la recámara. Era un arma fiable, precisa, con el gatillo suave. Calista había eliminado a varios adversarios con ella. Como precaución final, metió un cuchillo de diez centímetros en una funda fina que llevaba por encima del tobillo.

Lista para la acción, se dirigió a la gran ventana del camarote, que se abrió con facilidad. Debajo de ella vio la estrecha pasarela que recorría el borde del yate. Como no vio a nadie, salió por la ventana y aterrizó en la cubierta. Con fluida precisión, cerró el cristal y empezó a caminar hacia proa.

15

Pegado al costado del *Massif* como una lapa tozuda, Kurt estudió sus opciones. El pesado yate navegaba ya a veinte nudos. La luz procedente de la superestructura proyectaba un sutil resplandor sobre las aguas que corrían por debajo, pero aparte de eso estaba envuelto en la oscuridad.

Como no podía escalar y saltar por encima de la barandilla sin que le vieran, Kurt avanzó con rapidez hacia la popa. Sabía que allí había varias escotillas, una de las cuales estaba abierta de par en par antes de que el yate zarpara, para que la tripulación cargara víveres.

Se desplazó hacia ella, moviéndose como un cangrejo, hasta que la tuvo a la vista. Como la abertura quedaba muy cerca del agua, no le sorprendió encontrarla cerrada a cal y canto. Miró a su alrededor y reparó en una rendija de luz situada más arriba en el casco, y más hacia popa.

Trepó hasta ella con rapidez, se asomó por el borde y, al no ver a nadie dentro, giró sobre sí mismo y se metió con los pies por delante.

Se encontraba dentro de un pequeño taller conectado con la sala de máquinas. Era un espacio muy reducido y caluroso, lleno de ruido. Había dado un par de pasos cuando apareció una figura vestida con un mono blanco. Llevaba unos aparatosos auriculares para protegerse los oídos del traqueteo de los motores, por lo que no reparó en Kurt ni lo oyó venir.

Su cara fue la viva imagen del susto y la confusión cuando Kurt le llamó la atención con la Beretta y agitó un dedo para disuadirle de intentar nada. Una vez advertido, le quitó los auriculares.

—¿Hablas mi idioma?

El hombre asintió.

—¿Hay prisioneros a bordo de este yate?

La pregunta pareció dejarle perplejo.

—¿Prisioneros?

—Cualquiera al que retengan en contra de su voluntad —explicó Kurt—. Busco a una americana rubia.

—No —dijo el hombre, sacudiendo la cabeza—. Yo solo me ocupo de las turbinas.

Tenía sentido; el pobre desgraciado solo era un marinero. Pero tenía que conocer su nave.

Kurt lo llevó delante de un esquema de la instalación eléctrica del yate, donde estaban expuestas las conexiones de los pasillos, las literas y las zonas comunes.

—Rene Acosta —dijo Kurt—. ¿Cuál es su camarote?

El hombre dudó.

Kurt amartilló su Beretta.

—El primer camarote —dijo el técnico—. Cubierta de alojamiento, a proa.

Kurt estudió el plano. Al parecer, ese camarote era el más grande del buque, por lo que era razonable que fuese el de Acosta.

Arrastró al hombre hasta un trastero, lo metió dentro de un empujón y sacó una jeringuilla. Se la clavó en el muslo y observó que enseguida se le ponían los ojos en blanco. Al cabo de un segundo estaba inconsciente.

—Dulces sueños —dijo Kurt, mientras tiraba la jeringa.

En cuestión de un minuto, se había puesto el mono del tripulante, que cubría su traje de buceo y el equipo electromagnético pero no el pelo. Vio un gorro rojo colgado de un gancho y lo añadió al conjunto. Con la melena plateada cubierta por el gorro calado, Kurt se dirigió pasillo abajo hacia la proa, donde se encontraba el camarote de Acosta, al final de la pasarela central.

Encontró la puerta cerrada, pero pudo abrirla haciendo palanca con un cuchillo. Entró con discreción y empezó el registro. Llevaba dentro cinco minutos cuando oyó una mano en el picaporte.

Con sorprendente agilidad —teniendo en cuenta el aparatoso equipo y las capas de ropa que llevaba—, Kurt se metió en el baño y se agazapó tras la curva de la mampara de cristal de la ducha de Acosta.

Empuñando la Beretta una vez más, se aprestó para una pelea. Si tenía la suerte de que fuera Acosta quien entraba, le sacaría unas cuantas respuestas sin necesidad de intermediarios.

La puerta del camarote se abrió un instante y luego se cerró con suavidad. Para sorpresa de Kurt, no se encendió ninguna luz. Unos pasos sigilosos en la tupida moqueta avanzaron poco a poco desde la puerta hasta el escritorio donde Kurt hacía un momento revolvía los trastos de Acosta.

El chirrido de una silla le indicó que alguien se había sentado, pero la habitación siguió a oscuras hasta que la iluminó parcialmente un suave resplandor azul, fácil de reconocer como el brillo de una pantalla de ordenador.

Kurt oyó que alguien tecleaba y luego, por fin, una voz de mujer.

—Rene —dijo la voz con desdén—, ¿de verdad creías que mi propio sistema de seguridad me detendría?

Fue una pregunta retórica. No había nadie para responderla, y a Kurt empezó a poderle la curiosidad.

Se desplazó a otro punto, desde el que pudiera mirar.

La mujer sentada ante el escritorio de Acosta tecleaba con frenesí.

—Maldito seas, Rene —dijo, y luego sacó del bolsillo un teléfono vía satélite, en el que marcó un número.

—Tenemos un problema —anunció—. No están aquí...

Ninguno de ellos. Ni la americana ni los demás. No están a bordo.

Se produjo una pausa.

—Sí, estoy segura —contestó la mujer—. Lo estoy leyendo en el ordenador de Rene ahora mismo. Pensaba que mentía, pero parece que ya ha despachado a la mujer a Corea, y además también le ha prometido a Than Rang los otros tres. La subasta debe de ser una cortina de humo. O bien Rene va corto de dinero, o bien está montando una cola de compradores para el futuro.

Otra pausa, más larga en esa ocasión.

—No, no creo que eso funcione… Bueno, podría ponerle una pistola en la cabeza, pero eso no los traerá de vuelta. Tendremos que arrebatárselos a Than Rang nosotros mismos. Y eso no será fácil.

Kurt aguzó el oído pero, por mucho que se esforzara, solo distinguía lo que decía la mujer.

—No hay otra manera —dijo esta—. Sin ella, nadie se creerá que podemos cruzar el *air gap*, abrir brecha en la muralla estadounidense y tumbar el sistema.

Kurt no tenía ni idea de lo que estaba diciendo, pero no perdió detalle de nada.

—Tengo que colgar —dijo por fin la mujer, que pulsó unas cuantas teclas y cerró el programa—. Si no, Rene igual decide hacerme compañía en la ducha. —Hizo una pausa y luego añadió—: Tenías razón, por cierto. Soy demasiado buena para él.

Colgó, apagó el ordenador y salió de detrás de la mesa.

Kurt también se movió, en dirección al borde del camarote principal. En la penumbra vio que la mujer pegaba una oreja a la puerta de entrada. Reparó en que llevaba una pequeña pistola en la mano.

—Olvidas algo —susurró Kurt.

Ella giró sobre sus talones, pero él ya tenía la Beretta preparada. La mujer la vio con claridad y se quedó inmóvil.

—Ese portátil estaba cerrado cuando has entrado.

16

—Tira la pistola allí —ordenó Kurt.

Señaló una gruesa alfombra situada cerca de la puerta del baño.

La mujer se encogió de hombros y lanzó el arma con delicadeza en la dirección que le indicaba. Aterrizó con un golpe apenas perceptible.

Kurt señaló una de las sillas de delante del escritorio de Acosta.

—Siéntate.

La mujer vaciló por un instante y luego caminó hasta la silla y se dejó caer en ella con una elegancia natural. Kurt captó una clara ausencia de nerviosismo en su postura. Parecía cómoda. Se recostó en la silla y cruzó las piernas como si esperase un cóctel al atardecer.

Sin dejar de encañonarla con la Beretta, Kurt se colocó al otro lado del escritorio y pulsó una tecla del ordenador. Se encendió la pantalla. Volvía a pedir la contraseña.

—Tú ya has sorteado esto —dijo—. ¿Me cuentas cómo?

—¿Quién eres? —preguntó ella. No había miedo en su voz, tan solo una sutil curiosidad. Como alguien que hubiera descubierto un juguete nuevo.

—Contraseña —dijo Kurt, sin hacer caso de la pregunta.

—¿Eres un ladrón? ¿Una especie de topo?

—Contraseña.

—Calista —dijo ella—, con ce. Como si pudiera escribirse de otra manera.

Kurt tecleó el nombre, alternando la mirada entre la mujer y el monitor.

La pantalla de bloqueo desapareció y dio paso a una hoja de cálculo. El fondo blanco era tan luminoso que hizo que las pupilas de Kurt se contrajeran, de manera que le costaba ver más allá del monitor. Pulsó la tecla que reducía el brillo hasta dejarlo todo lo tenue que pudo.

La mujer no se había movido, aunque ahora estaba inclinada hacia delante, observándole.

—No eres de la tripulación —dijo con calma—. Y te veo un poco desarrapado para ser uno de los invitados.

—Mi invitación se perdió entre el correo —replicó Kurt—. Y ahora dime, ¿qué buscabas? ¿Y con quién hablabas?

La mujer alzó las cejas.

—¿Hasta qué punto necesitas saberlo?

—Hasta el punto de pegarte un tiro si no me lo cuentas.

Ella se rió.

—No vas a dispararme. Para empezar, harías demasiado ruido.

—Llevo silenciador.

—Muerta no te sirvo de nada —añadió la mujer, y se levantó.

Kurt la miró a los ojos.

—¿Quién ha dicho que vaya a matarte? Me basta con un tiro en la rodilla.

—Y mientras grito de dolor —replicó ella, mientras avanzaba con movimientos furtivos—, ¿podré hablar con claridad?

Kurt no respondió, y la mujer se encaramó al escritorio por el otro extremo y se estiró sobre las cuatro extremidades como una gata. Extendió los brazos hacia el ordenador, caminó con los dedos sobre el teclado y pulsó F1 y F4 a la vez.

Luego alzó la vista hacia Kurt y se relamió.

—¿Gano algo por cooperar?

Kurt se sentía como si hubiera aterrizado en la Dimensión Desconocida. De no haber sido imposible, hubiese jurado que aquella mujer se le estaba insinuando.

—Una pegatina con una estrella dorada —respondió.

Miró la pantalla. La hoja de cálculo había desaparecido y se había abierto una ventana más oscura. Mostraba un par de columnas formadas por cuadros. Cada cuadro contenía una fotografía: en una había un flamante avión Learjet, en otra un alijo de lo que parecían diamantes. El pie de foto decía: «400 quilates en total, todos VS o VVS». Un tercer cuadro indicaba el caballo de carreras que Kurt había visto, Desert Rose. Debajo de cada cuadro había números que indicaban aportaciones complementarias de dinero. Al parecer, el negocio no estaba tan sobrado de liquidez como El Din sospechaba.

Kurt dedujo que aquellas cajas contenían las últimas pujas por cualquier mercancía que Acosta tuviera a la venta. Siguió las líneas que cruzaban la pantalla hasta la segunda columna de imágenes. Cada una de ellas parecía una obra de arte.

Kurt identificó varios estilos artísticos: cubista, clásico y hasta algunos de los maestros antiguos.

—Pasa el cursor por encima de los cuadros —dijo la mujer—. Verás una descripción y lo entenderás mejor.

Con un ojo puesto en aquella amiga tan extrañamente solícita y el otro en el ordenador, Kurt hizo lo que le decía.

Las descripciones eran extrañas. Kurt no tardó en comprender por qué.

—«Experto en armas, ha trabajado con el gobierno sirio en dispersores químicos» —leyó en voz alta.

El siguiente «cuadro» iba acompañado del texto: «Ingeniero de sistemas de guía, conocedor de los diseños soviéticos y norteamericanos».

El tercer mensaje no era más que un grupo de palabras extrañas: «ZSumG», «Montresor», «Xeno9X9».

—Son nombres de hackers —explicó la mujer—. Apodos. Por si quieres saber qué, o a quién, vende.

Kurt pensó en lo que le había oído decir por teléfono. Se desplazó por la pantalla hacia abajo. Había una docena de cuadrados más, etiquetados como obras de arte. Buscó en todos, pero no encontró ni rastro de Sienna Westgate.

Alzó la vista justo a tiempo de ver cómo la mujer se abalanzaba hacia la pistola con que la encañonaba.

Fue rápida, pero Kurt ya había imaginado que lo haría, tarde o temprano. Apartó el brazo con un movimiento brusco, la agarró con la otra mano y la tiró del escritorio al suelo. La mujer se levantó blandiendo un estilete de diez centímetros. Kurt se puso fuera de su alcance con un paso atrás y tiró una escultura metálica que parecía vagamente humana. Aterrizó con estruendo mientras la mujer acometía otra vez.

Con la mano libre, Kurt le cogió la muñeca y le retorció el brazo hasta hacerle soltar el cuchillo. Después la empotró contra la pared con un movimiento en arco y la inmovilizó.

La mujer se revolvió durante un instante. Para que dejara de retorcerse, Kurt levantó una vez más la pistola con silenciador.

—No tengo interés en matarte, pero te pegaré un tiro como me pongas en peligro.

La melena oscura de la mujer caía por delante de su cara. Sangraba de un corte en el labio. Miró a Kurt con los ojos muy abiertos. Había algo peculiar en aquella mirada, pensó Kurt; una expresión de reconocimiento.

—Te conozco —dijo la mujer con la voz entrecortada—. Caballero blanco… Sin miedo… Debo decir que me sorprende verte aquí. Llegas un poco pronto, me temo.

Kurt no aflojó la presión contra ella. No pensaba dejarse distraer.

—No sé de qué me hablas, encanto. No te he visto en mi vida.

—Yo no he dicho lo contrario.

—¿Con quién hablabas por teléfono?

En vez de contestar, la mujer se pasó la lengua por el labio ensangrentado, con cara de saborear su propia sangre, como si fuera una especie de princesa vampira.

—Te he hecho una pregunta.

—Bésame —susurró ella.

Kurt no respondió.

—O me besas o me pegas un tiro —insistió la mujer—, pero gritaré si no haces una cosa o la otra.

—No vas a gritar —dijo Kurt—. Tienes tantas ganas como yo de que nos descubran aquí.

Ni siquiera había terminado la frase cuando la mujer inclinó la cabeza hacia atrás y chilló a pleno pulmón.

—¡Maldita sea! —gritó Kurt, mientras le tapaba la boca con la mano.

Entre los gritos y el jaleo, decidió que había llegado el momento de largarse. Metió la mano en el bolsillo de la mujer, cogió el teléfono vía satélite que le había visto emplear y se lo guardó en el mono.

Antes de que pudiera hacer nada más, la puerta se abrió de par en par y un grupo de hombres de Acosta entraron en tropel. Se abalanzaron sobre Kurt y de un golpe le quitaron la pistola de la mano. Consiguió quitarse a uno de encima y luego empujó a otro contra el escritorio, pero el tercero le alcanzó en la barbilla con un rodillazo.

Salió despedido hacia atrás por un instante, el tiempo suficiente para permitir que los otros se reincorporasen a la refriega. Le llovieron puñetazos desde todas las direcciones. Incapaz de zafarse de ellos, Kurt se vio reducido enseguida.

Los hombres lo pusieron en pie y contra la misma pared contra la que él había empujado a aquella extraña mujer.

Esta se había colocado detrás de todos y tenía en la mano la pistola de Kurt.

—Tres contra uno —dijo—. No me parece muy justo.

Sin pensárselo dos veces, empezó a disparar y acribilló a los hombres que sujetaban a Kurt, que cayeron al suelo a su alrededor. Ella siguió disparando, para asegurarse de que estaban muertos. Cuando estuvieron los tres tendidos e inmóviles en el suelo, le lanzó la pistola a Kurt.

—Será mejor que corras —le dijo con premura—. Como estos hay muchos más.

Kurt no tenía tiempo de reflexionar sobre la locura. Había aterrizado en medio de algo extraño. Muy, muy extraño.

Se asomó al pasillo. Había hombres armados que corrían en su dirección. Se metió rápidamente en el camarote y cerró la puerta.

—Tendrías que haberme besado —dijo ella, alzando las cejas.

—A lo mejor la próxima vez.

Kurt se volvió, hizo tres agujeros en la ventana y luego saltó a través del cristal debilitado, que se despedazó; aterrizó en la cubierta exterior.

Se levantó enseguida y corrió a toda velocidad hacia popa, mientras sobre su cabeza empezaba a sonar una ruidosa alarma. Le dispararon desde arriba y desde atrás; las balas rebotaban a su alrededor en la cubierta.

Se puso a cubierto pegándose a la superestructura, cambió el cargador gastado, disparó unas cuantas veces y luego echó a correr por debajo de las vigas de acero que sostenían la plataforma del helicóptero.

Alzó la vista y contempló con envidia la reluciente aeronave. Cayó en la cuenta de que más adelante podía suponerle un problema, apuntó a la cabina y disparó media docena de veces, hasta destrozar la ventanilla lateral y hacerle unos cuantos agujeros al cuadro de mandos y, de paso, un par más a las planchas de metal tras las que se encontraba el depósito de combustible. No estaba seguro de si había alcanzado algún punto esencial, pero cualquier piloto tendría que pensárselo dos veces antes de ir a dar una vuelta con aquel pájaro.

Volvió a agazaparse en las sombras y comprobó el cargador de su Beretta. Le quedaban cuatro balas.

—Hora de abandonar el barco —murmuró.

El sonido de unas botas atronando en la escalera que tenía encima no hizo sino reforzar su decisión.

Pegó dos tiros en la dirección de los tripulantes que se acercaban y arrancó a correr hacia la barandilla. Al mismo tiempo, uno de los hombres de Acosta dobló la esquina a toda velocidad. Chocaron como dos coches en un cruce.

Kurt cayó contra la cubierta y rodó, buscando la Beretta. Cuando se volvió en la otra dirección, se encontró cara a cara con un Colt 45 apuntándole al pecho. Lo sostenía un hombre de pelo rubio y ralo, ojos pálidos y un rostro demacrado que a la tenue luz parecía casi esquelético.

—Manos arriba —dijo, avanzando poco a poco hacia Kurt hasta que el arma quedó a no más de veinte centímetros de su nariz.

Kurt levantó los brazos con lentitud. El otro se relajó un poco y usó la mano libre para activar una pequeña radio que llevaba enganchada al cuello.

—Aquí Caleb —dijo—. Tengo al intruso. ¿Quiere interrogarle?

Un segundo de zumbido estático precedió a la repuesta.

—No —dijo un hombre que Kurt supuso que era Acosta—. Pégale un tiro, tráeme el cuerpo y ya está.

Cuando las palabras salieron de la boca de Acosta, Kurt pulsó el interruptor de pulgar conectado a su muñequera izquierda. El potente imán se activó al instante. Desplazó hacia un lado la pesada pistola metálica al mismo tiempo que Caleb apretaba el gatillo. El cañón escupió fuego y la bala se estrelló quince centímetros a la izquierda, donde perforó la cubierta de teca en vez del cráneo de Kurt.

Caleb se quedó atónito al ver que el Colt se pegaba al imán del brazo izquierdo de Kurt, y no se dio cuenta de que este cerraba la mano derecha y le lanzaba un puñetazo a la mandíbula. El golpe le giró la cara y lo tumbó cuan largo era sobre la cubierta.

Kurt salió disparado hacia la barandilla sin mirar atrás.

Sin aflojar el ritmo, puso las manos sobre el raíl y saltó por encima de él. Trazó un arco en el aire, agarrando la barandilla unas centésimas más de lo estrictamente necesario, y luego desapareció en la oscuridad.

En el puente de mando del *Massif*, Rene Acosta esperaba la noticia de que el intruso había muerto. Para su sorpresa, cuando la voz de Caleb llegó por la radio, sonaba enfadado y algo temeroso.

—El intruso ha saltado por la borda —gritó—. Repito, el intruso ha escapado y ha saltado por encima de la barandilla.

Acosta se llevó la radio a la boca.

—¡Te he dicho que le disparases!

—Lo he hecho —replicó Caleb.

—Entonces, ¿qué ha pasado?

—No lo sé —contestó Caleb—. ¡Pero estoy seguro de que le he dado!

Acosta rabiaba de indignación, en parte contra Caleb por su estupidez, y en parte contra el intruso por tener la insolencia de reventar su fiesta.

Miró de reojo al capitán del yate y trazó un arco con la mano.

—Dé la vuelta. Nos vamos de cacería.

En ese momento entró Kovack, que llamó la atención de Acosta con su brazo vendado y sin mano. Cuando el jefe le miró, Kovack empujó a Calista a la cubierta. Aterrizó a los pies de Acosta.

—La han encontrado en tu camarote.

—¿Mi camarote?

Calista habló con tono arisco.

—El intruso ha entrado primero en mi camarote —insistió—. Me ha puesto una pistola en la cabeza y me ha sacado a rastras por la ventana mientras tus idiotas ineptos dormitaban delante de la puerta.

Acosta la fulminó con la mirada. Otra mentira. Siempre había otra mentira a punto en sus labios.

—¿De verdad esperas que me crea eso? —bramó—. Llevas ropa distinta que antes. A lo mejor te estamos viendo el plumero.

—Mírame —dijo Calista. Tenía cardenales en la cara, y el labio partido estaba hinchado y húmedo de sangre—. ¿Te parece que he ido a tu camarote de buena gana?

Acosta se volvió hacia Kovack.

—¿Le habéis pegado tú o tus hombres?

—No —respondió Kovack.

—Cuéntale cómo nos has encontrado —le instó Calista.

Kovack vaciló.

—¿Y bien?

—Sus gritos nos han avisado de que pasaba algo —explicó Kovack—. De no haber sido por ella, no habríamos sabido que había un intruso.

Para entonces Acosta notó que el yate se ladeaba para efectuar el viraje. Tenía problemas más graves que atender.

—Vuelve a encerrarla en su camarote y pon un centinela delante de su ventana —ordenó—. Y luego ven conmigo a la cubierta y trae fusiles y un foco.

—Los invitados están inquietos —comentó otro de los subordinados de Acosta.

—Diles que vamos a hacer un poco de deporte —respondió este—. El intruso está en el agua. Pagaré diez mil dólares al tirador que lo mate.

17

Cinco millas por detrás del *Massif*, Joe Zavala estaba de pie en la proa de la pequeña barca pesquera, intentando no perder de vista al veloz yate. En ese momento distinguía el cálido resplandor de las luces interiores del buque, pero como las apagasen, tendrían un problema.

Se volvió hacia El Din, que manejaba el timón.

—Seguimos perdiendo terreno. ¿No le puede dar algo más de caña a esta langostera?

—Paciencia —respondió El Din—. Recuerde, la paciencia puede ser amarga, pero sus frutos son dulces.

Joe miró a El Din con cara de pocos amigos.

—No me interesa aprender a ser paciente. Solo no perder de vista ese yate.

Sin previo aviso, el escáner empezó a pitar.

—Es la señal. Kurt está en el agua.

—Gracias a Alá —dijo El Din, que empujó la palanca aceleradora hasta el tope, como si quisiera obtener más velocidad que la que la barca poseía.

—¿Qué ha pasado con la dichosa «paciencia»? —preguntó Joe.

—Nunca se me ha dado muy bien —respondió El Din—. Además, el tiempo de la paciencia ha pasado. Ahora llega el momento de la acción.

Joe no podía estar más de acuerdo. Kurt había pasado poco

menos de una hora a bordo del *Massif*, pero le había parecido la mitad de la noche. Dejó el escáner y se llevó el catalejo al ojo. Casi de inmediato, vio algo que no le gustó.

—Maldición.

—¿Qué pasa?

—El yate está virando —dijo Joe—. Van a dar la vuelta.

18

El *Massif* viró trazando un amplio arco y perdiendo algo de velocidad. Para cuando el timón volvió a estar centrado, el enorme yate no superaba los cinco nudos.

De pie en el puente, Acosta señaló en el mapa del GPS el punto en que el polizón había saltado por la borda.

—Mantén esta velocidad y al buque estable —ordenó—. Quiero que hagas pasadas lentas de un lado a otro de esta zona hasta que avistemos y liquidemos al intruso.

—Sí, señor —dijo el capitán. La brutal orden no le hizo ni parpadear.

Una vez comunicadas las instrucciones, Acosta salió a la cubierta. Caleb le esperaba con un rifle de caza de cerrojo.

—Dame eso —le espetó Acosta—. Tú podrías fallar otra vez.

Caleb frunció el ceño y le entregó el arma a su amo y señor.

Además de su propia persona, Acosta había apostado equipos de hombres armados en diversos puntos de la cubierta principal. Dos contingentes ocupaban un puesto en la parte central del yate, uno a cada lado. Dos hombres más esperaban en la popa.

—Luces al máximo —ordenó Acosta.

A su alrededor, las luces exteriores del yate iluminaron las aguas del golfo Pérsico, en una franja de sesenta metros de anchura por ciento cincuenta de longitud. En lo alto del puente, dos focos se encendieron y se orientaron hacia delante y hacia fuera, formando sendos ángulos de cuarenta y cinco grados para cubrir el máximo de superficie posible.

—No tardaremos mucho —prometió Acosta, mientras se pasaba la correa del rifle por el antebrazo.

—Blanco a estribor —gritó alguien.

Acosta se encontraba en el costado de babor. Atravesó el puente a grandes zancadas y abrió de un empujón la puerta de estribor en el preciso instante en que sus hombres abrían fuego. Las balas levantaron cintas de agua en la zona que estaban regando de balas.

Acosta alzó el rifle y avistó el objetivo enseguida: un destello de ropa blanca. Disparó una vez; un impacto directo. El mono se agitó cuando la bala alcanzó su objetivo, pero no hubo sangre ni la más mínima reacción defensiva.

Cuando el blanco se acercó un poco más, Acosta vio por qué. El mono robado estaba vacío. Pasó flotando hecho un ovillo, mecido con suavidad por las olas.

Sonaron más disparos.

—¡Alto el fuego! —gritó Acosta—. Aquí no hay nadie. Debe de haberse quitado la ropa para dejarla como señuelo.

Cesaron los disparos, y Acosta volvió a dirigir su atención a las aguas inescrutables, en busca de cualquier indicio del hombre que había subido a su yate.

Al cabo de varios minutos sin nada que ver, perdió la paciencia.

—Da la vuelta otra vez —ordenó a voces—. Tiene que andar por aquí cerca.

En realidad, Kurt estaba mucho más cerca de lo que Acosta podría haber imaginado. Estaba pegado al costado del yate, seis metros por debajo de la cubierta principal y unos dos por encima de las agitadas aguas.

Al saltar por encima de la barandilla, se había agarrado un instante más de lo necesario y había convertido su movimiento hacia fuera y hacia abajo en un giro en arco. La trayectoria le había estrellado contra el lateral del yate al mismo tiempo en que reactivaba las placas magnéticas.

Había sido un choque brusco y poco elegante, pero eso a los imanes les daba igual. Una vez más, habían cumplido, fijándolo al casco de acero y manteniéndolo bien sujeto.

Desde allí, Kurt había reptado hacia delante hasta situarse justo debajo del ancla de cuatro toneladas del *Massif*.

Tras quitarse el mono blanco y echarlo al mar, esperó con paciencia mientras el yate invertía el rumbo y aminoraba hasta arrastrarse. Aparte de cierta tensión en los brazos y las piernas, estaba bastante cómodo. Suponiendo que las baterías aguantasen, podía mantenerse allí agarrado durante un buen rato. Y eso era lo que pensaba hacer.

Tarde o temprano, Acosta se rendiría, apagaría los focos y retomaría el rumbo original. En ese momento, Kurt se deslizaría por el costado hacia la oscuridad y flotaría hasta que el yate estuviera lo bastante lejos para que Joe y El Din fueran a recogerle.

Después de tres pasadas, Kurt supuso que Acosta estaba a punto de tirar la toalla. Sonrió en la oscuridad pensando en su brillantez táctica, y solo le faltaba darse una palmadita a sí mismo en la espalda cuando reparó en algo que no había previsto.

Avanzando a toda máquina hacia ellos, apenas visible a la luz de la luna, se distinguía la silueta de una barca de pesca de proa alargada.

—No me fastidies —susurró Kurt—. Pero ¿qué piensan hacer?

Y entonces cayó en la cuenta. Echó un vistazo a su brazo derecho, donde estaba el bolsillo en cuestión. Se había desgarrado, quizá en la refriega con aquella mujer o incluso peleando con el matón de Acosta.

Sin nada que lo sostuviera, el transmisor o bien se había enganchado en el mono cuando Kurt se lo había quitado, o bien se había caído sin más al mar mientras él se desplazaba por el casco. Sin duda a esas alturas debía de estar cabeceando en el agua en alguna parte, transmitiendo un mensaje a sus amigos que los atraía sin darse cuenta hacia el monstruoso yate plagado de matones armados.

19

Mientras avanzaban a toda velocidad hacia el transmisor, Joe repartió su atención entre el yate y el sector del mar donde esperaba encontrar a Kurt. Entre ambos no habría más de un cuarto de milla.

—No lo habrán visto —supuso Joe—. Tenemos que darnos prisa.

—¿Y si nos ven a nosotros? —preguntó El Din.

—Me sorprendería que no nos hubieran avistado ya —dijo Joe—. Pero no pienso dejar tirado a Kurt, para que le pasen por encima o le peguen un tiro.

—Llevan más luces que vuestro proverbial árbol de Navidad —observó El Din—. A lo mejor no pueden vernos aquí en la oscuridad.

—Esperemos que no.

El Din mantuvo el regulador abierto, y Joe buscó en uno de los compartimientos de la barca.

—¿Qué buscas?

—Estoy pensando que esta va a ser una de esas operaciones a alta velocidad. Necesitamos algo para que Kurt se agarre. —Sacó una red de carga—. Esto servirá.

El Din asintió.

—Trescientos metros —anunció, tras echar un vistazo al escáner.

—Aminore un poco —dijo Joe.

—Doscientos.

Joe cogió un catalejo de infrarrojos y oteó el agua. La superficie del golfo seguía a oscuras, pero el calor corporal de Kurt tendría que haberse divisado con claridad. No vio nada.

—¿Vamos hacia el objetivo? —preguntó.

—Lo tenemos justo delante; llegaríamos en punto muerto —respondió El Din.

—Mejor no usamos la palabra «muerto».

—Cien metros —dijo El Din—. Trescientos veintiocho pies, si no le gusta el sistema métrico.

Joe bajó el catalejo y forzó la vista en busca de cualquier señal de que Kurt intentara avisarles de dónde estaba.

—Cincuenta metros —dijo El Din, aminorando.

Al cabo de poco navegaban al ralentí, y El Din corrigió el rumbo hacia babor. La proa de la barca se deslizó hacia un lado.

—Tendríamos que estar justo encima de él.

Joe sintió un hormigueo de nerviosismo. Cuando la barca se detuvo y se disipó su estela, la noche adquirió una calma inquietante.

Echó un vistazo nervioso hacia el yate. La gran embarcación también estaba al pairo, con la proa apuntada hacia fuera en un ángulo de treinta grados respecto de ellos.

Con su pequeña pesquera parada en una situación análoga, aquello parecía un compás de espera entre presa y depredador. El yate, un gran felino agazapado sobre las ancas; la barquita de pesca, una gacela dispuesta a salir corriendo al menor gesto del gato. Por el momento, los dos se mantenían quietos como estatuas, esperando a que el otro hiciese el primer movimiento.

—Saben que le estamos buscando —dijo Joe, con un susurro—. Están esperando a que lo encontremos. Estese preparado para arrancar.

—En cuanto lo tengamos, pondré rumbo derecho a la orilla.

Joe alzó el catalejo infrarrojo y escudriñó el yate. Distinguía con claridad la columna de calor que surgía de sus chimeneas inclinadas. La mira funcionaba, de modo que ¿por qué no captaba el calor corporal de Kurt?

Temiéndose lo peor, cogió el escáner y miró fijamente en la dirección exacta de la señal. Kurt no estaba allí, pero en la oscuridad Joe vislumbró un tenue destello, demasiado flojo para apreciarse a más de ocho o diez metros de distancia.

—Allí —dijo.

El Din dio un suave toque adelante a las palancas y luego las devolvió a su posición. El impulso llevó la barca hacia delante, reduciendo la distancia. Cuando aquel destello tenue se puso a su alcance, Joe asomó el cuerpo por la borda y tendió una red de pesca. Extrajo del agua un cilindro de aspecto familiar.

—¿Eso es lo que yo creo? —preguntó El Din.

Joe asintió.

—El transmisor de Kurt.

—Entonces, ¿dónde está el hombre que se supone que iba pegado a él?

Un rumor repentino procedente del yate ahogó cualquier posible respuesta. Al darse la vuelta, Joe vio que el agua se agitaba a popa del gran yate y que la parte delantera viraba con rapidez como si la guiara un propulsor de proa. Casi al mismo tiempo, los focos gemelos del puente convergieron en la pequeña barca pesquera y el mar que la rodeaba.

En un visto y no visto, el leviatán avanzaba hacia ellos.

—Vámonos —gritó Joe.

El Din empujó a fondo las palancas y, tras virar en la dirección opuesta al yate, fijó un rumbo hacia la orilla. A la vez que empezaba la persecución, Joe comprendió el gran problema que tenía su plan. El yate seguía acelerando y ya casi lo tenían encima.

—No podemos dejarlos atrás —gritó—. Vire hacia ellos.

—¿Está seguro?

—Rápido —chilló Joe. Estaba atónito ante la velocidad de aceleración del *Massif*, que se les acercaba como un gigante ruidoso, devorando la distancia con rapidez.

El Din giró el timón a babor. Los motores fueraborda pivotaron en sus soportes y la ágil barquita viró hacia el gran yate. Joe tuvo que agarrarse para no salir despedido.

El *Massif* intentó imitar su viraje, pero era sencillamente incapaz de cambiar de dirección con la suficiente rapidez. La pequeña barca pasó a toda velocidad, a menos de treinta metros del yate.

Sonaron disparos y Joe se tiró al suelo para ponerse a cubierto. Alzó la vista hacia el costado del yate al pasar junto a él.

—Tenemos un problema —anunció.

—Si se refiere a que nos han cosido a balazos —dijo El Din—, tengo que darle la razón.

—Por desgracia, ese no es el problema del que hablaba —replicó Joe—. Me temo que habremos de acercarnos más.

—¿Más? ¿Para qué íbamos a querer acercarnos más?

—Porque Kurt está agarrado a un lado del casco.

20

Desde su posición en el lateral del casco, Kurt había visto cómo la barca pesquera aminoraba hasta detenerse. Había sentido, a través del acero del *Massif*, la repentina potencia del arranque, cuando los motores de turbina habían abierto las válvulas al máximo y las hélices gemelas habían empezado a batir las cálidas aguas del golfo.

Su esperanza había sido que la barca de sus amigos saliera disparada hacia los bajíos, pero habían dado media vuelta y se habían dirigido a toda máquina hacia él, hasta pasarle por delante a plena vista.

Las dos embarcaciones se encontraban en un callejón sin salida. Como un oso pardo al que incordiase un perrillo ladrador, el gran yate no podía virar como la pequeña barca, pero si esta intentaba escapar, el *Massif* aprovecharía su altísima velocidad para alcanzar a la pesquera.

Cuando sonaron los disparos, Kurt supo que tenía que pasar a la ofensiva.

En cuanto el yate se ladeó para efectuar otro giro, acometió una lenta escalada. Ascendió en línea recta, en dirección al ancla y el escobén, por el que la cadena atravesaba el casco.

Cuanto más subía, más se curvaba la proa. Era como escalar por la parte inferior de un saliente de montaña. Tenía que ir con cuidado. Si uno de los imanes se soltaba, podía caer al agua por delante de la mole del yate. Le pasó por la cabeza una imagen de su cuerpo aplastado bajo la quilla y luego triturado por las hélices.

Volvió a la realidad.

—De verdad que tengo que aprender a pensar en positivo —se dijo.

Llegó hasta el escobén, lo atravesó arrastrándose y encogiéndose, y se encontró en la cubierta de proa justo cuando el yate acometía otro viraje. Con todas las miradas fijas en la presa, nadie le vio.

—Qué pena que esto no sea la sala de máquinas —musitó, pensando en todos los daños que podría causar allí atrás—. Pero tendré que apañarme.

Sonó otra andanada de disparos y los focos giraron sobre su cabeza hasta apuntar por la aleta de estribor.

Kurt corrió hacia el gran cabrestante en torno al cual estaba enrollada la cadena del ancla. Un gancho metálico de aspecto temible, conocido como garra del diablo, bloqueaba la cadena.

Un vistazo al panel de control le dijo que se trataba de un modelo estándar. Lo encendió, aflojó la cadena y desenganchó la garra.

Pensó en soltar el ancla hasta que topara con el lecho marino. La profundidad media del golfo Pérsico era de apenas cincuenta metros, y tenían cadena de sobra para eso. Pero el ancla en sí era de las planas y, con la velocidad a la que navegaba el yate, saldría literalmente volando nada más tocar el agua, como una cometa en la brisa.

Aunque llegase al fondo y se agarrase, lo único que haría sería arrancar de cuajo el cabrestante y desprenderse del casco. Y si arrastraba la cadena entera hasta la última vuelta, ni siquiera conseguirían eso, porque el último eslabón estaba diseñado para romperse bajo semejante carga.

A pesar de la confusión que causaría, los daños superficiales no les serían de gran ayuda a sus amigos. Hizo unos cálculos mentales rápidos y pulsó el botón que soltaba la cadena. Esta empezó a desenrollarse, con un sonoro traqueteo de sus eslabones de veintidós kilos.

El ruido llegó hasta el puente mismo, y una luz de alarma se encendió en el panel de control.

—Capitán —dijo el timonel—, estamos perdiendo el ancla de babor.

Fue Acosta quien respondió, apartando al capitán de un empujón.

—¿Qué quieres decir?

—Alguien la ha soltado.

El ancla golpeó el agua y, empujada por la estela del yate, se estrelló contra el casco. El golpe reverberó en todo el buque.

—¡El intruso sigue a bordo! —dijo Acosta—. Por eso no podíamos encontrarle. ¡Alumbrad la cubierta de proa!

Acosta corrió hasta el chato alerón del puente y observó mientras el foco cambiaba de orientación e iluminaba la cubierta delantera.

—¡Allí! —gritó, al avistar a una persona bajo el haz de luz—. ¡Matadlo!

Dos de sus hombres abrieron fuego. Saltaban chispas alrededor del tipo de la cubierta de proa, pero con el cabeceo del yate, no era un blanco fácil. Ninguna de las balas alcanzó su objetivo, y el intruso se agazapó con rapidez detrás del mamparo.

Acosta se volvió hacia el capitán.

—¿Puedes parar el ancla desde aquí?

—No —respondió el capitán—. La ha puesto en manual. Pero...

—Pero ¿qué?

El capitán tenía una expresión perpleja.

—Por algún motivo, la ha parado él mismo.

El yate empezó a escorarse a babor, a causa del tirón del ancla desde ese costado. Resonó otro golpe tremendo cuando el ancla chocó contra un lateral del casco algo más atrás.

El sonido bastó para que Acosta sintiera un escalofrío. Pero el siguiente impacto fue peor.

El yate llevaba el ancla a rastras como si fuera un banderín enganchado al lateral de un coche de carreras, sacudiéndose a un lado y a otro en el aire. Con el siguiente movimiento pendular, la cadena abrazó la popa y el ancla se enganchó en una de las hélices.

Con brutal eficacia, el ancla de cuatro toneladas partió las palas giratorias. Al cabo de un instante, la cadena se enredó en el eje de las hélices y se tensó. Dio un latigazo contra el costado del casco, como una plomada, que hizo pedazos varias ventanas y dejó un surco diagonal en las placas de acero.

El repentino efecto de freno provocado por el eje de la hélice destrozó la transmisión, y el yate dio una sacudida y se escoró a estribor como respuesta.

Acosta y los demás salieron despedidos contra el panel de control. El capitán tiró de las palancas de inmediato, y el yate se volvió controlable.

—¿Qué haces? —gruñó Acosta.

—Hasta que podamos soltar esa ancla y tirarla al fondo del mar, no podemos pasar de una cuarta de velocidad. Si no, nos arriesgamos a que suba otra vez y destroce la otra hélice o haga un boquete en el fondo del casco.

A Acosta parecía que se le saltaban los ojos de las órbitas, y se le marcaban las venas del cuello. Se volvió hacia Caleb.

—Baja allí, mátale y tráeme su cadáver acribillado de balas.

—Eso haré —gritó Caleb, ansioso por redimirse. Corrió hacia la escalerilla seguido por otros dos hombres.

—¡Si no lo consigues —advirtió Acosta—, no te molestes en volver!

Desde la parte de atrás de la barca de pesca, Joe se fijó en que el yate perdía terreno.

—Están frenando —gritó—. Creo que tienen algún problema.

—¿Distingue lo que pasa? —preguntó El Din, girando el cuello para ver mejor.

—No —respondió Joe—, pero apuesto a que Kurt ha tenido algo que ver en ello.

El yate se estaba desviando de su rumbo, ya no les seguía. Los faros parecían iluminar la cubierta de proa.

—Ha llegado nuestro turno —dijo Joe—. Dé una vuelta abierta y acerquémonos por detrás.

—Agárrate —aconsejó El Din.

Joe se asió con fuerza al espejo de popa mientras la pesquera realizaba un brusco viraje más.

En la cubierta de proa, Kurt supo que su plan había funcionado. Llegaba la parte más difícil: salir vivo. Cada vez que asomaba la cabeza por el mamparo, un francotirador le disparaba desde el puente.

Lo que de verdad necesitaba era una manera de apagar los focos, pero había perdido la Beretta hacía mucho tiempo y el Colt que le había arrebatado a Caleb con la ayuda de los imanes se había caído al mar cuando se había estrellado contra el costado del casco. Después de oír dos disparos más, vio que la manivela de la escotilla empezaba a girar. Al mismo tiempo, reparó en que la barca de pesca se acercaba por un costado. Era ahora o nunca.

Arrancó a correr, manteniéndose lo más cerca posible de la protección del mamparo. Pasó a toda velocidad por delante de la escotilla, empujándola con el hombro justo cuando empezaba a abrirse. La pesada puerta se cerró sobre un brazo con un espeluznante crujido.

Kurt solo oyó un fragmento del grito de dolor mientras se

lanzaba por la borda por segunda vez. En esa ocasión se tiró de cabeza e intentó alejarse lo máximo posible del yate.

Con un estilo perfecto, atravesó como un cuchillo la superficie y bajó a bastante profundidad. Finas líneas de burbujas perforaron la oscuridad como flechas cuando los hombres de Acosta le dispararon. Erraron el tiro y Kurt, impulsándose con fuerza con las piernas, buceó alejándose del buque y hacia abajo.

El ruidoso navío pasó de largo, con el ancla aún enredada alrededor del eje torcido de la hélice.

Cuando remitió el ruido, Kurt empezó a nadar en horizontal. Siguió haciéndolo hasta que le pareció que los pulmones le iban a reventar, y entonces emergió en la oscuridad y miró hacia atrás.

El yate ya estaba virando. Por delante de él, vio acercarse a sus amigos.

No se molestó en gritar —solo le habría servido para tragar agua—, pero sí hizo un esfuerzo titánico por patalear con fuerza y nadar en un ángulo que les facilitase la recogida.

Cuando la barca estuvo cerca, Kurt se elevó y agitó los brazos. Sus amigos rectificaron el rumbo y se dirigieron hacia él, aminorando en el último segundo.

—¡Coge esto! —gritó Joe mientras le lanzaba una red de arrastre.

Kurt la agarró y empezó a avanzar tirando de ella. Casi había llegado a la popa cuando los focos del yate recorrieron el agua hasta encontrarles.

Joe le subió a peso y El Din no perdió ni un instante en dar gas a fondo.

La pequeña embarcación arrancó de nuevo mientras una andanada de balas rebotaba contra la superficie del agua, disparada por Caleb y sus compinches desde la proa del yate.

Saltaron astillas en todas direcciones. Kurt notó que una bala le rozaba el brazo. Pero en cuestión de segundos estuvieron fuera del alcance de las armas y se alejaron a toda máquina en la oscuridad.

El yate, herido, no podía seguirles el ritmo. La brecha fue ensanchándose por momentos y, al cabo de unos pocos minutos, el gran navío empezó a dar media vuelta.

—Lo hemos conseguido —dijo El Din.

Tumbado en la cubierta, agotado y algo sorprendido de estar vivo, Kurt miró a sus rescatadores.

—¿Estamos todos bien?

El Din asintió. Joe alzó los pulgares.

—Estamos de maravilla —dijo—. ¿Tú qué tal?

—Mejor que nunca —respondió Kurt.

—Estás sangrando —señaló El Din.

Kurt miró la herida. Era superficial. Otro arañazo en la chapa.

—Me he cortado afeitándome —bromeó—. Tengo que ir con más cuidado.

Joe se rió. Le alegraba ver que Kurt había recuperado el sentido del humor, desaparecido durante los tres meses de su convalecencia.

—¿Cómo ha ido en el yate? ¿Te ha gustado la fiesta?

—No es mi estilo de gente —respondió Kurt—, pero no puedo decir que me haya aburrido.

Kurt miró hacia atrás. Muy a lo lejos, las luces del *Massif* se iban apagando una a una. Retomaba su rumbo original y se adentraba en la noche, llevándose todos los secretos que Kurt no había logrado desentrañar.

En su cabeza resonaban preguntas sobre lo sucedido, empezando por la identidad —por no hablar de la cordura— de la mujer morena con la que había topado.

Se preguntó a qué se habría referido con sus pullas. ¿De verdad era posible que lo hubiera visto antes en alguna parte? ¿O había sido una mera estratagema para distraerle? ¿Qué hacía ella allí, para empezar? ¿A qué demonios podía referirse cuando le había dicho que llegaba pronto?

En cierto sentido, estaba en deuda con ella por haber liquidado a los matones de Acosta. Por otro lado, estos tampoco lo habrían encontrado si a ella no le hubiese dado por gritar. Se preguntó si habría escapado del yate aprovechando la confusión. Más importante aún: se preguntó con quién había hablado por teléfono y qué tramaban.

—No ha habido suerte buscando a Sienna —dedujo Joe.

—No iba a bordo, por lo que he podido ver.

—¿Alguna idea de dónde puede estar? —preguntó El Din.

—No estoy seguro —contestó Kurt—. Pero he oído una conversación telefónica en la que hablaban de alguien a quien llamaban «la americana». Quienquiera que sea, parece que se la han entregado a un sujeto llamado Than Rang.

—¿Quién?

—Un industrial coreano. Probablemente, un tipo con muy buenos contactos que podría causar muchos problemas si quisiera.

—¿Cuándo nos ha detenido eso? —preguntó Joe con una carcajada.

—Nunca —respondió Kurt—. Y esta vez tampoco nos detendrá. Pero aquí se cuece algo más gordo; algo más importante y complicado que un simple rapto.

—¿Alguna idea de qué es?

—No —dijo Kurt—. Pero les he oído hablar de «abrir brecha en la muralla estadounidense». No sé qué significará eso, pero tenemos que impedir que suceda.

21

—Than Rang es un asesino inmisericorde, no es la clase de hombre al que uno le busca las cosquillas porque sí.

Quien hablaba era Dirk Pitt, a través de una conexión encriptada que tenía como destino final la pantalla del ordenador de Joe.

—No lo hago porque sí —replicó Kurt—. Si Sienna está en alguna parte, la tiene ese tal Rang. Y a juzgar por lo que vi en aquel ordenador, está reuniendo un pequeño equipo de estrellas del hackeo.

—Te creo —dijo Pitt—. La cuestión es: ¿para qué?

—¿Qué se sabe de él? —preguntó Kurt—. A lo mejor eso nos dice algo.

—Es el jefe de un *chaebol* surcoreano. Su compañía se dedica a la minería, la gestión de residuos y la energía.

—¿Puedes darnos algún detalle?

—Than nació en el 49, justo antes de la guerra de Corea. Las fortunas de su familia ya iban de capa caída, pero cuando el Norte arrasó Seúl y su extrarradio durante la ocupación, la decadencia de los negocios familiares se acentuó. En un momento dado, su padre entró en tratos con gente del hampa para conservar la liquidez. Para cuando Than cumplió los dieciséis, la empresa ya se dedicaba más al contrabando y el blanqueo de dinero que a cualquier otra cosa. A la muerte de su padre, estalló una guerra entre las filas. Para cuando terminó,

Than había asesinado a todo aquel que se le oponía, había exterminado a los delincuentes que les habían financiado y había eliminado cualquier familiar que pusiera en entredicho su liderazgo.

—Un golpe palaciego —observó Joe.

—Y que lo digas —dijo Pitt.

—¿Por qué no intervino el gobierno?

—Tiene amigos en las altas esferas —explicó Pitt—. La mayoría de la gente olvida que Corea del Sur fue, básicamente, una dictadura militar-industrial desde 1951 hasta 1979. Todo el empeño se ponía en el crecimiento de la economía y cualquier medio era válido. Necesitaban riqueza para construir un ejército y prepararse para la siguiente invasión del Norte. Los delitos tendían a olvidarse o ignorarse si centralizaban el poder, traían orden o aumentaban la producción industrial.

—En pocas palabras, Than Rang es un delincuente callejero venido a más —resumió Kurt—. Pero eso no nos dice qué quiere de unos expertos en informática.

—Podrían ser muchas cosas —dijo Pitt—. Teniendo en cuenta la estructura del *chaebol* y la intensa competencia del mundo actual, yo apostaría por el espionaje industrial.

—Tiene sentido —coincidió Kurt—. Pero la mujer rara y sus socios parecían querer a esas personas para otros fines. Habló de abrir brecha en la muralla estadounidense. También mencionó algo llamado *air gap*. ¿Alguna idea de lo que significan esos términos?

Pitt miró a alguien que estaba fuera de la imagen.

—Hiram, ¿respondes tú?

Hiram Yaeger se puso delante de la cámara, con su larga melena aún recogida en una cola de caballo y sus gafas de abuela bien sujetas en su sitio.

—Buenos días, caballeros —saludó—. Iré al grano. El término «muralla estadounidense» lleva unos años usándose en el ciberespacio. Se refiere a una compleja serie de cortafuegos y defensas que hemos construido para proteger nuestra infraestructura de información. La cuestión es que, en teoría, nadie sabe que existen. Son sistemas controlados en exclusiva por la Agencia Nacional de Seguridad. Protegen a las instituciones gubernamentales y a varias corporaciones civiles importantes.

Eso pilló a Kurt por sorpresa.

—No paro de oír hablar de lo vulnerables que somos —dijo—. ¿Me estás diciendo que no es así?

—Digamos que no somos tan débiles como queremos hacer creer —explicó Hiram—. Pero el hecho de que tu amiga hablase de romper la muralla y derribar el sistema sugiere que se están planteando algo mucho más gordo y profundo que un hackeo normal y corriente.

—No es mi amiga —corrigió Kurt, mosqueado—, aunque es verdad que me salvó la vida.

—Eso es raro —dijo Pitt.

—Créeme, no fue lo único raro que pasó —le aseguró Kurt.

Pitt se rió.

—¿Dónde encajan Sienna y el Phalanx en todo esto? —preguntó Kurt.

Hiram no se anduvo por las ramas.

—Si el Phalanx funciona, sustituirá a la muralla actual. A todos los efectos, será la Muralla Estadounidense 2.0.

—¿Y qué pasa con los otros hackers? —preguntó Joe—. ¿Alguna idea de quiénes son?

—Estamos en ello —respondió Hiram—. Con las ventajas y desventajas de que los hackers tengan su propia subcultura de nombres.

—La mujer habló de apodos —dijo Kurt.

—Exacto —confirmó Hiram—. Son algo más que meros seudónimos; significan algo. Es una manera de ponerse en contacto con la persona adecuada. Por ejemplo, aunque Xeno9X9 parezca una secuencia aleatoria de letras y números, en realidad informa sobre las habilidades del hacker. Xeno significa «extranjero» y 9X9 recuerda la vieja terminología de los radioaficionados, en la que «cinco por cinco» indicaba que tenían una «señal fuerte, señal clara». Apuesto a que Xeno9X9 es un hacker capaz de actuar saltándose las fronteras sin demasiados problemas.

Pitt aportó más datos.

—Basándonos en una tarea ingente de investigación, creemos que es un ucraniano llamado Goshun que, curiosamente, desapareció hace más de un año. La teoría más extendida era que se había dado a la fuga porque se había desvelado su identidad. Ahora nos preguntamos si Acosta tuvo algo que ver.

Kurt tomó nota mental.

—¿Qué hay de los demás?

—Creemos que ZSumG es una abreviatura de *zero sum game* —explicó Hiram—. El de «juego de suma cero» es un término que se usa con frecuencia en las teorías económicas y de mercado. Significa que un lado puede beneficiarse solo si el otro pierde una cantidad equivalente.

—Si hay un ganador, hay un perdedor —dijo Joe—. No hay manera de obtener un resultado en el que ganen todos.

—Exacto —corroboró Hiram.

—¿O sea que ZSumG podría ser un hacker financiero? —preguntó Kurt.

—Eso creemos —respondió Hiram—. De acuerdo con lo que sabemos, ZSumG podría haber sorteado las medidas de seguridad de varios grandes bancos en los últimos cinco años, para robar millones de números de tarjetas de crédito, datos de identidad y códigos PIN de cuentas bancarias. Después los vendía a organizaciones delictivas de todo el mundo.

—Parece un muchacho encantador —comentó Joe.

—O muchacha —señaló Hiram—. No estamos seguros. Lo que nos lleva al último nombre: Montresor.

—¿De qué me suena eso? —preguntó Joe.

A Kurt le había pasado lo mismo. La respuesta le había llegado esa misma mañana.

—No llevas al día las lecturas obligatorias —le dijo a su amigo.

—Espero al final de las vacaciones de verano —respondió Joe—. Y entonces lo leo todo a última hora.

Kurt soltó una risilla y luego recitó:

—«Lo mejor que pude había soportado las mil injurias de Fortunato. Pero cuando llegó el insulto, juré vengarme.»

—«El barril de amontillado» —le explicó Hiram a Joe—. El nombre proviene del clásico de Edgar Allan Poe.

—De modo que podría ser una referencia a la venganza —sugirió Joe.

—O a esconder cosas donde nadie pueda encontrarlas —conjeturó Kurt—, tal y como Montresor emparedó a Fortunato.

—O quizá sea italiano y le guste el vino tinto —dijo Hiram.

—A lo mejor conviene que investiguéis a Giordino —sugirió Kurt.

—No pienses que no lo hemos hecho —replicó Pitt—. Resulta que sigue intentando dominar el Space Invaders en su Commodore 64. De modo que no es probable que sea él.

Kurt sonrió, pues apreciaba aquel momento de distensión, pero la niebla de guerra no se había disipado.

—O sea que no tenemos verdaderas respuestas —dijo—, solo más preguntas.

—¿Qué sabemos del *Massif*? —preguntó Joe esperanzado.

—Lo hemos seguido vía satélite —contestó Pitt—. Ha recalado en Bandar Abbas para unas reparaciones. Probablemente necesite un eje nuevo para aquella hélice. Pero como está en aguas iraníes, no podemos hacer gran cosa para vigilarlo.

—Imagino que todos los peces gordos que viajaban a bordo hace ya mucho que se fueron —dijo Kurt.

—Lo que nos devuelve a la casilla de salida —añadió Pitt, que volvía a llevar la voz cantante—. Sabemos que se vende o se alquila una especie de equipo de ensueño de hackers y que hay al menos dos grupos peleándose por él. Pero no sabemos por qué. Y estamos bastante seguros de que ninguno de los dos grupos lo forman la clase de personajes que queremos que nos tengan a su merced.

—Entonces solo nos queda una opción —dijo Kurt—. Cortocircuitar las dos amenazas a la vez.

—¿Y cómo te propones conseguir eso? —preguntó Pitt.

—Iremos a Corea del Sur a recuperar a esa «mujer estadounidense» y a los demás hackers. Mientras estén en nuestras manos, nadie podrá usarlos contra nosotros.

22

En la última planta del edificio de la NUMA, en Washington, Dirk Pitt y Hiram Yaeger estaban sentados delante del panel de comunicaciones. Kurt y Joe acababan de cortar la conexión.

Pitt decidió que era el momento de tomar el pulso a la sala.

—Bueno —dijo—, ¿qué opinan?

Enfrente de él, fuera de cámara y callados durante la llamada, estaban Trent MacDonald, de la CIA, un hombre llamado Sutton, de la NSA, y otros dos representantes de la NUMA: el doctor Elliot Smith, que se había convertido en el jefe de medicina de la organización, y Anna Ericsson.

A Pitt no le hacía gracia hablar con Kurt mientras aquellos observadores miraban desde las sombras como una especie de comisión investigadora, pero teniendo en cuenta la trascendencia que estaba adquiriendo todo aquel asunto, era una precaución necesaria.

El primero en hablar fue el doctor Smith.

—Kurt parece estable. Su afectividad es normal y no presenta ningún síntoma.

—Eso es bueno —dijo Pitt.

Smith expresó sus reservas con un encogimiento de hombros.

—Lo es, salvo que unos síntomas como los de Kurt no

deberían evaporarse sin más, solo porque se haya alejado de Washington.

—A mí siempre me ha parecido que salir de este sitio cura unos cuantos males —añadió Yaeger, que a todas luces esperaba que Kurt estuviese en vías de recuperación.

—Puede ser —dijo Smith—, pero no los que tiene Kurt.

Pitt intervino. Quería declaraciones concretas, no vaguedades.

—¿Adónde quiere ir a parar?

—Yo diría que podemos esperar que los síntomas regresen en algún momento. Lo más probable es que suceda cuando se vea sometido a alguna presión extrema.

—¿Señorita Ericsson? —preguntó Pitt.

—Yo le veo bien. Mejor que cuando estaba enclaustrado aquí.

—¿Qué hay de su historia? —inquirió Sutton.

—¿Qué pasa con ella? —dijo Pitt.

—Parece un poco rara, ¿no creen? Se sube al yate, descubre algo extraordinariamente vago, le ataca y luego le rescata una extraña mujer misteriosa… En teoría le quitó el teléfono vía satélite, pero después lo perdió. Nos da una descripción deficiente. Todo tenemos que tomarlo como artículo de fe.

—¿Cree que se lo ha inventado?

—Esa es la cuestión —dijo Sutton—. Él fue el único testigo, de modo que no podemos demostrar una cosa o la contraria.

—¿Qué pasa con la llamada que hizo la mujer? —preguntó Pitt.

—Hemos intentado averiguar si se produjo —reconoció Sutton—. De momento no ha habido suerte.

—Podría haber sido un servicio extranjero —señaló Hiram—, alguien al que no tengan acceso.

—Tenemos acceso a todo el mundo —le aseguró Sutton—. Créame.

—¿Qué hay de los nombres de esos hackers? —preguntó Pitt—. No se los ha sacado de la manga.

Sutton se encogió de hombros. Para eso no tenía réplica.

—Y ahora, hablemos en plata —prosiguió Pitt—. Conocemos la postura de Sutton: cree que todo esto es un enorme espejismo. Pero ¿qué pasa si Kurt ha encontrado algo real?

Trent MacDonald se frotó las manos durante un instante. Pitt cayó en la cuenta de que el representante de la CIA había estado muy callado.

—¿Trent?

—Si ha descubierto algo, si Sienna Westgate está viva y en manos de personas extranjeras o desconocidas, puede que tengamos el mayor problema que hayamos conocido ninguno de nosotros. Como mínimo, mínimo, tendríamos que dejar que Kurt siguiese adelante e investigara a ese sujeto, Than Rang. Con un poco de insistencia, es posible que pueda ofrecerle algo de ayuda. En la península de Corea tenemos más efectivos que en Irán.

Dirk asintió en silencio. No recordaba otra ocasión en la que hubiese recibido tanta cooperación de la CIA. Se preguntó si eso tendría algo que ver con la historia de Kurt en la Agencia o, ya puestos, con la de Sienna. Le asaltó un interrogante.

—¿Sienna Westgate todavía trabaja para la CIA?

MacDonald no respondió de inmediato.

—En cierta manera —dijo al fin—. Sienna dejó legítimamente la Agencia hace ocho años. No queríamos perderla cuando pasó al sector privado, pero no podíamos competir con un individuo como Westgate y todo lo que tenía que ofrecer.

—Prosiga —le instó Pitt.

—Era brillante —continuó MacDonald, y le hizo un gesto con la cabeza a Hiram—. Usted ha visto su trabajo.

—Una sabia —afirmó Yaeger—. Y lo digo como el mayor cumplido que conozco.

—Exacto —dijo MacDonald—. De modo que hicimos un trato con ella y Westgate. Les proporcionamos los inicios de nuestro sistema teórico más avanzado y les pedimos que los desarrollaran hasta crear una barrera infranqueable.

—Que ella convirtió en el Phalanx —concluyó Pitt.

MacDonald asintió.

—Pero nunca imaginaron que caería en manos de terceros —señaló Yaeger.

—No —reconoció MacDonald—. Y esa posibilidad es escalofriante por dos motivos: primero, vamos a perder mucha capacidad de recogida de información si el resto del mundo se apunta al Phalanx y nos impide hurgar en sus sistemas. Pero existe una preocupación más grave, una que no sabemos cómo cuantificar.

—¿De qué se trata?

—Todos creemos que el Phalanx es infranqueable. Lo hemos instalado en todas partes, desde la red informática del Departamento de Defensa hasta la base de datos de la Seguridad Social, pero nadie lo conoce tanto como Sienna Westgate. Fue la diseñadora jefe del proyecto, la única a la que confiamos la tecnología que les proporcionamos y que ella llevó diez pasos adelante. Eso significa que conoce sus puntos débiles mejor que nadie. Podría hasta haber incluido una puerta trasera en el sistema, por si alguna vez necesitaba usarla. No tenemos manera de saberlo.

Pitt empezaba a entender el problema.

—Y ahora el Phalanx protege al gobierno federal entero.

MacDonald asintió. Sutton hizo lo mismo.

—A lo mejor tendríamos que retirar el Phalanx del servicio activo —sugirió Pitt.

—Se está estudiando esa posibilidad —dijo Sutton—. Pero sería prematuro e imprudente hacerlo basándonos en lo que sabemos a estas alturas. Necesitamos pruebas en un sentido u otro antes de actuar.

MacDonald resumió la situación:

—No sé si Sienna está viva y en manos de nuestros potenciales enemigos —dijo—. Pero por mal que esté decirlo, estaría mucho más contento sabiendo a ciencia cierta que se vio arrastrada hasta el fondo del mar y se ahogó.

Por fría que fuese esa afirmación, Pitt entendía el razonamiento.

—Entonces será mejor que bajemos con un equipo hasta lo que queda del yate hundido de Westgate —dijo sin ambages—. Es una posibilidad remota, dadas las condiciones del navío, pero si encontramos el cuerpo de Sienna, vosotros podréis quedaros tranquilos y yo podré traer a Kurt a casa.

23

El buque de la NUMA *Condor* estaba fondeado en un mar apacible y resplandeciente, doscientas millas al nordeste de la ciudad portuaria sudafricana de Durban. El sol estaba en lo alto y no había ni una nube en el cielo. El mar parecía de cristal.

Sin mal tiempo en el horizonte y con el sistema automático que mantenía la posición del *Condor* contra las corrientes y sobre las coordenadas precisas, había poca actividad en el puente.

La cubierta de popa ya era otra cosa. Había una docena de hombres y mujeres reunidos alrededor de un par de pescantes, donde estaban preparándose para lanzar unos sumergibles gemelos.

Los vehículos se llamaban Scarabs, porque se parecían a los escarabajos de las leyendas egipcias. En vez de ser estrechos y tubulares, como la mayoría de los sumergibles, los Scarabs eran planos y anchos. Tenían la parte delantera grande y bulbosa, fabricada toda ella en polímero transparente de ocho centímetros de grosor, y una cabina trasera que se estrechaba hasta terminar en punta, llena de equipos, baterías y tanques de lastre. Los propulsores, emplazados en tubos cortos a ambos lados del chasis, parecían patitas chatas, mientras que el par de grandes brazos mecánicos que brotaban de debajo del morro, armados de sondas para tomar muestras y apéndices prensiles, recordaban a las mandíbulas con pinzas de un escarabajo.

El *Scarab Uno* era el modelo más antiguo e iba pintado de naranja internacional, el color de los chalecos salvavidas. El *Scarab Dos* era amarillo chillón, el color que solía asociarse con los sumergibles experimentales. Había salido de fábrica hacía apenas un mes, e iba equipado con motores más potentes, baterías más nuevas y duraderas y un avanzado sistema de control mediante pantalla táctil.

Desde una cubierta por encima de los ajetreados tripulantes, Paul Trout observaba con gran interés mientras se preparaban los vehículos para las operaciones, aunque no tenía la menor intención de descender en ninguno de los dos.

Paul tenía el tamaño y las hechuras de un jugador de baloncesto profesional, aunque hasta él reconocería que no poseía la misma coordinación o talento atlético. Lo que le faltaba en habilidades deportivas, Paul lo compensaba con una mente brillante. Distinguido geólogo, él y su mujer, Gamay, a menudo eran invitados a dirigir los estudios científicos más importantes de la NUMA. Mientras que el punto fuerte de Paul era la geología, Gamay tenía un doctorado en biología marina y había realizado varios descubrimientos importantes de especies hasta entonces desconocidas.

Paul comprendió que esa última misión no ofrecería un hallazgo tan positivo.

—¿Qué, Paul, te vienes conmigo?

El grito provenía de William «Duke» Jennings, uno de los pilotos de sumergible más experimentados de la NUMA.

—No, gracias —dijo Paul—. Prefiero algo con el techo más alto. Incluso un descapotable, aunque eso no funcionaría muy bien a trescientos metros de profundidad.

—Bien visto —coincidió Duke. Su siguiente objetivo fue una de las mujeres más hermosas de la cubierta—. ¿Qué me dices tú, Elena? Ahí dentro caben dos. Las vistas son inmejorables.

Todo el mundo sabía que Duke se refería a sí mismo. Parecía un surfista: joven y musculoso, con la piel bronceada y la melena rubia. Por si faltaba algún detalle, en esos momentos iba sin camisa. Era chistoso y gallito, y lo bastante bueno en todo lo que hacía para justificar esa actitud.

—No, gracias —respondió Elena—. Preferiría meterme en una cabina de teléfonos con un pulpo cariñoso.

Duke fingió que era una grave ofensa.

—¿Dónde vas a encontrar una cabina hoy en día?

Mientras la tripulación seguía trabajando, se abrió la escotilla de detrás de Paul. Por ella salió Gamay, que se situó a su lado.

Con su metro setenta y ocho de altura, su pelo del color del vino tinto y su piel tersa y pálida, Gamay era una atleta y estaba en perfecta forma. Tenía un ingenio agudo que solía emplear en plan de broma, aunque era mejor no buscarle las cosquillas, porque no tenía paciencia con los necios.

—Veo que ya estamos casi listos —dijo.

—No falta nada —confirmó Paul—. ¿Crees que vamos a encontrar algo ahí abajo?

—No lo sé —respondió Gamay—, pero mira esto.

Le entregó unos resultados impresos del sonar multihaz. Mostraban al *Ethernet* tumbado en el fondo, doscientos cuarenta metros por debajo de ellos. Habían tenido suerte; el yate se había posado en una repisa que sobresalía como una península sumergida en las aguas más profundas del canal de Mozambique. Diez millas en otra dirección y habría quedado a mil doscientos metros bajo el agua.

Paul reparó en algo más importante casi de inmediato.

—Está entero —dijo—. A Kurt le dijeron que el buque se había partido en varias secciones de camino hacia el fondo. Nadie lo cuestionó.

—Me pregunto de dónde sacó la información —replicó Gamay.

—O quién le envió la información incorrecta —se preguntó Paul.

—He hablado con Ericsson —dijo ella—. Si la parte subconsciente de su cabeza ha inventado una fantasía o un autoengaño, hará lo que sea con tal de mantener la historia con vida. Si él hubiera sabido que el yate no se había roto, la tarea de confirmar la verdad habría sido sencilla: hubiese bastado bajar y buscar a Sienna.

—Entonces le resultó fácil aceptar la información sin cuestionarla. La fantasía no podía permitir que eso sucediera —concluyó Paul.

—Tengo entendido que es bastante habitual.

Paul sintió un nudo en el estómago. Costaba entender que una de las personas a las que más admiraba pudiese andar tan perdida. Le impulsaba aún más a descubrir la respuesta.

—Vamos allá —dijo.

Gamay asintió y se dirigió a la escalera.

—Iré en el *Scarab Uno*.

—Yo os supervisaré desde la sala de control —dijo Paul—. Ve con cuidado.

Le dio un beso a su mujer y luego la soltó. Mientras Gamay descendía hacia la cubierta de popa, Paul miró a su alrededor durante un buen rato. Tan solo se veía un mar apacible en todas direcciones. Con la esperanza de que siguiera así, entró en el barco.

Gamay subió al *Scarab Uno*, que estaba listo para que lo izaran, y tomó asiento en el lado derecho. A su izquierda se sentaba Elena Vásquez, la piloto del sumergible. Elena era menuda, con el pelo corto y moreno y la tez color café. Ex buceadora de la Marina, era una incorporación reciente a la NUMA.

Mientras Elena comandaba el sumergible, Gamay se encargaría de las comunicaciones subacuáticas y los brazos mecánicos, que estaban equipados con herramientas para cortar, como sopletes de acetileno y una sierra circular con hoja de acero al carbono y puntas de diamante, que podía atravesar planchas de blindaje de cinco centímetros sin inmutarse. Al otro brazo iba enganchada una pequeña cuña hidráulica, algo parecido a las «mandíbulas de la vida» que utilizaba el personal de emergencias para practicar aberturas en los coches destrozados en accidentes de tráfico.

El plan era sencillo: abrir un agujero en el lateral del casco, enviar una cámara «nadadora» teledirigida al interior del yate y buscar los cuerpos.

Gamay se puso unos auriculares y siguió la lista de control para comprobar el instrumental. Elena hizo lo mismo desde el asiento de mando.

—Mi panel está verde —anunció Elena.

—El mío también —contestó Gamay. Luego habló por el micrófono de los auriculares—: *Scarab Uno* preparado para la inmersión. Metednos en el agua.

La grúa hidráulica se puso en marcha y levantó de la cubierta la embarcación de ocho toneladas, que luego desplazó hasta el costado del *Condor*. Con delicada precisión, la bajó hasta el mar.

Un ruido metálico y la sensación de que el sumergible se posaba les indicaron que les habían soltado.

—*Scarab Uno*, se han desprendido de la grúa. Les paso a control.

A continuación sonó la voz de Paul por la radio.

—Tenéis luz verde para sumergiros.

Unos segundos más tarde, la voz de Duke habló por los auriculares, cargada de burlona indignación.

—Te estás colando, *Scarab Uno*. Tenía que ir yo delante.

—Los dormilones no son campeones —replicó Gamay.

Elena soltó una risilla.

—Las chicas mandan, los chicos se ablandan —añadió por la radio—. Activando baliza de comunicaciones. Nos vemos en el fondo.

Con mano tranquila, Elena activó una serie de interruptores. Los tanques de lastre del sumergible empezaron a llenarse y el agua marina verde fue subiendo de nivel en torno a la cabina transparente, hasta rodearla por completo.

Elena activó los propulsores. Con una suavidad increíble, el vehículo naranja emprendió el largo descenso. Pasarían casi treinta minutos antes de que el fondo resultara visible.

Gamay encendió las luces exteriores cuando superaron los sesenta metros. A una profundidad de casi doscientos cuarenta, apareció ante ellas el lecho marino.

—*Scarab Uno* en el fondo —anunció Gamay. Su mensaje de radio fue transmitido a la superficie a través de un cable de fibra óptica no más grueso que un sedal de monofilamento que llegaba hasta una pequeña boya. Esta tenía una antena que retransmitía la señal hasta el *Condor*—. Avanzamos hacia la posición del pecio.

Al cabo de un momento, aparecieron ante ellas los restos de la nave naufragada. El *Ethernet* tenía la quilla hundida en el lodo y estaba casi perfectamente derecho. La sección cercana a la proa estaba algo abollada, ya que a todas luces había aterrizado de morro, pero no se apreciaban muchos más daños.

—Lo tenemos a la vista —dijo Gamay—. La parte delantera parece un acordeón, la superestructura externa aparentemente está intacta. Faltan el mástil del radar y las antenas, pero aparte de eso, está para que lo exhiban en una feria náutica.

Mientras bordeaban el costado de babor del *Ethernet*, Gamay vio unas luces que descendían a través del agua negra por el lado de estribor.

—Duke, ¿eres tú? ¿O nos visitan unos ovnis?

—Tranquilo todo el mundo —respondió él—. Ha llegado el Duque.

Gamay puso los ojos en blanco.

—Me alegro de que hayas podido venir. Nosotras examinaremos el lado de babor, tú ocúpate de estribor. Así evitaremos que se enreden los cables de comunicaciones.

—Recibido —respondió Duke.

Elena se volvió hacia Gamay.

—¿Por dónde quieres empezar?

—Entremos por arriba —dijo Gamay—. Según Westgate,

allí era donde esperaban su mujer y los niños. También es donde Kurt pudo, o no, verles.

Elena asintió y reorientó los propulsores. El Scarab se elevó por delante del costado del casco y avanzó poco a poco hacia las ventanas rotas del puente.

—Podríamos meter la cámara por la ventana —sugirió Elena.

—Todo ese cristal me da mala espina —dijo Gamay—. Como corte el cable, perderemos a la nadadora. Arranquemos la puerta.

Elena asintió y manipuló la palanca de mando y la de gases con la habilidad de una piloto de caza.

Apuntó uno de los focos hacia la escotilla, que estaba entreabierta. Cuando Elena acercó el Scarab lo suficiente, Gamay pudo agarrarla con una de las pinzas del sumergible. Un par de tirones le reveló que estaba atascada.

—Tendremos que cortarla —dijo.

El sumergible empezó a deslizarse hacia atrás.

—Estamos atrapadas en una contracorriente que forma un remolino por encima de la superestructura —explicó Elena.

—¿Puedes compensarla?

—Fácilmente.

Mientras se recolocaban, oyeron la voz de Duke por la radio.

—Este lado está más o menos en buenas condiciones. No hay indicios de desperfectos que no puedan atribuirse al impacto contra el fondo. Sigo con la inspección.

Para entonces Elena había reposicionado el sumergible y Gamay estaba preparada con el soplete.

Con un chasquido y un siseo, el soplete de acetileno empezó a escupir fuego. Una ristra de burbujas flotó hacia la superficie. Gamay seccionó las bisagras y agarró la puerta con el mango de pinzas. Mediante un ligero tirón, desprendió la pesada compuerta de acero, que cayó poco a poco sobre la cubierta con un ruido sordo.

—Soltamos la cámara —dijo Gamay.

Al cabo de un momento, la pequeña cámara submarina del Scarab avanzaba hacia el interior del yate hundido. Tenía un foco y una fuente de energía propios, pero estaba enganchada al Scarab mediante un fino cable de fibra óptica a través del cual transmitía la señal de vídeo.

—El puente está lleno de desechos —informó Gamay.

Manipuló la cámara para que hiciese un barrido y pronto tuvieron una panorámica de todo lo que había en el puente. El mamparo de cristal que Kurt había visto seguía en pie, aunque estaba cubierto por una telaraña de grietas.

—Parece un mapa de carreteras de Pennsylvania —señaló Gamay.

Entre los desperfectos y la delgada capa de lodo que había crecido encima, no se veía el otro lado.

—Habrá que rodearlo —dijo Gamay.

Una escotilla abierta sugería una posible ruta, y hacia allí dirigió la cámara.

—Qué raro que estén todas las escotillas abiertas —comentó por la radio Paul, que estaba viendo las mismas imágenes—. Teniendo en cuenta que el barco estaba en peligro y hundiéndose, todas las puertas estancas deberían estar cerradas.

Mientras Gamay dirigía la pequeña cámara hacia la escotilla, Duke también intervino.

—Aquí he encontrado algo, *Condor*. Parece que las válvulas del sistema de refrigeración del motor están abiertas.

—Si estaba entrando agua en el yate, las válvulas también tendrían que haber estado cerradas —observó Gamay.

—Eso mismo pensaba yo —dijo Duke—. Voy hacia la popa.

Gamay entró con la cámara en el salón principal. No tenía estómago para desear que encontrasen a una mujer ahogada y sus hijos. Ni siquiera si eso significaba poner fin al misterio.

—Ahora vamos a inspeccionar el salón —anunció.

Al igual que el puente, aquel espacio estaba lleno de desechos. Los objetos más pesados seguían en el suelo. Los más ligeros, como cojines, chalecos salvavidas, botellas de plástico y papeleras, flotaban cerca del techo. Gamay tuvo que pasar la cámara por debajo de ellos, como si volase bajo un manto de nubes.

Por suerte, estaban a una profundidad en la que crecían pocas algas, pero el agua estaba cargada de arena, cortesía de la corriente de Mozambique y la «nieve» que caía. Y a pesar de que los propulsores de la cámara eran minúsculos, removían el lodo con cada maniobra.

Duke volvió a hablar por la radio.

—Hay un boquete enorme en la parte de popa.

—¿Impacto o explosión? —preguntó Paul desde arriba.

—Yo diría que ninguna de las dos cosas —respondió Duke—. Los bordes son demasiado afilados. Casi parece que falte una plancha entera del casco. Sacaré la cámara y os mandaré unas fotitos.

Gamay escuchaba la charla pero estaba concentrada en la tarea que tenía entre manos. Al llegar a la esquina del fondo, giró la cámara para hacer otro barrido de la parte delantera del salón.

—Voy a parar un momento —dijo—. Hay una nube de arena en la cabina principal. Tengo que dejar que se pose.

Mientras esperaba a que el agua se despejara, la voz de Duke volvió a sonar por el aparato.

—Aquí hay algo raro. He metido la cámara por el agujero en lo que estoy bastante seguro que es la cubierta número dos. Deberían estar ahí los camarotes de popa, pero en lugar de eso hay una especie de bodega para el equipo.

—Será mejor repasar los planos —dijo Elena—. Conociendo a Duke, ha entrado por la cubierta equivocada.

Gamay tocó la pantalla de ordenador que tenía delante y abrió un diagrama de la estructura del yate. La NUMA lo había descargado de la página del fabricante. Mostraba un almacén sobre la quilla, luego los camarotes en la cubierta dos y por último un salón en la parte superior.

—Aquí hay un andamio colgante —dijo Duke—. Parece muy resistente; está claro que lo diseñaron para sostener algo pesado. Veo una puerta estanca al fondo. Hay algo escrito en ella. Intentaré acercarme para leerlo.

Gamay, que todavía esperaba a que se posara el lodo del salón principal, conectó con la señal de vídeo de la cámara de Duke. El objetivo apuntaba hacia el otro lado, porque Duke estaba usando los propulsores para arrancar el limo de la puerta estanca que había encontrado.

Cuando giró la cámara y la orientó hacia la puerta, Gamay solo apreció un mamparo gris de acero macizo. Unas uves invertidas amarillas lo cruzaban de lado a lado como señales de advertencia. Por debajo de ellas había dos palabras.

—«Cápsula de supervivencia» —leyó Gamay en voz alta—. Este buque ha sido modificado desde que salió de los astilleros.

—He oído hablar de esas cápsulas —dijo Elena—. Igual que esas habitaciones del pánico que tienen algunos famosos para poder esconderse de los acosadores o en caso de apocalipsis zombi, algunos ricachones han equipado sus yates con «cápsulas de escape» y «botes del pánico». Los propietarios entran, cierran la puerta a cal y canto y salen propulsados del barco naufragado.

—Eso explica el contorno regular del agujero —concluyó Duke—. Parece que hicieron saltar una plancha mediante pernos explosivos.

Gamay asintió.

—En cuanto se desprende, la cápsula puede o bien salir a la superficie, o bien sumergirse hasta unos treinta metros. Profundidad suficiente para quedar fuera del alcance de piratas o terroristas, o para capear el peor temporal imaginable. Dependiendo del número de ocupantes, podrían llevar víveres para una semana y oxígeno para al menos un día o dos. Piden ayuda con el mismo tipo de transmisor por boya que usamos nosotros, y la guardia costera o una empresa privada de seguridad acuden al rescate y los pescan.

Paul terció en la conversación:

—Entonces, si el yate tenía una, ¿por qué no la usaron Westgate y su familia?

—A lo mejor no pudo llegar hasta ella —sugirió Duke—. A lo mejor las cubiertas inferiores estaban inundadas.

—Alguien sí que llegó —señaló Gamay.

—Quizá otros tripulantes.

—¿Y dónde están? —preguntó Elena.

Gamay sintió un escalofrío.

—A lo mejor aquí hay gato encerrado, al final.

—No es por ser aguafiestas —dijo Paul—, pero hay toda una serie de posibilidades que podrían explicar la desaparición de la cápsula, como una avería o algún tipo de activación automática, por ejemplo si el buque llega a cierto estado, como estar sumergido. No nos volvamos locos tan rápido.

—Mi marido —comentó Gamay—. La voz de la razón. No te preocupes, que ya te repetiré esas palabras la próxima vez que tus Red Sox dejen escapar un partido en el último momento.

—Siempre que no sea contra los Yankees.

Gamay sonrió y regresó a la señal de su propia cámara. El lodo se había disipado. Dio una última vuelta por el salón principal, avanzando poco a poco para no perderse nada.

Estaba a punto de respirar tranquila cuando avistó una mano que flotaba inerte detrás de unos muebles amontonados.

—Maldición.

—¿Qué pasa? —preguntó Paul.

—Creo que he encontrado a alguien.

—Yo no veo nada en la pantalla —dijo Paul.

—Espera —repuso Gamay—. Parece que todo lo que no

estaba clavado o atado resbaló hacia delante y hacia un lado cuando el yate se hundió. Tengo que sortear una pila de trastos.

Con el corazón más acelerado de lo que le hubiera gustado reconocer, Gamay rodeó el montón de muebles con la cámara y enfocó el pequeño foco hasta que la imagen cobró nitidez. Entonces distinguió claramente un cuerpo, hinchado por el agua y atrapado bajo el mobiliario.

—Odio tener que decirlo —susurró Elena—, pero ese hombre no se ahogó.

—No —coincidió Gamay—. Por lo que parece, no tuvo la oportunidad.

A pesar de los daños causados por el agua salada, en el pecho se apreciaban con claridad tres agujeros de bala.

24

Doscientos cuarenta metros por encima del yate hundido, Paul miraba fijamente la pantalla de ordenador que mostraba las imágenes obtenidas por la cámara de Gamay.

Las heridas de bala eran inconfundibles.

Pulsó un botón para congelar la imagen y la mandó por e-mail directamente a Dirk Pitt.

Se acercó un poco más a la boca el micrófono de sobremesa.

—Seguid buscando —dijo—. Sed meticulosos. Esto ya no es una misión de recuperación. Ahora es el escenario de un crimen.

Duke respondió enseguida. La comunicación procedente de Gamay llegó algo distorsionada.

—¿Puedes repetirlo, *Scarab Uno*?

Esta vez Paul entendió menos todavía. Del altavoz surgió un estallido de interferencias y luego un chillido lo bastante agudo para hacerle daño en los oídos.

Paul pulsó el botón de transmisión.

—¿Gamay, me recibes?

Esperó.

—¿Gamay? ¿Elena? —Levantó la voz para hablar con otro miembro del equipo que estaba en el otro lado de la sala de control—. Oscar, ¿recibes su telemetría?

Oscar, a su vez, estaba saltando de una pantalla a otra.

—Nada —respondió—. Recibo señal de la boya, pero ningún dato del *Scarab Uno*.

Paul volvió a agarrar el micrófono.

—¿Duke, me recibes?

—Alto y claro.

—Hemos perdido la telemetría de Elena y Gamay. Puede que sea solo el cable, pero ¿podrías acercarte a echar un vistazo?

—Voy —fue la firme respuesta de Duke.

Paul intentó no preocuparse. El filamento que conectaba la boya con el Scarab era extraordinariamente delgado y los conectores a menudo tenían problemas, pero no le hacía gracia perder el contacto con su mujer cuando había doscientos cuarenta aplastantes metros de agua entre ellos.

Tamborileó con los dedos en la mesa mientras esperaba. Pulsó la tecla de actualizar del ordenador, con la esperanza de que los datos del sumergible de Gamay volvieran a aparecer, pero no fue así.

—Venga, Duke —susurró para sus adentros—. No te entretengas.

Una ondulación recorrió la pantalla, y Paul se esperanzó pensando que la imagen estaba a punto de reaparecer. En lugar de eso, la pantalla se congeló y luego se quedó negra.

—Qué diablos...

Al mismo tiempo, las luces del techo se apagaron. A su alrededor, en todas direcciones, los pequeños pilotos LED verdes de las torres y los teclados de los ordenadores se apagaron. Paul advirtió que el sonido del sistema de ventilación cesaba.

Se encendieron unas cuantas luces de emergencia alimentadas con baterías.

—¿Qué está pasando? —preguntó Oscar a voces desde el otro lado del panel de control.

Paul miró a su alrededor. Con los ventiladores quietos, el aire no se movía. Pulsó el botón de transmisión del micrófono unas cuantas veces, pero no sirvió de nada.

—Parece que alguien olvidó pagar el recibo de la luz.

Con el aire acondicionado apagado, en la minúscula sala de control no tardó en hacer un calor asfixiante.

Paul fue al intercomunicador, pero tampoco funcionaba. Entreabrió la puerta. La pasarela estaba a oscuras.

—Quédate aquí —le dijo a Oscar—. Voy a ver qué pasa.

Paul salió por la puerta y recorrió el pasillo. Aparte de las luces de emergencia, todos los compartimientos estaban a oscuras. Los motores estaban apagados. El buque navegaba a la deriva.

Subió por una escalerilla en la parte central del *Condor* y entró en el puente. Solo encontró al timonel.

—¿Qué pasa?

—Se ha ido la luz en todo el buque.

—Eso ya lo veo —dijo Paul—. ¿Alguien sabe por qué?

—El capitán ha ido a consultar al jefe de máquinas —explicó el timonel—. El cuadro eléctrico principal se ha caído. Y después el de reserva. Todos los sistemas están desconectados.

Paul estaba a punto de dar media vuelta y dirigirse a la sala de máquinas cuando sintió que una sutil vibración recorría todo el casco. Los motores y los grupos electrógenos auxiliares volvían a encenderse.

—Menos mal, algo es algo —musitó.

Fue al intercomunicador. Seguía apagado; también la radio. Le dio al interruptor de la luz. Nada.

Mientras se preguntaba por qué, notó que el *Condor* empezaba a moverse. No era solo que mantuviese la posición contra la corriente, sino que aceleraba. Fue al panel de mando. Los indicadores estaban encendidos, pero cuando el timonel tocó varios iconos de la pantalla, no pasó nada.

El buque empezó a virar, escorándose como si hubieran girado el timón hasta llegar al tope.

—No soy yo —insistió el timonel, que tenía sujeta y centrada la pequeña rueda que controlaba el timón.

El buque siguió acelerando y se enderezó en cuanto hubo fijado rumbo sur. La velocidad continuó aumentando. En cuestión de un momento el buque navegaba a toda máquina, surcando el mar cristalino al frente de una estela blanca, alejándose de los dos sumergibles y el pecio de debajo.

Una luz de advertencia en el panel de control reveló que las revoluciones por minuto de la hélice habían llegado al máximo y lo habían sobrepasado.

—Tienes que reducir —exclamó Paul.

—Lo intento —dijo el timonel—. Nada funciona.

Las revoluciones ya superaban en un tres por ciento la línea roja.

—¿Por qué no salta el limitador?

Otro tripulante se les unió en el puente y se dirigió al cuadro eléctrico.

—Dale al anulador —gritó Paul—. Parada de emergencia.

El timonel hizo lo que Paul le ordenaba: dio un palmetazo al botón amarillo y rojo de parada de emergencia que actuaba como anulador. El buque siguió avanzando hacia el sur.

Paul cayó en la cuenta de que el anulador no era más que otro botón para indicarle al ordenador que interrumpiese lo que estuviera haciendo. Pero si el sistema era defectuoso o había sido manipulado, no había motivo para esperar que el anulador funcionase como era debido.

Si las revoluciones seguían aumentando, era posible que se averiase el eje o incluso los propios cojinetes de los motores.

—Sigue intentándolo —dijo Paul—. Voy a la sala de máquinas.

Desde su asiento en la cabina del *Scarab Uno*, Gamay siguió transmitiendo al *Condor*.

—Paul, ¿me recibes? Adelante, *Condor*.

Como no tuvo suerte, intentó contactar con Duke y el *Scarab Dos*.

—Duke, ¿cómo está tu radio?

No hubo respuesta, pero al cabo de unos segundos apareció el *Scarab Dos*, elevándose por encima del lado opuesto del pecio como el sol naciente. Gamay vio que los propulsores se alineaban con el chasis, y el sumergible amarillo empezó a avanzar hacia ellas. Se movía poco a poco, con los focos orientados hacia abajo, hacia el pecio en lugar de al frente, lo que era extraño.

—Debe de haberse estropeado la radio —le explicó Gamay a Elena.

—Le deslumbraré—dijo esta.

—Qué más quisiera él —bromeó Gamay.

Elena sonrió y empezó a encender y apagar las luces para transmitir un mensaje rápido en código morse: «Radio estropeada».

El *Scarab Dos* siguió avanzando. Pasó por encima de la superestructura del yate hundido y empezó a descender hacia ellas. Por fin dirigió las luces hacia delante y las enfocó hacia el otro sumergible, pero no hubo mensaje de respuesta.

Elena se tapó los ojos.

—Gracias por cegarnos, Duke.

—Viene muy rápido —observó Gamay.

—Demasiado —corroboró Elena.

Con un golpe de muñeca, invirtió la orientación de los propulsores e intentó dar marcha atrás, pero el sumergible de Duke se les echó encima a toda velocidad y las embistió, cabina contra cabina. Fue un golpe de refilón, pero salieron disparadas hacia un lado. Gamay notó el impacto en el asiento.

—¿Qué le pasa a ese? —exclamó Elena mientras luchaba por recobrar el control.

Gamay miró a su alrededor. No había vías de agua a la vista. Ni grietas. Los Scarabs estaban preparados para bajar a profundidades de seiscientos metros, por lo que sus cascos eran increíblemente fuertes, pero la experiencia de los coches de choque prefería dejarla para tierra firme y la feria.

Miró a través de la cúpula transparente de la cabina. El *Scarab Dos* estaba virando en dirección hacia ellas, moviéndose más deprisa si cabe.

—Algo va mal —dijo.

—¿Qué?

—No lo sé —respondió Gamay—. Acelera. ¡Vamos, acelera!

Elena empujó hacia delante el acelerador y tiró de la palanca de mando hacia abajo y hacia babor. La forma amarilla del sumergible de Duke les pasó disparada por encima y viró hacia la izquierda.

—Pero ¿qué hace? —preguntó Elena—. ¿Se ha vuelto loco?

—No tengo ni idea —contestó Gamay—. Tú no te pares.

—Tengo el gas al máximo —dijo Elena—. Pero el aparato de Duke es más reciente y lleva propulsores mejorados y baterías nuevas. Por mucho que odie reconocerlo, su sumergible nos supera en todo.

Gamay lo veía con claridad. En esa ocasión, Duke les rozó el costado e intentó empotrarlas contra el casco del *Ethernet*.

Elena invirtió la propulsión y el sumergible naranja frenó. Duke salió lanzado hacia delante una vez más.

—¿Y ahora qué?

—Ve hacia arriba.

—Nos alcanzará si intentamos salir a la superficie.

—No hasta arriba del todo —dijo Gamay—. Basta que nos lleves al otro lado del pecio.

Elena movió la palanca hacia arriba y los propulsores pivotaron hasta adoptar una posición vertical. El sumergible se elevó por encima de la superestructura y pasó al otro lado a toda velocidad. En cuanto estuvieron allí, Elena empujó hacia delante la palanca e hizo descender el vehículo hasta situarlo detrás de la popa del yate, y meterlo en un hueco en la sección trasera del casco.

—¡Apaga las luces! —dijo Gamay, mientras accionaba una serie de interruptores a su lado.

Elena estiró el brazo y apagó los faros principales, lo que sumió al sumergible en la más completa oscuridad. Gamay suspiró.

—Y ahora contén la respiración —dijo—. Y esperemos que no nos encuentre.

Arriba, en la superficie, a bordo del buque que avanzaba a toda máquina, Paul se deslizó hasta la cubierta principal y corrió en dirección a popa. El *Condor* surcaba el mar como una lancha motora de tres mil toneladas, y solo le faltaba planear encima del agua.

A medio camino de la sala de máquinas, se cruzó con el capitán, que iba corriendo hacia el puente.

—En el nombre de Poseidón, ¿qué están haciendo ahí arriba? —bramó el capitán.

—No es la tripulación —explicó Paul—. Falla algo en el sistema.

—No tendría que haber aceptado nunca un buque controlado por ordenador —se lamentó el capitán.

—Tenemos que volver a la sala de máquinas —dijo Paul—. Se está sobrerrevolucionando. Nos cargaremos las unidades de propulsión si no las apagamos.

El capitán dio media vuelta y corrió con Paul hacia el extremo trasero del buque. Entraron agachando la cabeza y bajaron por una escalerilla hasta el espacio dedicado a las máquinas. El ruido era ensordecedor y la comunicación verbal, prácticamente imposible.

Encontraron al jefe y a otro miembro de la tripulación intentando frenar los motores a la desesperada. El capitán hizo el gesto de rebanar el pescuezo.

El jefe sacudió la cabeza.

—¡¿Y las bombas de combustible?! —gritó Paul a pleno pulmón.

Le miraron. Se acercó más a ellos.

—¡Bombas de combustible! ¡Tiene que haber un cierre de emergencia por si se produce un incendio!

El jefe asintió y les indicó que le siguieran. Como muchos navíos modernos, el *Condor* no era impulsado por pesados motores diésel sino mediante un avanzado sistema de turbinas de gasolina. En pocas palabras, un reactor conectado a un potente engranaje reductor y luego al eje o los ejes de la hélice.

Al poner un mamparo entre ellos y las turbinas, el ruido disminuyó lo justo para que pudieran oírse las comunicaciones a gritos.

—Hay dos turbinas —explicó el jefe—. Dos bombas de combustible. Suban por esa escalerilla y busquen detrás de los indicadores. La palanca roja corta el suministro. Yo me ocupo de la bomba de estribor. Ustedes vayan a la de babor.

Paul asintió y se dirigió a la escalerilla. El buque se estremecía y daba sacudidas a causa de la velocidad. El calor de las turbinas era como el de unos altos hornos. Con el sudor chorreándole sobre los ojos, Paul subió y encontró el grupo de instrumentos. Reparó en que el indicador de revoluciones por minuto marcaba ciento treinta y nueve por ciento. Muy por encima de la línea roja.

Sin tardanza, encontró la palanca de cierre de emergencia, la cogió y tiró con fuerza hacia abajo.

El combustible dejó de circular y la turbina comenzó al instante una rápida desaceleración. Era más de lo que el reductor podía soportar.

Con una estruendosa explosión y un chirrido de metal desgarrándose, algún componente importante del sistema saltó por los aires. Paul se tiró a la cubierta y se tapó la cabeza mientras la metralla atravesaba la sala.

Los veloces proyectiles de acero seccionaron varios cables y un conducto de refrigeración. Salió vapor a chorro, que llenó el compartimiento.

Paul alzó la vista cuando remitió el jaleo. Notó que el buque perdía velocidad a la vez que el espacio se llenaba de vapor. Se puso en pie, empapado en sudor, y se dirigió hacia el punto donde se había reunido con el capitán y el jefe de máquinas. El primero estaba en el suelo con una herida de mal aspecto en la pierna, que sangraba con profusión.

—¡Ayúdeme a levantarme! —ordenó el capitán, tapándose la herida—. Tengo que comprobar si estamos bien.

Paul le ayudó a ponerse en pie. El jefe abrió las escotillas para que la sala se despejara antes.

El buque iba a la deriva.

—Sin duda estamos frenando —dijo Paul.

—¿Qué ha pasado? —preguntó el capitán.

—Algo ha fallado en la unidad de control principal —dijo Paul—. Se ha activado sola y no respondía. Nos las vemos con una gente que sabe piratear ordenadores. Y este buque es uno de los más nuevos de la flota. Es básicamente un gran ordenador.

El capitán asintió con debilidad, cada vez más blanco.

—Arrancad todos los ordenadores y usad los cortacircuitos. Navegaremos a remo si hace falta, pero no pienso volver a perder el control de mi nave.

25

Abajo, Gamay Trout contempló la oscuridad mientras la superestructura del pecio se convertía en una silueta, iluminada desde atrás por los focos del sumergible de Duke. Era una imagen fantasmagórica que le provocó un escalofrío. Vio que Elena tenía las manos en el acelerador.

—Espera —le dijo.

Salido de la oscuridad, apareció el *Scarab Dos*, que pasó por encima del *Ethernet* como un depredador marino.

—Sigue nuestra última trayectoria —señaló Elena.

Gamay vio cómo la esfera de luz que rodeaba al sumergible amarillo continuaba su búsqueda alejándose de ellas. Era como observar a una nave espacial que surcase el vacío en lo más profundo de la galaxia. No había puntos de referencia. El lecho marino era negro, como negra era el agua que las rodeaba hasta donde alcanzaba la vista. Lo que tenían justo encima era negrura. Aunque en la superficie fuera pleno día y no hubiera nubes en el cielo, no había luz que penetrase hasta aquella profundidad.

Hasta las luces del sumergible de Duke se desvanecieron a medida que se adentraba en las tinieblas. Al cabo de unos minutos, desaparecieron del todo, engullidas por las profundidades.

—¿Adónde crees que va? —preguntó Elena.

—A buscarnos —respondió Gamay—. ¿Por qué? No lo sé. Esto no tiene ningún sentido.

—Aquí pasa algo gordo —conjeturó Elena.

—Eso parece.

—Tendría que habérmelo imaginado —dijo Elena—. Cuando se mete de por medio la Sección de Proyectos Especiales, suele haber problemas. Por lo menos eso es lo que se rumorea.

Gamay no podía negarlo.

—Demasiadas emociones para mí —protestó Elena.

—Para mí también —aseguró Gamay—. Para mí también.

—¿Salimos a la superficie?

—¿Puedes hacerlo sin luces?

—Está chupado.

Gamay echó un último vistazo a la oscuridad.

—Vamos. Quiero avisar a Paul y los demás lo antes posible.

Elena añadió algo de potencia y el cuadro interior se iluminó para enseñar los niveles de propulsión. Se apartó poco a poco del yate y estaba girando los propulsores cuando se encendió un juego de luces cegadoras apuntadas directamente hacia la cabina. Los cuatro focos avanzaron hacia ellas como si fueran los ojos de un monstruo abisal. Asaltó sus oídos un chirrido espantoso cuando los brazos prensiles del Scarab de Duke se cerraron sobre ellas como grandes pinzas.

Gamay agarró los controles e intentó utilizar en defensa propia los brazos de su sumergible.

Pero antes de que pudiera hacer gran cosa, Duke ya había atenazado una de las extremidades y la estaba atacando con la sierra circular. El brazo se partió en cuestión de segundos, y Gamay se quedó con una sola extremidad para luchar.

—¡Usa el soplete! —gritó Elena.

Gamay encendió el soplete de acetileno y lo acercó a la cabina de Duke, con la intención de hacer un agujero en la burbuja semiesférica. Para su sorpresa, vio la cara de Duke a la luz del soplete, y parecía aterrorizado. Tenía las manos levantadas mientras su máquina seguía empujando hacia atrás al modelo más antiguo de Scarab.

—¡No es él! —gritó Gamay—. ¡No lo controla Duke!

En vez de abrir un agujero en la cabina y matarlo, desplazó el brazo hacia un lado e intentó cortar uno de los propulsores del otro sumergible. Casi al mismo tiempo, se estrellaron contra el pecio y su propio propulsor de babor se torció y quedó inservible.

El vehículo de Duke tenía ya, al menos, el doble de potencia que el suyo.

—Nos está inmovilizando —gritó Elena.

—Te digo que no es él —replicó Gamay.

Extendió el soplete y empezó a fundir uno de los propulsores de Duke, pero la sierra circular del otro sumergible se movió hacia delante con rapidez. Resbaló hacia arriba por el cristal de la cabina, en el que dejó una fea rayadura, y empezó a trabajar en la parte de atrás.

La hoja rebanó los manguitos del soplete de acetileno y el sumergible se vio rodeado al instante por un remolino de burbujas que prendieron. El fuego envolvió los dos Scarabs mientras peleaban en las profundidades.

Bajo aquella estridente iluminación, Gamay vio que Duke se levantaba de su asiento con una llave inglesa en la mano y golpeaba con ella el panel de los instrumentos, con la intención de destrozar la unidad de control. Al tercer o cuarto golpe, las luces del sumergible de Duke se apagaron, y cesaron las turbulencias de la batalla.

Los sumergibles, enganchados y rodeados de burbujas y llamas, cayeron poco a poco hasta el fondo del mar. Aterrizaron en el lodo y se quedaron inmóviles. Al cabo de un momento, los tanques de acetileno se vaciaron del todo y el fuego se apagó.

El mundo se oscureció por completo. Gamay probó unos cuantos interruptores.

—Nos ha cortado los cables eléctricos —dijo Elena—. O mejor dicho, los ha cortado su sumergible —añadió, corrigiéndose.

Gamay encontró una linterna y la encendió. Por asombroso que pareciera, todavía no había ninguna fuga en la cabina. Estrechó el haz de luz y pegó la linterna a la ventana. Arrojaba la luz suficiente para distinguir a duras penas el morro amarillo del *Scarab Dos*.

Usó la linterna a modo de telégrafo para transmitir un mensaje a Duke. «¿Estás bien?»

Al cabo de unos segundos, llegó una respuesta. «Lo siento, señoras, no sé qué ha pasado.»

Gamay llegó a la misma conclusión que había sacado Paul en la superficie. Les habían hackeado. El blanco había sido el sumergible de Duke porque era más nuevo. Su sistema de control por pantalla táctil lo volvía vulnerable, a diferencia del Scarab más antiguo, con sus sistemas hidráulicos manuales.

«Parece que te han hackeado», respondió Gamay con la linterna.

Cuando llegó la respuesta de Duke, Gamay la descifró en voz alta.

—«Ya no queda nada que hackear. He destrozado todo lo que había a la vista y he arrancado todos los cables... ¿Tú crees que me lo deducirán de la nómina?»

Gamay sonrió. Elena sacudió la cabeza a la vez que esbozaba una sonrisilla.

—¿Podemos emerger? —le preguntó Gamay a la piloto.

—No tenemos potencia, pero podemos vaciar los tanques de lastre —respondió esta—. Duke debería poder hacer lo mismo.

Gamay asintió y telegrafió la idea.

La respuesta llegó con retraso, y vieron a Duke moviéndose por la cabina y usando la linterna para comprobar los niveles de los pocos indicadores hidráulicos que aún llevaba el nuevo Scarab. Dio la impresión de que pasaba mucho tiempo ante el mamparo de atrás.

—¿Qué mira?

—La válvula de aire de emergencia —respondió Elena, y señaló una válvula y un indicador que ocupaban el mismo lugar en su sumergible.

«Me temo que no os acompaño —indicó Duke con su linterna—. Parece que habéis perforado mi depósito de aire comprimido. No basta para obtener flotación positiva. Tendréis que subir vosotras primero y volver luego a por mí.»

«¿Cuánto aire te queda?»

«Para cinco horas. Más lo que haya en la cabina.»

—Debería sobrar —dijo Elena.

Gamay estaba de acuerdo; lo único que tenían que hacer era bajar hasta allí un cable y podrían usar el cabrestante del *Condor* para izar a Duke hasta la superficie.

—Menos mal que Paul no ha bajado con él —comentó Gamay—. Les quedaría la mitad de aire.

—Y tú estarías el doble de preocupada.

Eso era cierto, aunque Gamay también se preocupaba por Duke, por mucho que estuviera solo. Le mandó otro mensaje.

«Subimos. Espero que puedas soportar que te rescaten un par de chicas.»

«Si con eso vuelvo a ver la luz del sol, llevaré una camiseta feminista durante el resto del viaje.»

—Eso me gustaría verlo —dijo Elena, mientras ponía la mano sobre la válvula de expulsión—. Lista para vaciar los depósitos.

«Buena suerte», telegrafió Gamay.

«Igualmente.»

Dicho esto, Elena giró la válvula. Sonó el silbido turbulento del aire presurizado, que entraba a la fuerza en los depósitos de lastre. Cuando el agua fue desplazada al exterior, el sumergible empezó a ascender poco a poco.

Se produjo una breve pausa y sonó algún que otro golpe metálico cuando se desengancharon del vehículo de Duke, pero luego pudieron subir sin trabas.

Tuvieron tiempo de ver unos cuantos destellos de luz

procedentes de Duke. «Si veis un camarero, mandadme una copa.»

Gamay se rió y desvió su atención a lo que tenían encima. Por el momento, seguía viéndose todo negro, como una noche sin estrellas ni luna. Se moría de ganas de captar el primer atisbo de agua verde grisácea que le informase de que la superficie no estaba demasiado lejos.

Pasó un minuto. Y luego otro. Gamay empezaba a encontrarse algo mareada.

—Me siento como si estuviera en una cámara de aislamiento sensorial —comentó.

—Eso mismo pensaba yo —dijo Elena.

Gamay decidió mantener la cabeza recta. Mirar hacia arriba le alteraba el oído interno y le daba vértigo. Echó un vistazo a su reloj.

—Diez minutos.

—Faltan otros quince —dijo Elena.

Fue un trayecto sin incidentes hasta que, de repente, las sacudió un impacto. Gamay salió disparada hacia delante y luego el arnés la hizo rebotar hacia atrás contra el asiento.

—¿Qué ha sido eso? ¿Hemos chocado con algo?

Elena miraba hacia arriba como si se hubieran estrellado contra la parte inferior de una cornisa, el casco del *Condor* o algo parecido. Gamay no daba crédito. Había sentido el impacto primero en los pies y las lumbares, como cuando ella y Paul iban campo a través con el todoterreno.

Sacó del bolsillo la linterna y volvió a encenderla. La pegó a la ventana y vio nubes de arena y luego el gris parduzco e indistinto del lecho marino.

—Hemos vuelto al fondo —dijo.

Una luz parpadeaba a unos treinta metros de distancia.

«¿Tanto me echabais de menos?»

Gamay se quitó el cinturón y sacó medio cuerpo por encima del asiento. Giró sobre sí misma y alumbró con la linterna la sección trasera de la cabina. De los depósitos de lastre del Scarab brotaban finas ristras de burbujas. Parecía que alguien hubiera abierto una caja entera de Alka-Seltzer.

—No hace falta ni que me lo digas —dijo Elena—, ya lo sé. Duke ha agujereado nuestros depósitos de lastre con esa sierra.

Gamay asintió, se recostó en el asiento y apagó la luz.

—Parece que Duke se queda sin piña colada. Y nosotras sin nuestro regreso rápido a la luz del sol.

—Es peor que eso —se lamentó Elena—. Aquí dentro somos dos. Y acabamos de evacuar todo el aire que nos sobraba. Según mis cálculos, nos quedan menos de dos horas.

26

En una habitación apenas iluminada, muy parecida al centro de control del *Condor*, Sebastian Brèvard contemplaba el par de monitores de pantalla plana que tenía delante. Sonreía de manera casi demencial a la fría luz del ordenador. Calista, que estaba tecleando, le miró.

—Me temo que han caído las dos conexiones, querido hermano.

—Sí, ya lo veo —dijo él—. No recibimos nada ni del sumergible de la NUMA ni del *Condor*.

Acababan de presenciar a todo color —a través de las propias cámaras de la NUMA— cómo un virus diseñado por Calista desencadenaba el caos en las operaciones de la agencia. Pirateando una simple actualización del sistema de navegación, habían descargado el virus tanto en el *Condor* como en el Scarab. Los programas habían transferido el control de las embarcaciones informatizadas a una ubicación remota; en ese caso, la guarida de Brèvard.

Solo el *Scarab Uno* era inmune, porque su diseño era más antiguo y estaba menos automatizado.

Con la habilidad de una cazadora, Calista había usado los controles que tenía en la punta de los dedos para convertir uno de los sumergibles de la NUMA en una máquina de matar, que había buscado a su compañero y lo había estrellado contra el casco del pecio. La última imagen que habían visto había sido la de ambos sumergibles agarrados en un abrazo mortal. Después todo se había oscurecido.

—Bueno, ya tienes lo que querías —dijo Calista—. Han descubierto la cápsula de supervivencia desaparecida. Sabrán la verdad sobre el naufragio del *Ethernet* dentro de poco.

—Ya iba siendo hora —comentó su hermano—. Empezaba a pensar que nunca irían a buscarlo.

—A lo mejor no tendríamos que haber retocado el escaneo del sonar que enseñaba el yate destrozado.

—Era necesario —replicó Brèvard, descartando la idea—. Nada más recuperarse, Austin se puso a investigar. Habría bajado hace tres meses si no le hubiésemos engañado. Y eso habría desbaratado todo nuestro calendario.

Su hermano y sus calendarios. Qué complicado tenía que ser todo.

—¿Ahora no irán a por Westgate?

—No directamente. Esto solo aumentará un punto las sospechas. Empezarán a investigarle desde lejos, con la esperanza de no ponerle sobre aviso.

—¿Y luego?

—Luego les daremos un empujoncito con otra pista cuando sea el momento oportuno.

«Paso a paso», pensó Calista. Pero había un problema.

—Tenemos que suponer que a estas alturas saben que los han hackeado.

—Eso espero —dijo Brèvard—. Necesitamos que entiendan lo vulnerables que son. Eso pondrá en marcha los engranajes en las cabezas de los poderosos. Provocará la reacción química que lleva de la duda a la confusión, les infundirá una sensación de pánico y la necesidad de hacer algo al respecto; cualquier cosa. Así es como funcionan. Acción; reacción. No se quedarán de brazos cruzados.

—Estás plantando una semilla —observó Calista.

Brèvard asintió.

—Una que llevará al florecimiento de nuestro plan.

Calista se empujó para apartarse del panel de control, se recostó en la silla y puso los pies sobre la mesa. Sus botas hasta el muslo y con tacones aterrizaron sobre el teclado.

—Te pediría que fueras con más cuidado —dijo Brèvard.

Calista no le hizo caso, como de costumbre.

—Y ahora, ¿qué? —preguntó.

—Acosta le entregará los hackers al coreano —explicó Brèvard—. Tú y Egan os llevaréis a un grupo de hombres y os pondréis en contacto con él. Si podéis negociar por ellos, negociáis. Si no, dejad que se cierre el trato y entrad a saco. Lo más probable es que os conduzcan directamente hasta Sienna Westgate. Traedla aquí para que podamos acabar con esto.

27

Paul Trout observó desde la cubierta cómo el helicóptero del *Condor*, el mismo en el que volaban Kurt y Joe cuando habían descubierto al *Ethernet* hundiéndose, se llevaba al capitán.

El hombre no quería marcharse, pero el médico del barco había confirmado que se había seccionado una arteria de la pierna. Era una suerte que no se hubiera desangrado y necesitaba una operación enseguida.

Después de perder tanta sangre, el capitán estaba demasiado débil para discutir.

—Cuida de mi buque —le había dicho a Paul cuando lo subían al helicóptero.

Mientras la aeronave desaparecía hacia el oeste, el jefe de máquinas del *Condor* se acercó a hablar con Paul.

—Se diría que ahora estás al mando.

—Qué suerte —dijo Paul—. ¿Cuál es nuestra situación?

—Todos los sistemas están apagados —respondió el jefe—. Estamos tirados en el agua.

—Por lo menos no vamos a ninguna parte —murmuró Paul.

—¿Qué quieres hacer con los sumergibles?

Paul miró su reloj.

—Han pasado cuarenta y cinco minutos. El protocolo estándar de la NUMA exige que se interrumpan las operaciones subacuáticas si se pierde la comunicación con el navío de superficie y no se restablece en menos de treinta.

—He puesto hombres a vigilar —dijo el jefe—. Todavía no ha habido señales de los sumergibles.

Paul asintió, preocupado aunque no lo dijera.

—¿Puedes volver a poner en marcha nuestros sistemas?

El jefe se quitó la gorra y se rascó el cuero cabelludo.

—El motor de estribor ha sobrevivido a la parada de emergencia. Podríamos arrancarlo otra vez, pero solo si volvemos a encender la unidad de control de la propulsión y el ordenador principal.

Paul sacudió la cabeza.

—Busca otra manera —dijo—. Nada de ordenadores.

—¿Cómo?

—No lo sé —replicó Paul—. ¿Cómo consigue siempre el señor Scott que la *Entreprise* vuelva a arrancar cuando fallan los cristales de dilitio?

El jefe resopló y se dirigió de vuelta a la sala de máquinas, refunfuñando algo sobre que el *Condor* no era una nave espacial, pero Paul confiaba en que se le ocurriría algo.

Entretanto, volcó su atención en el mar. Se colocó junto a la barandilla, levantó unos prismáticos y oteó el agua. No había indicios de los sumergibles.

Los Scarabs ya tendrían que haber emergido a esas alturas, y disparado sus bengalas de posición. Que no lo hubieran hecho apuntaba a algún problema. Cogió una radio de mano, el único medio de comunicación electrónico que quedaba en el buque.

—Marcus, al habla Paul —dijo, dirigiéndose al ingeniero a cargo de los sumergibles del *Condor*.

—Adelante, Paul.

—Los Scarabs ya tendrían que haber salido. Quiero ir a buscarlos. ¿Qué más tenemos a bordo?

—Un pequeño ROV y el ADS.

El ADS era un traje de buceo atmosférico, hecho de placas metálicas reforzadas, que se usaba para que un solo buzo descendiese a grandes profundidades. A menudo los llevaban submarinistas que trabajaban en conductos y cables oceánicos.

El más famoso de los diversos diseños de ADS era el de los aparatosos trajes JIM de los años ochenta y noventa. El ADS de la NUMA tenía un diseño más moderno, que seguía presentando un aspecto voluminoso y robótico, pero disponía de su propio propulsor, como si fuera un traje de la NASA ideado para caminar por el espacio.

—¿El ADS tiene alguna clase de interfaz informática? —preguntó Paul.

—No —contestó Marcus—. ¿Por qué?

—Por nada —dijo Paul—. Prepáralo. Voy a bajar.

Dentro del Scarab Uno

—Alguien vendrá —dijo Gamay con decisión—. Paul no nos dejará aquí abajo.

Elena asintió con gesto torvo y contempló la oscuridad.

—No quiero morir —afirmó.

—¿Y quién sí? —replicó Gamay.

Elena sonrió al oírlo, pero por poco tiempo.

¿Por qué tardaban tanto?, se preguntó Gamay. El corte de las comunicaciones tenía que haberles advertido de que algo pasaba. Debían saberlo desde hacía por lo menos dos horas.

Para ahorrar aire, no se habían movido y apenas habían hablado, pero el silencio convertía la espera en una tortura y los minutos se antojaban horas. Gamay oía hasta el último chirrido y gemido insignificante, y casi se le salió el corazón por la boca cuando en el casco resonó un golpe seco.

Alzó la vista y distinguió una lucecilla a través de la escarcha. Emocionada, se inclinó hacia delante y frotó el cristal con la palma de la mano.

Al principio no vio nada, pero luego reconoció el ADS del *Condor*.

Echó mano de la linterna, la encendió y telegrafió al buzo que estaban vivas pero heladas y a punto de quedarse sin aire.

A modo de respuesta, el buzo empezó a dar golpecitos en el casco.

«No te preocupes. Salvaros está en mi lista de faenas para hoy.»

—Es Paul —exclamó con un suspiro de alivio.

Su marido siguió comunicándose.

«Preparaos para que os remolquen. Vosotras primero, luego Duke.»

«Gracias —respondió ella con la linterna—. Eres mi caballero andante.»

Paul apagó y encendió las luces un par de veces y se hizo a un lado. Solo entonces Gamay vio el ROV situado junto a su marido, con un cable reforzado sujeto en una de sus pinzas. Demostrando una destreza sorprendente para tratarse de un hombre con unas pinzas metálicas gigantescas por manos, Paul enganchó el cable a la barra de remolque del Scarab y se apartó.

El cable se tensó y el Scarab empezó a ascender una vez más. En esa ocasión continuó subiendo, izado por el cabrestante durante treinta minutos buenos, hasta que afloró a la superficie por la popa del *Condor*. Encantadas de estar al aire libre, Gamay y Elena se llevaron una sorpresa al ver que, en vez de subirlas a bordo, solo las amarraban al costado del buque.

—¿Qué pasa? —preguntó Gamay mientras salía por la escotilla.

—Problemas técnicos —respondió el jefe de máquinas—. Lamento que hayamos tardado tanto, pero hemos tenido nuestros propios contratiempos.

Gamay olió a humo y reparó en los generadores portátiles que ronroneaban junto al cabrestante que acababa de izarlas desde el lecho marino. El cable se estaba desenrollando para poder engancharlo al averiado sumergible de Duke.

—Hemos tenido que parchearlo todo como hemos podido —explicó el jefe—. Funcionamos con un solo motor, y los hombres lo controlan de forma manual. Si la cosa empeora, tendremos que coser las sábanas para hacer una vela.

Algo le decía a Gamay que no llegarían a ese extremo, pero no quiso dejar la cubierta hasta que emergió Paul con el Scarab de Duke a su lado. Mientras subía, empezó a salir humo de los conductos de ventilación de la sala de máquinas, y entre la humareda aparecieron dando tumbos dos de los tripulantes.

—Se acabó, jefe —dijo uno—. Los cojinetes del engranaje de estribor no dan más de sí.

—¿Fuego? —preguntó el jefe.

—No —respondió el tripulante—. Solo humo.

El jefe asintió.

—Echad un ojo.

Paul fue izado a bordo al cabo de un momento. Mientras lo extraían del ADS, le dieron la mala noticia.

—Llamad por radio —dijo—. Pedid un remolcador.

—Marchando —respondió el jefe.

—Y... jefe —añadió Paul—, diles que no manden nada muy moderno. Queremos la carraca más oxidada y menos automatizada que puedan localizar.

28

Con un plan que no iba más allá de llegar a Corea, Kurt y Joe habían hecho las maletas en un santiamén. Su anfitrión, Mohammed El Din, les acompañó hasta el aeropuerto en su limusina blindada y se despidió de ellos a la manera tradicional árabe: con un abrazo y un beso en cada mejilla y regalos de despedida.

A Joe le dio un pequeño reloj de arena.

—Es para ayudarle a aprender a ser paciente —dijo El Din.

—A usted no parece que le haya servido —observó Joe.

—¿Por qué se cree que me lo quito de encima?

Joe se rió y El Din volvió a exhibir su sonrisa radiante.

Luego se volvió hacia Kurt y le entregó un pequeño estuche. Al abrirlo, Kurt encontró un revólver antiguo, conocido como Colt Single Action Army. Estaba en excelentes condiciones, con un tambor preparado para balas Colt del calibre 45, seis de las cuales estaban dispuestas en una fila recta debajo del cañón. Era el tipo de arma que podría llevar un pistolero del Oeste; en realidad, a menudo calificaban al Single Action Army como «el revólver que ganó el Oeste». Había sido la pistola reglamentaria de Estados Unidos desde 1873 hasta 1892.

—Dirk me dijo que colecciona pistolas de duelo —explicó El Din—. Esto no pertenece exactamente a aquella época, pero he pensado que le gustaría. Se lo regaló a mi tatarabuelo un americano que ayudó a mi familia a escapar de unos piratas de la Berbería.

—No puedo aceptarlo —dijo Kurt—. Tendría que ser yo quien le hiciera un regalo.

—Debe cogerlo —insistió El Din—, o me ofenderé.

Kurt asintió y le dedicó una pequeña reverencia agradecida.

—Es un arma preciosa. Gracias.

Una sonrisa arrugó la cara curtida de El Din.

—La paz sea contigo —dijo.

—*As-salamu alaykum* —respondió Kurt.

Gracias a las influencias de El Din, Kurt y Joe se saltaron el control de seguridad y embarcaron en su avión.

El A380 de dos pisos de Korean Air era espacioso, lo cual les vendría bien en un vuelo que tardaría nueve horas de puerta a puerta.

Fue un trayecto largo, y para cuando llegaron a Seúl, el mundo entero había cambiado. El sol cegador y el calor de Dubái habían dado paso a una lluvia fría y brumosa. La naturaleza de su misión también había evolucionado, aunque por el momento nadie les explicó a Kurt ni a Joe cómo y por qué. Sin embargo, en lugar de un coche de alquiler y el paso siguiente de su mal financiada aventura corsaria, al llegar al aeropuerto encontraron a tres hombres vestidos con traje oscuro y gabardina.

Les enseñaron tarjetas de identificación del Departamento de Estado.

—Acompáñennos —dijo el cabecilla del grupo.

Kurt y Joe, que al parecer no tenían ni voz ni voto, recogieron su equipaje y subieron a la parte de atrás de una furgoneta con matrícula diplomática. Se dirigieron hacia el norte.

Cuando las luces de Seúl empezaron a quedar atrás, Joe señaló lo evidente.

—Si vamos al consulado, debemos de haber tomado la ruta turística.

—No vamos al consulado —replicó Kurt. Sabía quiénes eran aquellos hombres. Reconocía su estilo y sus expresiones herméticas. Eran empleados de la compañía—. Nos han elegido «voluntarios» para algo.

La furgoneta siguió avanzando en dirección norte durante otros quince minutos, hasta que se acercaron a la zona desmilitarizada. Cuando se vieron las primeras alambradas y garitas de centinela, el vehículo giró hacia el este y atravesó una zona despoblada llena de árboles, enormes parabólicas y torres erizadas de antenas de aspecto extraño. No había ningún edificio a la vista.

Al cabo de un rato, la carretera empezó a descender. A ambos lados de la furgoneta fueron cobrando altura unos muros lisos de cemento, hasta que el vehículo acabó circulando por un canal de seis metros de profundidad. Se adentraron por debajo de un saliente y el canal se convirtió en un túnel iluminado por luces naranjas.

Aquella carretera subterránea, situada en algún lugar muy por debajo de las colinas de la Corea central, trazó una curva cerrada y se terminó. Una enorme compuerta de acero se abrió para dejarles pasar a un aparcamiento. Después les acompañaron desde la furgoneta hasta un centro de mando.

Dentro había dos hombres hablando. Ambos parecían bastante encallecidos, pero de diferente manera. El primero era un coronel coreano vestido de uniforme; el segundo, un estadounidense que a Kurt le recordaba a un hombre de negocios que se hubiera quedado hasta tarde en la oficina para rematar un proyecto importante. Llevaba una camisa blanca arremangada y una corbata roja con el nudo flojo. La americana estaba en el respaldo de la silla que tenía al lado.

—Supongo que ustedes dos se estarán preguntando por qué están aquí y no en el Ritz-Carlton —dijo.

—En realidad, habíamos reservado habitación en el Hilton —repuso Kurt—, aunque en el folleto no tenía este aspecto.

Desde el otro lado de la mesa le llegó una sonrisilla cansada.

—Me llamo Tim Hale —dijo el estadounidense—. Estoy al mando del puesto de la CIA en la zona desmilitarizada.

Este es el coronel Hyun-Min Lee, subdirector de seguridad del Servicio Nacional de Inteligencia de Corea del Sur.

Los cuatro hombres se dieron la mano y se sentaron.

—Sabemos a quiénes están buscando —explicó Hale—. Sabemos por qué. Y queremos ayudarles.

—¿Por qué? —preguntó Kurt—. ¿Qué ha cambiado?

—Sus amigos de la NUMA se sumergieron para investigar los restos del *Ethernet* —dijo Hale.

—¿Y?

—No encontraron ni rastro de Sienna Westgate o sus hijos.

—Eso no me sorprende —replicó Kurt—, teniendo en cuenta la forma del pecio. Cuando un navío se parte de camino al fondo...

—Eso es lo interesante —interrumpió Hale—. El *Ethernet* está posado en el fondo de una sola pieza.

Kurt entrecerró los ojos. De repente se sentía confundido. Había visto los resultados del sonar. El yate se había partido.

Hale explicó lo que habían descubierto.

—El informe que usted vio había sido manipulado. Alguien entró en la base de datos de la Guardia Costera Sudafricana y lo cambió. Le enviaron lo que creían que era un archivo legítimo, pero vio lo que otra persona quería que viese.

—¿Por qué?

—Para que no se sumergiera y descubriese lo que vieron sus amigos —dijo Hale, que a continuación le explicó que habían recuperado tres cuerpos del yate: dos miembros de la tripulación de Westgate y su guardaespaldas personal.

También le contó lo que les había sucedido al *Condor* y los sumergibles.

—Piratear esos dos sistemas y conseguir ese grado de control es toda una proeza —dijo—. Sobre todo si se considera que la NUMA cuenta con unas estrictas medidas de seguridad.

—Obviamente, no lo bastante —señaló Kurt.

—Nadie sabe qué es bastante, hoy en día —replicó Hale.

—Lo que nos lleva a su principal sospechoso —terció el

coronel Lee—. El señor Than Rang, presidente del grupo DaeShan y hombre con muchas y siniestras conexiones con generales de Corea del Norte.

Kurt no daba crédito a lo que oía.

—¿Intentan decirme que Than Rang es un agente norcoreano inactivo?

—No —dijo Lee—, al revés. Than Rang está interesado en el inevitable día en que Norte y Sur acepten por fin la reunificación. Su corporación lleva años comprando antiguas escrituras de terrenos del Norte. Ahora no valen nada, por supuesto, pero si algún día se produce la unificación, tendrá cierta base para reclamar casi un tercio de la tierra de Corea del Norte. Para respaldar sus reclamaciones, ha pasado años granjeándose el favor de varios generales y otros personajes que pululan justo por debajo del nivel del Glorioso Líder, Kim Jong-un. Si alguna vez se produce el cambio, esos amigos suyos serán los primeros en beneficiarse, tal y como ocurrió con los fervientes defensores del comunismo en la antigua Unión Soviética, quienes se concedieron a sí mismos la inmensa mayoría de las industrias controladas por el estado en cuanto el país se pasó al capitalismo.

—¿Qué les da él? —preguntó Joe.

—Dinero contante y sonante, maquinaria último modelo y software avanzado —respondió Lee.

—Y posiblemente reconocidos programadores y hackers —añadió Hale.

—¿A cambio de terrenos que casi no valen nada? —preguntó Kurt.

—Buena parte de ellos se encuentran encima de probadas reservas de minerales —explicó el coronel Lee—. Y Than Rang ya ha demostrado que tiene talento para adquirir minas en uso y aumentar su producción, en muchos casos hasta niveles de récord. No cabe duda de que haría un gran negocio si su plan llegase a hacerse realidad algún día.

Joe sacó su teléfono y se lo acercó a la boca como si fuese una grabadora de voz.

—Nota: invertir los ahorros para la jubilación en el grupo DaeShan.

—Yo no iría tan lejos —dijo Hale—. No prevemos que vaya a pasar nada en mucho, mucho tiempo.

Joe volvió a alzar el teléfono.

—Cancelar nota.

Kurt se rió.

—Ya lo pillo. Quieren que les hagamos algún trabajo sucio. La pregunta es: ¿pueden colarme en Corea del Norte?

—No —respondió Hale—. No duraría ni cinco minutos allí si pudiéramos.

—Entonces, ¿qué?

—Than Rang va a celebrar una recepción de gala para sus socios comerciales —explicó el coronel Lee—. Habrá vino, mujeres y canciones, como les gusta decir a ustedes los americanos. Y lo que es más interesante: llegará un invitado que entregará un paquete muy importante. Creo que ya conocen al individuo en cuestión. Por suerte, él no les conoce a ustedes. Por lo menos, de vista.

—Acosta —dijo Kurt con repugnancia.

—Trae a los demás hackers —conjeturó Joe.

—Exacto —confirmó Hale—. Los cambiará por una gran cantidad de diamantes y un cuadro de un gran maestro.

La cabeza de Kurt ya funcionaba a toda velocidad.

—Para que se produzca un intercambio de esa clase, habrá que verificar ambos lotes.

—A Acosta no le interesa llevarse una falsificación, ni a Than Rang entregar a un par de pardillos a sus amigos del Norte —corroboró Hale—. Los dos necesitarán expertos que se aseguren de que la mercancía es lo prometido. Than Rang utilizará a varios técnicos de su empresa para que pongan una especie de examen final a los supuestos hackers. Lo más probable es que les proporcionen un código complejo y les pidan que lo descifren, y después alguna tarea secundaria, como insertar un programa a través de un cortafuegos sofisticado.

Entretanto, Acosta examinará el cuadro, y ahí es donde se presentará nuestra oportunidad. Verán, Acosta se las da de coleccionista de altos vuelos, pero sabe menos de arte de lo que aparenta. Mucho menos. Para asegurarse de que no le timan, ha contratado a un experto genuino llamado Solano para que le acompañe. A cambio de una buena suma, Solano verificará lo que, sin duda, es una obra de arte robada de buen principio. Es un asunto sórdido de cabo a rabo.

—¿Qué quieren que hagamos nosotros? —preguntó Kurt.

—El señor Zavala, aquí presente, se hará pasar por nuestro amigo Solano, que es de Madrid. Tienen la misma constitución y casi la misma altura. Con un poco de maquillaje y unas alzas disimuladas en los zapatos, Joe será la viva imagen del experto en arte descarriado.

—¿Y si Acosta lo descubre?

—No lo descubrirá —aseguró Hale—. Nunca ha visto a Solano; solo ha hablado con él por teléfono. Y llegan por separado. Solano aterriza mañana, mientras que Acosta llegará al día siguiente.

«Una diferencia muy oportuna», pensó Kurt. Pero se le ocurrían problemas.

—¿Qué pasa con su voz? Si han hablado, Joe tendrá que sonar como Solano.

—Según su archivo, Joe habla español con fluidez.

Joe asintió.

—Lo único que nos preocupa es que el de Solano es un español catalán —señaló Hale—. Pero lo retiraremos de la circulación antes de que llegue al hotel, le haremos hablar y así Joe podrá practicar su acento.

A Kurt no le hacía gracia que su amigo corriera aquel riesgo, pero sabía que era improbable que surgiera otra oportunidad como esa.

—Estará chupado —dijo Joe.

—Yo le acompaño —insistió Kurt.

—Por supuesto —confirmó Hale—. Porque usted tiene

el cometido de colocar un transmisor en uno de los hackers mientras Joe mantiene ocupados a Acosta y los demás.

Kurt asintió. Parecía justo, pero luego ¿qué?

—Creo que todos podemos imaginar lo que pasará si fallamos. Pero ¿y si lo conseguimos? Ustedes tampoco pueden sacar a esas personas del Norte.

—La cuestión —dijo Hale— es que no estamos seguros de dónde están. Ninguno de ellos. Corea del Norte tiene un cibergrupo conocido como Unidad 121. Hemos confirmado que algunos de ellos actúan en China, a otros les hemos seguido el rastro hasta puntos de Rusia y a unos terceros hasta enclaves situados aquí mismo, en Seúl. Hoy en día no hace falta estar en casa para atacar a un país. Puede lanzarse una ofensiva desde cualquier parte en la que se disponga de un ordenador y una conexión a internet. Si les apetece, esa gente puede librar la guerra en pijama.

Kurt lo entendía, pero seguía faltándole algo. Examinó a Hale. Tanto él como el coronel Lee eran bastante inescrutables. Quizá fuera la naturaleza de su trabajo o sus expresiones abatidas, que le indicaban que llevaban mucho tiempo dándole vueltas a aquel asunto y todas sus posibles ramificaciones. En cualquier caso, algo no acababa de encajar. Kurt no podía imaginar de qué se trataba, pero tenía la sensación de que lo descubriría en el peor momento.

29

Buque de la NUMA Condor, *sudoeste del océano Índico*

El *Condor* se desplazó a merced de la corriente durante toda la tarde, y Paul Trout empezaba a sentirse como un marinero de un antiguo galeón, atrapado en las latitudes del caballo, rumbo a ninguna parte.

A medida que se acercaba el anochecer, la oscuridad fue envolviendo la nave. El jefe de máquinas y sus hombres montaron una unidad auxiliar que devolvió la electricidad a los sistemas de desalinización y ventilación, pero como era relativamente pequeña para las necesidades del buque, mantenían apagadas la mayoría de las luces y los procesadores de climatización estaban puestos al mínimo. El resultado era que el interior del barco era un horno, por lo que todos aquellos que no debían estar dentro se reunían en diversas partes de la cubierta.

Paul se consideraba afortunado por encontrarse en el alerón del puente con Gamay.

—Qué noche tan bonita —dijo ella.

—La verdad es que sí —admitió Paul.

Corría una suave brisa del sur, lo suficiente para impedir que la humedad resultase agobiante.

—A lo mejor la navegación a la antigua tiene sus ventajas —añadió Gamay—. No hay ruido de máquinas, ni molestos ordenadores que nos digan que ha llegado un nuevo mensaje.

Pasó un brazo por la cintura de su marido y lo atrajo hacia sí.

—No me importaría una cena a la luz de las velas, si no tienes otros planes.

Paul inclinó la cabeza hacia ella.

—¿Te me estás poniendo romántica?

Gamay resopló y lo apartó de un empujón.

—Si tienes que preguntarlo, será que no lo hago bien.

Él la atrajo a su lado.

—No, lo haces muy bien —dijo—. Venga, ¿por dónde íbamos?

—Demasiado tarde —respondió Gamay—. El momento ha pasado.

Si no había pasado ya, la aparición de un marinero con la camiseta sudada lo ahuyentó definitivamente.

—Siento interrumpir, pero estamos captando algo por el radar.

—Pensaba que el radar estaba apagado —dijo Gamay.

Paul sacudió la cabeza.

—Teniendo en cuenta nuestra situación, me ha parecido aconsejable saber qué pasaba a nuestro alrededor. Le he encargado al jefe que encienda el aparato de corto alcance.

—¿Quieren echar un vistazo? —preguntó el marinero.

Paul asintió, y tanto él como Gamay entraron en la semipenumbra del puente.

—¿Alguna posibilidad de que sea el remolcador? —preguntó Gamay.

—No, señora —respondió el tripulante—. El objetivo está al este; el remolcador llegará por el oeste. Según nuestros cálculos, como mínimo le quedan todavía cuatro horas de camino.

Paul se acercó a la pantalla del radar.

—¿A qué distancia está?

—A cuarenta y seis millas, que viene a ser el alcance máximo de este sistema con este nivel de energía.

—¿Qué rumbo y velocidad lleva? A lo mejor podemos saludarles.

—Esa es la cuestión —dijo el marinero—, no mantiene rumbo ni velocidad. El objetivo aparece y desaparece de forma intermitente. Durante la última hora, allí no había nada, y hemos pensado que quienquiera que fuese había seguido su camino, pero luego ha vuelto, ocupando la misma posición relativa.

—Pero nosotros vamos a la deriva —señaló Paul—. Aunque se haya quedado inmóvil, su posición debería haber cambiado a menos que también se esté dejando llevar por la corriente.

—O tal vez nos esté siguiendo al límite mismo del alcance de nuestro radar —apuntó el tripulante en tono inquietante.

—Tiene que ser un objetivo bastante grande para aparecer aquí estando tan lejos —añadió Gamay—. A lo mejor mantienen las distancias, con la esperanza de que no les veamos.

Todo eran suposiciones, pero teniendo en cuenta lo que habían pasado ya, Paul no tenía ningún interés en conceder a nada ni a nadie el beneficio de la duda.

—¿Cuándo volverá el helicóptero?

—Ese es el problema número dos —explicó el tripulante—. El piloto ha informado de una avería mecánica al poco de despegar de Durban. Han tenido que dar media vuelta. Lo último que sabemos es que estaban intentando que alguien les prestara una pieza. Pero aunque encontrasen un recambio enseguida, no los tendríamos de vuelta hasta mañana por la mañana, como pronto.

—¿Y faltan cuatro horas para que llegue el remolcador?

—Como mínimo.

Paul suspiró. Solos en mitad del mar, a oscuras y observados, no era una posición en la que le apeteciera estar.

—Hablad con la central por el teléfono vía satélite —dijo—. Decidles que tenemos compañía.

—¿Qué crees que deberíamos hacer entretanto? —preguntó Gamay.

Paul era pragmático.

—O esperar que no sea nada y disfrutar de la velada, o prepararnos para impedir un abordaje.

Gamay cruzó los brazos por encima del pecho y puso cara de pena.

—Supongo que cancelaré mis planes de cena a la luz de las velas y me iré a rebuscar en la bodega, a ver si encuentro unas cuantas piedras y un tirachinas.

30

Mientras el *Condor* seguía a la deriva, el crepúsculo dio paso a la oscuridad y la sensación de soledad que conllevaba el aislamiento. El buque, que por lo general era un hervidero de actividad, estaba en calma mientras la tripulación se preparaba para luchar si era necesario. Pero los temidos abordadores no llegaron a materializarse, y Paul empezó a preguntarse si no habrían cargado de intenciones sospechosas una situación inocua.

—¿Algún cambio? —preguntó al radarista nada más entrar en el puente.

—No, señor —respondió el marinero—. Quienesquiera que sean, llevan las últimas tres horas a la deriva, como nosotros.

Paul, con la sensación de que el peligro ya había pasado, sobre todo porque el remolcador ya estaba a solo una hora, tuvo una idea nueva.

—¿Verdad que llevamos una lancha rápida en este buque?

—Una FRC —respondió el marinero—. Es una embarcación rápida de salvamento.

—Bien —dijo Paul—. Que la preparen. Voy a sacarla para ir a investigar nuestro contacto misterioso.

—No sin mí, ni se te ocurra—insistió una voz desde detrás de él.

Paul se volvió para ver a Gamay en el umbral.

—Ni se me pasaría por la cabeza —dijo—. A decir verdad,

creo que deberíamos convertirlo en una cita doble. Que vengan Duke y Elena.

Poco después, los cuatro viajaban a bordo de la más rápida de las lanchas motorizadas del *Condor*, una máquina estilizada construida por Dutch Special Marine Group. Por su diseño, la lancha de diez metros de eslora parecía una patrullera de la policía fluvial, pero vitaminada, con la proa alta, la cubierta destapada y panel de control y mástil de navegación centrales. Impulsada por un ronco motor Volvo fueraborda, volaba sobre las olas a cuarenta nudos de velocidad.

Paul iba de pie en la proa mientras Gamay y Duke manejaban los controles y Elena preparaba una serie de armas sacadas del armario del *Condor* por si se volvían necesarias.

Navegando por estimación, Duke les puso al corriente de la situación.

—Tendríamos que estar lo bastante cerca para ver nuestro objetivo dentro de unos minutos —anunció—, suponiendo que tenga alguna luz encendida.

Escudriñando la oscuridad, Paul asintió. Aún no se veía nada.

—¿Qué plan tenemos para cuando lleguemos? —preguntó Gamay.

—¿Plan? —preguntó Paul.

—Plan —repitió Gamay—. Ya sabes, eso que se prepara de antemano para poder mandarlo al garete en cuanto todo se desmadra.

—Ah, sí —dijo Paul—. Propongo que demos una vuelta al objetivo, y si vemos que es una amenaza, convenzamos al capitán de que se rinda.

Gamay suspiró.

—Pues sí —añadió—, eso se irá directo al garete.

Paul soltó una risilla ante la preocupación de su mujer.

—No creo que nos las veamos con gente hostil —dijo—. Creo que vamos a encontrar otro buque en apuros, como el nuestro.

—Entonces, ¿para qué llevamos todas estas armas? —preguntó Elena, que sostenía una pistola. Sobre la cubierta había dos fusiles AR-15, que llevarían Paul y Gamay.

—Para el momento inevitable en que mi suposición se demuestre equivocada —respondió Paul con expresión seria.

Mientras la lancha atravesaba la oscuridad a toda velocidad, la radio graznó con una señal apenas audible cuando el jefe de máquinas les llamó.

—FRC, aquí el *Condor*. Os habéis salido del radar. Ya no captamos vuestra señal. A juzgar por el rumbo y la velocidad, tendrías que estar doblando la tercera base para volver a casa.

La transmisión estaba codificada a partir de términos sencillos de béisbol, por si había alguien escuchando. «Doblando la tercera base» indicaba a Paul que estaban a unas tres millas del blanco. Cogió el micrófono.

—¿Nos paras o nos das la señal de seguir corriendo?

—No se ve a ningún jugador preparado para defender —respondió el jefe—. Seguid corriendo.

—Recibido —dijo Paul. Dejó la radio—. No hay moros en la costa —explicó a los demás.

—Eso pensó el ratón mientras corría hacia el queso —replicó Gamay.

Paul volvió a la proa, para observar y esperar.

—Deben de avanzar con las luces apagadas —observó Gamay—, o si no, a estas alturas ya los veríamos.

—Tengo que estar de acuerdo —dijo Paul. Alzó la vista.

La luna creciente presentaba tres cuartas partes de circunferencia y arrojaba una cantidad considerable de luz en aquella noche sin nubes. Aunque el objetivo navegase a oscuras, tendrían que haberlo visto.

—Duke, ¿qué rumbo llevamos?

—Cero nueve cinco —respondió Duke.

—Tendría que estar justo delante de nosotros.

—A lo mejor es un fantasma —sugirió Elena.

—¿Un fantasma? —preguntó Paul.

Elena puso los ojos en blanco.

—En el radar. Ya sabes, una señal falsa.

Paul tenía que considerar esa posibilidad, y empezó a preguntarse si no habrían hecho aquella excursión para nada. Sacó unas gafas de visión nocturna y oteó el horizonte hasta que por fin divisó un contorno que iba creciendo. Era bajo y largo, y apenas sobresalía por encima del mar calmo.

—Avante recto —dijo—. Al fin.

La masa gris del objetivo empezó a aumentar de tamaño, aunque resultaba difícil calcular la distancia en la oscuridad.

—Rebaja nuestra velocidad —ordenó Paul—. Déjanos a diez nudos.

El rugido del motor descendió hasta reducirse a un fuerte ronroneo, y el ruido del viento se redujo a medida que la FRC desaceleraba de manera apreciable. No parecía que se las viesen con una amenaza.

Paul miró de reojo a Gamay.

—Parece que, de trampa, nada —dijo.

—Buen epitafio.

Se acercaron más, y la mole negra que acechaba en la oscuridad empezó a bloquear el horizonte por los dos lados. Paul calculó que el objetivo debía de medir casi ciento cincuenta metros de eslora. No había chimeneas ni antenas, ni áreas de superestructura definidas, que él pudiera ver. Y aunque alguna de las secciones era más alta que las demás, tenían una apariencia redondeada, más propia de una gabarra de río cargada hasta arriba de carbón u otra mercancía voluminosa.

—Parece una barcaza —dijo Paul.

—¿Y qué hace una barcaza en alta mar? —preguntó Elena.

Nadie se atrevió a proponer una explicación.

—Da la vuelta y acércanos por babor —dijo Paul.

Duke giró la rueda y la lancha viró a la derecha y recorrió un costado de la embarcación. Cuando llegaron al final del barco abandonado, Duke viró y les llevó por el otro lado.

—Punta redondeada —señaló Paul—. Esto es la popa.

—No es una barcaza —añadió Gamay—, es un buque.

—Un buque oscuro y muerto —puntualizó Elena.

—Un buque fantasma —repuso Gamay.

Hasta Paul tenía que admitir que aquel navío tenía algo inquietante, algo que la imagen borrosa y de tintes gangrenosos de las gafas de visión nocturna no hacía sino empeorar. El barco estaba rodeado de una niebla que, iluminada al través por las estrellas y la luna, le confería un halo espectral.

—Buque fantasma —susurró Gamay.

Paul ya había visto suficiente. Se quitó las gafas y se dirigió al pequeño mástil de la lancha. Como embarcación de salvamento, la FRC iba equipada con un juego de potentes focos. Paul encendió el principal y lo orientó hacia el casco del objetivo.

La luz deslumbrante iluminó unas placas de grueso acero, oxidadas y corroídas como si el buque llevase años a la deriva. Los ojos de buey parecían cerrados a cal y canto y estaban opacos a causa de una costra parda. Una hilera de ellos asomaban justo por encima del nivel del agua.

Cuando Paul desplazó el haz de luz, reveló una maraña de líneas que recorrían el casco en vetas marrones y verdes. Tardaron un momento en comprender lo que estaban viendo.

Gamay fue la primera.

—Lianas —dijo.

Duke puso el motor en punto muerto y Paul inclinó el foco para seguir el recorrido de un grupo de lianas que subían por el costado del casco hasta superar lo que debería haber sido el borde abrupto de la cubierta principal, pero que en realidad era una pendiente erosionada de sedimentos de color marrón.

—¿Qué diablos…?

En lo más alto, las lianas estaban por todas partes, como la hiedra de una antigua muralla de piedra. En el lugar que tendría que haber ocupado la superestructura crecían hierbas secas, matas y zarzas enmarañadas.

Duke sacudió la cabeza ante aquella imagen.

—Mira que he visto cosas extrañas flotando en el mar, pero nunca nada como esto.

Pasaron por delante de la proa sin ver ninguna marca, y Duke les llevó a la zona central.

—Creo que deberíamos volver al *Condor* —dijo Gamay de improviso.

Paul se volvió.

—¿No sientes curiosidad por lo que hemos encontrado aquí?

—Por supuesto —respondió Gamay—, estoy tan intrigada como tú. Pero hemos venido para ver si el objetivo era una amenaza o una embarcación necesitada de nuestra ayuda. Salta a la vista que no es ninguna de las dos cosas. Una vez aclarado eso, deberíamos volver a casa antes de que pase nada raro.

Paul observó a su mujer.

—Es impropio de ti ser la voz de la razón —dijo—. ¿Dónde está tu sentido de la aventura?

—En la mesita de noche de casa, con las llaves del coche —respondió ella.

Paul se rió.

—Ya hemos llegado hasta aquí. Ya que estamos, podríamos subir a bordo.

—¿Y cómo pretendes hacerlo? —preguntó Gamay.

Paul la miró como si fuera evidente.

—A lo Tarzán, por supuesto —dijo, señalando las lianas.

31

Con tranquila precisión, Duke pegó la lancha al casco del buque abandonado, en un punto en el que colgaba un grueso manojo de lianas. Paul las agarró y estiró con todas sus fuerzas.

—Yo iré primero —dijo—. Si aguantan mi peso, sin duda podrán con el resto de vosotros.

Usando el borde de un ojo de buey como punto de apoyo para el pie, se encaramó y empezó a trepar, una mano y después la otra, como si estuviera escalando el muro de la pista de obstáculos de la instrucción. Al final, llegó a la cubierta, que estaba sepultada bajo una capa de sedimento.

Gamay subió la siguiente, seguida de cerca por Elena. Duke se quedó en la lancha.

—Me siento como si hubiéramos descubierto una isla desierta —comentó Elena.

—Esperemos que esté desierta —añadió Gamay—. No me gustaría encontrar cazadores de cabezas viviendo a bordo.

Paul miró a su alrededor. En verdad parecía que estuvieran en tierra firme. No había nada de factura humana a la vista. Aquello era un montículo cubierto de follaje en mitad del océano Índico.

—Cualquiera diría que este barco quedó atrapado en el mar de los Sargazos.

—Solo que esto no son algas —señaló Gamay.

—El hecho de que todavía se mantenga a flote me dice que,

en líneas generales, es estanco —comentó Elena—, aunque está muy hundido en el agua.

A Paul también se lo parecía.

—Me pregunto si será por el peso de toda esta vegetación.

—Es posible —dijo Elena—. Teniendo en cuenta el espesor de la vegetación y la tierra, es probable que esté sobrecargada de arriba. Esperemos que no nos golpee ninguna ola grande mientras estemos a bordo. Si empieza a balancearse, volcará casi seguro.

A Paul el descubrimiento del barco le había disparado la adrenalina. Quería saber qué buque era y de dónde había salido. Se acercó a la borda y gritó a Duke, que estaba abajo:

—Tírame los remos. Creo que podremos aprovecharlos.

Duke sacó de un compartimiento los remos de emergencia de la FRC y los lanzó hacia arriba uno detrás de otro. Paul los atrapó y le pasó uno a Gamay; el otro se lo quedó.

—¿Qué se supone que vamos a hacer con esto? —preguntó su mujer—. ¿Llegar a la civilización remando a bordo de este trasto?

—Esto no es un remo —explicó Paul—, es una pala. Y no vamos a remar, sino a cavar. Si este buque es estanco, eso sugiere que todo el fango está fuera y ha dejado intacto el interior. Buscaremos una escotilla y entraremos.

—Y en casa no hay manera de que pases el rastrillo cuando hay hojas —se lamentó Gamay.

—No es tan divertido.

—Me gusta la idea —comentó Elena.

—¿Lo ves? —dijo Paul.

—Tú se supone que estás de mi lado —le reprochó Gamay a Elena—. Las chicas al poder, ¿recuerdas?

—Lo siento —se excusó la piloto—. Esto es mejor que esperar a oscuras en el *Condor* sin hacer nada.

Con una sonrisa de satisfacción, Gamay le entregó el remo.

—Entonces puedes ayudarle a cavar.

Paul soltó una risilla y le dio otra voz a Duke.

—No te alejes. Vamos a dar un paseo por el campo.

—Entendido —dijo Duke.

Con una curiosidad tan intensa como pocas veces había sentido, Paul dirigió al grupo a través del follaje hacia el punto más alto del montículo, una zona sepultada por completo bajo las lianas más gruesas. Si estaba en lo cierto, la parte principal de la superestructura del buque estaba oculta debajo.

Se abrió paso entre un par de matorrales y se detuvo.

—Fijaos en esto —dijo, mientras iluminaba un conjunto de hojas con la linterna.

Una araña enorme, del tamaño de la mano de un niño, ocupaba el centro de una elaborada red. Tenía el cuerpo de color amarillento y textura dura, a diferencia de las tarántulas, blandas y peludas. Cerca, una segunda araña, de tamaño y color parecidos, esperaba en una telaraña más grande todavía. Encontraron tres más en un radio de tres metros.

—Puaj —exclamó Elena en voz baja—. Son de lo más asquerosas.

—¿Tenías que enseñárnoslas? —protestó Gamay—. Ahora me pica todo —añadió, volviendo la cabeza con gesto forzado, para ver si tenía algo en la espalda.

Paul no pudo evitar reírse. Las arañas siempre le habían parecido interesantes, aunque debía reconocer que no querría que esas en concreto se le colaran en el saco de dormir.

—Vamos —dijo.

Siguió adelante, con cuidado de sortear las arañas y los tramos más tupidos de maleza, y no tardaron en llegar a un punto situado justo por debajo de la cima del montículo, cerca del centro del bao.

Alumbrados por Gamay, Paul y Elena empezaron a retirar lianas y cavar en la capa irregular de fango. Los remos resultaron bastante eficaces como palas, por lo que enseguida abrieron un túnel inclinado en un ángulo de cuarenta y cinco grados que creó una profunda hendidura en el barro, hasta que Gamay puso una mano en el hombro de Paul.

—Para.

Paul la miró.

—Creo que he oído algo.

—¿Aparte de mis gruñidos quejándome de que tengo que hacer todo el trabajo?

—Hablo en serio.

Paul agarró la pala con fuerza. Él y Elena todavía llevaban sus pistolas, unas Ruger SR9 fabricadas en Prescott, Arizona, pero se habían olvidado de ellas desde que habían descubierto que el punto del radar era un buque abandonado.

Gamay movió el haz de luz para explorar la zona. No vieron nada fuera de lo común.

—Tal vez sea una araña gigante —susurró Paul—. La mamá araña de todos los bebés que hemos visto.

Gamay le dio un palmetazo suave en el hombro.

—Hablo en serio. Esto me da mala espina.

A su lado, Elena desabrochó la trabilla de la funda de su arma y posó la mano en la culata como una pistolera que se preparase para un duelo.

Una ligera brisa agitó por un instante las hojas que les rodeaban. En ese momento, Paul también oyó algo. Un sonido grave y gutural, como una respiración entrecortada. No duró más de unos segundos, y luego cesó. Miró a su alrededor, entre la maleza, pero no vio nada.

—Vosotros también lo habéis oído —dijo Gamay—. ¿A que sí?

Más bien, les estaba jugando una mala pasada su imaginación, pensó Paul.

—Vosotras y vuestro barco fantasma —se lamentó—. No perdamos los nervios.

Elena asintió y retiró la mano de la culata del arma.

—Estaré atenta a posibles espíritus incorpóreos —dijo Gamay.

Paul asintió y volvió al trabajo que tenía entre manos.

—Sobre todo si ves a alguno interesado en cavar.

Con fuerzas redobladas, continuó con la excavación. Al cabo de poco, el remo entró en contacto con algo duro. Paul apartó los escombros y distinguió una plancha de acero oxidado.

—Hemos topado con una pared —dijo—. Literalmente.

Ensancharon el canal y llegaron a una escotilla. El intento de abrirla por la fuerza resultó infructuoso, pero siguieron cavando y encontraron una ventana medio destrozada. Paul echó abajo el resto del cristal y se asomó al interior.

—¿Qué ves?

—Es como una cueva —respondió Paul—. Casi toda la sala está llena de lodo, pero más adentro parece que la cosa va a menos.

—Me sorprende que no esté llena hasta el techo —dijo Elena.

Eso a Paul también le intrigaba.

—A lo mejor el follaje de fuera se enmarañó mucho y actuó como un caparazón. Aunque parece que dejó pasar la humedad. El sedimento está liso y mojado, prensado como la arena de una playa cuando se retira la marea.

Cuando movió la linterna de un lado a otro, pareció que algo se tragaba la luz. Sin duda tenían delante un espacio muy amplio. Paul se apartó del hueco.

—¿Quién quiere tener el honor?

Elena sacudió la cabeza. Gamay hizo lo mismo, mientras señalaba el agujero.

—Esto ha sido idea tuya.

A Paul, que era un hombre grande, no le gustaban los espacios estrechos. No se trataba de claustrofobia propiamente dicha, tan solo una práctica sensación de que los lugares cerrados no eran apropiados para alguien de su tamaño. Pero Gamay tenía razón: aquello había sido idea suya.

Se apartó de la abertura, se aseguró de que no quedase ningún fragmento de cristal en el quicio y luego se encaramó para pasar al otro lado.

—Una vez más en la brecha —dijo, lo que arrancó gemidos a su público.

Paul pasó a apretones por el agujero y bajó hasta el sedimento de tierra compactada y húmeda.

—¿Alguna araña? —preguntó Gamay en voz alta desde el otro lado.

—No, que yo vea.

—¿Estás seguro?

—Del todo.

Una vez aclarado ese particular, Gamay entró trepando detrás de él.

Para sorpresa de Paul, Elena la siguió enseguida.

—No vais a dejarme ahí fuera a mí sola —dijo.

Al principio, solo podían reptar. El sedimento estaba apilado a tal altura en la sala que el techo quedaba a apenas un metro de sus cabezas. A medida que se alejaban de la ventana, el espacio se fue ensanchando y la tierra empezó a descender en pendiente. En una sección, vieron sobresalir del suelo unos pequeños rebordes. Paul llegó hasta ellos y se echó a reír.

—¿Qué te hace tanta gracia? —preguntó Gamay.

—¿Recuerdas esa cena con velas que querías?

—¿La que no he tenido?

—Bueno, pues aquí tienes una oportunidad —dijo Paul. Extrajo el objeto del cieno; era una silla medio podrida—. Creo que estamos en el comedor del buque.

Gamay soltó una risilla.

—No sé, me esperaba algo un poco más elegante.

Se adentraron en la sala, descendiendo por la pendiente del sedimento invasor hasta que este quedó reducido a una fina capa sobre el suelo. Al ponerse en pie, Paul descubrió que estaba muy prensado y que su grosor no superaba los quince centímetros.

Gamay se levantó y se limpió las palmas de las manos con la parte delantera de los tejanos.

—La próxima vez que vaya al spa, no necesitaré un baño de barro —dijo—. ¿Y ahora qué, oh valeroso líder?

Paul miró a su alrededor.

—Vamos a ver si podemos averiguar qué clase de buque es y de dónde viene.

Avanzaron hacia el interior del casco y no tardaron en encontrar la cocina y una despensa.

—Mira qué hornos —comentó Gamay—. Son antiguallas.

—¿Cuántos años tendrán? —preguntó Paul.

—No sé —respondió Gamay—. Son viejos. Como la cocina que mi abuela tuvo durante una eternidad.

Paul echó un vistazo a los fogones y otros enseres. Los diseños pertenecían a otra época. Empezó a tener la sensación de que había viajado atrás en el tiempo.

Abrió un armario y vio que estaba lleno a rebosar de fuentes de servir. Cogió una y empezó a rascar el moho renegrido. Cuando hubo desprendido suficiente, se hizo visible un logotipo en el centro, un ancla estilizada con las uñas serradas, puesta de lado. Le sonaba.

Se lo enseñó a Gamay, que se encogió de hombros y sacudió la cabeza.

—Las despensas están vacías —anunció Elena, asomándose a la cocina—. No queda ni una lata de alubias.

Paul dejó la fuente en su sitio.

—Vamos a buscar el puente.

Dio un paso hacia la puerta y se detuvo. Aquella respiración ronca había regresado. Era un sonido grave, gutural y amenazante. En esa ocasión lo oyeron todos.

Paul enfocó la linterna hacia la puerta a la vez que algo se lanzaba hacia delante. Un rugido resonó en la oscuridad mientras los tres se lanzaban en distintas direcciones.

Paul agarró a Gamay y tiró de ella para ponerla a salvo, mientras una forma giraba hacia ellos y algo golpeaba a Paul en las costillas con la fuerza de un tronco. Tropezó y cayó redondo al barro. La linterna se le escapó de la mano, mientras seguían sonando los rugidos.

—¡Corred! —gritó.

Elena se encaramó a la cocina mientras Gamay ayudaba a Paul a levantarse.

Algo golpeó la vieja cocina de hierro colado, y el impacto hizo que las fuentes que Paul había descubierto cayeran al suelo y se hicieran añicos. Sonaron una serie de disparos que bañaron la sala de fogonazos entrecortados cuando Elena descargó su Ruger contra el agresor.

Para entonces Paul y Gamay estaban saliendo a trompicones por la puerta que daba al salón. Por culpa de las prisas, Gamay patinó en el fango y se llevó a Paul al suelo con ella. Rodaron hasta topar con la pared del fondo.

Paul había perdido la linterna, pero Gamay encontró la suya y alumbró la puerta de la cocina. Por ella surgió un monstruo, que se abalanzó hacia ellos. Un cocodrilo de cuatro metros con dientes serrados y un feo hocico bulboso. Saltó hacia la pareja a la vez que Paul sacaba su pistola y disparaba contra las fauces abiertas de la criatura.

Gamay le gritó al oído, pero los disparos volvieron inaudibles sus alaridos mientras las balas atravesaban la mandíbula superior y el cerebro del animal, para acabar saliendo por el otro lado. El cocodrilo chocó contra Paul, se estrelló contra su abdomen y le cortó la respiración como un saco de cemento lanzado desde el remolque de un camión. Pero no le mordió ni se revolvió, sino que se limitó a derrumbarse sobre él y quedar inmóvil tras unas breves convulsiones.

El largo morro y lo que quedaba de la cabeza reposaban de lleno en el pecho de Paul. Las rechonchas patas siguieron sujetándole las piernas con las garras hasta que los músculos murieron. Como si no hubiera nada más importante, Paul reparó en cómo le apestaba el aliento a la criatura.

Cuando comprendió que el cocodrilo estaba muerto y ellos, vivos, Paul se lo quitó de encima a patadas y lo apartó con la bota. Su poderosa cola sufrió una última convulsión antes de quedar inmóvil de forma definitiva. Solo entonces cayó Paul en la cuenta de que estaba apoyado en Gamay, que se encontraba detrás de él, abrazándole con fuerza con un brazo mientras con el otro sostenía la linterna e iluminaba a la criatura muerta.

—¿Elena? —gritó Paul—. ¿Estás bien?

La piloto salió de la cocina, renqueando y con el arma en alto.

—Estoy bien. Me he torcido la rodilla, pero puedo caminar.

Paul se deslizó de entre los brazos de Gamay y se movió a un lado hasta apoyarse en la pared como ella.

—Buen trabajo con la linterna —dijo—. ¿Estás bien?

Gamay asintió.

—Y fíjate tú, ya no me dan miedo las arañas.

Paul se rió. Entre sus muchas cualidades maravillosas, la presencia de ánimo y el sentido del humor de su mujer eran las dos a las que nunca podía resistirse.

—Te quiero —le dijo. Se acercó a ella y la besó, sin preocuparse por el barro.

—Supongo que cenamos cocodrilo —propuso ella.

—No —replicó Paul—. Pero lo bueno es que él tampoco nos cenará a nosotros.

—De ahí saldrían un buen par de botas —comentó Elena—. Y un bolso a juego.

Eso les hizo reír a todos.

—¿De dónde ha salido? —se preguntó Paul—. No podía estar aquí dentro.

Gamay apuntó hacia la entrada con la linterna. Las reveladoras huellas de las garras y de una cola arrastrada resultaban fáciles de distinguir en el fango.

—Debía de vivir en el barco —dijo—. Al parecer nos ha seguido aquí adentro.

—¿Qué hace un cocodrilo en un barco, para empezar? —preguntó Elena—. Por no hablar del bosque de los Cien Acres que tenemos ahí fuera.

Paul no paraba de darle vueltas desde que lo habían descubierto.

—Recuerdo que Kurt y Joe me hablaron de una operación de rescate que hicieron una vez. El buque llevaba varado varios años, embarrancado cerca de una reserva natural en la costa de Birmania. La NUMA accedió a ayudar porque se filtraba combustible hasta el agua. Kurt me explicó que, para cuando llegaron a él, el barco se había integrado en el terreno. Estaba cubierto de malas hierbas y lleno de plantas e insectos. Tuvieron que excavar para sacarlo. —Miró a su alrededor—. Mi suposición es que este buque tuvo un destino parecido.

—No lo diríais nunca por el tiempo que hemos tenido —comentó Elena—, pero durante estos últimos meses aquí ha habido unas tormentas tremendas.

—De modo que este barco quizá estuviera embarrancado durante un tiempo, hasta que un temporal lo arrastró otra vez hasta el mar —conjeturó Gamay.

—Quizá —coincidió Paul—. Y este pobre bicho probablemente quedó atrapado a bordo cuando las aguas se llevaron el buque.

—¿Por qué no se tiró al agua y nadó hasta la orilla? —preguntó Elena.

—A lo mejor la tormenta era demasiado fuerte —supuso Paul.

Gamay contempló al animal muerto. Era grande en comparación con los tres humanos, pero no parecía demasiado largo para ser un cocodrilo.

—Sé que los cocodrilos de agua salada pueden hacer largos recorridos por el océano, pero a mí este me parece distinto; un poco escuchimizado. A lo mejor es de otra especie.

Paul asintió. Eso tenía tanto sentido como todo lo demás.

Se puso en pie, sacó los pies del barro y ayudó a Gamay a levantarse. Fue entonces cuando reparó en el gran cuadro enmarcado que tenían detrás. El lienzo estaba negro a causa del moho y la podredumbre, por lo que no podía intuirse nada de la obra que había debajo, pero una placa metálica enganchada a la parte inferior del marco parecía ofrecer alguna clase de inscripción.

Paul se inclinó hacia delante y empezó a frotar la placa con el pulgar, desincrustando años de residuos acumulados. A pesar de su empeño, la placa seguía sucia y oscura. Sin embargo, al cabo de un rato empezaron a adivinarse las hendiduras de una inscripción. Siguió rascando hasta que pudo distinguir, más o menos, la parte final de un nombre. Tres letras: T, A, H. Aunque frotó hasta hacerse daño en los dedos, fue incapaz de destapar nada más.

—No puede ser —susurró.

—¿El qué no puede ser? —preguntó Gamay.

Paul pensó en lo anticuado del material de la cocina, en las dimensiones del navío según sus cálculos y en el logotipo de la fuente de servir que había encontrado.

—Puede que tengas razón —le dijo a Gamay—. A lo mejor esto es un barco fantasma, a fin de cuentas.

Gamay le miró con aire suspicaz.

—¿De qué estás hablando?

—Vayamos al puente —dijo Paul—. No quiero sacar ninguna conclusión precipitada.

Tardaron veinte minutos más en llegar al puente. Era una sensación espeluznante encontrarse allí, con el barro pegado a las ventanas del barco. Era como si la embarcación en sí estuviera enterrada en una tumba gigante.

Paul miró en todos los cajones y armarios.

—No hay cartas de navegación ni cuadernos de bitácora, nada de valor.

—Igual que en la despensa —señaló Elena—. Alguien limpió este barco.

Al final, Paul encontró algo demasiado pesado para transportarlo: una campana del tamaño de un cesto de la colada, tumbada de lado. La hizo rodar hasta que encontró otra inscripción. En esa ocasión las letras grabadas eran más profundas, de modo que, cuando quitó la capa de moho y óxido, pudo distinguirlas con claridad. Había un nombre grabado en el lateral de la campana, un nombre que le era familiar y que todo aquel que hubiese estudiado alguna vez los naufragios conocía muy bien.

—El *Waratah* —dijo en voz alta—. No me lo puedo creer. Este barco es el *Waratah*.

Le enseñó el grabado a Gamay, que parecía tan sorprendida como él.

—¿De qué me suena ese nombre? —preguntó Elena.

—Es famoso —explicó Paul—. El SS *Waratah*, de la naviera Blue Anchor, desapareció con la tripulación y el pasaje en 1909. Se creía que se había hundido durante una tormenta en algún lugar entre Durban y Ciudad del Cabo. No se encontraron nunca los restos; ni siquiera un chaleco salvavidas o una boya con el nombre *Waratah* pintado.

Elena les miró a los dos con los ojos entrecerrados.

—¿Me estás diciendo que el barco en el que estamos, cubierto de barro y envuelto en lianas, es en realidad un pecio centenario que en teoría estaba en el fondo del mar?

Paul asintió.

—En el fondo del mar y a mucha distancia de aquí.

—Ya os he dicho que esas cocinas eran antiguas —les recordó Gamay.

Paul se rió y pensó en lo irónico de la situación.

—Todo explorador submarino que se precie ha buscado este buque en un momento u otro. Cazatesoros, historiadores navales, aventureros… Hasta la NUMA hizo un intento con la ayuda de un famoso escritor; ahora no me sale el nombre. Creíamos que lo habíamos encontrado, pero resultó que el pecio era un barco diferente, llamado *Nailsea Meadow*.

—No es de extrañar que nadie pudiera encontrarlo —dijo Elena—. En realidad nunca se hundió.

—Lo cual nos lleva a la inevitable pregunta —añadió Elena—: ¿dónde ha estado escondido durante todos estos años? Y dado que parece vacío, ¿qué fue de los pasajeros y la tripulación?

32

Aeropuerto de Incheon, Corea del Sur

Los pasajeros del vuelo 264 de Air France de París a Seúl recogieron su equipaje de mano con la actitud ordenada pero ansiosa de quienes llevan demasiado tiempo encerrados en un tubo de metal, como si las once horas de avión resultasen más llevaderas que los cinco minutos que se tardaba en salir y cruzar la terminal.

El anuncio de que la pasarela de acceso se había averiado fue acogido con un gemido universal, pero la apertura de las puertas traseras dejó que entrase aire fresco en la cabina, y pronto los pasajeros desfilaron escaleras abajo por la parte de atrás de la aeronave.

Aquel método antiguo de evacuar el avión significaba que los pasajeros de las filas superiores salían antes, mientras que los de primera clase debían soportar una espera interminable.

En la primera fila, asiento 1A, Arturo Solano no hizo ningún esfuerzo por disimular su disgusto. El único solaz lo ofrecían unos minutos más contemplando a la atractiva estadounidense que estaba sentada a su lado. Habían cruzado cuatro palabras intrascendentes durante el vuelo, pero mientras los demás pasajeros de primera clase iban pasando, la mujer se volvió hacia él.

Solano conocía esa mirada. Un par de comentarios sobre arte y fiestas, y a la mayoría de las mujeres se les aflojaban las rodillas. Iba a pedirle si podía asistir a la fiesta o quizá hasta verlo en privado para cenar.

Con expresión pícara, la estadounidense miró cómo desaparecían los últimos pasajeros de primera clase a través de la cortina y luego sonrió.

—Sé lo que quiere —dijo Solano.

—¿Ah, sí? —respondió ella.

—Por supuesto —aseguró él—. Será un placer incluirla en la lista de invitados.

—Me siento halagada —dijo la norteamericana, que miró de reojo hacia el frente cuando se abrió la puerta delantera de la cabina—. Pero como usted no va a ir, no hay necesidad de que asista yo.

Solano sintió un instante de confusión, que se intensificó cuando tres coreanos vestidos con traje oscuro entraron en el avión por la pasarela supuestamente averiada. Se levantó, indignado y receloso, pero la mujer le clavó algo que hizo que un escalofrío le recorriera todo el cuerpo y luego sintiera una rápida somnolencia. Cayó en brazos de la estadounidense, que le estaba esperando, y empezó a dormirse mientras ella todavía lo estaba tumbando en el suelo de la cabina.

Momentos antes de perder la consciencia, entró otro hombre, que llevaba un traje de lino blanco, idéntico al de Solano. También lucía el mismo peinado estilo *nouveau pompadour* y una perilla. A decir verdad, cuando el recién llegado le miró desde arriba, Solano pensó si tal vez estaría mirándose en un espejo.

—¿Quién… eres? —logró susurrar.

—Soy tú —respondió el hombre.

Perplejo y demasiado adormilado para formular otro pensamiento, Solano cerró los ojos y se durmió.

Dos de los coreanos se arrodillaron junto a él y lo pusieron derecho. Mientras metían el cuerpo inconsciente en un carro camuflado como los del catering, la mujer del traje chaqueta cogió a Joe del brazo.

—Es hora de que salgamos —le dijo—. Acosta ha enviado un chófer a recoger a Solano. Háblale lo mínimo imprescindible. Nosotros tiraremos de la lengua a Solano y te haremos llegar las grabaciones para que puedas imitar su voz.

—No hay problema —dijo Joe, que cogió el maletín de Solano y siguió a la mujer hacia la parte trasera del avión.

Al cabo de unos minutos, estaba en la terminal y se reunía con el conductor de Acosta, que recogió el resto del equipaje de Solano y le acompañó hasta una limusina.

—¿Qué hotel? —preguntó Joe, poniendo el acento de Solano.

—Hotel Shilla —respondió el chófer—. Cinco estrellas. Monsieur Acosta no ha reparado en gastos y tiene muchas ganas de verle.

Joe se limitó a asentir y se recostó en el mullido asiento hasta que el conductor cerró la puerta. No estaba preocupado. Sabía que la CIA y las fuerzas de seguridad surcoreanas lo escuchaban todo. Seguirían su rastro y, cuando tuvieran claro que no había moros en la costa, se pondrían en contacto con él. Hasta entonces, no tenía otra cosa que hacer que disfrutar del trayecto.

A kilómetros de distancia, Kurt Austin estaba menos relajado. Lo que había empezado como una misión personal de búsqueda de respuestas se había convertido en una operación internacional que había puesto a su mejor amigo en el la punta de la lanza.

Pasó horas estudiando los planos del rascacielos de Than Rang, donde se celebraría la fiesta. El edificio, con sus cincuenta y dos plantas de acero y cristal, era una maravilla de la ingeniería, que se elevaba como un monolito en pleno corazón de Seúl. Al llegar a la undécima planta, se había eliminado un lateral del edificio, formando una terraza al aire libre cuyo jardín ornamental ofrecía una de las mejores vistas de la ciudad.

Kurt reparó en que el jardín estaba protegido por un atrio de cristal, que dejaba el resto expuesto a los elementos. Se enteró de que los ascensores atravesaban una columna central y de que había escaleras en las cuatro esquinas. Descubrió que había pasillos de acceso detrás de algunas paredes y muchos espacios estrechos diseñados para alojar tuberías y conducciones eléctricas, y que contaban con puntos de entrada y salida para poder realizar tareas de mantenimiento.

Después de averiguar todo lo posible sobre el edificio de Than Rang, se entregó a otras distracciones: repasar las fotos que había sacado del yate de Acosta y ampliar las caras de aquellos a quienes había pillado en las instantáneas.

La cabeza bulbosa de Acosta resultaba visible con claridad en varias fotos, igual que la de la rubia con la que este había hablado en la cubierta.

Al escudriñar los rasgos de la mujer, Kurt empezó a pensar que le resultaba familiar. Tenía los pómulos marcados, los ojos marrón oscuro y las cejas más oscuras todavía. No tenía nada de rubia, pensó Kurt.

Amplió más la imagen y descubrió quién era.

—Una mujer disfrazada —dijo, al reconocer el rostro de la intrusa misteriosa con la que había luchado en el camarote de Acosta.

Conectó la cámara a un ordenador. Con un par de pulsaciones, descargó la imagen. A continuación cogió el teléfono y llamó a un número de Washington. Sonaron media docena de tonos antes de que respondiera una voz gruñona.

—¿Hola?

—Hiram, soy Kurt.

—Espero que esto sea un sueño —protestó Hiram Yaeger—. ¿Tienes idea de qué hora es?

Kurt casi había olvidado la diferencia de catorce horas entre Seúl y la capital estadounidense.

—Siempre he oído que el tiempo es un concepto relativo —replicó.

—En este caso, no —rezongó Yaeger—. Pero doy por sentado que esto es importante. ¿Qué necesitas?

—Te mando una foto de una mujer guapa.

—Es posible que mi esposa no lo vea con buenos ojos.

—Creo que es la mujer misteriosa del yate. Lo que pasa es que lleva puesta una peluca rubia. Se trata de una imagen nítida, tomada con teleobjetivo. A lo mejor puedes pasarla por tu máquina mágica para descubrir quién es. A menos que eso sea demasiado para el sistema.

La mera idea provocó un bufido burlón de Yaeger.

—Me duele que se te ocurra siquiera dudar de nosotros —replicó—. Nuestra tecnología de reconocimiento facial ha avanzado a pasos agigantados en los últimos años. Si es una imagen nítida y existe algún registro en alguna parte, lo descubriremos. Y a cambio de una cena en el Citron, te daré su bebida favorita, una lista de sus aficiones y fobias y el centro en el que estudió.

Kurt se rió. Ya sabía que la mejor manera de motivar a Hiram era plantearle un desafío.

—Trato hecho. Me han contado lo del virus informático en el *Condor* —añadió—. ¿Estás seguro de que Max está a salvo?

Max era el nombre del superordenador de Hiram. Construido desde cero siguiendo sus instrucciones precisas, Max era sin duda uno de los ordenadores más avanzados y potentes del mundo, y desde luego el más único. Poseía un elevado nivel de inteligencia artificial y su propia personalidad, claramente femenina.

—¿Intentas chincharme adrede? —preguntó Hiram—. Por supuesto que Max está a salvo. La construí desde la nada y la programé yo mismo. Nadie más en el mundo posee ni siquiera los más rudimentarios conocimientos de su código fuente, y sin eso, no puede penetrarse en una máquina. En realidad, si la gente construyera sus propios ordenadores en vez de comprarlos prefabricados, el mundo sería un lugar mucho más seguro.

—Vale, de acuerdo —dijo Kurt, que no pretendía denigrar a Hiram ni a su máquina—. ¿O sea que no hace falta que imprima esto y te lo mande por mensajero?

—No —respondió Hiram—. Basta que uses la línea segura que te ha montado la CIA. He revisado su software con el nuestro. Está limpio.

—Vale —dijo Kurt—. Te lo envío ahora. Infórmame de lo que descubras.

—Eso haré.

Yaeger colgó, y Kurt no tuvo ninguna duda de que el inquisitivo genio de la informática ya debía de estar saliendo a rastras de la cama para empezar de inmediato con la investigación. Casi se sentía culpable, pero tenía la sensación de que el tiempo no estaba de su parte.

33

Joe Zavala llegó al edificio de Than Rang en limusina. Se había puesto un traje blanco hecho a medida y una corbata plateada, recién salidos del guardarropa de Solano. Le acompañaba Kurt, que llevaba un traje negro más convencional y un pequeño maletín con el instrumental de Solano y un transmisor que él y Joe esperaban enganchar a los hackers. Como precaución de última hora, Kurt se había cortado la melena plateada y se había teñido de negro de forma temporal, por si Acosta lo había grabado en vídeo en el yate.

Nada más bajar de la limusina, el personal de seguridad de Than Rang los acompañó a un ascensor privado que hizo un viaje rápido a la undécima planta, donde salieron a una fiesta que ya estaba animada.

Repartidas por la gran sala de baile y el jardín exterior había centenares de las personas más poderosas e influyentes de Corea del Sur. Industriales, políticos y famosos se codeaban con poetas, artistas y filántropos. Había embajadores de cinco naciones, además de docenas de representantes comerciales, entre ellos un grupo de estadounidenses.

Para llevar la fiesta a su apogeo, apareció Than Rang en una tarima elevada al fondo de la sala de baile. Llevaba una prenda tradicional coreana conocida como *gongbok*, que era una túnica añil de seda de cuello alto sujeta a la cintura por un fajín gris. En las antiguas dinastías de Corea, el *gongbok* era la vestimenta de los nobles y los reyes, lo cual le decía mucho a Kurt sobre el concepto que Than Rang tenía de sí mismo.

Aunque había un puñado de personas más vestidas de forma parecida al anfitrión, la mayoría de los invitados llevaba ropa occidental: traje o esmoquin los hombres y toda clase de prendas elegantes pero alegres las mujeres. Era un embriagador caleidoscopio de movimiento y color.

—¿Cuándo tienes que reunirte con Acosta? —preguntó Kurt.

—En su mensaje decía que me vendría a buscar cuando me necesitase y que hasta entonces disfrutase de la fiesta.

Kurt reparó en que Joe hablaba con un marcado acento, aunque estuviera conversando con él. Se había metido en el personaje desde que habían salido de la habitación del hotel; al parecer las clases de interpretación habían valido la pena.

—¿No prefiere esperar en el jardín, señor? —preguntó Kurt, empleando el tono de un ayudante.

—Sí —respondió Joe—. Creo que lo prefiero. Disfrutemos del aire fresco de la noche durante un rato.

Salieron al jardín ornamental que cubría la mitad de la azotea del undécimo piso. Estaba iluminado por millares de minúsculas lucecitas, las suficientes para competir con el brillo de la ciudad que se extendía debajo. Por detrás de ellos, la otra mitad del edificio elevaba hacia la noche sus restantes cuarenta y una plantas.

Una vez en el jardín, Joe no tardó en fijarse en un trío de mujeres. Les dedicó una sonrisa de dientes tan blancos como la americana que llevaba. Las mujeres correspondieron sonriendo a su vez, y las dos más lanzadas empezaron a caminar hacia él.

—Debe de ser el traje —sururró Kurt.

—Yo creo que es la percha —replicó Joe.

—Pareces el señor Roarke de la serie aquella —dijo Kurt—. Lo más probable es que esperen un viaje a la Isla de la Fantasía.

—Eso significa que tú eres Tattoo —susurró Joe—. Avísame si ves llegar «¡el avióoon!».

Cuando llegaron las mujeres, Joe tomó las riendas de la situación y les preguntó por sus nombres e historias, antes de sacar a relucir su posición en el mundo del arte. Si ya estaban coladitas por la apariencia y el encanto de Joe, oír que era un experto internacional en arte con una gran finca en una playa española hizo que se derritieran.

Cuando una de ellas dio el último sorbo a su martini, Joe le preguntó si le apetecía otro.

—Me encantaría —respondió la mujer.

—A mí también —añadió la segunda.

Sin mirar siquiera a Kurt, Joe le mandó a la barra.

—Dos martinis y un Gin Rickey —dijo, recordando la bebida favorita de Solano.

Su amigo estaba disfrutando con aquello y Kurt ni siquiera podía ponerle mala cara. Ya encontraría un modo de vengarse más adelante.

—Sí, señor Solano —dijo—, enseguida. ¿Necesita algo más?

—No —respondió Joe con un leve suspiro—. Me parece que tengo todo lo que necesito aquí mismo.

Kurt le dio el maletín y se abrió paso hacia el centro del jardín, donde una barra circular de cristal reflejaba el color azul eléctrico con el que estaba iluminada desde dentro.

Uno de los muchos camareros se fijó de inmediato en Kurt. Mientras el hombre se ocupaba de las copas, Kurt estudió los alrededores, en busca de Acosta. De momento no le había visto, pero teniendo en cuenta el número de invitados, tampoco era de extrañar.

Llegaron los martinis azules, preparados con vodka, curaçao y un toque de angostura. Agitados y servidos, presentaban un color casi idéntico al de la barra resplandeciente. El Gin Rickey era otra cosa: el camarero necesitaba lima fresca.

Mientras iba a por ella, la mirada de Kurt fue a dar en una

pareja que había llegado a la barra justo enfrente de él. Al hombre no lo conocía, pero la cara de ella resultaba inconfundible a esas alturas; al parecer la mujer misteriosa del yate de Acosta estaba invitada a la fiesta de Than Rang.

Esa noche llevaba el pelo de color cobrizo y liso como una tabla. Brillaba como una moneda nueva bajo las luces, e iba peinado con un estilo asimétrico que le enmarcaba el rostro de un modo que, además de resultar espectacular, estaba bien diseñado para disimular sus facciones.

A pesar de eso, Kurt no tenía ninguna duda acerca de a quién estaba mirando. Había contemplado su foto con la peluca rubia durante horas después de mandársela a Hiram. Los rasgos estaban grabados a fuego en su memoria: el ángulo de los pómulos, el estrecho caballete de la nariz, el arco de las cejas y la pequeña cicatriz que atravesaba una de ellas como una raya. Todos esos detalles eran fáciles de distinguir.

Reparó en que parecía tener hinchado el labio inferior, casi como si le hubiera picado una abeja. Teniendo en cuenta que cuatro días antes estaba amoratado y sangrando, a Kurt no le sorprendía. Como tampoco encontrarla allí. Al fin y al cabo, andaban detrás de lo mismo.

—Sus bebidas, señor.

El camarero había vuelto.

—Gracias —dijo Kurt. Había barra libre, pero Kurt creía en las propinas. Le dio un billete de cincuenta mil won; el equivalente a unos cuarenta dólares.

El camarero sonrió agradecido.

—Gracias, señor.

—De nada —respondió Kurt, mientras levantaba la pequeña bandeja en la que había colocado las bebidas—. Nosotros los currantes tenemos que estar unidos.

Con elegancia de camarero, Kurt llevó las bebidas hasta Joe, que seguía teniendo a las mujeres embelesadas con su charla. En cuanto las copas estuvieron repartidas, Joe entregó el maletín a Kurt.

Antes de que este pudiera explicar la última complicación surgida, apareció Acosta. Su llegada bastó para que las mujeres se dispersaran como palomas asustadas.

Intercambiaron unos saludos algo forzados.

—Mi español no es muy bueno —balbució Acosta en esa lengua.

—Ni mi francés —admitió Joe—. ¿Quizá sería mejor hablar en inglés?

—Mejor, no —gruñó Acosta—, pero sí común.

Acosta se rió de su propia gracia y luego prosiguió la conversación hablando inglés con un acento marcado. Joe hizo lo mismo, esmerándose por sonar como Solano.

—¿Está preparado? —preguntó Acosta.

—Cuando usted quiera —contestó Joe.

Al oír eso, Acosta y sus guardaespaldas acompañaron a Joe y a Kurt a otro ascensor, vigilado por los hombres de Than Rang. Cuando llegaron a la puerta, uno de los agentes de seguridad apuntó a Kurt y sacudió la cabeza.

—Es mi ayudante —protestó Joe.

—¿Le necesita? —replicó Acosta.

—Por supuesto que no —dijo Joe—. Solo ha venido para llevarme las bolsas.

Joe chasqueó los dedos y le hizo una seña de «dame» con la mano. Kurt, obediente, le entregó el maletín.

—Disfruta de la fiesta —se despidió Joe—. Ya te avisaré cuando vuelva.

Se abrió la puerta del ascensor. Acosta y Joe se metieron dentro. Mientras la puerta se cerraba, Kurt oyó el inicio de una conversación centrada en una colección de obras del pintor Degas. Esperaba que el curso intensivo de Joe sobre el mundo del arte le permitiera salir del paso.

Con poco que hacer salvo esperar, Kurt dio media vuelta y regresó a la barra. Su prioridad en esos momentos era evitar que le reconociese uno de los guardias de Acosta o la mujer misteriosa del yate. Decidió que el mejor modo de no topar con ella por casualidad era seguirla y mantenerla vigilada desde lejos.

Localizarla fue bastante fácil, ya que el brillo de su melena cobriza destacaba entre una multitud de mujeres en su mayoría coreanas. Evitar su mirada se demostró algo más difícil, ya que no paraba de mover los ojos. La única esperanza de Kurt era que su técnica de seguimiento fuese mejor que la de Joe.

34

En el trayecto en ascensor hasta la última planta del edificio de Than Rang, Joe siguió hablando del arte de Degas con Acosta, hilvanando con soltura datos y anécdotas. Para cuando llegaron al piso cincuenta y dos, Acosta parecía impresionado.

El ascensor se abrió y les dejó en un gran vestíbulo. Allí les recibió un hombre manco, de raza caucásica.

—Kovack —le presentó Acosta—. Este es Arturo Solano.

Joe saludó con la cabeza y Kovack le dedicó una mirada fugaz.

—Than Rang espera.

—Excelente.

Juntos, los tres recorrieron la breve distancia que les separaba del despacho privado del industrial coreano.

Than Rang ya estaba allí, todavía vestido con su túnica añil, contemplando desde arriba las luces de Seúl a través de los ventanales, que iban del suelo al techo.

—Ya hemos llegado —anunció Acosta—. Es la hora del intercambio.

Than Rang se volvió.

—Suponiendo que sus expertos superen el último examen.

Joe echó un vistazo a su alrededor. El despacho era enorme e incluía una sala de juntas detrás de un cristal ahumado, pero la habitación estaba a oscuras y no vio indicios de la presencia de los hackers. Dondequiera que los tuviesen retenidos para realizar su examen final, no era en la planta cincuenta y dos.

—Superarán cualquier prueba que pueda usted idear —insistió Acosta—. Eso se lo aseguro.

—Entonces tendrá su compensación.

Than Rang extendió una mano hacia la pared del fondo. Allí, vigilado por otros dos hombres, había un pequeño caballete, con un cuadro no mucho más grande que un folio de papel en el centro. Estaba rodeado por un marco dorado y bañado por una luz suave y cálida.

—Primero, efectuaremos nuestras propias comprobaciones —dijo Acosta lleno de confianza.

—Como desee.

Acosta acompañó a Joe hasta el caballete.

—Estoy seguro de que no tardaremos mucho.

Joe se dispuso a sacar el instrumental, pero los guardias no se movieron ni un centímetro.

—¿Les importa? —dijo Joe—. Necesito un poco de espacio para trabajar.

Los guardias retrocedieron unos cuantos pasos.

Joe, con algo más de sitio, dejó su maletín y examinó el cuadro bajo aquella suave luz. Por suerte, lo reconoció. Era un Manet, conocido como el *Chez Tortoni*.

Repasó mentalmente lo que sabía de la obra. Óleo sobre lienzo, pintado por Manet a lo largo de un período de varios años y terminado en algún momento de 1880. Representaba a un caballero francés con chistera, sentado en un café que se sabía que el propio artista frecuentaba...

«Pero había algo más...»

—¿Le sorprende volver a verlo? —preguntó Acosta, poco menos que riéndose.

«Pues claro», pensó Joe. Casi lo había olvidado. Lo habían robado, junto con otra docena de cuadros, del museo Gardner de Boston. En total, el valor de las obras sustraídas ascendía a unos quinientos millones de dólares. La biografía de Solano indicaba que estaba trabajando en el Gardner cuando se produjo el robo.

Joe reaccionó con calma.

—Suponiendo que sea real —dijo—. He visto media docena de falsificaciones de este cuadro en los últimos diez años, algunas de ellas bastante buenas. Me emocionaré cuando sepa que se trata del auténtico original.

—Les aseguro —aseveró Than Rang desde detrás de ellos— que este es el verdadero.

Joe se encogió de hombros, abrió el maletín y sacó un pequeño aparato que parecía una cámara.

—¿Qué va a hacer con eso? —preguntó Than Rang.

—Es un escáner de infrarrojos —respondió Joe—. Sintonizado en la frecuencia adecuada, mirará debajo de la pintura para ver si hay presentes otras imágenes.

Than Rang parecía algo nervioso, y Joe se preguntó qué pasaría si aparecía una imagen de Mickey Mouse o Bugs Bunny cuando encendiera el escáner. Lo más probable era que se liase una gorda entre Than Rang y Acosta y sus dos equipos de matones. No era un fuego cruzado en el que Joe quisiera verse atrapado.

Encendió el aparato y examinó el cuadro. Por suerte, no apareció ningún monigote, pero resultaban evidentes varias líneas sueltas. El dibujo parecía el contorno de un pequeño edificio. Joe tomó unas notas en un cuadernillo y apagó el escáner.

—¿Y bien?

—No he acabado —respondió Joe—. Las luces, por favor.

La habitación quedó sumida en la oscuridad, y Joe usó una linterna ultravioleta para comprobar las tonalidades del pigmento blanco.

—No veo reparaciones en esta obra —dijo—. Ningún indicio de que se haya añadido pintura nueva. A decir verdad, el nivel de fluorescencia está clavado. Los pigmentos concuerdan con los de la década de 1800.

Las luces volvieron a encenderse y Joe reparó en que Than Rang empezaba a parecer complacido.

—¿Qué hay de esas marcas sueltas?

—Pocos lo saben —dijo Joe, inventando una historia que esperaba que nadie pudiera verificar con rapidez—, pero Manet pintó este cuadro encima del boceto de otro. Se cree que las marcas de debajo son el esbozo de una cochera de Toulouse.

—¿O sea que es auténtico?

—O una falsificación perfecta —dijo Joe.

—¿Qué insinúa? —preguntó Than Rang indignado.

—Nada —respondió Joe—. Pero dígame: ¿robó usted el cuadro?

—Por supuesto que no.

—Entonces se lo compró a los hombres o mujeres que lo robaron —señaló Joe—. Por definición, eso les convierte en delincuentes. Sin duda, usted no se fio de su palabra por las buenas cuando les pagó.

El comentario irritó a Than Rang.

—No sería tan tonto de comprar una falsificación.

—Tiene que haber una manera de estar seguros —dijo Acosta.

—Suban la luz al máximo —indicó Joe—. Algo que no puede falsificarse es lo que llamamos craquelado. Cuando el cuadro envejece, los aceites se secan y la pintura se agrieta. Según la antigüedad de la obra y el tipo de pintura utilizada, aparecen patrones específicos. Viene a ser como una huella dactilar artística.

Con las luces a tope, Joe examinó la superficie del cuadro. Por lo que le habían explicado, el craquelado francés tendía a formarse en líneas curvas y largas, mientras que las pinturas italianas solían agrietarse formando cuadros o pequeños bloques rectangulares, motivo por el cual la *Mona Lisa* tenía el aspecto que tenía cuando se la miraba de cerca.

Para disgusto de Joe, en el Manet no apareció ninguno de esos dos patrones. Había grietas verticales, y unas pocas horizontales, pero nada que se pareciera a lo que le habían enseñado. Sacó una lupa para echar otro vistazo y, de paso, ganar algo de tiempo. Pero cuanto más miraba, más se convencía de que tenía delante una falsificación.

35

Mientras Joe jugaba al experto en arte, Kurt vigilaba a la mujer misteriosa del yate. Cuanto más la seguía, más le parecía que sus movimientos obedecían a un patrón deliberado. Partía de la barra y al rato regresaba, comprobando un cuadrante del jardín en cada recorrido y luego informando a su acompañante.

—Busca algo —se dijo Kurt.

Se acercó un poco más y logró oír parte de la conversación entre los dos. El hombre la llamó «Calista». De modo que ya tenía un nombre, aunque fuese un alias.

La tal Calista sacudió la cabeza en respuesta a una pregunta y luego habló.

—Acosta y Than Rang no están a la vista. Deben de estar efectuando el intercambio ahora mismo. Es hora de ir a nuestros puestos.

El hombre asintió.

—Muy bien —dijo—. Démonos prisa.

Kurt se dio la vuelta y se coló entre dos hombres de negocios coreanos que sostenían un acalorado debate, asintiendo con la cabeza como si estuviera de acuerdo con algo de lo que decían. Los empresarios le miraron con cara rara, y luego siguieron con su conversación.

Calista y su acompañante pasaron por delante de Kurt y se separaron, cada uno en una dirección distinta. Kurt siguió a Calista, que pasó de la azotea a la parte cubierta donde estaba la sala de baile y luego avanzó por un corto pasillo. A continuación entró por una puerta y la cerró a su espalda. Kurt forzó la vista y vio el letrero: el aseo de señoras.

Buscó un sitio para hacer tiempo, pero el pasillo era un callejón sin salida. En vez de acercarse demasiado, lo que hizo fue retroceder y esperar en un punto desde el que podía vigilar el corredor a través del reflejo en una ventana de cristal tintado.

Al cabo de poco, la puerta volvió a abrirse.

Kurt mantuvo la vista fija en el reflejo mientras la mujer regresaba al jardín. Le pasó por delante sin mirarle ni de reojo, pero Kurt reparó en que había algo diferente en ella. Su manera de caminar había cambiado. Era más refinada, menos enérgica. El vestido parecía algo más ceñido y su figura, un poco más voluptuosa.

Kurt no le vio la cara, pero no lo necesitaba para confirmar lo que sabía a ciencia cierta. La mujer que había salido del baño no era la misma que había entrado.

En la planta cincuenta y dos, Joe contemplaba el cuadro y se preguntaba qué hacer. Si lo declaraba una falsificación, se armaría un escándalo. Si afirmaba que era auténtico y aquello era una especie de prueba ideada por Acosta o incluso Than Rang, su identidad falsa quedaría en evidencia.

—¿Y bien? —dijo Than Rang—. ¿Cuál es su veredicto?

Joe se acarició la perilla que llevaba pegada a la cara.

—Es… es… —Se volvió hacia Acosta y, metido en su personaje, dijo—: Es muy emocionante volver a ver a un viejo amigo como este. Nunca pensé que sería recuperado.

Than Rang se relajó. Acosta exhaló un suspiro.

Joe suspiró con ellos.

—Sí —dijo—; se lo puedo asegurar, esta es la obra genuina del maestro. Fíjense en la pincelada. Vean qué profundidad. Son ustedes dos hombres muy afortunados.

—Muy bien —exclamó Acosta, que le hizo a su hombre un gesto con la mano y señaló a Joe—. Págale.

Apareció un maletín que era idéntico al de Solano.

—La segunda mitad de sus honorarios. Cien mil euros, tal y como acordamos.

Joe abrió el maletín, miró el dinero y luego lo cerró enseguida. Por desgracia, mientras él hacía eso, el manco se llevó el maletín que Joe había traído y que tenía el aparato rastreador dentro.

—Mi pluma —dijo Joe—. Está en el maletín.

Acosta se rió y le dio una palmada en la espalda.

—Puede comprarse una fábrica entera de plumas con lo que acabo de pagarle.

Joe soltó una risilla en un intento de disimular su frustración, pero como el manco ya estaba desapareciendo camino de la sala de juntas, decidió no llamar más la atención.

—Disfrute del resto de la velada —dijo Acosta—. Quizá las jóvenes con las que estaba departiendo antes sigan aún sin compromiso por esta noche.

—A ver si es verdad —replicó Joe.

Than Rang hizo un gesto indicando el ascensor y Joe echó a caminar hacia allí. Cuando sonó el timbre y se abrió la puerta, oyó que Than Rang hablaba con Acosta.

—Su gente ha superado el examen. Nuestro negocio acaba aquí. Prepárelos para el traslado.

Joe no podía demorarse más. Entró en el ascensor y esperó a que las puertas se cerrasen.

En cuanto empezó a bajar, activó el microtransmisor que la CIA le había dado, un diminuto dispositivo impermeable que llevaba pegado a una muela. Habló casi en silencio, sin mover la boca.

—¿Tienes las orejas puestas, amigo?

Se produjo un momento de silencio antes de que llegase la respuesta de Kurt.

—Aquí estoy.

El minúsculo auricular resonaba contra un hueso de la mandíbula que conectaba con el oído. Sonaba verdaderamente como si Kurt estuviese dentro de su cabeza.

—Estoy bajando —susurró Joe.

—¿Misión cumplida?

—No del todo —respondió Joe—. Creo que será mejor que hagamos un mutis rápido, por el foro, por la derecha, por donde sea.

—¿A qué vienen las prisas?

—Bueno, para empezar el cuadro es falso —explicó Joe—. Estoy bastante seguro de que Than Rang lo sabe. Y si Acosta se da cuenta o Than Rang empieza a creer que lo sé y lo que pasa es que todavía no lo he querido decir... Bueno, digamos que no quisiera estar en el pellejo de Solano en ese momento.

—Solo que estás en el pellejo de Solano.

—Exacto —dijo Joe—. Aparte de eso, se han llevado el maletín con el transmisor. Me han dado uno igual, pero lleno de dinero. El problema es que sin el rastreador no podemos terminar la misión.

—No necesariamente —objetó Kurt—. Se me ha ocurrido un plan B.

—¿Un plan B?

—La única persona en el mundo tan interesada en localizar a Sienna como nosotros. Si estoy en lo cierto, acaba de pasar a la acción.

—Tu mujer misteriosa.

—Que hoy ha aparecido de pelirroja y respondiendo al nombre de Calista.

El ascensor llegó por fin al piso once y se detuvo. En cuanto se abrieron las puertas, Joe salió.

—Vamos a darnos prisa. ¿Dónde estás?

—Preparándome para entrar a escondidas en el baño de señoras.

—Sabía que estabas desesperado —dijo Joe—, pero eso es pasarse un poco, ¿no te parece?

—Ha entrado hace un minuto —susurró Kurt—. Ha salido otra mujer vestida con su ropa. Supongo que la idea era despistar a las cámaras de Than Rang. Pero nadie más ha salido todavía.

—¿Crees que ha salido por una ventana o algo así?

—O una puerta trasera —dijo Kurt—. Voy a entrar a descubrirlo.

—Parece lógico —repuso Joe—. Voy de camino.

Para cuando Joe llegó al aseo, Kurt había colocado un carrito de limpieza delante de la puerta del baño y había entrado agachándose detrás. Joe le encontró buscando un panel secreto, dando golpecitos en la pared y escuchando por si sonaba a hueco. No había ventanas ni puertas traseras.

—¿Qué me dices del conducto del aire? —dijo Joe, mientras estudiaba la rejilla de lamas metálicas que lo cubría.

—La gente en realidad no se mete por los conductos del aire —le corrigió Kurt desde uno de los cubículos—. Más que nada porque están diseñados para transportar aire y las personas son más pesadas que el aire.

—Sobre todo después del picoteo de la fiesta.

—Mira esto —dijo Kurt, mientras indicaba por señas a Joe que entrase en el cubículo y echase un vistazo al suelo, donde una fina capa de polvo recubría las baldosas de granito pulido.

—Parece escayola de la pared —observó Joe.

—Eso mismo pensaba yo —dijo Kurt mientras localizaba una juntura que había sido tapada deprisa y corriendo con un yeso de secado rápido, aunque todavía estaba húmedo.

Sin esforzarse mucho, Kurt pudo hundir los dedos en la juntura y tirar del panel. Era un cuadrado de un metro de lado; el tamaño justo para que cupiese alguien.

—O tienen unos ratones muy grandes, o la mujer se ha metido por aquí.

—¿Adónde lleva? —preguntó Joe.

Kurt metió la cabeza.

—Esto lo vi en los planos del edificio. Es un espacio entre los muros por donde van muchas tuberías y cables eléctricos. Por la derecha está oscuro, pero a la izquierda se ve un resquicio de luz a unos treinta metros, más o menos. Parece la rendija de debajo de una puerta.

—¿Cabemos? —preguntó Joe.

—Solo hay una manera de descubrirlo —dijo Kurt, mientras trepaba.

Joe cerró con el pestillo la puerta del cubículo y se metió detrás de Kurt en el hueco de servicio. Hizo lo posible por dejar el panel en su sitio una vez que estuvo dentro y luego se volvió, con lo cual se dio de inmediato con la cabeza en una de las tuberías. El golpe resonó en la oscuridad.

—No hagas ruido —susurró Kurt.

—No veo nada —dijo Joe.

—Espera.

Mientras Joe observaba, una luz blanca azulada iluminó el espacio, cortesía de la pantalla del teléfono de Kurt. Era suficiente para orientarse, y Kurt empezó a avanzar a gatas. Joe le siguió hasta que llegaron al punto desde el que entraba la luz.

—Es un panel de inspección —dijo Kurt. Apareció ante sus ojos un pequeño picaporte en una puerta cuadrada de metal. Kurt se agachó, giró el pomo y abrió.

—¿Qué ves? —preguntó Joe.

—Un pasillo de oficinas y una salida de incendios.

Kurt logró pasar sus anchos hombros por la estrecha abertura y salió al pasillo. Joe le siguió, apretujándose para pasar, y luego se puso en pie en cuanto estuvo libre.

Kurt le miró.

—Vas hecho un desastre.

Joe se miró. Su inmaculada americana blanca estaba manchada de grasa negra, con vetas de polvo gris. Se la quitó junto con la corbata, y las metió en el hueco entre las paredes antes de cerrar la puerta.

—Me estaba cansando del trajecito, de todas formas —dijo—. ¿Ahora por dónde?

—Buena pregunta —respondió Kurt—. Aquí detrás Calista no puede hacer gran cosa. Si quiere interceptar a los hackers, tendrá que adelantárseles para llegar al medio de transporte que piensen utilizar.

—En la azotea hay un helipuerto —señaló Joe.

—Y un garaje debajo del edifico —añadió Kurt.

—Si quisiera coger el ascensor, no habría venido por aquí —dijo Joe.

—Eso significa que está en la escalera.

Sin perder un instante, Kurt recorrió el pasillo hasta la salida de incendios y abrió la puerta. Como la mayoría de las salidas de ese tipo, la escalera era de metal y descendía trazando un zigzag rectangular. Nada más asomar la cabeza, Kurt oyó el eco de unos pasos rápidos en el hueco.

Se dirigió al borde de la barandilla mientras Joe le seguía y cerraba la puerta. Al mirar hacia abajo, avistó una mano de mujer sobre la barandilla, bajando a gran velocidad hacia el sótano. Pero no estaba sola; otra mano la seguía.

Kurt se apartó del hueco y levantó dos dedos. Joe asintió. Kurt se señaló los pies.

—Los zapatos —susurró.

Joe se descalzó mientras Kurt hacía lo mismo.

—A este paso, iré desnudo para cuando la alcancemos.

Dejaron los zapatos en el rellano y empezaron a bajar en calcetines, con paso sigiloso pero rápido y manteniéndose alejados de la barandilla interior, donde un vistazo hacia arriba de cualquiera de los objetivos podría delatarles.

Acababan de dejar atrás la sexta planta y se dirigían a la quinta cuando la mujer y su amigo llegaron a la planta baja. Se abrió la puerta situada en la base de la escalera y oyeron el inconfundible sonido de una pistola con silenciador. Tres disparos como dardos seguidos de un golpe sordo, y luego otro más.

—Han liquidado a alguien —susurró Joe.

Kurt se agachó y se asomó por el borde. Estaban arrastrando al hueco de la escalera a lo que parecían un par de vigilantes. Calista y el hombre cogieron varios objetos de los cuerpos, los cubrieron rápidamente con una lona y después volvieron a salir al garaje por la misma puerta.

—¿Qué traman? —se preguntó Joe en voz alta.

Kurt no tenía ni idea. Cuando se oyó el golpe de la puerta al cerrarse, empezó a moverse de nuevo, corriendo escaleras abajo tan rápido como podía. Llegó al final y apretó el cuerpo contra la puerta para mirar por la ventanilla de cristal con rejilla de seguridad. Vio con claridad a la mujer. Su pelo volvía a ser corto y moreno, y llevaba puesto un uniforme como el de los guardias de seguridad de Than Rang.

—Se está subiendo a la cabina de un camión de dieciocho ruedas —anunció Kurt.

—¿Qué hay de su amigo?

Kurt echó un vistazo. No veía al hombre, pero un portazo y una ligera vibración en el retrovisor de un segundo camión sugerían que se había subido al otro vehículo. Por el momento, se quedaron en los camiones, esperando.

—¿Qué sabemos de esos tipos? —le preguntó Kurt a Joe, mirando un momento hacia atrás.

Mientras Kurt vigilaba los camiones, Joe volvió al hueco de la escalera, donde estaban los muertos cubiertos por la lona.

—Cinturones de munición y pistoleras vacías —dijo—. Las trabillas para la radio de sus cinturones están vacías. Yo diría que estos hombres son especialistas en seguridad, no conductores.

—Tiene sentido —dijo Kurt—. Alguien tiene que ocupar el puesto de copiloto en una operación como esta. Por lo que parece, nuestros dos amigos se han separado para ocupar el sitio de estos dos. Cada uno está en un camión diferente.

—Vigilando el cargamento y esperando a que lleguen los conductores —sugirió Joe.

—Esa es mi teoría.

—¿Y ahora qué?

—Nos colamos de polizones —dijo Kurt—. Subimos a los camiones, ellos cargan a los demás hackers y, con un poco de suerte, nos llevan directos hasta Sienna.

—¿Y si Sienna está retenida en el palacio de Kim Jong-un? —preguntó Joe.

—Pues hacemos una visita turística a Corea del Norte —respondió Kurt.

—No sé si me gusta la idea —dijo Joe—. Ahí arriba no tienen mucha comida mexicana, ¿sabes? Ni mucha comida en general, dicho sea de paso.

A Kurt tampoco le hacía demasiada gracia la idea de acabar en el Reino Ermitaño, pero no creía que fueran a dirigirse allí.

—Por lo que dijo el coronel Lee, la frontera está cerrada. Aunque estuviera abierta, estos tipos ni en broma cruzarían la zona desmilitarizada con un par de camiones enormes con el logo de DaeShan a plena vista.

—Eso tiene sentido —dijo Joe—. Aun así, yo preferiría llamar a la caballería.

—Si detenemos a esta gente en este lado de la frontera, nunca encontraremos a Sienna —señaló Kurt—. Yo no he venido tan lejos para enseñar mi mano antes de la última jugada. Pero si tú quieres quedarte aquí, lo entenderé.

Joe sacudió la cabeza y con un gruñido se arrancó la perilla, lo que completó su transición de Solano a Zavala.

—¿Y volver a la fiesta? No creo. Pero si no vamos a la llamada República Democrática de Corea del Norte, ¿adónde iremos?

—El coronel Lee dijo que el rastro de los ciberataques no pudo seguirse directamente hasta Corea del Norte, aunque están bastante seguros de que el país vecino está detrás de ellos. Dijo que esa tal Unidad 121 tiene a gente trabajando en todo el mundo: en China, Japón, escondida aquí, en Seúl… Si ese es el caso, es posible que ni siquiera salgamos de la ciudad.

Joe sonrió.

—Me gusta tu manera de pensar —dijo—. Estoy seguro de que al final estarás equivocado, como siempre, pero no hay nada de malo en mantener el optimismo hasta que se pierde sin remedio toda esperanza.

Kurt echó un vistazo a los muertos; bajo los cuerpos empezaba a formarse un charco de sangre.

—Esa lona no los esconderá durante mucho tiempo —dijo—, lo que significa que nuestros amigos no podrán seguir mucho más con su juego de impostores. Sea lo que sea lo que piensan hacer, sucederá enseguida.

—De acuerdo, vamos —dijo Joe—. Pero si acabamos en los muelles de Incheon o embarcados en un 747, llamaré a la caballería sí o sí.

—Trato hecho —confirmó Kurt.

Mientras Joe volvía a cubrir los cadáveres, Kurt abrió la puerta poco a poco y salió de la escalera. Se adentraron en el garaje sigilosos como gatos callejeros, asegurándose de no quedar a la vista de los retrovisores. Cuando llegaron a la parte de atrás del primer camión, Kurt abrió la puerta y le indicó a Joe que entrase. En cuanto estuvo dentro, Kurt se subió y cerró con delicadeza.

Para cuando se dio la vuelta, Joe ya había sacado su teléfono y estaba usando la luz de la pantalla, como había hecho Kurt en el hueco de la pared. Estaba examinando el cargamento.

—Ordenadores —dijo—. Servidores último modelo, a primera vista. He visto un montón de equipos parecidos en el centro de datos de Hiram.

—Estamos en el sitio correcto —concluyó Kurt—. Este cargamento debe de ir destinado a la fuerza de combate informático de Corea del Norte.

Se pusieron cómodos, sentados con la espalda apoyada en la pared del camión y ocultos por una pila de equipos por si alguien abría la puerta para echar un vistazo rápido.

Al cabo de poco, empezó a notarse actividad fuera del camión. Sonaban gritos en coreano intercalados con instrucciones en inglés chapurreado. Poco después, el gran camión se estremeció cuando arrancó el motor, y el vehículo empezó a moverse. Notaron que cruzaban el garaje poco a poco, antes de remontar una rampa y luego acelerar.

Después de varios giros, al parecer para sortear las manzanas de la ciudad, el camión empezó a cobrar velocidad. Kurt sacó el teléfono, vio que tenía buena cobertura y activó el mapa. El aparato tardó un momento en localizar la ubicación y calcular la dirección y la velocidad, pero pronto apareció un puntito azul en el mapa en movimiento.

—¿Hacia dónde vamos? —preguntó Joe.

—No querrás saberlo —respondió Kurt. Para su disgusto, estaban en la carretera principal y avanzaban rumbo al norte, derechos hacia la zona desmilitarizada.

36

Sebastian Brèvard estaba sentado en la veranda de su enorme palacio barroco, contemplando la piscina olímpica en la que nadaba casi todas las mañanas, mientras un criado le servía su desayuno de crepes y fruta fresca.

Después de considerar aceptable el ágape, Sebastian le indicó al criado que se retirase, solo para que Laurent apareciera al cabo de unos segundos.

—Doy por sentado que traes noticias —dijo Sebastian.

—Calista informa de que el plan de infiltración está en marcha —anunció Laurent—. Egan va con ella.

«Tal y como estaba planeado», pensó Sebastian.

—Asegúrate de que el equipo de extracción esté preparado para sacarla en cuanto Calista nos dé la señal.

—Ya está hecho.

—¿Qué hay de los demás?

—Preparándose para eliminar a Acosta.

—Excelente —dijo Sebastian con una sonrisa—. Solo lamento no estar presente para ver su cara fofa cuando lo tiren al mar.

—Sí, habría estado bien ocuparnos de él nosotros mismos —comentó Laurent.

—Tú asegúrate de que no queden pruebas —dijo Sebastian—. Nos resultará útil que el resto del mundo crea que sigue vivo.

—Ya he dado esa orden —afirmó Laurent.

Sebastian bebió un trago de zumo de papaya fresca y miró más allá de la centelleante piscina hacia el extenso laberinto de setos que cubría cuatro hectáreas de un nivel más bajo de los terrenos. Su abuelo había construido la casa y los muros que la rodeaban. El padre de Sebastian había aportado las plantas con flor y había construido el laberinto. «Un recordatorio —le había dicho muchas veces— de que aquellos que no conocen el camino casi siempre acaban perdidos.»

Brèvard sabía el camino que debía tomar.

Siguiendo la estela de su bisabuelo, Sebastian pretendía completar el golpe de su vida y desaparecer. En cierto sentido, odiaba la perspectiva de dejar el hogar familiar, pero era el único camino con futuro.

Para conservar el tesoro que planeaba llevarse, habría que embaucar al mundo para que creyese que no se había robado nada de buen principio. Sobrevivir, si llegaba a descubrirse el asunto, exigiría un segundo truco: un cambiazo. Convencería al mundo de que lo habían matado y de que había pasado la amenaza. Además, por si las moscas, señalaría a algún otro si necesitaban un chivo expiatorio.

Ese papel recaería en su inestable hermanita y su ex amante Acosta. Lo desempeñarían a la perfección.

Recapacitó por un momento sobre el destino de Calista; se preguntó si él sentiría alguna clase de remordimientos, y luego descartó la idea como si fuese absurda. Al igual que la residencia familiar, su hermana pronto dejaría de ser útil.

Sebastian se despidió de Laurent, abrió un ordenador portátil que tenía al lado y pulsó unas cuantas teclas. Calista lo había configurado para vigilar la actividad de la tripulación de la NUMA que tenían al sur, los que investigaban el pecio del *Ethernet*. Según las últimas informaciones, se encontraban en la misma zona y estaban solicitando ayuda a un remolcador sudafricano mientras organizaban una misión de recuperación de un barco abandonado que habían descubierto.

Llevado por la curiosidad, siguió tecleando y logró obtener de la base de datos de la NUMA varias fotos del barco en cuestión. Para su sorpresa, estaba cubierto de follaje y tierra de color marrón claro. Prosiguió página abajo hasta encontrar una designación. El hallazgo por poco le sume en el estupor. El formulario de recuperación recogía que el nombre del buque abandonado era SS *Waratah*.

Dejó el gajo de naranja que estaba masticando y se secó la boca con una servilleta, mientras leía el informe de la NUMA en busca de más información sobre el barco. Las dimensiones encajaban. Las fotos tomadas en varias partes del buque presentaban equipo y materiales antiguos. Las fuentes de servir con el logotipo de la Blue Anchor en el centro que aparecían en una imagen resultaban inconfundibles, y una fotografía mal iluminada de la campana del barco con el nombre y la fecha de la botadura grabados no dejaba lugar a dudas.

—Maldita sea —exclamó, mientras lanzaba la servilleta.

Brèvard sintió que se le atenazaba la garganta. Era como si unas manos invisibles salieran de la tumba para asfixiarle y hacerle pagar por la traición de su familia cien años antes.

Mientras repasaba los detalles restantes del archivo, recordó que su padre le había contado una historia, transmitida de un patriarca al siguiente a lo largo de cuatro generaciones. Era una lección sobre el dolor y el peligro. Un relato sobre la necesidad de esquivar la muerte y dársela a otros para que la familia Brèvard pudiera sobrevivir.

Sabía de la huida de Sudáfrica de su familia con los lobos de la policía de Durban pisándole los talones. Recordaba haber oído una y otra vez que lo único que había salvado a su familia había sido su crueldad implacable, que poco después del secuestro del buque la tripulación había realizado un aguerrido intento de recuperarlo, fallido porque su bisabuelo lo había visto venir y había tomado rehenes a los que estaba dispuesto a matar.

Después del motín, habían abandonado a los pasajeros y a la mayor parte de la tripulación en los botes salvavidas, y solo se habían quedado dos de doble proa a modo de lanchas y veinte tripulantes para gobernar el buque en sí, un número mucho más manejable.

El destino quiso que estallara una tormenta al día siguiente, un temporal tan poderoso que el *Waratah* estuvo a punto de naufragar, como los periódicos creían que había sucedido. Parecía imposible que ninguno de los botes salvavidas hubiera sobrevivido a aquella tormenta, y, en efecto, ni uno solo llegó a la orilla.

El *Waratah*, en cambio, se vio desviado hacia el norte, donde, con la ayuda del impulso del temporal, remontó el estrecho río más lejos de lo que nadie podía haber esperado. Embarrancó en un meandro que no se veía desde la costa, en una región despoblada del país. Fue allí donde mataron a los últimos miembros de la tripulación.

Con el paso de los años, el buque pareció ir hundiéndose en el lodo, cada vez más abajo, hasta que pronto quedó envuelto y cubierto por completo.

El padre de Sebastian le había enseñado la colina bajo la que estaba sepultado el buque y, años más tarde, había visto parte de la propia embarcación después de que una mujer a la que la familia Brèvard tenía retenida la descubriera e intentase escapar, acompañada de sus dos hijos, usando uno de los maltrechos botes que quedaban a bordo.

Para sorpresa de todos, la lancha de madera se había mantenido a flote lo suficiente para llegar a la costa africana, pero la mujer y los niños habían muerto de sed mucho antes de llegar a buen puerto.

A Sebastian siempre le había parecido poético. Habían sido, en cierto sentido, las últimas víctimas de un buque condenado. Pero su lado supersticioso se preguntaba ahora si aquel antiguo navío no estaría de alguna manera embarcado en un ajuste de cuentas.

—¿Cómo es posible? —susurró, aunque nadie le oía.

Solo podía concluir que las lluvias torrenciales del mes anterior de alguna manera habían desenterrado el buque y lo habían sacado al canal, y desde allí la corriente lo había impulsado hacia el sur, justo en la trayectoria del equipo de la NUMA. Pero ¿cómo se había mantenido a flote? ¿Cómo no se había partido y hundido en el mar, que era el hogar que le atribuían los rumores después de cien años pudriéndose?

Fuera cual fuese el motivo, se diría que el karma, la naturaleza aleatoria del universo, le había dado una carta horrible en el momento mismo en que se disponía a jugar su mano. No sabía qué pruebas de las acciones de su bisabuelo podrían quedar en el *Waratah*, pero era posible que algún indicio abandonado en ese buque revelase la traición de la familia o incluso condujera al mundo hasta su puerta, antes de que él estuviera preparado para recibirlo.

Llamó a Laurent y esperó. Tenía que hablar con tacto. Nadie más conocía el secreto del barco perdido; ni siquiera el resto de la familia.

—¿Qué necesitas, hermano? —preguntó Laurent al volver a la veranda.

—Reúne a tus pilotos y prepara los helicópteros —dijo—. Ha llegado el momento de volver a atacar a nuestros amigos de la NUMA antes de que se vuelvan demasiado complacientes.

—¿Quieres que les ataquemos desde el aire? —preguntó Laurent—. Pensaba que tú y Calista ya les habíais saboteado con los ordenadores.

—Y es verdad —dijo Brèvard—. Pero en vez de dejarse remolcar a puerto, se han quedado en el mismo sitio y hasta han encontrado un buque abandonado que recuperar. Están demostrando ser más ingeniosos y persistentes de lo que estoy dispuesto a permitir. Necesito distraerlos más. En este momento, con la operación de recuperación en marcha, parece que son vulnerables.

—Tenemos unos cuantos torpedos en la armería —señaló Laurent—. Acosta iba a vendérselos a los somalíes antes de traicionarnos.

—Perfecto —dijo Brèvard—. Arma los helicópteros con esos torpedos. Quiero que hundan ese buque recuperado. Y ya que estáis, haced unas cuantas pasadas sobre los otros barcos de la flotilla y ametralladlos.

—¿Quieres que ataquemos el buque abandonado? —preguntó Laurent, un tanto confuso.

Sebastian le miró a los ojos; entendía que la orden sonara extraña.

—No me lleves la contraria —gruñó—, limítate a hacer lo que ordeno. Créeme, tengo mis motivos.

Laurent levantó las manos en señal de arrepentimiento.

—Perdona —dijo—. Solo quería asegurarme de haberlo entendido.

—¿Cuándo podrás despegar? —preguntó Sebastian.

—Dentro de unas horas.

—Excelente.

Mientras Laurent desaparecía, Brèvard volvió a su desayuno pero descubrió que había perdido el apetito. Lo último que necesitaba era que le sacaran a la luz antes de estar preparado para moverse.

37

Kurt y Joe viajaban en el tráiler del enorme camión de Than Rang, que circulaba por la Ruta 3 de Corea del Sur. Gracias a los prodigios de la tecnología moderna, Kurt podía seguir su avance a través del teléfono.

—¿Todavía vamos hacia la zona desmilitarizada? —preguntó Joe.

—Como una paloma mensajera —respondió Kurt.

A setenta kilómetros de Seúl, y a menos de dos del límite de la zona desmilitarizada, notaron que el camión aminoraba la marcha. Una serie de curvas y cambios de sentido les indicaron que habían salido de la autopista. Al mismo tiempo, Kurt perdió la cobertura, que ya no regresó. Dondequiera que estuviesen, se hallaban más allá del alcance de las torres de telefonía móvil.

Guardó el aparato y miró a Joe.

—Puedes olvidarte de llamar a la caballería, acabamos de perder la señal.

—Genial —murmuró Joe.

Kurt se apartó de la pared del camión en la que estaba apoyado y reptó hasta la de enfrente, por donde entraba un hilo de luz a través de un agujero en la piel metálica del vehículo. Pegó la cara y miró por el orificio.

—¿Algún cartel que ponga «Bienvenidos a Corea del Norte»? —preguntó Joe.

—Todavía no —respondió Kurt—. Veo sobre todo luces brillantes, y hay un olor bastante asquerosillo.

Joe también lo olía.

—Parece…

—Basura —dijo Kurt—. Nos estamos metiendo en un vertedero gigante. Veo focos, volquetes y excavadoras machacándolo todo. Se diría que la mitad de la basura de Seúl viene a parar aquí.

—Una de las empresas de Than Rang —comentó Joe, que recordaba la información que les habían dado.

Kurt asintió.

—Ya sabes lo que dicen: donde hay mugre, hay guita.

—¿Guita?

—Dinero —explicó Kurt—. Cuartos, pasta gansa.

—Vale —repuso Joe—. Esperemos que, donde hay mugre, también haya expertos en informática.

—Mejor aquí que al otro lado de la frontera —añadió Kurt, que estaba de acuerdo con su amigo.

El camión siguió avanzando, más despacio con cada minuto que pasaba, hasta que al final se detuvo con una sacudida y un silbido de los frenos. Desde la perspectiva de Joe, el resplandor de los focos que iluminaban el vertedero se apagó de repente.

—Nos hemos metido en alguna clase de cobertizo. A lo mejor un muelle de carga.

Kurt se estiró y se aseguró de que estaba listo para la acción, a la vez que el camión rodaba hasta detenerse una segunda vez. Se apostó detrás de una pila de componentes de ordenador y comprobó que no pudiera vérsele desde la puerta trasera del tráiler. Joe hizo lo mismo.

Esperaron a oscuras, prestando atención a las voces que hablaban en coreano, hasta que un sonido de maquinaria pesada lo ahogó todo. Casi de inmediato, Kurt notó que el camión se movía. No hacia delante o hacia atrás, sino descendiendo.

—¿Por qué siento que nos estamos viniendo abajo? —susurró Joe.

—Porque estamos descendiendo —respondió Kurt.

El ritmo de bajada fue en aumento y luego pareció aminorar, pero Kurt sabía que se trataba de una mera ilusión, como la sensación de estar inmóvil en un avión cuando uno en realidad se desplaza a mil kilómetros por hora. Seguían bajando, pero a un ritmo constante. Lo que pasaba era que sus cuerpos se habían acostumbrado.

Echó un vistazo a su reloj y vio que el minutero pasaba por las doce. Dio una vuelta completa a la esfera y casi había llegado a la posición del seis cuando el descenso por fin se frenó hasta detenerse por completo.

—Noventa segundos —susurró—. ¿A qué velocidad dirías que hemos bajado?

—No muy rápido —respondió Joe—, entre sesenta y noventa centímetros por segundo, más o menos.

Kurt hizo un cálculo rápido.

—Eso nos sitúa unos sesenta metros por debajo de la superficie.

Después del suave descenso, el siguiente movimiento fue una sacudida cuando una gran grúa aferró el tráiler y lo levantó de la parte de atrás del camión.

Kurt miró por el agujero y retransmitió la jugada para Joe.

—Nos ha cogido una grúa grande, por lo que parece. Diría que nos mueve hacia una especie de plataforma.

Empezaron a girar cuando el operario de la grúa los manipuló para alinearlos como era debido.

—Veo el otro camión —dijo Kurt—. Y a Calista. Se dirige a lo que supongo que es la sala de control.

Kurt vio que la mujer llamaba a la puerta de la sala de control y esperaba a que le abrieran.

—No lo hagáis… —susurró.

Nadie oyó su advertencia psíquica. El cerrojo se descorrió y se abrió la puerta. Calista entregó al primer guardia alguna clase de documento y, mientras él lo revisaba, sacó su pistola con toda calma y abrió fuego. Los disparos fueron precisos y efectuados en una rápida sucesión, pero sin prisas ni sensación de pánico. Calista era fría y eficaz.

Casi en el mismo instante, el amigo de Calista asió al otro conductor y le rompió el cuello con una torsión rápida y un crujido escalofriante. Dos hombres salieron corriendo de detrás de la grúa para intervenir, pero fueron abatidos a tiros enseguida. La habitación quedó en silencio.

—¿Qué pasa con el otro conductor? —susurró Joe.

—Probablemente esté muerto —sugirió Kurt, que supuso que Calista lo habría liquidado antes de bajar del camión.

—Esa chica tuya es fría como el hielo —observó Joe.

—No es mi chica —corrigió Kurt.

—¿Vienen hacia aquí?

—No —dijo Kurt—. Están entrando en la sala de control.

Ajena a que la estaban observando, Calista entró con paso decidido en la sala de control y se puso a trabajar de inmediato en uno de los ordenadores. Solo tardó treinta segundos en colarse en el sistema.

Egan, su tercer hermano, entró agachando la cabeza.

—La plataforma de carga está asegurada —dijo—. ¿Sabe alguien que estamos aquí?

—Me los he cargado antes de que pudieran dar la alarma —respondió Calista, que repasó los protocolos de seguridad y buscó cualquier indicio de problemas—. Todo va bien. Saca a los hackers de la segunda furgoneta. Cruzaremos con ellos.

—¿Cuántos hombres hay al otro lado? —preguntó Egan.

—Un millón entero en el ejército norcoreano —contestó su hermana con una sonrisa.

—Ya sabes lo que quiero decir.

—Según la lista de turnos que pude abrir con el ordenador, el puesto norcoreano tiene una dotación de ciento veinte hombres. La mayoría están confinados en el nivel de la superficie y la zona de carga de arriba. Solo cuarenta disponen de autorización para acceder a los niveles inferiores y están divididos en dos turnos, de modo que no nos las veremos con más de veinte a la vez.

—Nosotros solo somos dos —señaló Egan.

—Así es más interesante, ¿no te parece?

Él la miró a los ojos.

—Relájate —dijo Calista, mientras abría un paquete con tres botes plateados que llevaban unas extrañas marcas numéricas—. Esto igualará las cosas.

—¿Gas nervioso?

—No es tan peligroso —explicó ella—. Es un APR, un agente paralizador rápido. Inmoviliza el sistema nervioso central durante diez minutos o así. No los dejará inconscientes ni los matará, pero hará que sea más fácil darles. Tomamos la sala de control principal por sorpresa y luego bombeamos esto por todo el recinto; el resto será fácil.

—¿Llevamos máscaras antigás?

Calista sacó dos filtros pequeños que parecían una versión algo más aparatosa de las mascarillas que utilizan los cirujanos. Se encajaban sobre la nariz y la boca.

—No tendremos que llevarlas mucho tiempo —dijo Calista—. El gas se vuelve inerte al cabo de sesenta segundos.

—Seguimos teniendo que atravesar el túnel, lo primero.

En ese momento apareció un mensaje en la pantalla. Estaba en coreano. Calista lo escaneó con un aparato manual que lo tradujo.

—Nuestra invitación —anunció—. Esperan el traspaso de los hackers. Sácalos del camión y métalos en el tranvía.

—¿Qué será de ellos cuando esparzamos el gas?

—Se quedarán paralizados —respondió Calista—, lo que impedirá que incordien.

Egan, que ya no tenía más preguntas, salió de la sala de control mientras Calista efectuaba una última comprobación y transfería la administración del sistema a una unidad remota que había traído consigo con ese fin específico.

Desde allí, se dirigió a un tranvía que esperaba ante la entrada de un largo túnel. El vehículo descapotable tenía aspecto de vagoneta minera más que del transporte de pasajeros tan conocido para la mayoría de los viajeros de aeropuerto.

Calista se subió mientras Egan sacaba a empujones a los hackers del tráiler del segundo camión.

Xeno9X9, ZSumG y Montresor eran hombres poderosos en el mundo del hampa informática, pero impresionaban bastante menos cuando se los contemplaba en la vida real. Tres especímenes delgaduchos y desgarbados, con la cara pálida, los ojos hundidos y unos brazos y piernas flacos y huesudos. Poco en ellos parecía sugerir peligro o capacidad para hundir naciones de todo el mundo. Ninguno había ofrecido resistencia desde su captura, aunque eso probablemente tuviera más que ver con las hermanas, esposas e hijos que estaban retenidos en el complejo de Brèvard que con su posible docilidad natural.

—Arriba —gruñó Calista.

Se subieron al tranvía que se encontraba justo delante de la plataforma en la que habían depositado el primer tráiler.

Con Egan sentado al frente, Calista ocupó el asiento de atrás, dejando a los hackers entre ellos. Introdujo un código en el mando a distancia y activó el equipo. El sonido de un potente generador aumentando revoluciones llegó a oídos de todos. Cuando se encendió una luz verde en el mando, Calista pulsó el interruptor de arranque y el tranvía empezó a acelerar por el largo túnel iluminado.

38

—Se han ido —dijo Kurt—. Se han metido en una especie de túnel. Ahora es la nuestra.

Llegó hasta la puerta y quitó el pasador. Bajó del tráiler y echó un vistazo a su alrededor. En la sala de control solo quedaban cadáveres. Cadáveres y los ordenadores parpadeantes que Calista había manipulado. Si la suposición de Kurt era correcta, cualquiera que vigilase la sala desde una ubicación remota no obtendría sino el mensaje de «Situación normal».

—Será mejor que nos armemos —sugirió mientras cogía la pistola de uno de los muertos. Joe se agachó junto a otro de los cuerpos e hizo lo mismo. Salieron de la sala de control para realizar una inspección rápida de la zona.

El espacio era enorme, del tamaño de un hangar. A un lado, la gran grúa que los había desplazado ocupaba una plataforma octogonal. Despojada del contenedor que antes tenía en la parte de atrás, parecía pequeña, fuera de lugar.

—Me recuerda las plataformas giratorias para trenes —observó Joe.

Kurt estaba de acuerdo. Alzó la vista. Un pozo vacío, que encajaba con las dimensiones y el contorno de la plataforma, ascendía hacia la oscuridad. Las paredes del pozo estaban cubiertas de muescas, en las que debían de encajar los enormes engranajes que sobresalían de cuatro de los ocho lados de la plataforma.

—Imagino que esos engranajes la mueven arriba y abajo —dijo Joe—. Como un funicular, pero vertical.

Kurt también estaba de acuerdo.

—Eso explica cómo hemos llegado hasta aquí abajo, pero no por qué.

En busca de una respuesta a esa pregunta, se dirigió al túnel horizontal por el que habían desaparecido Calista y su amigo a bordo de un tranvía silencioso. Parecía prolongarse hasta el infinito, en bandas blancas y grises que se correspondían con el juego entre las luces del techo y las sombras de los espacios intermedios.

—¿Qué opinas? —preguntó Joe.

—No estoy seguro —reconoció Kurt—, pero empiezo a tener la impresión de que Than Rang no es tan neutral como parecen creer el coronel Lee y la CIA.

—¿Crees que este túnel pasa por debajo de la zona desmilitarizada?

—Es la única conclusión que tiene sentido —respondió Kurt—. Para empezar, estamos al lado mismo de la frontera. Después, el Norte lleva años cavando túneles por debajo de la zona desmilitarizada. No recuerdo cuántos han encontrado, pero hay al menos tres o cuatro de gran tamaño. La mayoría eran pequeños y estaban diseñados para infiltrarse, pero en teoría el más grande tenía capacidad para trasladar a una división de hombres con equipo ligero en una hora o así. Por las fotos que he visto, ni siquiera aquel le llegaba a la suela de los zapatos a este.

Joe asintió.

—Pensaba que el Sur siempre estaba pendiente de cualquier indicio de nuevos túneles. ¿No tendrían que haber oído cómo se excavaba esto?

—Estamos directamente debajo de un vertedero —señaló Kurt—. Con todas esas excavadoras moviéndose de un lado para otro, por no hablar de las grúas, los volquetes y el equipo de compactado, este sitio es una fuente constante de ruido.

Supongo que cualquier sonido extraño que se detectara en esta zona podría atribuirse al vertedero. Aparte, estamos bastante abajo. Eso también tiende a atenuar los sonidos.

—Hay que reconocer que el vertedero es una tapadera perfecta. Hasta les da un sitio donde esconder toda la tierra y las rocas que excavan.

Kurt asintió pero no dijo nada. Estaba escudriñando el largo túnel y había entrevisto un movimiento. No se oía el chirrido de un metro avanzando por sus raíles, pero algo sin duda se dirigía hacia ellos.

—Ponte a cubierto —dijo Kurt.

Él y Joe se agacharon y prepararon sus armas mientras el blanco se aproximaba a ellos a gran velocidad. No usaba ruedas ni cables; se diría que volaba.

—Maglev —dijo Joe, empleando la abreviatura habitual de «levitación magnética»—. Eso explica los generadores de alto voltaje.

—Otra manera de mantener en silencio la operación —observó Kurt—. Es casi insonoro.

El vagón desaceleró con rapidez durante los últimos cien metros y estaba casi inmóvil para cuando salió del túnel y se deslizó hasta una plataforma parecida a aquella que ahora ocupaba el tráiler en el que habían viajado. Cuando el zumbido del generador se acalló, el vehículo recién llegado descendió unos centímetros y se posó en la plataforma con un sorprendente ruido sordo.

Kurt esperó, pero no salió nadie.

—¿Vagón vacío? —conjeturó Joe.

Kurt, que recelaba de toda aquella situación, se acercó a hurtadillas al vagón cuadrado y se asomó por encima del borde.

—No hay pasajeros —dijo—. Pero no está vacío.

Metió la mano dentro y sacó un puñado del cargamento.

—Perdigones —anunció—. Extremadamente ligeros.

Joe echó un vistazo rápido y frotó una de las bolitas con los dedos.

—Titanio —explicó—. Todavía no está procesado del todo, pero sí a medias.

—Creo que ya lo entiendo —dijo Kurt.

—¿Qué entiendes?

—Las minas reutilizadas de Than Rang que están produciendo el triple de lo que sacaban hace una década… Su alianza con personajes turbios del Norte… Está surtiendo sus propias minas —dijo Kurt—. Los generales le envían titanio a medio procesar, que él envía a una refinería como si procediera de su propia mina, y a cambio les envía hackers, alta tecnología y, probablemente, un flujo constante de dinero contante y sonante. Los norcoreanos consiguen tecnología y acceso a los mercados que las sanciones de la ONU les impiden tocar, y Than Rang se lleva mineral barato a precio de ganga.

Como si fuese una respuesta a la llegada del furgón cargado de mineral, una serie de luces amarillas empezaron a parpadear en torno a la base de la plataforma sobre la que había sido depositado el contenedor de carga que habían ocupado Kurt y Joe con los servidores último modelo.

—El último tren a Clarksville —dijo Kurt—. No vayamos a perderlo.

Él y Joe corrieron hacia la puerta abierta del contenedor y saltaron adentro justo cuando la plataforma levitaba hacia arriba. Kurt cerró la puerta de un tirón y el contenedor empezó a acelerar con rapidez y suavidad. En cuestión de segundos avanzaban a ochenta kilómetros por hora, todo ello sin el menor sonido de maquinaria, ni siquiera un chirrido de ruedas sobre la calzada.

—Ya que parece que hemos cogido el expreso —observó Joe—, probablemente debería preguntarte qué vamos a hacer cuando lleguemos al otro lado.

—Mi hipótesis es que participaremos en una matanza o un tiroteo salvaje —dijo Kurt.

—Podríamos haber esperado a que volviesen.

—¿Y si piensan salir por otra vía?

—Ahí me has pillado —dijo Joe.

No pasó mucho tiempo antes de que el gran contenedor empezase a frenar. Mientras se posaba en la plataforma receptora del otro extremo, quedó claro que no había ningún tiroteo en curso. Un minuto de silencio atronó en sus oídos antes de que Kurt se atreviera a entreabrir la puerta.

Un vistazo rápido reveló a varios soldados con uniforme norcoreano muertos y ningún indicio visible de combate o alarma.

Kurt y Joe se apearon del contenedor e hicieron una inspección apresurada. Nueve hombres caídos. Ninguna señal de refuerzos. Implacable y preciso.

Un hallazgo extraño fue el de los tres hackers, que estaban tumbados de lado en el vagón en que habían llegado. Estaban inmóviles, pero no parecía que les hubieran disparado.

Joe sacudió a uno pero no obtuvo respuesta.

—A mí me parece que les han drogado —anunció—. Todavía respiran.

—Ya lo aclararemos luego.

Siguieron el rastro de cuerpos hasta un pasillo, donde encontraron un ascensor. Joe estaba a punto de pulsar el botón cuando Kurt le detuvo la mano.

—No anunciemos nuestra llegada.

Abrieron las puertas por la fuerza y encontraron un estrecho hueco. En el extremo opuesto, una escalerilla de mantenimiento ascendía por un canal poco profundo practicado en la pared.

Kurt contó cinco plantas entre ellos y el suelo del ascensor detenido más arriba.

—¿Qué te apuestas a que nuestros amigos están allí? —preguntó Kurt.

—Parece un buen sitio para empezar. No podemos registrar todo este complejo.

Se metieron en el hueco del ascensor y empezaron a subir

por la escalerilla. Kurt lo hizo el primero, mientras Joe apuntalaba la puerta para mantenerla abierta. Eso les concedería algo de luz para trabajar y permitiría una huida más rápida si tenían que volver por el hueco.

Escalando con rapidez, superaron los dos primeros pisos. Mientras cruzaban el tercero, Kurt oyó un chasquido debajo de él y luego el ruido metálico y sordo de algo que caía por el hueco hasta el suelo de hormigón.

Miró hacia abajo y vio a Joe sujetándose como un desesperado con una mano, mientras con la otra sostenía un trozo de escalerilla roto.

—¿Qué haces?

Joe enganchó el fragmento suelto a uno de los peldaños y siguió subiendo.

—Aquí corremos un gran peligro, Kurt.

—No creo que nadie lo haya oído.

—No me preocupan los centinelas —dijo Joe—. Me preocupan las prácticas de construcción norcoreanas. ¿Te has fijado en este hormigón? Se desconcha como un cruasán del día anterior. Creo que se pasaron muchísimo de arena. Y estas barras de acero… están todas oxidadas y sueltas. —Como para enfatizar su apreciación, Joe tiró de una de las barras de acero corrugado, que salió sin esfuerzo—. Aconsejo que nos demos prisa antes de que se nos venga encima todo el chiringuito.

Kurt sonrió. Su amigo era ingeniero y un perfeccionista. Jamás hubiera permitido un trabajo tan chapucero.

—No te preocupes —le dijo—, que le mandaré una carta muy contundente a Kim Jong-un cuando lleguemos a casa: «Hagan el favor de construir sus bases secretas con mejores materiales, para que no nos lesionemos al infiltrarnos en ellas. Si no, recibirán noticias de nuestros abogados».

—Seguro que eso le hace reaccionar —dijo Joe.

Para entonces habían llegado a la cabina del ascensor. Kurt se escurrió entre ella y la pared y se subió al techo. Abrió el panel de emergencia y se dejó caer en la cabina con todo el sigilo posible. Joe le siguió. La puerta ya estaba abierta. Habían dejado activado el equivalente a un botón de bloqueo.

En el pasillo había dos cuerpos más y, por un momento, el silencio se prolongó. Pero cuando Kurt dio un paso adelante, se oyó un estruendo en el extremo opuesto. Múltiples disparos. El estallido de una granada aturdidora. Y después el contraataque de las pistolas con silenciador de Calista y su compañero.

Fuera cual fuese el truco que les había permitido llegar hasta allí sin encontrar resistencia, al parecer había fallado en el último momento. Empezaban a sonar alarmas en todo el complejo.

—Se acabaron la paz y la tranquilidad —dijo Joe.

—Vamos —exclamó Kurt, mientras arrancaba a correr, derecho hacia el fragor de la batalla.

39

Apretándose contra la pared junto a una puerta abierta, Kurt oyó otra serie de disparos, un grito de dolor y luego una segunda explosión de granada aturdidora.

Al asomarse un momento a la habitación, vio a Calista tumbada de lado y sangrando por el oído. Su amigo estaba disparando hacia una habitación llena de humo cuando una bala lo empujó hacia atrás y un segundo proyectil le alcanzó en pleno pecho.

En el suelo, junto a ellos, yacía Sienna Westgate.

Kurt sintió que se le disparaba la adrenalina. Apenas daba crédito a sus ojos. Era cierto, estaba viva. O por lo menos lo había estado hasta hacía poco. Pero ahora…

Un trío de soldados norcoreanos salió corriendo de entre el humo y Kurt abrió fuego de forma instintiva, con lo que abatió enseguida a los dos primeros y rozó al tercero, que retrocedió a través del humo en busca de una posición más segura.

—¡Cúbreme! —le gritó Kurt a Joe.

Joe ocupó su puesto y se puso a disparar mientras Kurt entraba a gatas en la habitación, agarraba a Sienna y la arrastraba hacia la puerta. La oyó gemir al sacarla al pasillo. Por lo menos estaba viva.

Mientras doblaba la esquina tirando de ella, una nueva ráfaga de disparos surgió del fondo de la sala y acribilló el marco de la puerta y la pared.

Joe pegó un par de tiros más y el último soldado salió disparado entre el humo en dirección a la parte de atrás de la habitación, donde desapareció por una escalera.

—Algo me dice que volverá con toda la banda —gritó Joe.

—Mejor no esperamos a que lleguen —dijo Kurt—. Abre el ascensor.

Mientras Joe salía corriendo, Kurt empezó a levantar a Sienna.

—¿Kurt? —murmuró ella con voz ronca, como si tuviera la garganta seca.

—¿Estás bien? —preguntó Kurt.

—¿Cómo? ¿Qué? ¿Qué haces aquí?

Saltaba a la vista que estaba desorientada.

—Es una larga historia —dijo él—. ¿Puedes caminar?

Sienna intentó levantarse, pero cayó.

—Las piernas —dijo—. No las siento.

—Pásame un brazo por la cintura —le aconsejó Kurt—. Tenemos que salir de aquí.

Sienna hizo lo que le pedía, y apoyada en él avanzó por el pasillo hacia el ascensor. Allí, Kurt la dejó recostada en la pared y señaló a Joe.

—Quédate con él.

—¿Por qué? —preguntó Sienna—. ¿Adónde vas tú?

—A devolver un favor.

Joe le lanzó una mirada expresiva.

—Kurt, esto se va a llenar de soldados norcoreanos en cualquier momento.

—Razón de más —replicó Kurt.

Kurt soltó a Sienna y salió del ascensor.

Joe desactivó el interruptor de bloqueo de la puerta y pulsó el botón.

—Mandaré el ascensor otra vez arriba cuando hayamos salido.

Kurt asintió y volvió a cruzar el pasillo. Sienna no lo perdió de vista hasta que las puertas se cerraron.

El humo del tiroteo y las granadas aturdidoras ya llenaba casi todo el pasillo a esas alturas. Los destellos de las alarmas de incendio y de humo iluminaban la neblina.

Kurt encontró la habitación donde había tenido lugar el combate y descubrió que Calista empezaba a despertar de lo que suponía que había sido una granada aturdidora que le había caído demasiado cerca.

Se agachó junto a ella y la sacudió.

—¿Te acuerdas de mí?

Como Sienna, Calista tardó un segundo en reconocerle. Cuando lo hizo, agarró su pistola, pero Kurt se la quitó con un golpe en la mano que mandó el arma a la otra punta de la sala.

—No irás a matar a tu rescatador, ¿verdad?

Calista miró a su alrededor.

—Egan…

—Si te refieres a tu novio —dijo Kurt—, está muerto.

La noticia no pareció afectarle mucho. Kurt empezó a ayudarla a levantarse.

—Espera —dijo ella. Sacó un pequeño bote plateado—. Tira esto en la escalera, nos dará unos minutos.

Kurt la arrastró hasta la puerta y la entreabrió. Un ruido de botas sobre escalones metálicos le indicó que los norcoreanos se acercaban.

—Gira la tapa —dijo Calista, que ya se sostenía derecha—. Y aguanta la respiración.

Kurt siguió sus instrucciones y lanzó el bote al rellano, donde se deslizó hasta tocar la pared y empezó a silbar cuando brotaron dos chorros de gas a alta presión. Kurt cerró de un portazo y oyó cómo los hombres caían a media carrera y se precipitaban dando tumbos por la escalera.

—No te preocupes, no están muertos —informó Calista.

—Estoy más preocupado por nosotros —dijo Kurt—. Vamos.

Ella empezó a moverse, avanzando con paso inseguro, pero Kurt no pensaba acercársele demasiado.

—Por el pasillo —ordenó.

Con una pared en la que apoyarse, Calista pudo aumentar el ritmo, y pegó un palmetazo en el botón de llamar al ascensor en cuanto lo tuvo a su alcance.

Las puertas se abrieron y Calista cayó dentro. Kurt la siguió y se colocó en el lado opuesto de la cabina, con la pistola en la mano. Apretó el botón de más abajo y el ascensor emprendió un descenso lento y chirriante.

Calista se rió.

—Era verdad que eres un caballero andante —dijo—. No puedes resistirte a una damisela en apuros. Ni siquiera a una como yo.

—No te hagas ilusiones —replicó él—. Tienes respuestas, y eso es todo lo que quiero de ti. ¿Quién eres? ¿Para quién trabajas? ¿Qué quieres de Sienna y los demás?

Calista hizo un mohín exagerado con los labios.

—Yo esperaba algo más que una aburrida conversación.

El ascensor llegó a la planta inferior y se abrió la puerta.

Joe y Sienna se encontraban delante de algo que parecía el panel de control del tren magnético. Para sorpresa de Kurt, los tres hackers del tranvía estaban despiertos y ayudando.

—¿Lo podéis poner en marcha?

Joe miró a Kurt y sacudió la cabeza.

—Es como si estuviera en chino —dijo—. Y con eso quiero decir coreano.

Calista se les acercó.

—A lo mejor puedo echaros una mano.

Kurt no se fiaba de Calista, pero ni siquiera ella podía querer quedarse donde estaban.

Calista estudió el panel y revisó un par de pantallas.

—Han cortado el suministro principal desde arriba. Es probable que pueda anular su orden.

Mientras ella manipulaba los controles, Kurt examinó un

juego de monitores con imágenes de un circuito cerrado. En uno se veía el pasillo donde se había producido el tiroteo. Otra cámara grababa la escalera. En apariencia había una por piso. Las revisó todas; había hombres apilados como troncos en cada uno de los rellanos superiores, pero en el nivel más alto se veía llegar a un nuevo grupo de soldados. Llevaban máscaras antigás.

—Vale más que te des prisa.

—Creo que ya lo tengo —dijo Calista—. Subid al tranvía.

A instancias de ella, los tres hackers se pusieron en marcha. Joe ayudó a Sienna mientras Kurt se quedaba junto a Calista, esperando el inevitable truco.

—Cálmate —dijo ella—. Prefiero pasar una temporada en una cárcel occidental que en una norcoreana.

Movió un interruptor y el transformador cobró vida. El zumbido de la electricidad y el gemido de unos generadores de alto voltaje fueron música para los oídos de todos.

—Sube a bordo —dijo Kurt.

—Tenemos que transferir el control al mando —advirtió Calista, que metió la mano en el bolsillo y cogió algo.

El movimiento provocó que Kurt le clavase la pistola de inmediato.

—Solo es un mando a distancia —aclaró ella, mientras sacaba un pequeño aparato con una pantalla luminosa—. Vamos a necesitarlo, a menos que quieras quedarte atrás y darle al botón de encendido.

Kurt le arrebató el dispositivo y la empujó hacia el tranvía. En cuanto estuvieron todos a bordo, pulsó el botón verde que parpadeaba. Pero en vez de acelerar el tranvía, un rayo estalló en los ojos de Kurt y en las sinapsis de su cerebro. Le recorrió el cuerpo una ola de dolor, combinada con la sensación de que caía desde una gran altura.

Ayudado por un empujón de Calista, se derrumbó hacia atrás, se precipitó por el borde del tranvía y aterrizó en el suelo ya inconsciente.

—Te dije que estaría preparada la próxima vez que te viera —susurró Calista.

Atónito, Joe vio caer a Kurt. No hubo sonido alguno ni indicación de que hubiera pasado nada; Kurt se desplomó sin más, como si alguien le hubiera apagado un interruptor en el cerebro.

Sienna gritó y Joe, de forma instintiva, saltó del vagón y empezó a subir a Kurt, que era un peso muerto, un muñeco de trapo de noventa kilos.

Detrás de ellos había jaleo.

—Sienna —dijo Calista. No fue un grito sino una reprimenda, como la que podría dirigirse a una niña despistada.

Joe dio media vuelta. Sienna apuntaba a Calista con un arma. «Buen trabajo», pensó.

Calista, obviamente, no pensaba lo mismo.

—Si quieres volver a ver a tus hijos alguna vez, apunta con eso hacia otra parte.

Poco a poco, como si estuviera en trance, Sienna desvió el arma hacia Joe. «No tan bueno», decidió este.

Confiada en que ya tenía controlada la situación, Calista se dirigió a Joe directamente.

—Coge el mando y tíramelo —dijo.

Joe sacudió la cabeza.

—Por favor —logró suplicar Sienna, con la cara surcada de lágrimas—. Tiene a mis hijos. Tiene a todos nuestros hijos. Si no volvemos, los matarán.

—Podemos rescatarlos —insistió Joe—. Ella sabe dónde están. Danos veinticuatro horas.

Sienna vaciló, pero Calista aumentó la presión.

—Si no te llevo viva a casa —empezó—, nadie de tu familia vivirá para ver la mañana.

Sienna encañonó otra vez a Joe, con más firmeza en esta ocasión.

—Lo siento —dijo—, mañana será demasiado tarde. Por favor, dame el transmisor.

Joe se mantuvo inmóvil, pero intervino uno de los hackers, que bajó con torpeza del tranvía y recogió el mando del suelo del túnel. En cuanto lo tuvo en la mano, volvió al vehículo y se lo entregó a Calista, que tocó la pantalla unas cuantas veces y dedicó a Joe una sonrisa satisfecha.

—*Au revoir* —dijo, mientras el tranvía empezaba a acelerar—. Dale un beso de mi parte a tu amigo cuando se despierte.

Joe observó cómo el tranvía cobraba velocidad y desaparecía en la penumbra del túnel.

—Sabía que tendríamos que haber llamado a la caballería.

Joe sacudió un par de veces a Kurt con la intención de despertarle, pero no logró nada. Su amigo estaba catatónico, exactamente como cuando Joe lo había sacado del agua tres meses antes. El paralelismo era escalofriante. Y Joe empezó a pensar que quizá no se tratara de una coincidencia, al fin y al cabo.

—La cosa está mal —dijo.

Podría haber sido el eufemismo más grande de su vida. Estaba atrapado en una base secreta en el lado erróneo de la zona desmilitarizada, con un amigo inconsciente, una pistola de 9 milímetros a la que le quedaban a lo mejor cinco balas en el cargador y un batallón de soldados norcoreanos cabreados que bajaban hacia ellos a toda velocidad.

«Mal» era quedarse muy corto.

40

Con poco tiempo que perder, Joe dejó con suavidad a Kurt en el suelo y empezó a buscar opciones a su alrededor.

En primer lugar, corrió hacia el panel y echó otro vistazo a las cámaras de seguridad. Las imágenes mostraban a más soldados norcoreanos abriéndose paso entre los montones de hombres inconscientes que habían efectuado el descenso inicial. Contando desde donde estaba, Joe vio que los refuerzos equipados con máscaras antigás habían llegado a la séptima planta y que pronto estarían en la sexta, donde se había producido la batalla. Supuso que registrarían ese piso y los inferiores antes de continuar bajando, pero el tiempo apremiaba.

Estudió el cuadro de control, pero era un galimatías incomprensible de coreano e iconos luminosos; era imposible que lo descifrase a tiempo. Miró a su alrededor buscando desesperadamente un medio de transporte cuyo manejo no exigiera un título en física. En un rincón oscuro que tenía a la izquierda vio algo que podría servir.

—Pues claro —dijo—. El mineral tiene que llegar hasta aquí abajo de alguna manera.

Allí, sobre una plataforma parecida a la que había en la base subterránea de Than Rang, había un gran camión norcoreano. Era una cabeza tractora con un remolque abierto, más parecido a un volquete que a los modernos contenedores de transporte intermodales que utilizaba Than Rang.

Joe corrió hasta la cabina, se subió y descubrió con euforia que las llaves estaban puestas.

—Gracias a Dios por el motor de combustión interna —dijo mientras giraba la llave y oía el dulce rugido de un motor diésel que arrancaba. Metió la primera y puso en marcha el camión, que se acercó a donde Kurt yacía en el suelo.

Una vez allí frenó, bajó, recogió a su amigo, lo llevó al lado del copiloto y lo subió a peso hasta el raído vinilo del viejo asiento en banco del vehículo. Mientras se acomodaba, Kurt empezó a revolverse un poco, casi como si intentara nadar, pero luego se desplomó en el asiento y quedó inmóvil de nuevo.

Joe se subió a la cabina por el lado del conductor y cerró de un portazo.

—No te preocupes, amigo —dijo, mientras arrancaba otra vez el camión—. Tú disfruta de la siesta. Yo te sacaré de aquí. Y cuando despiertes, vamos a tener una larga charla sobre el tipo de mujeres a las que se rescata y el tipo de mujeres a las que se deja atrás. Porque está claro que nadie te ha explicado la diferencia todavía.

Mientras hablaba, Joe manejaba el volante para embocar el túnel del levitador magnético que llevaba a la libertad. Cuando pisó el acelerador, provocó un rugido del motor, y el túnel empezó a llenarse de un denso humo negro salido del tubo de escape. El camión avanzó y pronto cobró velocidad.

No había llegado demasiado lejos cuando oyó disparos a su espalda. Desde la cabina del camión, lo único que captó fue el sonido metálico de las balas rebotando en los gruesos costados del vehículo y el estallido de un neumático reventado.

Intentando no pensar en el peligro, Joe mantuvo el pie en el pedal y siguió acelerando. Entre el tubo de escape sin silenciador, el ruido del gran motor que reverberaba en las paredes y el bamboleo y las sacudidas del viejo chasis sobre la suspensión de ballesta, el recorrido de vuelta al sur no podría haber sido más distinto del suave y silencioso trayecto en el tren magnético.

Joe fue cambiando de marchas; todas le rascaron. Se echó a reír, porque estaba disfrutando de aquel ruido infernal. Debían de ser ciento veinte decibelios o más. Ya puestos, levantó el brazo y tiró de la sirena del camión, que bramó y resonó en todo el túnel.

Antes de que pasara mucho tiempo, ya superaban los setenta y luego los ochenta kilómetros por hora. Al frente, Joe vio un problema. Cada ochocientos metros, más o menos, el túnel se estrechaba cuando un anillo de hormigón reforzado reducía el diámetro del pasaje. Al acercarse al primero, vio bastante claro que el camión pasaría. Resultó que se equivocaba. A ochenta kilómetros por hora, el borde metálico del tráiler topó con el techo y desprendió grandes pedazos de hormigón. El estruendo fue como si hubiera estallado una bomba.

El segundo cuello de botella era más estrecho todavía, pero Joe no aminoró. Saltó más cemento. Aquel segundo impacto desprendió todo un fragmento del costado del tráiler, que cayó al suelo y rebotó varias veces con estrépito antes de detenerse.

Por el retrovisor, Joe vio que los restos retorcidos del remolque sobresalían medio metro por un lado. Eso le dio una idea. Sin reducir la velocidad, se acercó a la pared hasta tocarla con la sección deformada del remolque, que trazó un surco en el hormigón, echando chispas y contribuyendo al estruendo general. Al final, el metal se fue desgarrando, hasta que el costado entero se soltó y empezó a arrastrarse detrás del camión.

Joe miró de reojo a Kurt.

—Tienes que estar muy fuera de combate para que esto no te despierte.

Joe tiró una vez más de la palanca de la sirena y la mantuvo abajo, dejando que sonara hasta que le dolieron los oídos. Ni siquiera entonces la soltó; quería que el mundo, y en concreto el ejército surcoreano, se enterase de que llegaba. A su modo de ver, era la única esperanza que tenían.

A once kilómetros de distancia, en un puesto de escucha de las fuerzas armadas de Corea del Sur, una joven recluta llamada Jeong estudió los monitores. Los surcoreanos habían situado equipos de detección de sonido a lo largo y ancho de la zona desmilitarizada para captar cualquier posible incursión subterránea por parte del Norte.

De vez en cuando detectaban señales extrañas. Los pequeños terremotos siempre daban problemas, mientras que la bomba atómica norcoreana y otras perturbaciones subterráneas a veces habían provocado falsos positivos, pero nunca nada como lo que Jeong estaba captando en esos momentos. Llamó a su supervisor.

—Escuche esto.

El supervisor se acercó poco a poco, con cara de indiferencia.

—El sistema debe de tener algún fallo.

La soldado Jeong sacudió la cabeza.

—Lo he comprobado, señor. Además, estamos detectando el sonido en diferentes puestos. Eso no apunta a una avería.

—Déjeme escucharlo.

Enchufó unos auriculares al panel de control de Jeong y escuchó mientras ella subía el volumen.

—Camiones —dijo el supervisor—. Camiones pesados.

También percibía un chirrido que sonaba a oruga metálica de tanque. El ordenador estaba de acuerdo, pues, según su cálculo, la vibración correspondía a múltiples vehículos pesados avanzando a alta velocidad.

Alarmado de repente, el supervisor cogió el teléfono y consultó a un comandante que se encontraba en el búnker de operaciones del puesto. Le informó de lo que había oído y entonces recibió más noticias preocupantes.

—Estamos presenciando una actividad repentina y frenética entre las unidades norcoreanas apostadas justo al otro lado de la zona desmilitarizada.

—¿Dónde?

Las coordenadas que le transmitió eran alarmantes. Había unidades norcoreanas en movimiento, cerca del mismo punto donde se había originado el ruido subterráneo.

—Calcule su dirección y velocidad —ordenó el supervisor.

—Ya lo he hecho —dijo la soldado Jeong.

—Enséñemelo.

Jeong pulsó un botón y la trayectoria de la señal apareció en la pantalla del ordenador. Iba derecha desde una supuesta base en el Norte hasta un enclave comercial en el lado meridional de la zona desmilitarizada.

—¿Qué sitio es ese? —preguntó el supervisor.

La soldado Jeong lo estaba buscando.

—Un vertedero —respondió—. El Vertedero Número Cuatro de DaeShan.

El supervisor ató cabos. No daba crédito a lo que estaba viendo. Llamó otra vez al comandante y le dio su opinión.

—Confirmamos que hay en curso una incursión subterránea a gran escala. El punto de entrada debe de estar en el vertedero de DaeShan o sus alrededores. Recomiendo estado de defensa uno. ¡Alerta inmediata!

Embalado bajo la zona desmilitarizada, Joe no tenía ni idea de las fuerzas que había puesto en movimiento, pero esperaba haberse procurado una calurosa bienvenida en lugar de un tiroteo contra un grupo de matones armados leales a Than Rang.

Al enfilar el último tercio del túnel, el suelo empezó a inclinarse un poco hacia arriba y el camión comenzó a perder velocidad. En vez de la luz al final del túnel, vio la oscuridad del centro subterráneo de transporte de Than Rang. No había indicios de que le esperase ninguna clase de resistencia, ni tampoco se veía a soldados surcoreanos, lo que por el momento, probablemente, era una buena noticia.

A su espalda la situación era muy distinta. Varios vehículos se le acercaban con rapidez, cerrando las distancias. A juzgar por el silencio, supuso que avanzaban por el sistema de levitación magnética.

Cuando uno de los tranvías le alcanzó por un lado, Joe dio un volantazo a la derecha y desalojó al vehículo de la línea central de su raíl magnético. Privado de apoyo, el tranvía se estrelló contra el suelo entre una lluvia de chispas.

Sonaron disparos procedentes del segundo vehículo, que también se le acercaba por detrás. Una vez más, el gran tamaño del remolque protegió a su conductor.

En esta ocasión, Joe se limitó a frenar en seco. El enorme camión derrapó y se detuvo con un chirrido de neumáticos y una nube de humo azul. Incapaz de corregir la velocidad con la misma rapidez, el segundo tranvía embistió al camión por detrás con un impacto escalofriante.

Ahora que ya se había ocupado de sus perseguidores, Joe arrancó de nuevo y empezó a acelerar para superar el último tramo. El camión remontó la ligera pendiente y entró resoplando en el muelle de carga del final del túnel, donde chocó con el vagón de mineral lleno de bolitas de titanio, que volcó y derramó su contenido por todo el suelo.

Cuando cesó el sonido de un millar de canicas rodando en todas direcciones, Joe asomó la cabeza por la ventanilla. No había nadie para recibirles. Ni gorilas furiosos con las armas desenfundadas ni tampoco Calista y los hackers. Y aún no había ningún soldado.

Joe miró túnel abajo. Los norcoreanos habían cejado en su persecución; les vio correr hacia el otro lado. Supuso que no les interesaba ser capturados en el lado incorrecto de la frontera. Miró a Kurt.

—Lo hemos conseguido —le dijo—. E igual que la última vez, te lo has perdido todo.

Se planteó buscar una escalera, pero no le apetecía cargar a Kurt durante veinte pisos. En lugar de eso, aparcó el camión junto a la plataforma octogonal en la que habían descendido originalmente.

Paró el camión, sacó a Kurt del asiento del copiloto y buscó los controles. Accionando un interruptor consiguió encender el sistema y luego movió hacia arriba la palanca de control, que estaba en punto muerto. Las ruedas dentadas se pusieron en marcha y la plataforma empezó a subir poco a poco.

Mientras ascendían, Joe sacó el teléfono con la esperanza de conseguir cobertura antes de llegar arriba. No hubo tanta suerte. En realidad, el teléfono hacía cosas raras, como si estuviesen inhibiendo su funcionamiento. Cuando la lenta plataforma llegó por fin a la superficie, Joe descubrió por qué.

Treinta soldados coreanos les esperaban con las armas en ristre. Alrededor de ellos había un semicírculo de Humvees con ametralladoras del calibre 50. Se encendió un foco, que deslumbró a Joe. Unos gritos que no precisaban traducción le ordenaron que levantase las manos, cosa que ya había hecho.

Un par de soldados se le acercaron corriendo y le obligaron a arrodillarse.

—Soy estadounidense —dijo Joe.

A su derecha, otro soldado apuntaba a Kurt con un fusil.

—¡Está herido! —gritó Joe—. Necesita un médico.

Le lanzaron más gritos.

—Somos estadounidenses —insistió Joe—. Estamos de su parte. Trabajamos en una operación secreta, a las órdenes del coronel Lee del Servicio Nacional de Inteligencia.

No hubo respuesta.

—CIA —gritó Joe, confiando en que conocieran las siglas.

Con la luz del foco en la cara, los soldados veían con claridad que no era coreano. Sostuvieron una breve charla, tras la que esposaron a Joe y a Kurt, los cargaron en la parte de atrás de uno de los Humvees y partieron.

Cuando salieron del almacén, Joe constató con sus propios ojos la eficacia de su plan. Varios helicópteros surcoreanos, armados de misiles y focos, trazaban círculos en torno al vertedero. Otros patrullaban el trazado de la zona desmilitarizada, en busca de tropas invasoras o unidades de infiltración del ejército norcoreano.

Además de los helicópteros, había soldados por todas partes. Y cuando salieron a la carretera, Joe vio tanques Abrams ocupando posiciones, mientras una escuadrilla de cazas F-16 los sobrevolaba con los inyectores a tope.

Joe buscó con la vista las luces de Seúl, pero la ciudad se había quedado a oscuras como medida preventiva ante la esperada invasión.

—Hum —susurró Joe para sus adentros—. A lo mejor ese plan mío ha funcionado demasiado bien.

Los llevaron a una base militar, donde enseguida los separaron; a Kurt se lo llevaron corriendo a la enfermería y a Joe, a una sala de interrogatorios. Durante dos horas, varios oficiales del ejército surcoreano le sometieron a constantes preguntas. Les contó a todos lo mismo y preguntó en repetidas ocasiones por Kurt. No sacó nada en claro hasta que llegaron el coronel Lee y Tim Hale.

Estaban hechos unas furias.

—Ustedes dos tienen que estar locos —exclamó Hale— para seguirles hasta Corea del Norte.

—Seguíamos la pista —dijo Joe—. ¿Qué querían que hiciésemos? ¿Dejarles marchar sin más?

—A lo mejor deberían haberlo hecho —replicó Hale.

—Ya sabe que esto quedará en nada —señaló Joe—. Se trata de una incursión de poca monta. Y no olvidemos quién construyó el maldito túnel.

—No hablaba de la situación política —le corrigió Hale—. Me refería a Kurt.

—¿Por qué? ¿Qué ha pasado? —preguntó Joe, preocupado.

—Está en coma —explicó Hale—. Los médicos no saben decir cuándo saldrá de él… si es que sale.

41

Océano Índico, 12.30, hora local

A siete mil millas y seis husos horarios de Corea, una flotilla de barcos estaba enfrascada en la tarea de enlazar todas las embarcaciones con gruesos cables de acero.

En el transcurso de un día, habían llegado dos remolcadores transatlánticos de Sudáfrica. El *Drakensberg* había llegado hasta el *Condor* y lo había remolcado hasta el lugar donde el *Waratah* flotaba a la deriva, mientras que un segundo remolcador, conocido como *Sedgewick*, había llegado seis horas más tarde y se disponía a tender cabos hasta el casco cubierto de follaje del viejo buque.

Pero antes de que pudiera remolcarlo, había que efectuar una inspección. A instancias de Paul, había subido a bordo un equipo de recuperación, que se había dividido en tres grupos. El contingente principal empezó a despejar la maleza y el sedimento acumulados en el casco del buque, con la esperanza de aligerarlo y hacerlo menos inestable. Mientras ellos excavaban arriba, el jefe de máquinas del *Condor* bajó a las entrañas del barco para comprobar la integridad del casco y los mamparos internos. Mientras ellos trabajaban desde dentro, Duke y otro submarinista completaban un repaso del exterior del buque por debajo de la línea de flotación.

La radio crepitó junto a Paul.

—Paul, aquí el jefe.

Paul se llevó la radio a la boca.

—¿Qué me cuentas?

—Las zonas de las máquinas están bastante llenas de porquería. Aquí abajo hay por lo menos medio metro de fango. Y en algunos puntos, varios palmos de agua.

Eso no sonaba prometedor.

—¿Puedes encontrar la vía de agua?

—No hay vías —respondió el jefe entusiasmado—. Es agua dulce. Si quieres que te ofrezca una teoría, tiene que haber goteras en alguna parte. Pero en mi opinión, el casco está bien.

—Eso es una buena noticia —dijo Paul—. ¿Qué hay de la corrosión?

—Creo que aguantaremos —respondió el jefe—. Para serte sincero, este abuelete está genial para haber superado el siglo de edad.

—¿Alguna idea de por qué? —preguntó Paul—. Tendría que haberse oxidado y desmoronado hace años.

—Creo que la clave es el sedimento —explicó el jefe—. Es muy denso, parece arcilla. Sella tan bien que aísla de casi todo el oxígeno. Menos oxígeno significa menos óxido, y menos óxido significa un casco resistente.

—Suena bien —dijo Paul. Se preguntó qué aspecto tendría el exterior—. Duke, ¿has acabado con tu examen?

La voz de Duke llegó después de un pequeño retraso.

—Afirmativo —dijo.

—¿Qué pinta tiene por debajo de la línea de flotación?

—La chapa está estupenda —respondió Duke—. Si el jefe está en lo cierto, yo diría que el exterior quedó aislado por el barro casi desde el mismo instante en que embarrancó.

Paul se alegró de oír eso.

—Todo son buenas noticias.

—¿Va bien si volvemos al *Condor* para comer algo y ponernos ropa seca?

Duke ya llevaba tres horas en el agua.

—Os lo habéis ganado —dijo Paul.

—Recibido. Cambio y fuera.

Paul devolvió su atención al interior.

—¿Qué crees, jefe? ¿Llegaremos enteros?

La NUMA tenía el plan de llevar el *Waratah* hasta Durban al cabo de dos días. No llegaría hasta Ciudad del Cabo —su destino oficial cuando había desaparecido—, pero si conseguía fondear en Durban, sería un regreso a casa triunfal.

—Tenemos bastantes posibilidades —respondió el jefe—. El único peligro real es que, como es obvio, ha pasado una larga temporada embarrancado en alguna parte. Se supone que un buque no debe estar fuera del agua y cargando todo su peso en el fondo de esa manera. Ya hemos podido apreciar muestras de deformación en la chapa de debajo.

—¿Supondrá un problema?

—No me gustaría capear una tormenta a bordo de él —explicó el jefe—, pero si el tiempo nos respeta, creo que saldremos adelante.

—Buen trabajo —dijo Paul—. Dime algo cuando llegues a la cubierta.

—Recibido —respondió el jefe—. Antes revisaré la popa y me aseguraré de que no entre agua por el tubo del eje de la hélice.

Paul volvió a colgarse la radio en el cinturón, agarró una pala y se sumó al equipo que estaba despejando la cubierta.

Entretanto, Gamay y Elena exploraban el interior del buque, con la intención de esclarecer un poco el misterio. Un registro concienzudo del puente, el camarote del capitán y otros espacios oficiales no arrojó grandes resultados. Los cuadernos de bitácora habían volado, junto con la inmensa mayoría de los efectos personales.

—Echemos un vistazo en los camarotes de pasajeros —propuso Gamay.

Elena asintió y siguió a Gamay a las zonas más interiores del buque. Bajaron por la escalera principal, recubierta de moho negro y capas de fango, hasta llegar al nivel principal de los pasajeros y entrar en un pasillo oscuro como la galería de una mina. Como solo disponían de la iluminación de sus linternas, las dos mujeres avanzaban poco a poco.

Allí abajo, el olor a humedad resultaba casi abrumador, ya que el suelo, el techo y las paredes estaban cubiertos de la misma mugre que la escalera. El goteo del agua contribuía al ambiente cavernoso.

—Este sitio da mal rollo —comentó Elena.

—En eso estamos de acuerdo —confirmó Gamay.

Desde arriba les llegaban un ocasional tintineo y el eco incorpóreo de las voces del equipo de la cubierta, que se gritaban unos a otros, pero sonaban apagadas y remotas, como si procedieran del pasado.

—¿Crees en los fantasmas? —preguntó Elena.

—No —respondió Gamay—. Y tú tampoco.

Elena soltó una risilla.

—Bueno, si creyera, aquí es donde esperaría encontrarme uno. Todas esas personas desaparecidas y nunca encontradas. Tengo entendido que los espíritus enfadados se aferran al último lugar donde estuvieron vivos. Lo encantan y esperan a que alguien los encuentre y los libere.

Con tanto hablar de fantasmas, Gamay sintió el hormigueo que indicaba que se le había puesto la piel de gallina.

—Prefiero mil veces a un fantasma que a otro cocodrilo —dijo.

Tardaron un poco en revisar todos los camarotes de primera, pero tampoco demasiado.

—¿Te has fijado en una cosa? —preguntó Gamay.

—No hay ropa, ni equipaje —dijo Elena.

—Ni joyas —añadió Gamay.

Su teoría inicial era que el buque había embarrancado en alguna parte, donde los pasajeros y la tripulación habían muerto mientras esperaban a que los rescatasen. Pero el hecho de que solo hubieran encontrado uno de los botes salvavidas sugería otra cosa.

—Si abandonaron el barco —especuló Gamay— tendrían que haber dejado atrás sus baúles, pero las ristras de perlas y las pulseras de diamantes son más fáciles de transportar.

—Yo me llevaría las mías —convino Elena—. Pero ¿por qué evacuar un barco que obviamente no se estaba hundiendo?

—Ni idea —reconoció Gamay mientras volvían sobre sus pasos hasta la escalera principal.

—¿Bajamos un nivel más? —preguntó Elena.

Gamay asintió.

—A riesgo de sonar como mi marido, sigamos hasta llegar al fondo de esto.

De modo que bajaron y se pusieron a inspeccionar los camarotes, más pequeños, de la cubierta inferior.

—Debían de ser para la tripulación —señaló Elena, fijándose en el poco espacio de los habitáculos.

—O la tercera clase —apuntó Gamay—. El *Waratah* fue diseñado para transportar a muchos pasajeros inmigrantes. Por suerte, no iba cargado hasta los topes cuando zarpó de Durban.

Buscaron con denuedo, pero más allá de artículos cotidianos de hacía un siglo que merecerían un gran interés histórico, había poco que explicase lo que podía haber sucedido.

Eso empezó a cambiar cuando Gamay forzó la puerta siguiente.

El espacio era más grande, pero no estaba menos aprovechado. Gamay hizo una conjetura, basada en la apariencia de las camas y los armarios.

—La enfermería del barco.

Entró en el compartimiento y fue a la derecha. Elena se abrió para mirar en la izquierda. Habían recorrido unos cuantos pasos cuando Elena emitió un grito ahogado.

Gamay giró sobre sus talones y encontró a su compañera iluminando con la linterna una calavera cubierta de piel acartonada, con una maraña de hebras de pelo canoso y los restos de lo que en tiempos había sido un mostacho de puntas curvas sobre el labio superior. A su lado había otro cuerpo.

Gamay se agachó junto a ellos para verlos mejor. El hombre llevaba uniforme.

—Es un tripulante —dijo—. O al menos lo era.

Una pequeña insignia parecía indicar que podría tratarse de un encargado de la sala de máquinas, responsable quizá de mantener las calderas alimentadas. Un agujero en su camisa coincidía con otro en la piel rasgada y seca. Gamay empezó a sentirse mal; era la misma sensación que había experimentado al descubrir el cuerpo en el *Ethernet*.

Examinó el otro cadáver. No llevaba camisa y la piel estaba en peor estado. Gamay no pudo distinguir qué le había pasado a aquel hombre, pero al apartarse le dio con el pie a una lata de acero inoxidable que estaba a su lado. Algo tintineó.

Gamay recogió la lata, le quitó la tapa y volcó los objetos en la palma de su mano. El primero estaba achatado por un lado, mientras que por el otro se había expandido como un champiñón. El segundo estaba relativamente en buen estado.

—Balas —observó Elena.

Gamay asintió.

—Extraídas a estos hombres, diría yo, para intentar salvarles o después de que murieran.

Sin pronunciar otra palabra, terminaron su inspección de la enfermería y descubrieron tres cuerpos más en la parte del fondo, uno de los cuales estaba atado a una cama. Una tablilla que todavía sujetaba un antiguo papel amarillento había caído desde el gancho de los pies de la cama. Gamay la recogió. En la primera página no se distinguía nada, pero la segunda estaba en mejor estado. Cuando la luz alumbró el papel en el ángulo justo, una pequeña anotación se volvió visible.

—«Hora de la muerte —leyó; la hora no se podía apreciar, pero la fecha que aparecía al lado resultaba legible—: 1 de agosto, 1909.»

Elena captó enseguida la relevancia del dato.

—Cinco días después de que desapareciera el *Waratah*.

Gamay asintió. Habían hallado su primera pista real.

—Tenemos que ir a contárselo a Paul.

Paul estaba ocupado con el equipo de la cubierta cuando Gamay y Elena se le acercaron.

—Hemos encontrado algo —le dijo Gamay, sin aliento.

Paul dejó a un lado la pala cuando su mujer empezó a explicarle el hallazgo; al terminar, le entregó los proyectiles de plomo deformados.

—No hay pasajeros, ni botes salvavidas ni cuadernos de bitácora —susurró Paul, recapitulando—, pero sí varios tripulantes muertos en la enfermería y al menos uno recuperándose de heridas de bala varios días después de que el buque desapareciese.

—¿Es posible que hubiera un motín? —sugirió Elena.

—Esto no es el HMS *Bounty* —respondió Gamay—. Era un crucero. Aquí no obligaban a nadie a trabajar. Los marineros eran profesionales. Trabajar a bordo era un empleo bastante codiciado.

Eso dejaba una única respuesta.

—Entonces tuvieron que ser piratas —dijo Paul.

—Lo que explicaría muchas cosas —añadió Gamay—, entre ellas, nuestra actual posición.

Paul asintió. Se encontraban más de trescientas millas al nordeste de la última posición conocida del *Waratah*. Dado que la corriente del canal de Mozambique fluía de norte a sur para luego rodear el cabo de Buena Esperanza, no podía haber llegado a la deriva hasta su actual ubicación, a menos que hubiera embarrancado costa arriba.

—Para ser sincero —dijo Paul—, llevo un rato pensando que tenían que haber sido piratas. No se me ocurre ninguna otra razón para que haya aparecido tan lejos de su supuesta posición.

Gamay asintió.

—Pero si fueras un pirata y acabases de tomar un gran buque como botín, lo primero que harías sería navegar en la dirección opuesta con él, para alejarte de las rutas comerciales y de los puntos adonde fuese a buscarlo todo el mundo.

—Eso explica por qué los navíos de búsqueda y salvamento de la Marina Real y la compañía Blue Anchor tampoco lo encontraron nunca —dijo Paul—. Buscaban en el lugar equivocado.

Elena intervino con un resumen.

—De modo que un grupo de piratas aborda el barco, se hace con el control y vira hacia el norte, sabiendo que pasarán días antes de que empiece siquiera una búsqueda. Para entonces, los culpables pueden encontrarse a centenares de millas de la zona de peligro.

—En aquel entonces debía de ser fácil desaparecer —apuntó Gamay—. Todavía no se usaban radios a bordo de los barcos. Y el avión había sido inventado apenas seis años antes, lo que significaba que había pocos, muy dispersos y con una autonomía relativamente corta. Desde luego no resultaban apropiados para largas misiones de búsqueda de embarcaciones desaparecidas en mitad del mar.

—Eran otros tiempos —corroboró Paul—, incluso comparados con diez años más tarde.

Paul estaba intrigado con aquel misterio, que parecía volverse más profundo y complejo a cada minuto.

—Y entonces, ¿dónde acabó el buque? —se preguntó en voz alta.

—Teniendo en cuenta la corriente de esta región del mundo, podría ser cualquier punto desde aquí hasta Somalia —dijo Elena.

—Eso es verdad —concedió Gamay—, pero se me ha ocurrido una idea para reducir las posibilidades. Curiosamente, el primer paso consiste en echar un vistazo más atento a esas arañas.

Paul alzó una ceja.

—Es cierto, estás curada.

—Solo por un tiempo —dijo ella—. Cuando volvamos a casa seguirás teniendo que matarlas tú por mí.

—Las saco vivas por la puerta de atrás —confesó Paul.

Gamay sacudió la cabeza.

—No me extraña nada.

—¿Y cuál es el plan? —preguntó Paul.

—Antes de tirar por la borda todo el follaje, los insectos y los restos, deberíamos tomar muestras de todo. Las semillas, los bichos, las arañas. Hasta tendríamos que hacer que alguien examinase lo que queda de nuestro amigo el cocodrilo antes de que Elena lo convierta en bolso.

»Si sabemos determinar con qué clase de plantas y bichos nos las vemos, quizá la información nos sirva para limitar la lista de sitios donde pueda haber estado el buque todos estos años.

A Paul le parecía una gran idea.

—Tú eres la experta y la jardinera de la familia —dijo.

—Os echaré una mano —intervino Elena—. Sobre todo si eso significa que no tengo que bajar ahí otra vez.

Paul se rió.

—Le diré a la tripulación que deje de excavar hasta que hayáis recogido las muestras. Estoy seguro de que agradecerán el descanso.

Paul se dirigió a la cubierta de la tripulación y les dio la buena noticia. Se estaba preparando para transmitir por radio sus descubrimientos al *Condor* cuando se oyó el ruido de un helicóptero que se acercaba.

Paul miró hacia el oeste, esperando ver el Jayhawk del *Condor,* que por fin regresaba de Durban, pero en lugar de eso el sonido procedía del norte, donde dos puntos negros descendían desde una gran altitud directamente hacia ellos. Avanzaban en formación escalonada, con el primero quizá un kilómetro y medio por delante de su compañero.

Receloso, Paul cogió unos prismáticos compactos y enfocó al más próximo de los dos aparatos. Su color verde oscuro le confería una apariencia claramente militar, y llevaba artillería a ambos lados.

Unos destellos le llamaron la atención, como si fueran el reflejo del sol en la cabina, pero no era luz solar. Unas cintas de agua se levantaron de la superficie trazando una línea hacia la proa del barco. A continuación se oyó el macizo martilleo de unos proyectiles del calibre 50 atravesando metal.

—¡Al suelo! —gritó Paul, alejándose de la barandilla y lanzándose entre dos montones de barro como si fueran sacos terreros.

El resto de los tripulantes se tiraron a la cubierta a su alrededor, y Paul vio que Gamay y Elena corrían hacia él.

—¿Qué pasa? —gritó su mujer.

El primer helicóptero atronó al pasarles por encima en dirección sur, antes de ladearse para efectuar un viraje a la derecha.

—No estoy seguro —dijo Paul—, pero empiezo a pensar que hay alguien a quien no le caemos muy bien.

Miró hacia arriba y apuntó con los prismáticos al segundo helicóptero, que se acercaba volando bajo y despacio. Estaba a más de un kilómetro y medio de distancia y menos de treinta metros por encima del agua cuando soltó su carga.

Paul estaba en estado de alerta desde los incidentes sucedidos durante la inmersión para inspeccionar el *Ethernet*, pero hasta él necesitó un momento para procesar lo que estaba viendo. Los proyectiles eran largos y delgados. Se zambulleron en el agua con unos minúsculos chapoteos y luego desaparecieron, dejando tan solo un fino rastro de burbujas que se extendía detrás de ellos para señalar su rumbo. Estaba claro que avanzaban derechos hacia el *Waratah*.

—Torpedos —dijo.

—¿Torpedos? —Gamay parecía tan atónita como él.

—Y vienen directos hacia nosotros —añadió Paul, volviéndose hacia la tripulación—. ¡Todo el mundo al agua! ¡Abandonen el barco!

42

La urgente advertencia de Paul resonó en toda la cubierta. Los marineros, que acababan de ponerse a cubierto, se levantaron de nuevo y corrieron hacia las escalerillas de cuerda que descendían hasta los botes.

—Vamos —exclamó Paul mientras ayudaba a la gente a sortear el borde—. Rápido.

Mientras los tripulantes bajaban precipitadamente por las escalerillas, Paul echó un vistazo a su alrededor. Los helicópteros estaban dando la vuelta, ametrallando primero a los remolcadores y luego al *Condor*. Al mismo tiempo, los torpedos seguían su lento recorrido.

Avanzaban hacia el *Waratah* a poco más de treinta nudos y, con una milla entre ellos, eso concedía a la tripulación casi dos minutos enteros para abandonar el barco y ponerse fuera de peligro. Los torpedos eran tan lentos, en realidad, que dieron tiempo a que sucediera algo extraordinario.

A lo lejos, el casco rojo de la lancha motora apareció con un destello en el campo visual de los ocupantes del barco, navegando a toda velocidad hasta colocarse detrás de los torpedos.

Paul agarró la radio.

—Duke, ¿qué demonios estás haciendo?

—Interceptar los torpedos —respondió Duke—. Me parecería una pena dejar que esa vieja bañera oxidada se hundiera a estas alturas. Sobre todo cuando acaba de volver del más allá hace tan poco.

Paul observó a Elena que pasaba por la borda y bajaba por la escalerilla. La siguiente era Gamay; pero el jefe seguía abajo.

—Sí que sería una pena —dijo por la radio—. Haz lo que puedas.

Duke estaba a medio camino del *Condor* cuando aparecieron los helicópteros y lanzaron su ataque. Vio la pasada de ametrallamiento y el lanzamiento de los torpedos, y no tardó en comprender que su blanco era el *Waratah*, por el motivo que fuese.

En vez de seguir navegando hacia el *Condor*, Duke dio gas al máximo y giró el timón de la lancha hasta dirigirse de vuelta hacia el viejo barco recuperado. Su primer pensamiento fue que quizá lo necesitasen para evacuar a la tripulación, antes o después de que el torpedo impactase. Sin embargo, cuando la veloz lancha se acercaba hacia la mole del antiguo crucero, cruzó la estela de burbujas de uno de los torpedos y, en ese momento, Duke ideó un plan distinto.

—Sacad las armas del armario —gritó a los otros submarinistas.

Por delante de ellos se alzaba el ancho costado del *Waratah*, que aumentaba de tamaño en su campo visual con cada segundo que pasaba, pero estaban recortando distancias con el segundo torpedo.

—No le deis a la cabeza —gritó Duke a sus tiradores—. Saltaríamos en pedazos. Disparad a la hélice, el motor o las aletas. Solo necesitamos desviarlo.

Los hombres asintieron y quitaron el seguro de sus armas. Solo tenían pistolas, pero si Duke les acercaba lo suficiente, bastarían.

Planeando sobre la superficie a toda velocidad, se pusieron a la altura del torpedo. Bajo el agua, a una profundidad de metro y medio, presentaba un color gris claro.

—¡Cargáoslo! —gritó Duke, mientras igualaba la velocidad a la del proyectil.

Los submarinistas empezaron a disparar, perforando el agua con las pistolas Ruger. Duke habría dado la paga de un año por tener un fusil, pero dos de ellos estaban en el *Waratah* con Paul y el resto se había quedado en el *Condor*.

A pesar de que habían descargado ambas armas contra el blanco, el torpedo seguía su curso, impertérrito. No faltaban más de treinta segundos para el impacto.

—Está a demasiada profundidad —dijo uno de los tiradores.

—¡Recargad! —gritó Duke—. Voy a probar una cosa.

Dio gas a fondo, cruzó por delante del torpedo y luego otra vez por encima de él. Para cuando dio la tercera pasada vio que el torpedo ya cabeceaba como una moto de agua al atravesar la estela de proa de un yate a motor. El morro se inclinó hacia abajo y luego hacia arriba, de tal modo que el torpedo afloró a la superficie por un momento. En ese instante los submarinistas abrieron fuego y alcanzaron la parte trasera del tubo con varios impactos directos. Fuera lo que fuese lo que habían averiado, el torpedo se descontroló, torció hacia la derecha y empezó a descender en espiral.

Duke dio un golpe de timón a la izquierda, y había recorrido unos cien metros, cuando se produjo un fogonazo bajo el agua. La onda expansiva provocó la erupción de una bola de agua blanca, que estalló contra la superficie y cayó en forma de lluvia en un amplio círculo.

—Uno menos, falta otro —gritó Duke, mientras viraba de nuevo hacia la derecha, buscando la estela del segundo torpedo.

—Nos lleva demasiada ventaja —gritó uno de los submarinistas.

—No pienso rendirme —insistió Duke. Pero a la vez que corregía el rumbo de la lancha, él mismo vio que era demasiado tarde. Avanzaban derechos hacia la popa del *Waratah*. El espacio que los separaba se agotaría antes de albergar siquiera la esperanza de atrapar al torpedo fugitivo.

—¡Duke, apártate! —le gritaron por la radio—. Es una orden.

Duke obedeció y viró a la izquierda al mismo tiempo que dos ráfagas de disparos llegaban desde la cubierta del viejo buque.

Paul y Gamay estaban de pie ante la barandilla, disparando con los dos fusiles AR-15 al torpedo que se acercaba. A una distancia de treinta metros, uno de los disparos alcanzó de lleno la cabeza explosiva. Estalló una nueva onda expansiva que levantó de la superficie marina una columna de agua parecida a un géiser. Detrás del agua llegaron el calor y las llamas, que convirtieron en vapor parte del chorro inicial.

En la cubierta del *Waratah*, Paul y Gamay salieron despedidos hacia atrás por la fuerza de la onda expansiva. Aterrizaron juntos sobre un montón de hierbajos que la tripulación de cubierta aún no había despejado.

Paul abrió los ojos mientras caía sobre ellos la llovizna de la explosión del torpedo. Le pitaban los oídos. Miró a Gamay, vio que estaba bien y suspiró aliviado.

—Ha sido una demostración de puntería, modestia aparte.

Gamay se apoyó en un codo y le miró a la cara.

—¿Cómo sabes que no ha sido un disparo mío?

—Tú te has desviado a la izquierda —respondió Paul—. Lo he visto desde el principio. Hay que corregir según el viento.

—Las que se iban a la izquierda eran tus balas —protestó Gamay.

Paul se rió y se puso en pie. Buscó con la mirada los helicópteros atacantes, con la esperanza de que no hicieran otra pasada. Por suerte, volaban de vuelta hacia el norte.

Dejaban atrás dos círculos de agua revuelta, un remolcador humeante y un grupo de personas atónitas, preguntándose qué importancia podía tener un barco abandonado para que alguien quisiera hundirlo.

Paul encontró la radio que se le había caído del cinturón. La recogió y comprobó que funcionaba.

—Gracias por la ayuda, Duke. Debes de estar medio loco, pero se agradece.

—De nada, Paul, siento no haber podido con los dos. Buena puntería, por cierto.

—Gracias —dijeron a la vez Paul y Gamay, y luego se miraron de reojo.

Duke indicó que volvía al *Condor* y Paul confirmó que había recibido el mensaje antes de ponerse en contacto con el barco.

—*Condor*, al habla Paul —dijo—. Necesito un informe de daños y bajas.

—Más que nada, daños superficiales —respondió la voz—. La metralla ha herido a dos tripulantes. Otro se ha dado un mal golpe al saltar detrás de un mamparo, pero no hay heridas graves ni víctimas mortales.

—Parece que hemos salido bien parados —comentó Paul—. Habla con los remolcadores e infórmame. Veo que sale mucho humo del *Drakensberg*.

—Recibido —dijo el tripulante.

—Y ponte en contacto con la central —añadió Paul—. Necesitamos protección. No tengo la menor idea de por qué alguien quiere hundir un barco viejo y abandonado como este, pero es innegable que eso era lo que pretendían. Hasta que descubramos quiénes son y qué quieren, no podemos descartar que vuelvan a intentarlo.

Cuando el *Condor* cerró la transmisión, el jefe de máquinas llamó desde abajo.

—¿Qué demonios pasa allí arriba?

—Aunque no te lo creas, casi nos torpedean —explicó Paul.

—¿Cómo dices?

—Sé que no tiene sentido —reconoció Paul—, pero créeme. Nos ha ido de un pelo, aunque parece que hemos salido indemnes.

Se produjo una larga pausa antes de que el jefe respondiera por radio.

—Puede que no —dijo con tono lúgubre—. La onda expansiva debe de haber abollado las viejas planchas. Por aquí abajo entra agua.

43

El mensaje del jefe era muy mala noticia para Paul.

—Puede que hayamos ganado la batalla, pero hemos perdido la guerra —dijo Gamay, que daba voz a lo que Paul estaba pensando.

—Voy a bajar —dijo este, mientras le pasaba la radio a Gamay—. Habla con el *Condor* y los remolcadores. Necesitamos bombas; y buzos con equipo de salvamento. Si hay una plancha abollada, pueden soldar otra encima.

—¿Estás loco? —preguntó su mujer—. Ya era un milagro que este buque se mantuviera a flote antes.

—No puedo explicarlo —dijo Paul—, pero le he cogido cariño a este barco abuelete y no pienso darlo por perdido todavía. No después de todo lo que ha pasado.

—¿Quién eres? —preguntó Gamay—. ¿Y qué has hecho con mi sensato marido de Nueva Inglaterra?

Paul le dio un beso, le cogió la linterna y corrió hacia la escalera. Oyó que Gamay llamaba por radio al *Condor* mientras él se adentraba en la oscuridad.

Cuatro tramos de escalera más abajo ya se oía el ruido del agua al entrar. Era el sonido de un chorro potente, como si hubieran abierto al máximo una manguera de incendios.

Cuando llegó al rellano de abajo, el agua le cubría hasta los tobillos.

—¿Jefe, dónde estás? —gritó.

—¡Mamparo de popa! —chilló una voz desde el otro lado del pasillo—. ¡Date prisa!

Paul corrió hacia la parte trasera, por entre calderas y carboneras, hasta llegar a la vieja sala de máquinas. Vio que salía luz del hueco de una escalerilla que bajaba a la sentina de popa, que era la sección más baja del buque, donde se acumulaba toda el agua que se filtraba. Por debajo solo estaba el frío mar.

Paseando la luz por la sala, vio que el agua entraba a chorro por una brecha abierta entre dos planchas del casco. Recorría el compartimiento como un torrente furioso y espumeante, antes de bajar en remolino por la escalerilla como si esta fuese un gigantesco desagüe. En la sentina, el nivel del agua aumentaba a una velocidad alarmante.

—Esto no podemos contenerlo —dijo Paul, a quien la impresión le había devuelto a la realidad—. Tenemos que salir de aquí.

—No puedo —replicó el jefe—. Estoy atrapado.

Paul no veía nada que lo aprisionase.

—¿De qué hablas?

—Tengo las piernas hundidas en el sedimento —gritó el jefe—. La onda expansiva de la explosión ha licuado el barro. Cuando he bajado a echar un vistazo, me he hundido en él hasta las rodillas. Es como si fueran arenas movedizas.

Paul se subió a la escalerilla, agarró la mano del jefe y tiró con todas sus fuerzas, pero no consiguió moverlo en absoluto. Alumbró el agua con la linterna. En efecto, el jefe estaba hundido hasta las rodillas.

Paul bajó otro peldaño, mientras el agua se arremolinaba a su alrededor y le azotaba los hombros. Bien sujeto a la escalerilla, se situó en una posición desde la que pudiera hacer más fuerza, agarró al jefe por debajo del brazo y tiró una vez más. No sirvió de nada.

—Mueve un poco los pies.

—No puedo —respondió el jefe—. Es como si estuvieran enterrados en cemento.

Para entonces el agua ya llegaba a la cintura del jefe, y seguía subiendo con rapidez. Paul retrocedió un poco. Necesitaba algo que pudiera usar a modo de pala. Alumbrando a un lado y a otro con la linterna, vio un tubo metálico con púas en un extremo. Podría haber sido un rastrillo de los que usaban los fogoneros del viejo buque. Tendría que servir.

Cogió el rastrillo, volvió a la escalera, le entregó al jefe su linterna y clavó el tubo en el sedimento, cerca de las piernas del jefe. Cavando primero y luego meneando la barra, empezó a retirar lodo.

—Funciona —dijo el jefe—. Sigue dándole.

Paul casi no veía. Trabajó con brío mientras el agua alcanzaba el pecho del jefe y luego su cuello. El jefe inclinó la cabeza para mantener la nariz y la boca por encima del agua.

Paul siguió escarbando y el jefe empezó a liberarse, agarrándose a los peldaños de la escalera para izarse.

Salió del barro una pierna y luego la otra, sin bota. El jefe subió por la escalerilla y Paul le siguió. Los últimos quince centímetros de la sentina se llenaron en un visto y no visto, y pronto empezó a inundarse la sala de máquinas.

Agotados por el esfuerzo, los dos hombres avanzaron dando tumbos hacia el mamparo. Para cuando llegaron, el agua rebosaba por encima del umbral como si fuese una versión en miniatura de las cataratas del Niágara.

—¿Crees que aguantará? —preguntó Paul, contemplando la versión centenaria de una compuerta estanca.

—Solo hay una manera de averiguarlo.

Paul agarró la puerta e intentó cerrarla, pero un siglo de erosión impidió que la moviera demasiado. Cargando todo su peso en el hombro, Paul consiguió empujarla hasta la mitad del recorrido de cierre, antes de que se quedara atascada otra vez.

Dio un paso atrás, alzó el rastrillo y golpeó las bisagras, con la intención de desprender la corrosión. Lo único que logró arrancar fueron unas pocas láminas. Dejó la herramienta otra vez, y él y el jefe se apoyaron en la puerta y empujaron. Lograron moverla hasta dejar solo un resquicio abierto, pero el peso del agua que entraba a raudales era demasiado, y les hizo retroceder.

—No hay manera —dijo el jefe.

—Un último intento —insistió Paul, que vio por el rabillo del ojo que alguien bajaba corriendo por la escalera. Por fin un poco de ayuda—. ¡Échanos una mano!

El agua que entraba les llegaba ya a la cintura, pero Paul empujó la puerta con el cuerpo una vez más. Notó que el jefe también empujaba con todas sus fuerzas, y luego se les sumó una potente embestida cuando llegó el tripulante que había acudido en su ayuda.

Entre los tres superaron la fuerza del agua. La puerta se cerró con un golpe metálico y Paul giró la rueda para sellarla.

El aislamiento no era ni mucho menos perfecto después de tantos años, y en varios puntos del borde se colaban pequeños chorros de agua a presión, pero eso podía medirse en litros por minuto. Era algo de lo que podían ocuparse las bombas, por lo menos mientras la puerta aguantase.

Paul se derrumbó en el suelo y miró al jefe, que sonreía de oreja a oreja.

—Una jornada cualquiera en el curro —dijo.

—Creo que estoy listo para tomarme un día libre —dijo Paul.

Se volvió para darle las gracias al marinero que había acudido en su ayuda, pero no vio a nadie. Miró en todas las direcciones, pero ni siquiera después de cogerle al jefe la linterna vio nada salvo el oscuro pasillo. Estaban solos.

—¿Has bajado aquí con alguien más? —preguntó Paul.

El jefe sacudió la cabeza.

—Todos los demás han subido antes del ataque. ¿Por qué?

Paul miró hacia la escalera, al otro lado del pasillo. De pronto comprendió que, en la oscuridad, le habría resultado imposible ver a nadie plantado allí. Aun así, recordaba con nitidez a un hombre de hombros anchos y bigote.

Decidió que la imaginación le estaba jugando malas pasadas.

—Por nada —respondió al fin—. Solo quería asegurarme. Vamos arriba, no sea que la puerta ceda.

Paul recogió el rastrillo, se puso en pie y ayudó al jefe a levantarse. Con paso lento y exhausto, llegaron a la escalera y salieron a la luz del sol.

Durante la hora siguiente, subieron a bordo las bombas del *Condor* y de uno de los remolcadores. Apuntalaron y reforzaron las compuertas estancas del interior del buque, mientras los buzos localizaban con rapidez la juntura rota y soldaban una plancha encima.

Seguía entrando agua en el buque y nadie podía saber a ciencia cierta si el casco aguantaría, pero cuando se puso en marcha la operación de remolque y los barcos empezaron a moverse, lo hicieron bajo la atenta mirada de la fuerza aérea sudafricana, que envió cazas de combate y helicópteros armados, que trazaban amplios círculos por encima de sus cabezas.

Al atardecer, la flotilla se encontró con la primera embarcación de lo que acabaría resultando ser una escolta de honor bastante nutrida. En cuestión de una hora se les habían unido dos buques de guerra más, seguidos de una embarcación de apoyo especializada en reparaciones, dispuesta a echarles una mano.

Se diría que, después de haber sufrido una vez la pérdida del *Waratah*, el gobierno sudafricano estaba decidido a no permitir que le ocurriese nada más.

Con unas fuerzas de seguridad a su alrededor, Paul empezó a sentirse más tranquilo. Encontró a Gamay en la cubierta, metiendo muestras de distinta índole en bolsitas de plástico, que luego etiquetaba y cerraba herméticamente.

Se había recogido el pelo, tenía un lápiz detrás de una oreja y lucía su expresión más aplicada.

Paul se sentó a su lado.

—¿Ya has terminado?

—Con la parte de la recogida sí —respondió ella, mientras metía las muestras en una nevera de plástico—. Volaré a Durban para reunirme con un biólogo que las examinará. ¿Quieres venir?

—Me encantaría —aseguró Paul—, pero quiero asegurarme de que este barco llegue a puerto.

—Yo diría que ya has hecho suficiente —replicó Gamay—, pero he visto esa expresión otras veces.

—El trabajo no se acaba hasta que se acaba —corroboró él.

—Estaré ahí para verte llegar —dijo Gamay, poniendo la tapa de la nevera y bajando los cierres.

Paul sonrió, rememorando todas las veces que uno de ellos había esperado en tierra a que el otro volviese a casa. Siempre era un reencuentro agradable.

Gamay se puso en pie y recogió la nevera. Paul agarró otra y empezaron a caminar hacia la popa, donde una lancha esperaba para llevarla al *Condor* y el helicóptero militar que la transportaría hasta Durban.

—¿Crees en los fantasmas? —preguntó Paul.

La pregunta hizo reír a Gamay.

—La verdad es que no. ¿Por qué?

—Por nada —dijo él—. Pura curiosidad.

Habían llegado a la escalerilla, donde un tripulante les ayudó a bajar las neveras.

—Estaré preparado para esa cena a la luz de las velas cuando llegue a puerto —dijo Paul.

—Reservaré mesa —prometió ella.

Paul le dio un abrazo y un beso y luego retrocedió, mientras ella bajaba por la escalerilla hasta la lancha que la esperaba.

Cuando el bote se separó y partió en dirección al *Condor*, Paul llegó a la conclusión de que era un hombre al que le esperaban un montón de emociones a lo largo de los días siguientes: cenar con Gamay, entrar en el puerto con el *Waratah* después de ciento cinco años y, si su mujer estaba en lo cierto, recibir información nueva sobre dónde había estado escondido el buque durante todos aquellos años.

44

En la guarida de los Brèvard, la familia lloró el fallecimiento de Egan con una lúgubre ceremonia, compensada por la noticia de que el traidor de Acosta había muerto y los hackers se hallaban una vez más en manos de sus legítimos propietarios.

Sin demora, Sebastian los puso a trabajar. Aprovechando las habilidades propias de los hackers y las capacidades ofensivas del Phalanx, no tardaron en hackear el Departamento de Defensa estadounidense, el sistema de control aéreo europeo y varias entidades más, con la intención de sembrar el caos.

—¿Todo esto es realmente necesario? —preguntó Calista.

—Necesitamos una cortina de humo para nuestros verdaderos planes —explicó su hermano—. Una pequeña ofensiva nos vendrá de perlas.

Calista asintió y caminó hasta la parte delantera de la sala de control, donde los ventanales mostraban la piscina olímpica. Una piscina donde había aprendido a bucear; donde ella y los demás se habían entrenado para la misión de atacar el *Ethernet*.

Pensando en aquel momento, se le vino a la cabeza Kurt Austin. Desde que lo había encontrado allí, había pirateado los informes médicos de la NUMA y había descubierto su relación con Sienna.

Se preguntó qué podía llevar a un hombre a jugarse la vida y la integridad física por una mujer a la que nunca podría tener. Una mujer cuyo salvamento solo le llevaría a perderla de nuevo, a dejarla en brazos de otro hombre.

O bien Sienna era la clase de mujer que inspiraba ese amor, o bien era lo bastante afortunada para haber encontrado a un hombre cuyo sentido del deber era más importante que su supervivencia. En cualquier caso, Calista descubrió que estaba celosa. Ella nunca había conocido a un hombre así y probablemente nunca lo conocería.

—Dile a Laurent que suba —ordenó Sebastian, interrumpiendo las divagaciones de Calista—. Tenemos que asegurarnos de que todos sus hombres vuelven al complejo y están listos para el combate. Incluso aquellos a los que solo contratamos para trabajos locales.

—¿Esperas compañía?

—No de inmediato —respondió Sebastian—, pero sí dentro de poco. Y cuando vengan, tenemos que asegurarnos de que sangren. Superar nuestras defensas debe parecerles lo más difícil posible, o no se creerán de verdad que han ganado.

Calista lo entendía. Formaba parte del juego.

45

Durban, Sudáfrica

Gamay llegó a Durban y se encontró convertida en una especie de atracción local. El descubrimiento del *Waratah* se estaba manteniendo en secreto hasta que el buque llegara sano y salvo a aguas sudafricanas, pero el rumor había empezado a circular. Y la noticia de que un miembro del equipo de la NUMA llegaba por vía aérea con muestras de algo que necesitaba que examinasen había provocado una emocionada reacción.

Llegaron varios expertos pagando los gastos de su propio bolsillo y se reunieron con ella en el campus de la Universidad de Durban-Westville. No tardaron en organizar todo un tinglado para examinar las muestras de insectos, roedores muertos y semillas y plantas diversas encontradas a bordo del *Waratah*.

Mientras ellos trabajaban, Gamay aprovechó para visitar la biblioteca, donde encontró una máquina de microfilmes que pudo usar para repasar los periódicos publicados en la época de la desaparición del *Waratah*.

—¿Está segura de que no prefiere usar un ordenador? —preguntó uno de los bibliotecarios—. Todo esto está en internet.

—Gracias, pero no —respondió Gamay—. Ya he tenido suficiente de ordenadores para una temporada.

Cuando se quedó a solas, leyó un artículo tras otro. Fue una lección sobre una época diferente. Se había acostumbrado tanto al mundo actual, donde los accidentes de avión y las catástrofes de todo tipo se cubrían en directo y la información se distribuía y verificaba casi al instante, que resultaba extraño leer sobre la desaparición. Al principio, se creyó sencillamente que el buque llevaba retraso, como sucedía a menudo. Días e incluso semanas después, había artículos que sugerían que el *Waratah* aún llegaría a su destino o que las embarcaciones de búsqueda lo encontrarían y remolcarían a puerto. Se ofrecían estimaciones sobre el tiempo que durarían sus víveres como motivo para no sucumbir al pánico.

Pero luego la esperanza se fue desvaneciendo y se impuso la realidad. Las especulaciones y los rumores empezaron a campar a sus anchas. A la tormenta del 27 de julio se la consideraba el culpable más verosímil. Las declaraciones de un hombre llamado Claude Sawyer se convirtieron en un foco de atención. Fue el único pasajero con billete a Ciudad del Cabo que decidió desembarcar en Durban. Mandó un telegrama a su mujer que rezaba, en parte: «*Waratah* parece inestable. Bajo en Durban».

El señor Sawyer también afirmaba que había tenido un sueño, poco antes de atracar en Durban, en el que un caballero surcaba las olas gritando el nombre del buque espada en alto. Después de apearse en aquella ciudad, Sawyer declaraba haber tenido otro sueño en el que una ola enorme golpeaba el *Waratah*, que volcaba y se perdía de vista.

El capitán Firth, del vapor *Marere*, defendía una hipótesis distinta. Creía que el *Waratah* era demasiado grande y resistente para sucumbir a una ola maliciosa, por lo que le parecía más probable que hubiera perdido una hélice o el timón y navegase a la deriva, arrastrado por la corriente, poco a poco, más allá del cabo de Buena Esperanza, hacia el océano Atlántico.

Firth estaba seguro de que el *Waratah* sería encontrado, tal y como se había hallado un navío parecido, el SS *Wai-*

kato, al que se le partió el eje de una hélice rumbo a Auckland y navegó a la deriva durante seis semanas antes de que por fin lo descubriesen. Algunos conjeturaban que la corriente acabaría llevando el *Waratah* hasta Sudamérica, nada menos.

Mientras Gamay repasaba los periódicos, descubrió que se distraía con otras noticias de la época: crónicas de la tormenta, debates políticos y anuncios de diversos productos, como el que defendía el tabaco como cura para el resfriado común.

Le llamó la atención una larga crónica sobre la batalla entre la policía de Durban y un grupo de delincuentes conocidos como la Banda del Río Klaar. Tras una explosión y un incendio que consumió una fortuna en papel moneda, se acabó declarando que los billetes eran, en realidad, falsificaciones casi perfectas. Aunque la mayor parte de la banda había muerto, Robert Swan, el inspector jefe de la policía de Durban, temía que los cabecillas hubieran escapado y tuvieran la intención de reaparecer.

—Ojalá vivas tiempos interesantes —susurró Gamay para sus adentros.

—Disculpe —dijo una voz a su espalda—. ¿Es usted Gamay Trout?

Al darse la vuelta, se encontró con un hombre que vestía un traje azul marino y una camisa de botones y cuello abierto. El hombre le tendió la mano.

—Me llamo Jacob Fredricks. He oído el rumor de que podrían haber descubierto el SS *Waratah*. ¿Es cierto?

Gamay vaciló.

—Yo trabajé con una expedición de la NUMA que buscaba ese buque hace años —explicó el hombre—. Por desgracia, regresamos con las manos vacías.

Gamay recordaba el nombre, y aunque no estaba segura de si aquella era la persona que decía ser, dudaba que a esas alturas ella o la embarcación corrieran demasiado peligro. Como era evidente que la verdad se estaba filtrando a través de diversas fuentes, decidió contarle lo que sabía.

Pasaron las dos horas siguientes hablando de la desaparición del buque y de la ocasión en que Fredricks creyó haberlo encontrado, solo para descubrir que había localizado un carguero de la Segunda Guerra Mundial torpedeado por los alemanes.

—Es casi un alivio saber que el buque ha estado embarrancado en alguna parte todo este tiempo —le contó a Gamay—. Hace que sea un poco más fácil de encajar el no haberlo encontrado en el fondo.

Gamay sonrió y le relató los incidentes acaecidos desde el descubrimiento. Fredricks pareció sorprenderse por lo que oía, pero mencionó que el buque siempre había estado rodeado de extrañas teorías y sucesos.

—Un vidente afirmó una vez que los ocupantes habían tocado tierra y comenzado una nueva civilización —explicó.

—Estuvo más cerca de la verdad de lo que quizá supusiera —comentó Gamay, aunque estaba bastante claro que los pasajeros nunca habían llegado a tierra.

—Una de las anécdotas más extrañas sucedió en 1987 —dijo Fredricks.

—¿Cuando creyeron que habían encontrado el pecio? —preguntó Gamay.

—No, aquello pasó años más tarde —aclaró él—. En el 87 encontraron un viejo bote salvavidas de doble proa al garete delante de las costas de la bahía de Maputo, Mozambique. Unos pescadores, si mal no recuerdo. Dentro había tres personas: una mujer y dos niños. La mujer tenía una herida leve de bala, que no era letal. Por desgracia, la deshidratación sí que lo había sido… para los tres. Fueron identificados como parte de una familia a la que habían secuestrado años antes. Las autoridades supusieron que habían escapado de algún punto de la costa. Somalia era la principal sospechosa. Ya entonces era un país bastante anárquico.

—Qué espanto —dijo Gamay—. Pero ¿qué tiene que ver eso con el *Waratah*?

—El viejo bote salvavidas en el que los encontraron estaba medio podrido. Lo habían parcheado y calafateado de cualquier manera con materiales caseros, y no habría durado mucho si no lo hubieran encontrado. Varios expertos insistieron en que era un diseño que se usó y se construyó de 1904 a 1939. Años más tarde, alguien hizo un análisis informático de las fotos obtenidas entonces y afirmó que había descubierto los restos de unas letras visibles en el tablón más alto, básicamente porque las capas de pintura habían limitado la erosión. La verdad es que no recuerdo cómo lo hicieron, pero en la foto podía interpretarse que las letras decían «*Waratah*».

Gamay se apoyó en la silla, atónita.

—Está de broma.

Fredricks sacudió la cabeza.

—En aquel momento, todo el mundo lo tomó por una patraña. Como aquel vídeo de la autopsia del alienígena. Pero ahora, después de lo que ustedes han descubierto, existe la posibilidad de que fuera verdad.

»Y luego está la Banda del Río Klaar —añadió Fredricks, cambiando de tema.

—Ahora mismo leía sobre ellos —comentó Gamay.

—Hay quien opina que viajaban a bordo, que consiguieron pasaje mediante sobornos —le explicó él.

—¿En serio?

—Sí. Y que se ahogaron cuando el buque se hundió.

—Solo que no se hundió —señaló Gamay—. ¿Podría haber secuestrado el buque aquella banda?

—Por lo que he leído, eran despiadados —le dijo Fredricks—. Si alguien se apoderó del barco, podrían haber sido ellos perfectamente.

A Gamay le daba vueltas la cabeza. Quería investigar todo lo que le había contado aquel hombre. Pero antes de que pudiera hacer nada, su teléfono vibró. Un mensaje de texto le pedía que volviese al laboratorio, donde se estaban analizando las muestras.

—Tengo que irme —dijo—. Me encantaría seguir hablando cuando disponga de tiempo.

—Por la NUMA, cualquier cosa —respondió Fredricks, que le entregó una tarjeta de visita y le estrechó la mano.

Gamay salió de la biblioteca y corrió de vuelta al laboratorio, donde el biólogo que se había puesto al frente del equipo resumió los resultados.

—¿Tienen alguna noticia que darnos sobre dónde puede haber estado el buque? —preguntó Gamay.

—Están de suerte, señora Trout —respondió el biólogo—. Han encontrado varias especies que solo existen en un lugar de la Tierra.

Le mostró el esqueleto de un animalillo que uno de los marineros de Paul había desenterrado durante la excavación. A Gamay ya le había parecido peculiar al meter los restos en la bolsa de plástico.

—¿Qué es? —preguntó.

—Un fosa —respondió el biólogo, mientras le enseñaba una foto del animal.

—Parece un cruce de gato y canguro —comentó Gamay, contemplando la imagen.

—En realidad es una variedad de mangosta —replicó el científico. Luego le enseñó una polilla enorme, que justo estaba saliendo del capullo cuando Elena la había avistado. Ninguna de las dos había podido creer lo grande que era—. Esto es una mariposa luna —dijo el biólogo, y a continuación pasó a las arañas que habían encontrado la primera noche—. Araña de seda dorada —explicó—. Aunque hay muchas especies como esta en todo el mundo, lo que hemos encontrado en su telaraña es único. —Señaló un insecto, que habían hallado envuelto en hilo de araña—. Gorgojo jirafa —anunció, mientras le prestaba una lupa.

Gamay enfocó la vista. El pequeño insecto parecía bastante normal, salvo por un cuello delgado y una cabeza que le sobresalían del cuerpo como la extensión de una aspiradora.

Gamay no podía creerse que hubieran tenido tanta suerte. Supuso que a continuación llegarían las malas noticias.

—A ver si lo adivino. ¿Somalia?

—No —respondió el biólogo—. Mucho más cerca: la costa occidental de Madagascar.

—¿Madagascar? —repitió Gamay.

El biólogo asintió.

—Verá, la isla de Madagascar se separó de África hace ciento sesenta millones de años —explicó—. En aquel entonces India seguía enganchada a ella. Pero hace ochenta millones de años, la propia India se desprendió a causa de la tectónica de placas.

»A medida que las tres masas continentales se separaban, los animales y las plantas que quedaron en Madagascar evolucionaron de forma distinta a los del resto del mundo. Como sucede en Australia, hay cientos de especies que solo habitan en Madagascar. Han descubierto tres de ellas en su pecio flotante. Lo que nos indica que estuvo varado allí durante bastante tiempo antes de salir de nuevo al mar.

—¿Y el cocodrilo? —preguntó Gamay.

—En Madagascar los hay a espuertas —dijo el biólogo.

Gamay asintió. Las pruebas eran claras. El *Waratah* había pasado años embarrancado en la orilla occidental de Madagascar. Las únicas preguntas que seguían sin respuesta eran dónde y por qué había alguien interesado en hundirlo.

46

Kurt Austin se sintió caer, ingrávido, hacia la oscuridad, con una sensación de hormigueo a flor de piel. Se hundió en el agua y el aguijonazo del frío le hizo abrir los ojos. De repente veía. Estaba rodeado de un azul turbio, pero había luz arriba, y la extraña imagen de las olas vistas desde abajo.

Se impulsó con los pies hacia la superficie y emergió a una tormenta. Un temporal de lluvia azotaba el mar, y unas olas del tamaño de vagones de tren lo levantaban para luego dejarlo caer de nuevo. El yate, el *Ethernet*, estaba delante de él. A bordo se encontraban Sienna y su familia.

Nadó hacia él, y cuando se estaba izando a bordo, una ola lo lanzó a la cubierta, que estaba casi inundada a causa de la tormenta. Tras avanzar a trompicones hacia el puente, gritando el nombre de Sienna, se descubrió entrando por la escotilla principal, para acabar recibiendo un porrazo en la nuca y desplomarse en el suelo.

El impacto en la cabeza estuvo a punto de dejarle inconsciente; estaba mareado y aturdido. Lo siguiente que sintió fue que alguien lo estrellaba contra el mamparo e intentaba asfixiarle.

—¿De dónde coño ha salido este? —gritó una voz desde el otro lado del puente.

—Hay un helicóptero de salvamento fuera —respondió a voces el hombre que lo sujetaba.

Kurt apartó de un golpe la mano que le atenazaba la garganta, pero el hombre lo lanzó al suelo y lo inmovilizó con una llave de cabeza.

Kurt, que no tenía por costumbre perder muchas peleas, notó una debilidad en las extremidades que debía de proceder del golpe inicial en la nuca. Como ya había sufrido varias conmociones en su vida, reconoció los síntomas. El golpe tendría que haberle noqueado, quizá hasta podría haberlo matado, pero también era cierto que Kurt siempre había tenido la cabeza dura.

Alzó la vista e intentó evaluar la situación. El hombre del otro extremo tenía a una mujer sujeta del brazo.

—¿Sienna? —preguntó Kurt con un hilo de voz.

Ella le miró.

—¿Kurt? —dijo.

Intentó zafarse de su captor, pero este tiró de ella hacia atrás y la dejó en manos de un subordinado.

—Llévala a la cápsula de emergencia. Su marido y los niños ya están allí.

Sienna se revolvió contra ellos, pero no pudo soltarse. Mientras la llevaban a rastras al interior del barco, Kurt le oyó gritar su nombre. Intentó levantarse, pero su agresor pesaba demasiado para que se lo quitara de encima en el estado en que se encontraba.

—¿Qué pasa con el resto de nosotros?

—Nos uniremos a ella en cuanto nos libremos de este.

El hombre se agachó junto a Kurt, abrió una navaja y la acercó al cable atado a su arnés.

Kurt oyó el helicóptero a través de la tormenta y vio el foco moviéndose de un lado a otro. Eso le llevó a comprender, aturdido como estaba, que no sobreviviría si aquellos hombres cortaban el cable que le unía a sus compañeros.

Se zafó de su captor, le dio una patada al tipo de la navaja y se lanzó hacia la puerta, pero acabó otra vez por los suelos.

—Mátalo.

El hombre amartilló su pistola, pero Kurt dio media vuelta y le propinó una patada en la rodilla. El arma se disparó y alcanzó la pared transparente. No la rompió, aunque el revestimiento cerámico se llenó de grietas que parecían venas. Antes de que Kurt pudiera hacer una segunda maniobra, una bota le golpeó en el mentón y el hombre que lo sujetaba le hundió la cara en el agua, para intentar ahogarlo.

Pese a todo su empeño, Kurt no tuvo fuerza suficiente para levantarse.

—¡Espera!

La orden procedía de una voz femenina. El hombre sacó a Kurt del agua y lo inmovilizó.

—Podemos utilizarle —dijo la mujer.

Mientras aprovechaba para respirar, Kurt observó a la mujer. La reconoció. El pelo corto y moreno, mojado, apelmazado y pegado a la cabeza; los pómulos marcados. La conocía de alguna parte. Se llamaba… Calista.

—Le hablará a todo el mundo de nosotros —objetó el hombre.

—Alguien tiene que hacerlo —respondió ella en un tono críptico—. Habéis sido tan idiotas que habéis matado al capitán y a la tripulación. Nuestro plan era usarlos a ellos con ese fin.

—No esperábamos que se defendieran.

La mujer se agachó junto a Kurt y abrió un estuche.

Kurt notó que el yate se balanceaba con las olas. Estaba en peligro de volcar. Casi inconsciente, luchó por mantenerse despierto. No tenía fuerzas; se le iba la cabeza.

La mujer sacó una jeringuilla y se la clavó en el cuello. El mareo de Kurt se agudizó.

La mujer se le acercó a la cara y se la sujetó con ambas manos.

—Has subido al yate —dijo, con una voz que era como un eco lejano—. Has visto a Sienna al otro lado de esta pared. —Le giró la cabeza hacia esta. Kurt se fijó en las grietas—. Estaba flotando boca abajo. Tenía el pelo mojado, ondeando como un manojo de algas.

Kurt contempló la pared de cristal. En ella se reflejaba el brillo de una linterna, que lo deslumbraba. Cuando se apagó, pudo ver a través del cristal. La habitación estaba medio llena de agua sucia, en la que flotaban cojines y papeles.

Sienna estaba allí; la vio. Se precipitó hacia ella, y se estrelló contra el cristal.

—Se ha ahogado —le dijo la voz—. Junto con su hija. Una niña tan guapa… Qué lástima.

Kurt vio cómo sucedía. La niña pequeña con su vestido y su pelo rubio claro, con los deditos aún enroscados en torno a la mano de su mandre. Recordó haber oído que se llamaba Elise.

—Tiene los ojos abiertos —dijo la mujer.

Kurt se estremeció ante la imagen. Intentó llegar a ellas otra vez, pero cayó de espaldas sobre la cubierta.

—El yate se hunde —le dijo la voz—. Se llena de agua. ¡Rompe el cristal! Es tu única esperanza.

Kurt dio un puñetazo al cristal, pero no sirvió de nada. No pudo atravesarlo.

—Intentas destrozarlo con la silla, pero el cristal no cae. En lugar de eso, caes tú.

Kurt se desplomó de espaldas.

—El yate vuelca. Te has quedado sin tiempo.

—¡No!

—¡Te están sacando!

—¡No! —gritó Kurt.

Sintió que lo arrastraban hacia atrás. Se le cayó la mascarilla. Y entonces algo le golpeó de nuevo la nuca. Sin embargo, en vez de encontrarse en el mar, se dio cuenta, a través de la neblina de su cabeza, de que seguía en el puente.

Vio que la mujer y los otros se alejaban. La oyó hablar con alguien por radio.

—Abrid las válvulas. Hundid el yate y larguémonos de aquí.

—¿Qué pasa si empieza a recordar? —preguntó otro de ellos.

—No recordará nada —insistió la mujer—. A menos que se lo permitamos.

Kurt los perdió de vista e intentó moverse. Tenía que salir de allí, tenía que escapar. Probó a levantarse, pero sentía los brazos como si fueran de plomo. Sus piernas resultaban inútiles.

El agua empezó a alejarse de él hacia un lado. El yate estaba escorándose. De repente el arnés se tensó a su alrededor y lo arrastró hacia la puerta. Lo sacó al exterior y luego se partió con un sonoro chasquido.

Cayó al mar otra vez.

Aturdido y apenas consciente, intentó patalear hacia la superficie pero supo que se estaba hundiendo, arrastrado por la succión del yate hundido. La linterna que llevaba en el brazo apuntaba hacia abajo, y Kurt vio el contorno borroso de la embarcación que desaparecía en la negrura del fondo.

Dirigió la mirada hacia arriba, vislumbró una luz plateada y luego vio cómo la oscuridad se cerraba en torno a él. Todo se volvió negro. Hasta que una mano lo agarró y lo sacó por encima de las olas.

47

Kurt se despertó tranquilo. A diferencia de las demás noches en que había despertado de aquel recuerdo/pesadilla, en esa ocasión recobró la consciencia en un estado de paz. Oyó un leve pitido y el zumbido de un conducto de ventilación. Abrió los ojos poco a poco y se descubrió bañado en una luz intensa.

No estaba en casa sino en un hospital, con el techo, las paredes y el suelo blancos. Sus pupilas, dilatadas por la medicación, dejaban entrar una cantidad enorme de luz que convertía la habitación tenuemente iluminada en un deslumbrante solárium.

Levantó una mano para protegerse los ojos, pero el catéter de la vía intravenosa que llevaba pegado a la parte interior del codo obstaculizaba el movimiento. Dejó caer el brazo y reparó en que llevaba enganchado al dedo un pulsómetro, que a su vez estaba conectado al monitor que emitía aquel tenue pitido.

Supuso que eso significaba que estaba vivo.

Con los ojos entrecerrados para protegerlos del resplandor, vio una figura al otro lado. Era Joe, sentado en una silla, frente a la pared opuesta de la pequeña habitación.

Joe, con barba de tres días y ojeras, aparentaba llevar despierto una eternidad. Tenía un vaso de café en una mano y un cómic abierto encima de la rodilla.

—No sabía que te gustaran los mangas —dijo Kurt.

Joe alzó la vista y una afectuosa sonrisa se impuso a su aspecto demacrado.

—Solo miro los dibujos —replicó—. Sobre todo cuando el texto está en otro idioma. Por lo que deduzco, este trata de un robot huérfano que se hace amigo de un chico y una chica con poderes mutantes que son aficionados a las espadas de samurái y las magdalenas... Aunque podría equivocarme.

Cuando Joe alzó el cómic para que lo viera, Kurt distinguió unos dibujos surrealistas y unos caracteres coreanos en rojo brillante.

—A veces las imágenes no lo cuentan todo —dijo, pensando en su propia experiencia—. ¿Qué hago en un hospital?

—¿No te acuerdas? Tu novia te embaucó para que te electrocutases tú solo.

—¿Para que me electrocutase?

—En el túnel, debajo de la zona desmilitarizada.

Kurt tardó un minuto en rememorar la excursión que habían hecho por su cuenta y riesgo debajo de la zona desmilitarizada, pero por suerte acabó por acordarse. Recordó incluso la caída después de pulsar el botón de la pantalla del mando a distancia de aquella mujer.

—A juzgar por la calidad de los cuidados —dijo—, deduzco que estamos en el Sur. ¿Cómo volvimos aquí?

—Hicimos una carrera hasta la frontera, al más puro estilo Zavala —explicó Joe—. En pocas palabras, te salvé... una vez más. Y tú te lo perdiste todo... una vez más.

—Me basta con tu palabra —afirmó Kurt. Su vista empezaba a volver a la normalidad—. ¿Cuánto llevo inconsciente?

—Tres días —respondió Joe.

—¿Tres días?

Joe asintió.

—Un neurocirujano te hizo una operación de poca importancia —le explicó—. Yo le dije que cualquier operación en tu cerebro tendría que ser de poca importancia, pero no pilló el chiste. Un problema de traducción, supongo.

Kurt soltó una risilla.

—Así que has estado esperando a que me despertara solo para poder decirme eso, ¿no?

—Más o menos —confesó Joe. Dejó el cómic y deslizó su silla hacia Kurt, al que entregó un frasquito de plástico transparente. Dentro había un minúsculo fragmento metálico del tamaño de un caramelo Tic Tac. Un microchip.

—¿Qué es?

—Un dispositivo sencillo —respondió Joe—. Emite una señal electrónica que cortocircuita tu cerebro cada vez que lo exponen a determinada frecuencia. Los médicos dicen que han probado sistemas parecidos con pacientes de Parkinson, para controlar los temblores. O con personas que han sufrido traumas emocionales, con el propósito de modificar el recuerdo y reducir el dolor emocional.

Kurt contempló el chip. Se preguntó si era su extracción lo que había permitido que se le despejase la memoria o si la descarga que le había administrado Calista había sido tan potente que de algún modo había anulado el falso recuerdo.

—Según los médicos, el cacharrito hay que activarlo con un transmisor —añadió Joe—. Al oírlo, Dirk envió un equipo a registrar tu casa. Encontraron un transmisor escondido en tu garaje.

Kurt pensó en todos los problemas que le había causado el minúsculo chip.

—Por eso las pesadillas cesaron en cuanto me fui de Washington. Y doy por sentado que por eso ahora recuerdo el rato que estuve a bordo del yate. Hasta recuerdo cómo me sacaste del agua.

—Solo eso tiene que compensar todas las molestias —señaló Joe.

Kurt asintió y le contó a Joe los recuerdos que había recuperado por fin.

—Hay una parte que sigue borrosa —añadió—, pero Calista estuvo ahí, sin ninguna duda. Tenían a Sienna. Tenían a su marido y a sus hijos, lo que me lleva a preguntarme qué hace él en Estados Unidos.

—¿Quieres decir...?

—Quiero decir que, si la están obligando a hacer algo teniendo a sus hijos como rehenes, ¿qué le estarán obligando a hacer a él?

—Yo no te he dicho nada —comentó Joe—, pero he oído que la CIA ya se está preguntando lo mismo. En teoría Westgate pronto tendrá la oportunidad de explicarse en persona.

Kurt recapacitó sobre aquel avance. Se incorporó y se quitó el pulsómetro del dedo, y el monitor trazó una línea plana. Sonó una alarma que atrajo a una enfermera. La mujer apagó los pitidos, le tomó el pulso a Kurt y fue a escribir un parte al mostrador de la planta.

Cuando ella se fue, llegaron más visitas: Hale, de la CIA, con su omnipresente compañero, el coronel Lee.

—Tiene suerte de estar en un hospital —dijo Hale— y no en un campo de prisioneros norcoreano.

—O uno de los nuestros, ya puestos —añadió el coronel Lee—. Ustedes dos casi provocan una segunda guerra de Corea.

—Técnicamente —matizó Joe— la primera no llegó a terminar de forma oficial. No hubo tratado de paz, solo un alto el fuego. O sea que en realidad hubiera sido una continuación de la primera guerra.

—¿Esto le parece gracioso? —preguntó el coronel Lee.

—No —respondió Joe—. Pero creo que el hecho de que Kurt y yo descubriésemos una amenaza para la seguridad de Corea del Sur en forma de un túnel secreto procedente del Norte tiene que contar para algo.

Hale lanzó al coreano una mirada que decía: «Su razón tiene».

—Los dos son muy afortunados —insistió el coronel Lee—. Afortunados de no haber acabado muertos o en un gulag norcoreano. Afortunados de que Kim Jong-un niegue la existencia de cualquier túnel de esa clase y afirme que todo eso son mentiras imperialistas, en vez de reconocer que dos docenas de sus hombres murieron en la refriega. Afortunados de que se haya impuesto la serenidad. Han hecho falta tres días para que los dos bandos se calmasen. Pero las tensiones ya han vuelto casi a la normalidad.

Kurt se alegraba de oírlo.

—A lo mejor nos pasamos —confesó—. Desde luego, la próxima vez iremos con más cuidado.

—Lo siento, Kurt, pero no habrá próxima vez —aclaró Hale, que pronunció las palabras con un deje de contrariedad e incluso pena.

—¿Qué está diciendo? —preguntó Kurt—. Hemos demostrado que Sienna está viva. Sabemos que esa gente la tiene secuestrada, a ella y a los otros hackers de la lista. Tenemos que ir a por ellos antes de que hagan algo espantoso.

—El rastro se ha desvanecido —explicó Hale—. No quedan pistas que seguir. Than Rang está encerrado en una cárcel de máxima seguridad, rodeado de guardias y abogados, y no habla con nadie. Su mujer misteriosa y los hackers han desaparecido sin dejar rastro.

—¿Qué hay de Acosta? —preguntó Kurt—. Se llevó nuestro dispositivo de rastreo. Tendrían que poder activarlo para encontrarle.

—Ya lo probamos —dijo Hale—. No hubo suerte.

—Este país es una península —señaló Kurt—. Teniendo en cuenta el control de carretera que hay al norte, bien podría ser una isla. No pueden conducir sin más hacia la puesta de sol, sobre todo cuando se supone que están bajo vigilancia.

—Tenemos vigilados los aeropuertos y todos los puertos principales —aseguró Hale—, pero de momento no hemos visto nada.

Acosta no sería tan tonto de sacarse un billete en un vuelo comercial. Había demasiadas maneras de escapar. Centenares de buques mercantes que entraban y salían a diario de los puertos coreanos y, aparte de eso, miles de embarcaciones más pequeñas o aviones privados.

—Además, aunque surja algo —añadió Hale—, no le corresponderá a usted seguir la pista.

Kurt entrecerró los ojos y fulminó a Hale con la mirada.

—He hablado por teléfono con su jefe, en Washington —explicó Hale—. Está de acuerdo conmigo en que la participación de la NUMA en este asunto ha agotado sus posibilidades y ahora debe terminar. Si aparece cualquier otra pista, la seguirá la Agencia Central de Inteligencia o personal de las fuerzas especiales bajo la dirección de la Agencia Nacional de Seguridad.

Kurt sabía identificar el tono de un despido cuando lo oía. Se quedó sin aliento. Miró a Joe.

—Yo también hablé con Dirk —dijo este—. Quería que supieses que «ya es hora de pasar página».

Kurt se recostó en la cama. Si existía una mayor sensación de vacío en la Tierra, él no la había sentido. Con lo cerca que habían estado. Había encontrado por fin a Sienna; hasta la había sostenido en sus brazos. Ahora había desaparecido... otra vez.

—Los médicos insisten en que está listo para darle el alta —dijo Hale—. Le trasladaremos enseguida, ya que tenemos motivos para creer que Than Rang o incluso Acosta podrían tener agentes merodeando y con ganas de asesinarlos a los dos. Partirán de aquí al anochecer en un C-17 militar con rumbo a Guam. Desde allí viajarán a Hawái para relajarse una temporada. Disfruten, si pueden.

Kurt no respondió, y Hale se puso recto y se dirigió a la puerta. Se detuvo para ofrecer un último comentario antes de irse.

—Una cosa le reconoceré, Kurt. Sabe montar un buen espectáculo.

Al caer el sol, acompañaron a Kurt y a Joe en coche hasta una base aérea estadounidense. En la pista les esperaba un C-17 gris plomo, iluminado por una serie de focos.

Entraron por la rampa trasera, previa autorización de un supervisor de carga, que estaba ocupado amarrando un Humvee y otras piezas de equipo cubiertas por lonas. Les ofrecieron unos asientos cercanos a la cabina.

Kurt se desplomó en el suyo, abatido y exhausto. Joe contó unos cuantos chistes para animarle, pero no estaba de humor. Se quedó sentado en silencio con la mirada perdida mientras el enorme transporte cuatrimotor rodaba por la pista y luego despegaba hacia el cielo oscuro.

Cuando ganaron altura Joe se durmió, pero Kurt descubrió que no podía pegar ojo. Se devanaba los sesos buscando una vía que explorar, algún detalle minúsculo que pudiera habérseles pasado por alto y les llevase hasta Sienna, el resto de los hackers y quienquiera que fuese que se encontraba detrás de una conspiración que Kurt estaba seguro de que no había hecho más que empezar.

Por más vueltas que le dio, no se le ocurrió nada. Como el zumbido de los motores y el frío de la cabina le estaban adormeciendo, se levantó y caminó hacia la parte delantera, haciendo una parada para mirar por la ventanilla de la puerta del avión.

La bóveda del cielo estaba oscura, pero había una raya de luz en el horizonte. «La luz al final del camino —pensó Kurt—; qué ironía.» Como estaba agotado, tardó un minuto en caer en la cuenta de que no debería haber ninguna luz al final de su camino. Si volaban rumbo a Guam, deberían tener delante la oscuridad absoluta. Solo llevaban en el aire unas pocas horas y, a pesar del cambio de husos horarios, era imposible que amaneciera aún.

Miró hacia atrás. El cielo que dejaban atrás estaba negro como el carbón.

—Vamos en dirección contraria —dijo para sí.

Antes de que pudiera imaginar un motivo, se abrió la puerta de la cabina y apareció una figura familiar.

—¿Hiram? —dijo Kurt.

Ver a Hiram Yaeger fuera del edificio de la NUMA era como toparse con el director del instituto paseando por el pueblo. No encajaba, en cierta manera. Esa impresión se intensificaba por el atuendo de Hiram: en vez de su característica combinación de camiseta y vaqueros, llevaba un sobrio uniforme militar de piloto color verde aceituna, con la cremallera subida hasta arriba y la coleta recogida dentro de una gorra de las fuerzas aéreas bien calada en la cabeza.

—¿Vas de incógnito? —preguntó Kurt, medio en broma.

—En cierto sentido, sí —respondió Yaeger—. Dirk quería que te informase en persona.

—¿Que me informases sobre qué?

—La misión.

Kurt hizo una pausa.

—Pensaba que no había misión —dijo—. A decir verdad, Tim Hale me ha dejado claro como el agua que si seguía insistiendo, podía acabar en un penal militar o algo parecido.

Hiram se rió.

—En realidad a Hale le caes bastante bien, por lo que tengo entendido. Le impresionó mucho lo que conseguisteis los dos en tan poco tiempo.

—Entonces, ¿por qué me ha tratado con tanta indiferencia?

—Ha sido teatro, para el coronel Lee —explicó Yaeger—. Y para cualquier otro que pudiera haber estado escuchando, dicho sea de paso. Creemos que la base de datos de la seguridad coreana ha sido pirateada. Y no estamos demasiado seguros de la nuestra ni de la del Departamento de Defensa. Así pues, hemos pensado que nos inventaríamos un cuento para que el coronel Lee lo introdujera en su sistema, mientras yo venía aquí con unos apuntes escritos a mano para ponerte al día.

—¿Escritos a mano? Eso tiene que haberte costado esfuerzo terrible —bromeó Kurt.

—Ni te lo imaginas —repuso Yaeger—. Ya puestos, podríamos usar escuadra y cartabón o un ábaco.

Kurt se rió, alegre de encontrar una cara familiar donde menos lo esperaba, por segunda vez en varias semanas.

—Entonces, ¿qué nuevas me traes, oh, mensajero del reino?

Yaeger señaló dos asientos colocados frente a frente. Kurt se sentó en uno mientras Hiram se situaba delante de él y se bajaba lo bastante la cremallera del mono de piloto para sacar un sobre de papel manila que guardaba debajo.

—Han pasado un montón de cosas mientras sesteabas en ese hospital coreano.

—¿Buenas o malas?

—Un poco de cada —respondió Hiram—. En cuanto Joe identificó de forma concluyente a Sienna Westgate entre el grupo de personas a las que habían sacado clandestinamente de Corea del Norte, el gobierno ha puesto la directa. Obligaron a Brian Westgate a explicarse. En mitad de una parrafada sobre lo infranqueable que era el Phalanx, aunque alguien tuviese a Sienna en sus garras, sufrió una especie de ataque de nervios y lo que nos pareció una embolia. Resulta que lo habían sometido al mismo tratamiento que a ti. Le extrajeron un chip del lóbulo occipital. Un equipo del FBI encontró en su casa fármacos adulterados con complejos que inhiben la memoria. Está recuperándose y bajo custodia por su propia protección.

—¿Recuerda algo? —preguntó Kurt.

—No mucho. Al parecer le trabajaron la cabeza más a fondo que a ti.

Kurt se recostó. El multimillonario de internet le caía mal desde que se había enterado de que Sienna y él estaban prometidos. Y desde el principio de aquel misterio, había estado convencido de que Westgate tenía algo que ver. Descubrir que le habían jugado la misma mala pasada que a él y le habían usado como peón en un plan más ambicioso ponía a Kurt en la incómoda posición de pensar que había juzgado mal a aquel hombre. No podía ni imaginar lo que estaría pasando por la cabeza de Westgate en aquel momento.

—Lo sacaron del yate —dijo Kurt, rememorando lo que había oído—. Después de escapar en la cápsula y capear la tormenta, lo metieron en aquella balsa y esperaron a que alguien lo encontrase.

Yaeger asintió.

—Parece lo más probable —corroboró—. La cuestión es que si tanto Brian Westgate como Sienna están siendo chantajeados, todo el mundo tiene claro ya que no puede confiarse en que el Phalanx proteja los sistemas informáticos y las redes que se le ha encomendado que defienda.

—¿Qué están haciendo al respecto?

Yaeger suspiró.

—Todo lo posible —dijo—. Hay en marcha una campaña intensiva para retirar el Phalanx y reemplazarlo con sistemas alternativos. Además, se están reforzando y revisando otras medidas de seguridad. Hay sistemas que se están desconectando de la red, directamente.

—Un paso en la dirección correcta —aplaudió Kurt—. Pero cuando la gente que está detrás de este lío se dé cuenta de que Sienna ya no les resulta útil, ni ella ni sus hijos durarán mucho tiempo.

—No —coincidió Yaeger—. El resultado más probable pasa por que los maten. El grupo responsable de todo esto empezará de cero, sin más. Sea cual sea su objetivo final, han consagrado una cantidad considerable de tiempo y energía para darle vida. Nada que hayamos visto sugiere que vayan a rendirse.

—¿Alguna idea de lo que traman?

—Hemos detectado un aumento masivo de los intentos de hackeo, pero sin un patrón definido —explicó Yaeger—. Creemos que intentan camuflar su verdadero objetivo.

—Lo que significa que tenemos que encontrarlos —dijo

Kurt con apremio—. La única manera de acabar con esto es detenerlo en su origen.

Yaeger asintió.

—Y eso me lleva a por qué estáis aquí y volando al oeste, con la noche, en vez de al este, hacia Guam. Tenemos una nueva pista. Y lo más curioso es que fuiste tú quien nos la dio.

Mientras hablaba, Yaeger sacó otra fotografía de la carpeta del archivo. Kurt la había visto antes. Era la foto de Calista que había sacado en la cubierta del yate de Acosta.

—Max ha finalizado el análisis de reconocimiento facial de tu mujer misteriosa.

—¿Algún resultado?

—Al principio no —replicó Yaeger—. Miramos en los departamentos de tráfico, las entidades emisoras de pasaportes y los expedientes judiciales de todo el mundo civilizado. Hasta en la Interpol. No existe ningún registro fotográfico que coincida con esa mujer. De modo que le pedí a Max que revisara todas las imágenes disponibles para el público y buscara una coincidencia.

—Ahí fuera tiene que haber miles de millones de fotos —señaló Kurt.

—Billones —dijo Hiram—. Muchos billones, cuando se incluyen las imágenes de vídeo. Fue un trabajo enorme, incluso para Max. Tardó tres días enteros. Y cuando por fin ofreció una respuesta, casi le pregunté si estaba de broma.

—No sabía que los ordenadores pudiesen bromear —observó Kurt.

—No sería la primera vez que Max hiciese una gracia. Pero esta vez iba en serio.

Hiram sacó otra imagen, copiada de una vieja foto en papel satinado de trece por ocho. Mostraba a una atractiva pareja de treinta y tantos años. Reunidos a su alrededor había tres niños, dos chicos y una chica, que parecía la más pequeña. A juzgar por la ropa, la foto probablemente había sido sacada a mediados de los ochenta.

—Una familia entrañable —dijo Kurt—. ¿Quiénes son?

—La mujer se llama Abigail Banister —respondió Hiram—. Era una experta en telecomunicaciones.

Kurt la observó. Aparte de la ropa, podría haber sido hermana gemela de Calista.

—El hombre es su marido —prosiguió Hiram—, Stewart Banister. Era un especialista en sistemas de guía de satélites. Son ingleses. Desparecieron cuando estaban de safari en Zimbabue hace veintiocho años. En su momento, hubo sospechas de que podrían haberse pasado al bloque del Este. Al parecer, los servicios secretos británicos los tenían marcados con una alerta de nivel bajo a causa de ciertas creencias políticas y varios viejos amigos que habían hecho en la universidad. Aunque, por motivos que te quedarán claros en breve, el mundo no tardó en descubrir que aquel no era el caso.

Kurt empezaba a imaginar adónde iría a parar todo aquello.

—La mujer es clavada a Calista. Y la niña…

—Según Max, su estructura facial muestra una correlación del ochenta y nueve por ciento con la de la mujer que tú conoces como Calista. Tras realizar una progresión de edad computerizada, usando sus facciones y las de sus hermanos y padres, acabamos con una correlación del noventa y seis por ciento. A todos los efectos prácticos, eso equivaldría a una coincidencia de huella dactilar.

—¿Me estás diciendo que esta niñita es Calista?

Yaeger asintió.

Kurt sentía un gran respeto por la capacidad de Hiram y Max, que desde luego habían obrado milagros otras veces, pero aquello parecía un poco traído por los pelos.

—¿Existe alguna manera de demostrar lo que insinúas?

—Ya lo hemos demostrado —dijo Yaeger.

—¿Cómo?

—Un análisis de ADN.

Kurt alzó una ceja.

—¿De dónde habéis sacado su ADN?

—De ti —respondió Yaeger—. Tenías sangre de Calista por todas partes, además de varias hebras de pelo moreno enganchadas a los botones de la chaqueta. Joe se lo indicó a uno de los técnicos de la CIA cuando llegó al hospital. Tuvieron la previsión de guardar las muestras. Después hemos comparado el ADN de Calista con el de varios miembros vivos de la familia Banister.

—O sea que la niña de la foto sí que es Calista —concluyó Kurt.

—Su verdadero nombre es Olivia —dijo Yaeger.

Qué normales parecían.

—¿Me estás diciendo que estos respetables ingleses de clase media dejaron su país, fingieron su desaparición y fundaron una especie de familia dedicada al crimen internacional?

—No —respondió Hiram—. La historia real es mucho más triste. Como te he dicho, desaparecieron cuando estaban de vacaciones. El padre reapareció seis meses más tarde cuando lo mataron a tiros en Bangkok. Tenía las manos atadas y la cara amoratada, y era evidente que intentaba escapar de alguien cuando lo acribillaron. Nunca se halló al responsable. Un año más tarde, se encontró el cuerpo de la madre y de los dos niños.

—¿Dónde?

—En un bote salvavidas medio destrozado que iba a la deriva ante la costa de Mozambique.

Hiram le entregó otra foto, que mostraba el bote en cuestión en el momento en que lo encontraron. Los tres cuerpos estaban tapados, pero a su lado había varios recipientes. Aquí y allá, Kurt distinguió parches sobre la madera podrida y un par de remos. En una esquina había una tablilla de madera partida y una tela raída que podrían haber cumplido la función de mástil y vela.

—Murieron deshidratados —explicó Hiram.

—¿No había agua en esos recipientes? —preguntó Kurt.

—A lo mejor al principio —dijo Yaeger—. Pero si eso era lo que contenían, no bastó. A partir del estado de los cuerpos, el forense calculó que habían pasado en el bote por lo menos dos semanas, quizá tres. No es agua suficiente para tres personas durante tanto tiempo. Ni siquiera si estaban llenos hasta arriba.

Kurt volvió a examinar la foto de la familia sonriente e imaginó la secuencia.

—De alguna manera, Calista se quedó atrás. A lo mejor sabían que no había agua suficiente para cuatro y esperaban que tres pudieran sobrevivir.

—Quién sabe —dijo Hiram—. Lo único que sabemos seguro es que la criatura sonriente de esa foto lleva casi tres décadas con quien sea que la capturase.

—Ella no lo sabe, ¿verdad?

—Puede que recuerde una parte —le advirtió Hiram—. Debía de tener cuatro años cuando los raptaron, cinco para seis cuando su madre y hermanos hicieron lo que solo puede describirse como un intento desesperado de huir. Pero teniendo en cuenta lo que se sabe sobre víctimas de secuestro, es muy probable que haya reprimido cualquier recuerdo que tenga de la situación. Entre el síndrome de Estocolmo y el deseo humano de sobrevivir, el cerebro puede malearse hasta aceptar cosas muy raras. En su caso, al ser tan pequeña, probablemente fuera algo tan sencillo como incorporarla a una nueva familia.

Kurt pensó en lo irónico de la situación.

—Ha pasado de secuestrada a secuestradora.

—No sería la primera.

Kurt asintió. Al mirar la foto, sintió lástima por la niña que se convertiría en Calista, pero su principal preocupación era la locura que ella y sus socios estaban sembrando en el mundo en el presente.

—De modo que hemos avanzado algo —dijo—. Si encontramos a la gente que la secuestró, encontraremos al cerebro de todo este tinglado.

—Eso mismo pensamos nosotros —confirmó Hiram—. Lo que nos lleva a nuestro salto de fe. Echa un vistazo al viejo bote salvavidas de la imagen. ¿Distingues el nombre que había pintado en el tablón superior?

Kurt forzó la vista. Apreciaba un descoloramiento, pero nada más. Sacudió la cabeza.

—Aquí tienes una foto mejorada.

Kurt cogió la versión retocada, donde la ampliación por ordenador permitía que el nombre fuera legible. Kurt lo leyó dos veces para estar seguro, y luego una tercera.

—Sé que no harías bromas en un momento como este, pero ¿estás seguro?

Hiram asintió.

—¿El *Waratah*? —preguntó Kurt—. ¿El *Waratah* de la Blue Anchor que desapareció en 1909?

—Ese mismo —confirmó Hiram—. Gracias a la inmensa cantidad de documentos sobre el tema de St. Julian Perlmutter y de un sudafricano que pasó años buscando el *Waratah*, hemos confirmado que llevaba barcas de doble proa de esta clase exacta entre su complemento de embarcaciones auxiliares y botes salvavidas.

Kurt estudió el nombre de la foto. Desde luego, parecía correcto, pero también imposible.

—Tiene que ser un error —dijo.

—Es lo que dice la lógica —coincidió Hiram—, solo que yo sé algo que tú desconoces. El *Waratah* no llegó a hundirse.

Tras decir eso, Hiram sacó otra fotografía. En ella Kurt vio un buque abandonado cubierto de sedimento, herrumbre y lo que supuso que era vegetación. Estaba en bastante mal estado.

—Te presento el SS *Waratah* —dijo Hiram—. Lo descubrieron Paul y Gamay Tront hace tres años, navegando a la deriva en la zona sur del Océano Índico.

—Kurt examinó la foto. Sabía que Hiram no bromearía sobre algo así, no a esas alturas, pero se había quedado atónito y debía cerciorarse.

—¿Esto va en serio?

Yaeger asintió.

—¿Cómo es posible?

Hiram le explicó su teoría de que el sedimento en el que había estado enterrado había frenado la corrosión del casco, y le habló de lo que Gamay y Elena habían encontrado en la enfermería.

—Nuestra hipótesis de trabajo es que un grupo violento tomó el buque —prosiguió— y navegó con él rumbo al norte.

—¿Alguna idea de dónde acabó?

Hiram asintió.

—La costa occidental de Madagascar —respondió, para continuar explicando cómo les había conducido Gamay hasta esa respuesta, para lo cual le entregó otra foto más del archivo.

La instantánea era una impresión de dos imágenes vía satélite, una al lado de otra. Mostraban un río fangoso y serpenteante.

—Antes y después —explicó Yaeger—. La imagen de la izquierda es de hace dos meses. La de la derecha la tomaron la semana pasada.

A Kurt se le fueron los ojos hacia una sección resaltada donde el canal trazaba una curva de noventa grados y luego desembocaba en el mar. En la fotografía más antigua se veía una gran obstrucción, como una colina o una barra de arena, que parecía obligar al cauce a curvarse. En la foto más nueva el promontorio había desaparecido, el río había trazado un nuevo curso y el canal se había ensanchado y enderezado de forma sustancial.

—Las lluvias torrenciales del mes pasado arrasaron con todo hasta crear un nuevo cauce hasta el mar —dijo Hiram—. Entre lo que se llevaron por delante estaba el casco del SS *Waratah*. El montículo en cuestión encaja con sus dimensiones casi a la perfección.

Kurt se frotó la barbilla sin afeitar.

—O sea que el *Waratah* fue secuestrado y ha estado escondido en este río, no hundido en el mar como todo el mundo pensaba. Pasan ochenta años y los Banister, estando prisioneros, lo descubren, calafatean uno de los botes e intentan navegar hasta un lugar seguro, dejando atrás a Olivia, que tenía cinco años. No lo consiguen. Los secuestradores se quedan a la niña y poco a poco la adoctrinan. Pasan todos estos años, y ahora nos las vemos con Calista.

Hiram asintió.

—Habrías sido un buen detective —dijo, y luego le enseñó una última pieza del rompecabezas.

En esta ocasión, la imagen presentaba una gran finca estilo plantación, que incluía un complejo laberinto de setos, jardines en bancales, una gran piscina y varias estructuras más. De un lado del edificio principal brotaba una hilera de antenas parabólicas, mientras que en el otro se veía un helipuerto con un hangar de tamaño respetable. Kurt distinguió la cola de dos helicópteros de aspecto militar asomando por un extremo.

Los terrenos eran inmensos, y al otro lado de los muros parecía que había pastos. Kurt vio ganado paciendo en libertad. En la parte más alta de la propiedad se veía un irregular acantilado de erosionada piedra gris, que recorría el ancho entero de la foto.

—Este complejo se encuentra ocho kilómetros río arriba respecto del punto donde estaba escondido el *Waratah*. Es propiedad de un hombre enigmático pero poderoso llamado Sebastian Brèvard. Durante cuatro generaciones el apellido Brèvard ha estado conectado con todo tipo de actividades delictivas. Blanqueo de dinero, fraude bancario, tráfico de armas y artículos robados… Pero curiosamente, no existe documentación sobre su existencia antes de 1910, cuando compraron esta gran parcela.

—Imagino que en aquel entonces escaseaban bastante los documentos —señaló Kurt—. Sobre todo en Madagascar.

—Te sorprendería —dijo Hiram—. En realidad, de 1897 a 1969 la isla formó parte del imperio francés. En los archivos catastrales que se guardaban en la oficina del gobernador, la familia Brèvard se declaraba emigrante francesa, y de ascendencia noble en tiempos remotos. Sin embargo, el escudo de armas que reclamaban es inventado; no puede encontrarse en los verdaderos anales heráldicos de la sociedad francesa, como no puede encontrarse registro alguno de una familia francesa acaudalada con el apellido de Brèvard que partiera de Francia buscando nuevos horizontes durante aquel período.

Kurt vio adónde quería ir a parar Hiram.

—De manera que esta falsa panda de nobles aparece de la nada, seis meses después de que el *Waratah* desaparezca, y se compra los terrenos en los que está escondido el buque, presumiblemente para mantenerlo así.

—No solo los terrenos donde estaba escondido el buque —le corrigió Hiram—, sino toda una franja de un kilómetro y medio de anchura que va desde la orilla del mar hasta este infranqueable risco de granito.

—Creo que ya me imagino de dónde sacaron el dinero —dijo Kurt—. Joyas, oro y dinero robados a los pasajeros y la tripulación del *Waratah*.

—Lo mismo pensamos nosotros —confirmó Hiram—. Complementado, creemos ahora, por un alijo de billetes falsificados a los que se consideraba de los mejores que se produjeron en aquella época.

Kurt se recostó y reflexionó sobre las consecuencias de todo aquello. Parecía probable que los secuestradores de Sienna fueran el mismo grupo de matones que había raptado y destruido a la familia Banister treinta años antes. Aparte de eso, las pruebas apuntaban a que descendían de una banda de piratas que secuestró el *Waratah* en 1909.

En lugar de furia, Kurt sentía solo la fría determinación de poner fin a sus crímenes.

—Parece que, realmente, de tal palo tal astilla —dijo—. ¿Tenéis alguna idea de quiénes son en realidad? ¿De dónde salen?

—Todo son conjeturas —advirtió Yaeger—, pero un grupo de delincuentes conocidos como la Banda del Río Klaar aterrorizó Durban desde el invierno de 1908 hasta el verano de 1909. Las informaciones que se tienen indican que la banda se desintegró a causa de peleas intestinas en el preciso instante en que la policía de Durban estaba a punto de detenerles. La mayoría de los miembros murieron, pero nunca se encontró ni rastro de varios de los cabecillas. A pesar de que en un principio creyó que la banda había sido exterminada, el inspector jefe de la policía de Durban pronto llegó a la conclusión de que los líderes habían huido y asesinado a los demás para cubrir su rastro. Declaró públicamente que en su opinión reaparecerían, pero no fue así. De mayor se obsesionó con la idea de que habían embarcado en el *Waratah* y perecido cuando este se hundió.

—¿Qué le llevó a pensar eso?

—La cronología, para empezar —explicó Yaeger—. Desaparecieron dos días antes de que zarpara el *Waratah*. Pero también había otro motivo. Con el tiempo fueron apareciendo billetes falsos de diez libras en la plantilla de la naviera Blue Anchor, muy difíciles de distinguir de los auténticos. Se supuso que varios de los billetes habían sido adquiridos con ese dinero y que así era como había llegado a la caja de la oficina. En el escondrijo de la banda se encontraron billetes parecidos, y fragmentos quemados.

Kurt por fin seguía con claridad el hilo del razonamiento.

—De modo que los cabecillas fingen su muerte y se cuelan en el *Waratah*, pagando el pasaje con dinero falso, solo para desaparecer con el buque. Incluso aquellos que sospechan adónde pueden haber ido creen que ahí acaba todo, que el karma u otro gran mecanismo compensatorio cósmico se ha ocupado de la banda. Nadie adivina que han secuestrado el buque, lo han llevado a Madagascar y lo han escondido en ese río. Usan el dinero robado a los pasajeros y los billetes falsos que ya llevaban consigo para comprar una nueva vida. Pero en lugar de sentar la cabeza, poco a poco van volviendo a lo que conocen: la delincuencia. Y todas las generaciones desde entonces han seguido ese patrón.

—En pocas palabras, eso es —dijo Hiram.

—Si estamos en lo cierto, aunque sea solo a medias, creo que va siendo hora de que acabemos con esto —concluyó Kurt—. ¿Hay alguna posibilidad de que tengamos a mano a la Fuerza Delta o un equipo de *Navy Seals*?

—Me temo que no —respondió Hiram—. Sí que están preparando una fuerza de ataque; créeme, en casa nadie está muy contento con lo que pasa o con la posibilidad de que una estadounidense tan célebre esté siendo utilizada y retenida por un grupo de indeseables como estos. Pero existen problemas logísticos.

—¿Como qué?

—Para empezar, no tenemos pruebas —dijo Hiram—. Más allá de eso, incluso si nuestra teoría es correcta, no podemos estar seguros de que los ciberataques procedan de ese complejo o de que Sienna y los demás se encuentren allí. Si enseñamos nuestras cartas y pedimos ayuda al gobierno de Madagascar, perderemos la única ventaja que tenemos: el factor sorpresa.

—Necesitáis a alguien en el terreno que os consiga pruebas —sugirió Kurt.

Hiram asintió con solemnidad.

—Ahí es donde entráis Joe y tú. A estas alturas se trata de algo estrictamente voluntario, pero sobrevolaremos Madagascar dentro de unas pocas horas. Eso os sitúa a Joe y a ti cuatro horas más cerca que la siguiente opción.

—Sabes que me apunto —dijo Kurt—. Y estoy seguro de que la Bella Durmiente que ronca a nuestro lado tampoco querrá perderse la diversión. Pero ¿qué pasa una vez que obtengamos pruebas? Suponiendo que podamos encontrarlas.

—Nos dais el aviso —respondió Hiram—. Las fuerzas especiales se ocuparán del resto.

A Kurt le gustaba esa idea, pero había algo que le preocupaba.

—¿Y si los Brèvard saben que las fuerzas especiales se están preparando? Hasta ahora siempre han ido un paso por delante de nosotros.

—Esta vez, no —aclaró Hiram—. Al igual que mi viaje hasta aquí para verte, todas las órdenes y la logística relacionadas con esta operación se están redactando en máquinas de escribir, a la vieja usanza, y las están entregando en mano a los oficiales en cuestión. Los Brèvard pueden hurgar en todos los ordenadores que quieran, que no van a encontrar lo que no está allí. Y si buscan, lo que descubrirán será desinformación.

»Ahora mismo, la base de datos de la NUMA y de la fuerza aérea, y hasta el sistema de control del tráfico aéreo internacional, muestran que este avión está volando hacia Guam. Ya se han puesto en circulación las órdenes que te dan de baja otra vez por razones médicas, mientras que Joe ha sido reasignado a una misión de observación de ballenas ante las costas de Venezuela. Entretanto, una evaluación de la CIA ha señalado a Acosta como el principal sospechoso y lo declara cómplice de la ciberfuerza de guerra iraní y de la Unidad 121 de Corea del Norte.

Kurt sonrió.

—No está mal. Si ese tal Brèvard está curioseando en nuestros sistemas, lo más probable es que ahora se sienta encantado consigo mismo. A lo mejor le pillamos desprevenido.

—A lo mejor —repitió Hiram.

Kurt se puso en pie, se estiró y echó un vistazo hacia Joe.

—Despertaré a Joe. Creo que vamos a necesitar un café.

48

Sebastian Brèvard, su hermano Laurent y su «hermana» Calista estaban en la sala de control, rodeados de ordenadores, analizando la situación.

—He traído a todos los hombres —dijo Laurent—. Ahora mismo tenemos un total de cincuenta, pero están de brazos cruzados, sin nada que hacer. ¿Cuándo esperas que se produzca ese ataque?

—Tarde o temprano —contestó Sebastian—. Vigilo sus canales más importantes. Por el momento no tenemos nada de lo que preocuparnos.

—Entretanto, estamos gastando una fortuna en estos mercenarios —señaló Laurent—. Estoy seguro de que nos habríamos apañado bien con nuestra gente.

Sebastian no hizo caso de las quejas de su hermano.

—No importa —dijo—. Es calderilla, comparado con lo que controlaremos.

—No veo por qué tenemos que atraerlos hasta aquí —terció Calista.

Sebastian la miró de reojo mientras se sentaba ante su terminal.

—¿Cuántas veces te he dicho, querida hermana, que la clave de un timo nunca es convencer al primo de que haga algo? Tienen que convencerse ellos mismos de actuar, tener la firme creencia de que ha sido idea suya y de nadie más.

—Eso lo entiendo —insistió Calista—. Pero ¿por qué traerlos aquí?

—Para que esto funcione tienen que atacar cegados por la venganza y las ganas de hacer justicia. La matanza y la destrucción que se producirán harán que el mundo nos dé por muertos. Les hará creer que este sórdido capítulo de sus miserables vidas ha terminado y que la amenaza ha sido neutralizada con éxito. Solo entonces estaremos escondidos de verdad y podremos actuar con impunidad. Os dije que crearía una vida nueva para nosotros, una vida en la que nadie nos busque, y eso es lo que haré.

Por primera vez desde que Calista tenía uso de memoria, Sebastian se le acercó. En vez del severo hermano mayor, había algo más en sus ojos, algo que la incomodaba, similar al modo en que ella estaba acostumbrada a incomodar a otros.

—¿Qué pasará con los rehenes? —preguntó, a la vez que retrocedía un poco.

Sebastian la miró decepcionado.

—Por segunda vez en dos semanas pareces preocupada por algo que no es nuestra familia. ¿Te encuentras bien?

—Solo quiero saberlo —replicó ella furiosa.

—Pueden identificarnos —explicó Sebastian—. Para evitarlo, sucumbirán en el incendio. Sus habitaciones están revestidas de napalm, algo parecido a los explosivos que rodean nuestro hogar. Cuando llegue el ataque y empiece el tiroteo, detonaré las cargas y todo esto será pasto de las llamas. Asegúrate de estar en el helicóptero conmigo cuando eso suceda.

Calista sonrió, con el gesto algo sádico al que Sebastian estaba más acostumbrado.

—Por supuesto, querido hermano. ¿Dónde iba a estar si no?

—Bien —dijo él—. Y ahora, tráeme a Sienna Westgate. Tengo un último trabajo para ella.

Calista asintió y se fue. Cuando la puerta se cerró, Laurent volvió a dirigirse a Sebastian.

—Se está ablandando —señaló.

—Bueno —replicó Sebastian—, era de esperar. En realidad no es una de nosotros, ¿verdad?

Laurent sonrió. Tanto él como Sebastian habían disfrutado provocándola de pequeños; había sido un juego. Los dos sabían quién y qué era. Les sorprendió su transformación, el apego que le había tomado a la familia. En muchos sentidos, siempre había parecido decidida a demostrar su valía, como si en el fondo supiera que aquel no era su sitio.

—Conoces el propósito de Calista tan bien como yo —prosiguió Sebastian—. Encontrarán su cuerpo y el de dos personas más en el helicóptero abatido. Quemados, quizá, pero teniendo en cuenta las joyas y tesoros que encontrarán a bordo, no tendrán más remedio que concluir que somos nosotros tres. Tú y yo escaparemos por el túnel y lo destruiremos detrás de nosotros. He preparado los explosivos para que detonen en una progresión aceptable. Primero los edificios exteriores, luego las alas de la mansión. Y por último, la sala de control y el túnel. Eso nos dará un tiempo extra para escapar.

Sienna Westgate estaba con sus hijos en una cabaña sin ventanas de una sola planta que actuaba como prisión comunitaria de los rehenes y sus familiares.

En un intento de ahorrarles más sufrimientos a sus hijos, había calificado de vacaciones su viaje a Irán y luego a Corea. Les había prometido que volvería enseguida, aunque obviamente no tenía ningún control sobre cuándo se produciría su regreso, o si se produciría siquiera. Las lágrimas de sus hijos la habían acompañado durante toda su ausencia.

Su regreso al complejo fue acogido con sonrisas y besos, y ella los abrazó con tanta fuerza que casi les cortó la respiración. Sin embargo, tras un breve momento de euforia, Sienna empezó a caer en un pozo de desesperación. Veía que el miedo y la tensión constantes ya les estaban pasando factura.

Elise se había vuelto reservada y silenciosa, lo contrario de su habitual carácter extrovertido. Estaba pálida y demacrada, como si no le dieran de comer o ella no quisiera probar bocado. Tanner estaba peor. Tenía fiebre y las piernas comidas de picaduras de insectos. No había tardado en adoptar una actitud caprichosa y quejica. Quería a su padre; quería irse a casa. Odiaba estar allí.

Sienna también lo odiaba, pero no podía hacer nada al respecto. Les había dado a sus captores todo lo que habían pedido, todo lo que cualquiera de ellos le había pedido, solo para mantener a los niños a salvo y ganar algo de tiempo. Pero ahora empezaba a desfallecer.

Las imágenes que había visto de su marido hablando con la prensa como si ella y los niños se hubieran ahogado le resultaron desconcertantes y descorazonadoras. Él sabía que la habían secuestrado; estuvo allí, lo vio con sus propios ojos. Sienna solo esperaba que fuese una estratagema y que al final llegara un rescate, pero empezaba a dudarlo. Sobre todo después de lo que había permitido que les pasara a Kurt y a su amigo en Corea.

Verlos aparecer de la nada había sido como un sueño. Pero cuando Calista había tomado las riendas de la situación, Sienna no había tenido más remedio que obedecerla.

Su único consuelo era que si tuviera otra oportunidad, tomaría la misma decisión. No concebía la vida sabiendo que había escogido la libertad y dejado atrás a sus hijos. Si iban a morir, no pensaba dejarles solos en ese trance.

Se abrió la puerta de la cabaña. Todos alzaron la vista. Dos hombres de Brèvard tomaron posiciones ante la entrada. Los acompañaba Calista.

—Sienna —dijo la mujer.

Sienna se levantó, pero sus hijos se negaron a soltarla y se le agarraron a las manos.

—No te vayas —lloró Elise.

—No pasa nada —dijo Sienna—. Enseguida vuelvo.

—¡Mamá! —chillaba Tanner.

Sienna se agachó para ponerse a su altura y les abrazó con fuerza. Tanner rompió a llorar; Elise parecía casi insensible a esas alturas.

—Enseguida vuelvo —les dijo—. Cuidad el uno del otro.

Cuando Sienna se levantó, otra mujer, que estaba casada con el hacker llamado Montresor, acudió en su ayuda.

—Yo les vigilaré por ti —dijo.

Si algo bueno tenía aquella prisión compartida, era que no estaban solos.

—Gracias.

Sienna partió con los guardias y les siguió por el sendero desde lo que en tiempos había sido la residencia del servicio y hasta la mansión principal.

Sienna miró a Calista con aborrecimiento.

—Debes de tener el corazón de piedra.

—Eso sí tengo corazón —replicó Calista con orgullo.

Sienna subió dócilmente la escalinata que llevaba al complejo principal y desde allí le hicieron atravesar las puertas de seguridad de la sala de control. Empezó a sentirse mal a medida que se acercaba, pues sabía que Sebastian Brèvard esperaba al otro lado, listo para ordenarle que usase sus habilidades y las capacidades ofensivas del Phalanx contra un nuevo objetivo, como había hecho todas las noches desde su regreso.

Llegaría un día en que le pediría que hiciese algo realmente imperdonable y ella tendría que decidir entre la vida de sus hijos y la de incontables personas más. Casi rezaba por que le pegase un tiro antes de aquel momento.

—Los objetivos de esta noche son las centrales eléctricas de California —anunció Sebastian—. Empezaremos por las normales. Solo quiero un gran apagón progresivo. Piensa en todo el carbón y gas natural que se ahorrará.

Sienna se sentó ante la mesa de control y empezó a trabajar. Hacía tiempo que consideraba la posibilidad de ocultar un mensaje en el código que debía enviar. Alguien lo bastante listo al otro lado podría encontrarlo, aunque se les pasara por alto a Sebastian y Calista. Pero el único mensaje de cierto valor sería contarle al mundo dónde estaba, y eso era algo que no sabía.

A juzgar por el clima, los extraños cantos de pájaro que oía de noche y algún árbol que otro entrevisto a lo lejos, suponía que se encontraban en algún lugar de África, pero eso no valía casi para nada.

Se puso cómoda y cumplió con lo que le ordenaban. De momento, era todo lo que podía hacer.

En ese preciso instante, quinientas millas al norte de Madagascar, el USS *Bataan*, un buque anfibio de asalto al que a veces calificaban de portahelicópteros, navegaba rumbo sur a velocidad de flanco. Estaba en alerta de combate, había apagado las luces y mantenía un estricto silencio de radio. Pero aunque no podía transmitir, era capaz de recibir mensajes.

Bien entrada la segunda guardia, un miembro del personal de comunicaciones captó varios mensajes desconcertantes, que puso en conocimiento del oficial al mando.

El oficial examinó los mensajes y luego al radiotelegrafista.

—¿Qué problema hay, Charlie?

—Son estos mensajes interceptados, señor. Alguien está usando nuestro indicativo de llamada. Transmiten y reciben mensajes no codificados dando nuestra anterior posición.

El supervisor de comunicaciones analizó la hoja de transmisiones.

—Sí —dijo—. Eso parece.

Sin pronunciar otra palabra, devolvió la hoja al radiotelegrafista y dirigió su atención a otros asuntos. El operador de radio lo miró anonadado.

—Tiene un puesto que ocupar, marinero.

—Sí, señor —dijo el radiotelegrafista, que dio media vuelta y volvió a su mesa de control. Era evidente que pasaba algo, pero tras ver la expresión facial de su supervisor, sabía que era mejor no hacer preguntas.

Entretanto, más abajo, en el hangar del buque, un enjambre de mecánicos y técnicos trabajaban en un grupo de helicópteros UH-60 Black Hawk, para asegurarse de que los cinco estuvieran en perfectas condiciones para la misión.

En un compartimiento adyacente, cuarenta y seis marines, que conformaban dos pelotones de las fuerzas de reconocimiento, estaban recibiendo información sobre el complejo isleño que se disponían a atacar.

—Entraremos al amparo de la oscuridad —explicó a los hombres el teniente Brooks—. Asegurad el perímetro y luego registrad los terrenos y edificios con los siguientes objetivos. Primero, rescatar a la señora Westgate y a sus hijos. Segundo, rescatar a cualquier otro civil que encontréis en el lugar. Tercero, capturar a los responsables. Cuarto, reunir toda la información posible sobre sus actividades o asociados.

—¿Vamos como amigos? —preguntó alguien.

—Negativo —respondió Brooks—. No hemos sido invitados ni nos quedaremos más de la cuenta bajo ningún concepto. Desde el aterrizaje hasta el despegue no tenemos más de cuarenta minutos. O sea que no os perdáis entre los setos.

Los hombres se rieron.

—¿Cuántos defensores calculan que encontraremos?

—A juzgar por los dos barracones y el tamaño de la estructura principal, podríamos hablar de entre treinta y cincuenta. Pero no todos ellos serán combatientes armados. La verdad, tendría que ser un paseo; pero estad preparados por si no lo es.

Treinta minutos más tarde, los marines de la Fuerza de Reconocimiento estaban en la cubierta de vuelo embarcando en los Black Hawks. Les esperaba un trayecto largo y agotador que incluiría un repostaje de los helicópteros mediante avión cisterna cuando se encontrasen a unos ciento cincuenta kilómetros del blanco.

Suponiendo que entraran y salieran en cuarenta minutos, el viaje duraría un total de ocho horas. Por lo menos el trayecto de vuelta sería más corto, ya que el buque estaría casi doscientas millas más cerca para cuando llegaran hasta él.

Mientras los pilotos repasaban su lista de comprobación previa al vuelo y los marines se subían a los helicópteros y colocaban sus armas, el oficial al mando de la compañía se acercó y cruzó unas palabras con el teniente Brooks.

—Tenemos luz verde para el despegue, pero no recibirá autorización para atacar hasta que nos confirmen que la señora Westgate y sus hijos se encuentran en el complejo.

—Entendido —dijo Brooks—. ¿Alguna idea de cómo o cuándo vamos a saberlo?

El oficial miró el reloj.

—Un equipo de dos hombres efectuará una incursión tras lanzarse en paracaídas a varios kilómetros del complejo. Estarán sobre el terreno en cualquier momento. Tendrán que recorrer un trecho antes de llegar, pero espero tener un sí o un no poco después del repostaje.

Brooks asintió.

—¿Un salto en paracaídas? ¿A quién han encasquetado esa misión?

—A un par de tíos de la NUMA.

Brooks miró atónito al oficial durante un momento.

—¿La NUMA? ¿No son una panda de biólogos marinos y personajes así?

—Son unos personajes, eso es verdad —dijo el superior con una extraña expresión en la cara—. En cualquier caso, me aseguran que esos tipos son buenos.

—De acuerdo, señor —contestó Brooks con tono desdeñoso—. Supondré que el enemigo nos estará esperando y que habrá más rehenes o cadáveres cuando aterricemos.

El oficial superior no respondió, pero compartía el pronóstico.

—Abra el archivo de operaciones cuando estén en el aire. Dentro encontrará fotos del personal de la NUMA. Asegúrense de memorizarlas, no sea que les peguen un tiro si por algún motivo logran sobrevivir.

Brooks intercambió un saludo con su superior y luego subió a bordo del Black Hawk que iría en cabeza.

Cuando los rotores empezaron a girar por encima de él, se preguntó qué clase de oceanógrafo o biólogo marino se prestaría a semejante operación o cómo podría una persona de esas características tener siquiera las aptitudes necesarias para hacer lo que le pedían. Con un encogimiento de hombros, Brooks decidió que debían de estar medio locos, fueran quienes fuesen. Por lo menos tenían valor, eso había que reconocerlo.

49

Si hubieran oído el sincero juicio sobre su salud mental del teniente Brooks, Kurt y Joe quizá le hubieran dado la razón. A juzgar por las meras posibilidades, como mínimo estaban «medio locos».

Por suerte, los militares habían traído unos cuantos juguetes que igualarían un poco las cosas.

Kurt y Joe se estaban poniendo un uniforme de combate que era mucho más exótico que cualquier cosa de la que Kurt hubiera oído hablar. La ropa se parecía más a un traje de neopreno de dos piezas que a un uniforme normal. Se ajustaba al cuerpo y hasta ejercía algo de compresión, y solo sobresalían los parches blindados de kevlar que cubrían el pecho, los muslos y los antebrazos.

—Me siento como si me pusiera la equipación de algún deporte futurista —comentó Joe, a la vez que se ajustaba las prendas.

Kurt se rió mientras se ponía el traje y pasaba las manos por encima de la capa superior.

—Es una textura extraña —dijo—. Parece lija.

Un sargento de la fuerza aérea llamado Connors les explicó el uniforme.

—Los llamamos «trajes de infiltración» —dijo—. Los chicos los llaman también «camuflaje camaleón», por la manera en que funcionan. Bordados en el exterior hay veintinueve mil microsensores, que detectan la luz ambiental en todas las direcciones y cambian el color del traje para emparejarlo con lo que tiene detrás y alrededor. Pruébenlos.

Kurt encontró un pequeño interruptor y lo movió a la posición de encendido. Después se acercó al lateral del avión. El traje cambió casi al instante del azul marino al gris plomo. En un momento en que la pierna derecha cruzó por delante de un asiento negro, el traje adquirió ese color. Y en el punto en que un cable amarillo le pasaba por detrás, atravesó su hombro una franja amarilla a juego.

No era exactamente invisible, pero parecía que le hubieran dado una capa de pintura para igualarlo a la pared. Solo destacaban la cara y las manos, que sobre el terreno llevaría cubiertas por guantes y capucha.

—Es increíble —musitó Joe.

—Si les parece que funcionan bien dentro de un avión con las luces a tope —dijo el sargento—, esperen a estar en tierra. Si no van con cuidado, se perderán de vista el uno al otro a tres metros de distancia.

—¿Qué pasa con los infrarrojos? —preguntó Kurt.

—El traje lleva una unidad refrigerante —respondió Connors—. Compensará el calor corporal durante unos treinta minutos en cuanto la enciendan. Después, el exterior del traje empezará a calentarse y perderán tanto la protección térmica como sus poderes camaleónicos. Desde ese momento, lo único que llevarán es un blindaje personal muy caro. Y con eso quiero decir carísimo. Cada uno de estos trajes cuesta más de lo que ustedes ganan en un año.

Kurt apagó el traje y vio cómo recuperaba su color azul oscuro en el tiempo que tarda una bombilla en apagarse. Desde allí el sargento les acompañó a una mesa abatible llena de equipo que cuando no estaba en uso quedaba oculta en la pared del espacioso avión.

—Respirarán a través de esto —dijo, a la vez que cogía dos aparatos muy parecidos al regulador de un submarinista.

—¿Qué tiene de malo el aire en tierra? —preguntó Joe.

—No queremos que el aliento les delate.

Kurt soltó una risilla.

—Ya te dije que no comieras tanta cebolla.

—¿Qué quieres que te diga? —replicó Joe—. Me gusta que haya un toque de sabor.

—No es el olor —aclaró Connors—, sino el calor. La respiración expulsa mucho aire caliente, fácil de detectar con un visor térmico. No tiene sentido cubrirse todo el cuerpo con un traje frío si luego van a pasearse con una columna de vapor de treinta y siete grados saliéndoles de la boca o la nariz. —Señaló una palanca situada en la parte delantera de los reguladores—. Muevan esto cuando estén dispuestos a ocultarse. Desde ese momento, el regulador mezclará aire frío con el aliento que expulsen, lo que en la práctica lo rebajará hasta la temperatura ambiente y neutralizará el peligro.

—¿Cuánto dura?

—El tiempo que aguante su aire comprimido. Depende del nivel de esfuerzo. El depósito es pequeño, de modo que cuenten con unos quince minutos, veinte como mucho. Asegúrense de haber superado el anillo externo de seguridad para entonces.

Tanto Kurt como Joe asintieron.

A continuación llegó el turno del armamento y el equipo de orientación. En primer lugar, el sargento le puso un guante a Kurt. Se ajustaba con una cinta y contaba con una pantalla curvada de brillo reducido.

—Un GPS estándar, con mapa móvil —anunció—. Se ilumina con menos intensidad que una candela. Podrán consultarlo con las gafas de visión nocturna puestas, pero nadie más lo verá. Recuerden que se trata de un GPS militar, de modo que tiene un margen de error de un metro.

De ahí pasaron al armero.

Connors les entregó un par de armas iguales, que tampoco se parecían a nada que Kurt hubiese disparado nunca. Teniendo en cuenta lo mucho que sabía de armas fuego, resultaba sorprendente.

—¿Esto son fásers? —preguntó Joe—. Siempre había querido uno.

Connors soltó una risilla.

—Fusiles electromagnéticos de rieles —explicó—. Totalmente silenciosos. Tienen un alcance efectivo de mil metros. Disparan proyectiles ferrosos; en otras palabras, las balas están hechas de hierro, no de plomo, por lo que son más letales en cuanto a penetrar cualquier cosa que se les ponga por delante. Además, como no requieren pólvora, un cargador de tamaño estándar contiene cincuenta proyectiles. Llevan un segundo cargador en la mochila.

Kurt levantó el arma, para comprobar el peso y el tacto. Tenía el cañón largo y sin duda pesaba más en la parte delantera.

—¿Cómo funciona? —preguntó Joe.

—Imanes superconductores a lo largo del cañón y una batería de alta potencia. Al apretar el gatillo aceleran los proyectiles hasta alcanzar los trescientos metros por segundo en un abrir y cerrar de ojos.

Joe asintió para expresar su aprobación.

—¿Por qué hay dos gatillos? —preguntó Kurt.

—Como ya van equipados con una fuente de energía considerable, alguien tuvo la genial idea de añadir un táser de largo alcance al riel inferior. El gatillo de abajo lo acciona. Pueden disparar a alguien con precisión desde una distancia de hasta quince metros, o simplemente tocarle con la boca del cañón y apretar hasta la mitad para administrar una descarga manual.

—De modo que no hace falta que matemos a todo lo que nos encontremos —comentó Joe.

El sargento asintió.

Se encendió una luz roja en el otro extremo del avión y sintieron que el aparato iniciaba un descenso más bien abrupto.

—Nos acercamos a la zona de lanzamiento —anunció el sargento—. ¿Alguna pregunta?

Joe levantó la mano.

—Ha dicho usted «zona de lanzamiento», pero a mí me parece que no tenemos paracaídas.

—No lo necesitarán —respondió Connors—. Bajarán en el Hummer.

—¿Vuela?

—No. Pero puede colocarse encima de una plataforma, que luego lanzamos por el portón de atrás desde una altitud de no más de seis metros.

Joe se volvió hacia Kurt.

—Me dijiste que usaríamos paracaídas.

—LAPES —dijo Kurt—. Sistema de Extracción con Paracaídas a Baja Altitud. Es lo que significan las siglas.

Joe se encogió de hombros, se echó el arma al hombro y se dirigió hacia el Humvee.

—¿Por qué no? Estoy abierto a probar cosas nuevas, experiencias diferentes, maneras novedosas de jugarme el cuello en aras de la ciencia; ¿por qué no tirarme en un todoterreno desde un avión que vuela a ciento cincuenta nudos? Alguien tiene que hacerlo.

Tanto Kurt como el sargento se rieron.

—Buena suerte —dijo Connors.

Kurt asintió.

—¿Quiere que le traigamos algún recuerdo? ¿Una camiseta? ¿Una postal? ¿Un collar de conchas?

El sargento sonrió.

—Prefiero un vaso de chupito que diga: «Llegamos, vimos y vencimos».

Kurt le devolvió la sonrisa.

—Veré qué puedo hacer.

Treinta minutos más tarde, Kurt y Joe estaban sentados con el cinturón puesto en el interior de un Humvee, amarrado a una recia plataforma de madera y a un arnés que desplegaría dos grandes paracaídas de frenado. Joe estaba atado ante el volante, aunque en realidad no conduciría en absoluto durante la inserción, ya que el peligro de que las ruedas se ladearan y el viento las arrancara de cuajo era demasiado grande. En lugar de eso, el Humvee usaría el palé que tenía debajo a modo de trineo, mientras que los paracaídas que se extenderían tras él servirían tanto para frenar el vehículo como para impedir que cayera con el morro hacia abajo.

Kurt efectuó una última comprobación de su equipo. Llevado por un exceso de cautela y cierta nostalgia, había añadido un arma más a su arsenal. Escondido en la mochila llevaba el revólver Colt que le había regalado Mohammed El Din. Dudaba que fuese a necesitarlo, pero si el pasado reciente le había enseñado algo era que la tecnología moderna era vulnerable a las manipulaciones o a fallar exactamente en el peor momento. Si ese era el caso, llevar de reserva un arma de épocas pretéritas no parecía tan mala idea. La guardó en un bolsillo con cremallera que cruzaba el pecho en diagonal.

Por razones menos lógicas, había cogido las fotos de la familia de Calista y el bote salvavidas en el que habían intentado escapar. Después de haberlo pasado tan mal en su propia búsqueda de la verdad, una parte de él creía que Calista merecería conocer la suya.

La luz de la pared se puso amarilla y el sargento Connors activó un interruptor que abrió el portalón trasero del C-17.

Estaban descendiendo desde una altitud de seiscientos metros hacia una oscuridad absoluta. Tuvieron debajo el mar por un momento y luego la arena, cuando sobrevolaron la playa.

Al volar más bajo y más despacio, el aullido de la corriente que pasaba a los lados del portalón abierto adquirió un tono diferente. Con los alerones extendidos y el tren de aterrizaje fuera, el C-17 podía volar a una velocidad increíblemente lenta para ser un aparato tan enorme. Pero la estela turbulenta que causaba el vuelo en un ángulo de ataque pronunciado y en condiciones tan «sucias» generaba un gemido estridente que parecía seguir al avión como si unas almas en pena le estuvieran dando caza.

En el mapa, la zona de lanzamiento llevaba el nombre de «Aeropuerto de Antsalova». Eso parecía preocupar a Joe.

—¿No crees que la gente de ese aeropuerto se va a sorprender cuando caigamos del cielo y nos vayamos rodando sin pasar por aduanas?

—No es gran cosa como aeropuerto —aclaró Kurt—; se trata más bien de una pista de tierra con un chamizo al final. Si nos lanzamos aquí es solo porque necesitamos una superficie llana sobre la que deslizarnos. Pero no hay aviones, ni alquiler de coches ni mostrador de información.

—¿No hay sala VIP? —preguntó Joe escandalizado.

Kurt sacudió la cabeza.

—Lo siento, amigo.

Joe suspiró.

—Voy a tener que hablar en serio con mi agente de viajes. Estas vacaciones van de mal en peor.

Mientras Kurt y Joe esperaban a que la luz se pusiera verde, los pilotos sobrevolaban los árboles con el enorme avión. El viento de través que bajaba por la pendiente de la isla les estaba causando problemas y en realidad estaban volando de lado, una técnica que los pilotos llaman «corrección de deriva». Lo malo era que no podían lanzar el Humvee desde esa orientación si no querían que aterrizase de costado, volcara y matase a sus ocupantes en el acto.

El copiloto se ocupaba de los instrumentos mientras el piloto volaba con las gafas de visión nocturna puestas.

—Treinta metros sobre el nivel del suelo —anunció el copiloto.

—No podemos bajar más hasta que acaben los árboles —replicó el piloto.

—Pasaremos por encima del objetivo en diez... nueve... ocho...

Los árboles por fin desaparecieron de debajo de ellos y el

piloto vio la pista de tierra que se extendía ante él como una línea larga y delgada. Corrigió el rumbo a la izquierda y descendió casi hasta la superficie, pisando fuerte el timón para enderezar el enorme pájaro.

El C-17 volaba en esos momentos a diez metros de la pista de tierra, acercándose vertiginosamente a los árboles que esperaban mil quinientos metros más adelante.

El supervisor de carga, que estaba sentado cerca del vehículo, pulsó un interruptor que cambió la luz de salto de la bodega del avión de amarilla a verde.

—Suelten la carga —dijo por radio.

Durante lo que pareció un período de tiempo interminable pero en realidad fueron unos segundos, no sucedió nada salvo que los árboles de enfrente se volvieron más grandes. Entonces la carga de dos mil doscientos kilos salió por la cola, y el piloto notó que el avión se elevaba.

Casi al mismo tiempo, sonó la voz del sargento Connors por la radio.

—Ya están lejos. Carga fuera. Repito, carga fuera.

Con un movimiento sincronizado, el piloto empujó a fondo la palanca de gases mientras el copiloto subía el tren de aterrizaje para reducir el coeficiente de arrastre.

—Ascenso positivo —anunció el copiloto, al ver que el altímetro empezaba a moverse.

El piloto le oyó pero no dijo nada. La pista de tierra solo medía un kilómetro y medio. Los árboles del otro extremo estaban a unos pocos centenares de metros. Era una ventana muy estrecha.

—Sube, cariño, sube —le susurró al avión.

Con un aullido de los motores y el morro apuntado hacia el cielo, el gigantesco aparato fue cobrando altitud palmo a palmo. Cruzó el final de la pista de aterrizaje y superó los árboles por los pelos, hasta el punto de que los mecánicos que lo inspeccionarían más tarde encontrarían rastros de clorofila verde a lo largo de toda la panza del fuselaje.

Una vez superado el peligro, el piloto enderezó el avión, cobró velocidad y luego viró hacia el sudoeste. Al cabo de poco, sobrevolaba el canal de Mozambique. Solo entonces se paró a pensar en el destino de los hombres a los que acababa de soltar, y se preguntó si sobrevivirían a aquella noche.

Por su parte, Kurt y Joe lo que se preguntaban era si sobrevivirían a la caída en sí. Les pareció que, en los últimos treinta segundos, más o menos, el avión maniobraba a la desesperada. Cuando la luz se puso verde, Connors pulsó un botón rojo de lanzamiento y gritó «Allá va» o algo por el estilo.

Ni Kurt ni Joe le oyeron bien, porque el sonido de los paracaídas al desplegarse y el latigazo repentino al ser despedidos del avión hacia atrás hizo que se les fuera la cabeza hacia delante y acaparó toda su atención.

El Humvee salió disparado del aparato y descendió en caída libre durante dos segundos enteros. Kurt recordaría con nitidez la imagen del avión que se elevaba y se ladeaba hacia la derecha mientras el vehículo se deslizaba por la pista sobre la plataforma como un trineo descontrolado por una pendiente de hielo. La primera sensación fue como la de un guijarro que se hiciera saltar sobre la superficie de un lago. Luego ,cuando la plataforma mantuvo el contacto con la tierra compactada de la pista, empezaron a desacelerar. Los últimos doce o quince metros parecieron más tranquilos. Después, frenaron de golpe.

Por delante de ellos el C-17 acababa de superar los árboles, y Kurt estaba seguro de haber visto fuego en las copas allá donde el calor de los motores las había chamuscado.

En ese momento, el mero hecho de estar vivos resultaba emocionante. Kurt miró a Joe y vio que sonreía de oreja a oreja.

—Vale, repetiría —confesó como un niño—. Hasta pagaría por subir otra vez.

Kurt tenía que darle la razón, pero el deber les llamaba. Abrió la puerta y soltó el cierre que les unía al paracaídas y otro que los sujetaba a la plataforma. Joe realizó la misma operación en el lado del conductor y luego volvió adentro, donde giró el contacto y arrancó el motor diésel de inyección directa de 6,2 litros del Humvee.

En cuestión de un momento ya cruzaban a toda velocidad los últimos cien metros de la pista y tomaban una carretera de tierra que llevaba hacia el sur.

—Espero que tengas el mapa a mano —dijo Joe—, porque yo no soy de por aquí.

—Tú no salgas de esta carretera —indicó Kurt—. Tenemos que recorrer once kilómetros.

50

Con los trajes de infiltración apagados y cubiertos por unos capotes raídos, Kurt y Joe avanzaban por la carretera de tierra conduciendo el Humvee. Resultaba difícil distinguir el paisaje que desfilaba a gran velocidad en la oscuridad, pero aquella región de Madagascar se caracterizaba por sus anchos herbazales, acompañados por alguna que otra arboleda y mucho cielo.

Por el momento, no se habían cruzado con una sola cabaña u otro vehículo.

Joe aminoró para coger una curva de la calzada de tierra y empezaron a derrapar hacia un lado cuando el terreno lleno de surcos cedió por debajo de ellos. Sin embargo, con un leve golpe al acelerador, los rugosos neumáticos se clavaron en el suelo con algo más de fuerza y la tracción a las cuatro ruedas del Humvee lo colocó de nuevo en línea recta y pudo avanzar.

Kurt, en el asiento del copiloto, se agarraba a la barra antivuelco con una mano mientras con la otra vigilaba el GPS.

—¿Siempre conduces así?

—Tendrías que verme en hora punta.

—Algo me dice que mejor no.

—Es la primera vez que llego tarde a una cita y no encuentro tráfico —señaló Joe.

—Esta parte de Madagascar está muy poco poblada —explicó Kurt—. Según el mapa, la localidad más grande en un radio de ochenta kilómetros se llama Masoarivo y solo tiene ocho mil habitantes.

—Es una suerte para nosotros —dijo Joe—. Dudo que nos crucemos con ningún otro coche.

Kurt estaba de acuerdo, pero el ganado era otra cosa. En los tramos en que se habían formado charcos de lluvia, se encontraron con reses y ovejas pastando.

—Cuidado con las vacas —advirtió—. Si mal no recuerdo, en las Azores atropellaste una y tuviste que pelear por el honor de la ciudad como parte de tu pena de servicios comunitarios.

—Me declararon inocente —insistió Joe—. Un tribunal dictaminó que había sido culpa de la vaca y la multó por pacer sin los debidos permisos.

—No tenemos tiempo para ir a juicio —replicó Kurt, riéndose del recuerdo—, ni un frontal de recambio a mano, o sea que ve con cuidado y punto.

Joe prometió que lo haría, al mismo tiempo que enfilaba una recta y pisaba a fondo el acelerador una vez más.

A dos kilómetros y medio de los terrenos de los Brèvard, aminoraron. En vez de usar los faros, Joe y Kurt se pusieron las gafas de visión nocturna. El Humvee se convirtió en una fiera nocturna que gruñía oculta en la oscuridad.

—Veo la valla, allí delante —anunció Kurt—. Sal de la carretera. Podemos esconder el vehículo detrás de esos árboles.

Joe dejó que el Hummer se frenara solo y dio un golpe de volante que los sacó de la calzada de tierra, para meterlos en un terreno blando y cubierto de hierbas que llegaban hasta la cintura de una persona.

Pararon detrás de unos arbustos bajos y el ancho tronco de un árbol de aspecto extraño que crecía en línea recta como un pilar de cemento. Las únicas ramas brotaban a veinte metros del suelo, al final mismo del tronco. Se parecía más a un brote gigante de brócoli que a un árbol. En las inmediaciones crecían varios más de esa especie.

—Me siento como si estuviera en un cuento del doctor Seuss —comentó Joe.

—Baobabs —dijo Kurt.

—Esta clase de árboles no nos dará mucha cobertura.

—No deberíamos necesitarla con los trajes —replicó Kurt al tiempo que se quitaba el ancho capote de algodón y hacía una bola con él.

Mientras Joe le imitaba, Kurt se quitó las gafas de visión nocturna y acopló el respirador a un gancho del hombro. El pequeño depósito de aire comprimido que usaría para enfriar el aliento iba atado a su costado.

Examinó la valla. Era de viejo alambre oxidado y ya estaba rota en algunos puntos. No había indicios de que ningún sistema más moderno protegiera los terrenos en ese punto, pero Kurt no quería correr riesgos.

—Según el GPS, hay ochocientos metros desde aquí hasta el complejo si sorteamos esa cresta baja y luego subimos una larga pendiente —explicó Kurt—. Necesitamos cubrir ese terreno en no más de diez minutos. Eso nos dejará quince minutos de invisibilidad térmica una vez que lleguemos a los muros del complejo.

Joe asintió y guardó el teléfono vía satélite en un bolsillo con cremallera del traje de infiltración. En otro metió el cargador de recambio para el fusil electromagnético.

—Propongo que viajemos lo más ligeros posible y dejemos el resto de los trastos atrás.

—No podría estar más de acuerdo —dijo Kurt—. Vamos.

Encendieron los trajes, se taparon la cabeza con la capucha y se reajustaron las gafas de visión nocturna. Kurt tomó la delantera, cruzó la calzada en dirección a la hierba alta del otro lado y avanzó con rapidez hacia un boquete de la valla.

Joe le siguió sin alejarse mucho.

—Hay que reconocer que estos trajes funcionan tal y como nos los han vendido —dijo—. Estoy a tres metros de ti y es verdad que tengo que hacer un esfuerzo solo para verte.

Incluso con las gafas puestas pareces más una sombra que cualquier otra cosa.

—Voy a ir directo hacia la cima de esa cresta —avisó Kurt—. Mantente cerca. Si te pierdes, imita a un pájaro o algo así.

—Los únicos pájaros a los que sé imitar son el Pájaro Loco y el Pato Lucas.

—Eres *dezpreciable* —dijo Kurt, imitando la manera de hablar del pato de dibujos animados—. En marcha.

Y, sin más, Kurt empezó a moverse. Joe descubrió que le resultaba más fácil seguir el sonido de sus pasos presurosos por la maleza, la hierba y la tierra polvorienta que cubría la parte superior del promontorio. Bajaron por el otro lado de la cresta y llegaron a un campo en pendiente que subía hasta las formaciones de granito que había detrás del complejo. Al pie de aquellas rocas se distinguían con claridad las luces de la plantación.

Kurt echó un vistazo al reloj.

—Tenemos treinta minutos para confirmar que los rehenes están aquí y avisar por radio. Si tardamos un minuto más, los marines darán media vuelta.

Joe asintió y Kurt arrancó a andar una vez más. No podían ir a la carrera, pero sí trotar con brío. En mitad de la pendiente, se cruzaron con un pequeño rebaño de cornudos cebúes, que parecían nerviosos al notar la presencia de algo que podían oler pero no ver.

Levantaron las orejas, gruñeron y emitieron unos extraños sonidos guturales. Un par de ellos se alejaron un poco, espantados por la intrusión, pero Kurt y Joe ya estaban muy lejos para entonces, meras sombras atravesando la oscuridad.

Al remontar la cuesta, Kurt sintió que le dolía el hombro a causa de la herida de bala y el peso del arma electromagnética. No hizo caso y siguió adelante.

Cuando llevaban recorridas tres cuartas partes de la pendiente, pudieron ver los muros del complejo. Un discreto silbido captó la atención de Joe. Se juntaron para deliberar.

—¿Qué opinas? —preguntó Kurt.

—La pared parece tosca, mal acabada.

—No creo que sea fácil conseguir buenos albañiles por aquí.

—Hay cámaras en la entrada principal —dijo Joe, examinando el perímetro—. No veo ninguna más.

Kurt echó un vistazo al camino de tierra que llevaba hasta la puerta.

—Si justo ahora llegase un repartidor de pizza, sería ideal; pero como es improbable que eso suceda, propongo que escalemos el muro.

—Allí veo un sitio con un árbol que crece al lado de la pared —indicó Joe.

—Demasiado tentador —replicó Kurt—. Mejor usamos solo las manos y los pies.

Joe asintió de nuevo y Kurt reanudó la marcha. Joe le siguió y volvieron a reunirse al pie del muro de piedra. En un visto y no visto lo superaron y entraron en el complejo, donde lo primero que encontraron fue el laberinto de setos podados.

A diferencia de la suave pendiente del monte al otro lado del muro, la parte interior estaba excavada y allanada. El complejo entero estaba distribuido en una serie de bancales, que empezaban por el que contenía la puerta de entrada, al que seguían dos niveles intermedios con el laberinto y el resto de los edificios secundarios y, por último, la mansión principal en todo su esplendor, que ocupaba la más alta de las cuatro terrazas.

Al contrario que el resto de los terrenos, la casa estaba bien iluminada. Kurt examinó lo que podía verse desde su posición. En torno a la entrada principal deambulaban dos centinelas. Cerca del extremo opuesto había por lo menos un hombre más.

—No están exactamente preparados para la batalla —observó Kurt.

—Lo dices como si fuera algo malo.

—Lo que pasa es que no estoy acostumbrado a que se nos pongan de cara tantas cosas.

Kurt se agachó detrás de un seto y abrió la aleta que tapaba el GPS que llevaba pegado al brazo derecho. En apagados tonos grises y negros, mostraba el terreno circundante. En el bancal más bajo había tres edificios a los que se consideraba posibilidades. Según Hiram Yaeger, se había visto entrar y salir de los tres a hombres que parecían armados.

—Tenemos que llegar al otro lado de este laberinto —dijo Kurt.

—¿Nos arriesgamos a atravesarlo? —preguntó Joe—. Los setos miden al menos un metro ochenta. Nos ayudarán a escondernos.

Kurt, provisto de un plano vertical del laberinto dibujado en el brazo, estaba a punto de decir que sí, pero al recorrerlo mentalmente descubrió una característica importante: solo había una entrada y una salida.

—Mejor rodearlo —dijo—. El laberinto no tiene ninguna otra salida. Es un gran círculo que gira sobre sí mismo y te lleva al mismo sitio donde empezaste. Teniendo en cuenta cómo me he sentido durante este embrollo desde el primer día, créame que ya estoy harto de eso.

Joe se rió.

—Todavía nos quedan ocho minutos de hacer el camaleón.

Kurt señaló hacia la derecha.

—Lo bordearemos por ese lado. Pégate al seto. Tendríamos que llegar a un edificio que parece una especie de cobertizo.

En esta ocasión, Joe abrió la marcha y le correspondió a Kurt asombrarse por la rapidez con que desaparecía, como un fantasma en la niebla. Avanzó sin tardanza para no perderlo de vista, y se reunió con él al final del seto.

Tenían el supuesto cobertizo justo delante. Kurt estaba a punto de dar un paso al frente cuando se abrió una puerta y derramó algo de luz sobre el terreno. Kurt se quedó inmóvil mientras dos hombres salían y dejaban que la puerta se cerrara a su espalda con un golpe.

Uno de ellos se apoyó en el edificio y encendió un cigarrillo. La punta se iluminó de un tono naranja rojizo cuando dio la primera calada. Después de soltar una bocanada de humo, se volvió hacia el otro hombre.

—Te lo advierto, Laurent está de los nervios. No le cabrees ahora mismo, ni le repliques. Le pregunté por Acosta y me mandó a freír espárragos.

—Acosta es un traidor y un cobarde —replicó el otro—. Nos la jugó en uno de los negocios de Sebastian. Hazme caso, dentro de poco estaremos en guerra con él. La próxima vez que hagas una entrega, ándate con ojo.

—Es más que eso —dijo el fumador entre calada y calada—. Sebastian está nervioso. Creo que se está desquiciando; ha pasado demasiado tiempo con Calista.

Los dos se rieron de eso.

—¿Qué más da? —replicó el otro—. Nos acaban de pagar. Hala, acábate ese cigarro y volvamos a la partida, que quiero desplumarte.

El del cigarrillo se rió.

—Ya, claro —dijo—. Ponme una copa, entro en un minuto.

El primero volvió al interior mientras el que había hablado fumaba unos instantes más, antes de tirar el cigarrillo al suelo y pisarlo con la bota. Cuando acabó de aplastarlo, alzó la vista y se quedó mirando casi directamente a Kurt. Permaneció en esa posición durante un rato, como un perro de caza que se queda paralizado y apuntando hacia un sonido que su dueño fuera incapaz de oír.

Kurt no movió ni un músculo. Oculto en las sombras y a una distancia de doce metros, dudaba que el hombre pudiera verlo. De todos modos, apretó la mano en torno al fusil y deslizó el dedo enguantado hasta el gatillo.

El fumador se mantuvo inmóvil durante un segundo más y luego dio media vuelta, giró el picaporte de la puerta y volvió adentro.

—Cúbreme —susurró Kurt.

Avanzó corriendo hacia la puerta y pegó la oreja. Oyó una radio y varias voces. Demasiadas. Había gritos y bullicio, y todas las voces eran, por lo que podía distinguir, masculinas. Sonaba como el vestuario de un equipo.

Convencido de que los prisioneros no estaban ahí dentro, volvió a donde le esperaba Joe.

—¿Tenemos la dirección correcta? —preguntó su amigo.

—No, a menos que estés buscando la fiesta de una fraternidad universitaria. Creo que esto es una especie de barracón. Los hombres de Brèvard se están relajando un poco.

Joe miró a su alrededor.

—¿Adónde vamos ahora?

Kurt echó un vistazo a la pantalla de su brazo. El siguiente edificio estaba a cien metros de distancia; más cerca del muro del tercer bancal.

—Camino arriba —dijo Kurt—. Sígueme, si puedes.

—Más vale que te des prisa —le recordó Joe—. Nos convertimos en calabaza en menos de cinco minutos.

Kurt y Joe dejaron atrás la estructura que albergaba a los hombres de Brèvard y subieron por otro sendero. El edificio siguiente era muy parecido al anterior, bajo y bastante feo, sin ventanas, pero estaba vigilado. Había dos hombres ante la puerta: uno sentado en una silla con los pies apoyados en un cubo, el otro de pie con un fusil al hombro.

El principal problema lo planteaban un par de bombillas que colgaban de un cable negro sobre la entrada. Los trajes no los mantendrían ocultos con tanta luz.

—Tiene que ser aquí —dijo Kurt—. Iré a la parte de atrás y buscaré el cable de la luz. Ponte en posición. Cuando lo corte, despacha al tipo más cercano con tu táser. Para cuando el segundo descubra lo que ha pasado, estaré encima de él.

—Parece un buen plan.

Mientras Joe se desplazaba a una nueva posición, Kurt retrocedió y rodeó el otro lado del edificio. Con movimientos rápidos y silenciosos, llegó al otro extremo de la estructura y empezó a buscar el cable de la electricidad. Encontró un punto en el que un cable enterrado salía del suelo y subía por la pared, sostenido por un par de abrazaderas oxidadas. Sacó su cuchillo con el mango de goma, cortó el aislante y luego, con un tajo certero, cercenó el cable.

Cuando la luz que llegaba desde la fachada del edificio parpadeó y se apagó, Kurt corrió hacia la esquina. La dobló en el preciso instante en que Joe alcanzaba con su táser al centinela que estaba de pie. El hombre se quedó rígido como una tabla pero no emitió sonido alguno, y lo único que oyó Kurt fue el chasquido rápido que hacía el táser al electrificar el cuerpo del centinela y entumecer sus músculos.

El guardia de la silla comprendió que pasaba algo y estiró el brazo hacia su fusil, pero Kurt se le echó encima antes de que pudiera hacer nada con él. Le tapó la boca con una mano y tiró de él hacia atrás, para luego rozarle la garganta con el filo negro de su cuchillo de acero al carbono.

—Como oiga un solo ruido, será lo último que hagas —le advirtió.

El centinela se quedó quieto y luego asintió, con un asombro que se incrementó al ver aparecer a Joe bajo el alero como si fuera un espectro materializándose desde otra dimensión. Cuando Joe se arrodilló para maniatar al otro guardia, los continuos cambios de color y textura del traje convirtieron sus movimientos en un borrón. Kurt vio que el hombre al que había capturado cerraba los ojos con fuerza y luego apartaba la vista como si estuviera alucinando.

—Tu gente tiene encerrados a unos amigos nuestros —susurró Kurt al prisionero—. ¿Están aquí? ¿En este edificio?

El guardia asintió.

Kurt miró de reojo a Joe.

—Intenta abrir la puerta.

Joe ya estaba en ello.

—Cerrada a cal y canto.

—Las llaves —exigió Kurt.

El centinela metió una mano temblorosa en el bolsillo del pecho y sacó una anilla con dos llaves.

Joe la cogió y se puso manos a la obra con los dos cerrojos, uno por llave. Cuando los hubo descorrido, entrabrió la puerta.

—Está oscuro, no veo a nadie.

—Debo de haber cortado la luz del edificio entero —dijo Kurt, tirando del guardia para ponerlo en pie.

Cuando Joe abrió del todo la puerta, Kurt empujó al centinela por delante por si alguien les atacaba. Por suerte, no pasó nada.

Al examinar el interior, Kurt vio una docena de personas apiñadas en la esquina opuesta de la habitación a oscuras. Estaban escondidas detrás de una pila de colchones, una mesita y varias sillas. Contó tres hombres, tres mujeres y siete niños de diferentes edades. Parecían tan asustados ante Joe y él como los centinelas. Después de lo que habían sufrido, no les culpaba.

—No pasa nada —dijo—, venimos a ayudarles. Les sacaremos de aquí.

Parecían demasiado asustados para responder, de modo que Kurt se subió las gafas y sacó una linterna para alumbrarlos con ella. No reconoció a la mayoría de los integrantes del grupo, pero dos de los niños de cara sucia parecían el hijo y la hija de Sienna.

—Tú eres Tanner, ¿verdad?

El niño asintió.

—¿Y tú Elise?

La niña tenía demasiado miedo para decir nada. Se quedó quieta, agarrándose el dobladillo de la falda.

—No pasa nada —aseguró Kurt, retirándole el pelo de la cara—. Os llevaremos a casa. ¿Dónde está vuestra madre?

Elise se quedó mirándole sin hablar, pero Tanner señaló a los guardias.

—Se la han llevado ellos.

Kurt miró al centinela arrodillado.

—¿Dónde está Sienna Westgate?

—No lo sé —respondió el guardia—. La han subido a la casa principal, pero no sé adónde en concreto.

Uno de los adultos se adelantó. A Kurt le sonaba.

—Te vi en el túnel de Corea —recordó.

El tipo hablaba con un acento vagamente europeo. Kurt supuso que era español, portugués o incluso italiano.

—Eres Montresor —le dijo, usando su nombre de hacker.

El hombre asintió.

—Mi nombre real es Diego. Sé adónde la han llevado. El hombre que dirige todo esto, Sebastian, tiene una sala de control en la última planta. Desde allí lo observa todo, creo. Directamente debajo tiene una serie de procesadores y ordenadores último modelo conectados en red. Cuando me llevaron a la casa a trabajar, fue allí donde me metieron.

—¿Qué te hicieron hacer? —preguntó Kurt.

—Piratear un sistema y editar programas. Crear puertas secretas y lo que nosotros llamamos un escondite o esperadero.

—Esos son términos de caza —dijo Kurt—. ¿Qué significan en el mundo de la programación?

El hombre hizo una pausa, como si buscara una manera de explicarlo.

—Son como agujeros negros en los que podemos esconder un virus. Ni siquiera el software antivirus más avanzado lo encontraría. Y luego, más adelante, activamos el código.

—¿Y qué hace el código? —preguntó Kurt.

—Yo solo creo el escondite —aclaró Montresor—. Otros construyen el virus.

—¿Y qué suele hacer el virus?

—Tomar el control del sistema —respondió el hacker—. Lo obliga a hacer algo que en teoría no tiene que hacer.

«Montresor», pensó Kurt para sus adentros. Qué apodo tan perfecto para alguien que esconde cosas en un laberinto donde nunca las encontrarán.

—¿Qué clase de sistemas pirateaste? ¿El Pentágono? ¿La CIA?

Montresor sacudió la cabeza.

—Sistemas bancarios, más que nada. Programas de contabilidad, protocolos de transferencia.

A Kurt la cabeza le iba a toda máquina. Bancos, y una banda que descendía de un linaje de atracadores de bancos y falsificadores. Se preguntó si habría alguna conexión, y luego decidió que no era el momento de averiguarlo. Lo único que importaba era pararle los pies a la familia Brèvard, fuera lo que fuese lo que se traían entre manos.

Se volvió hacia Joe.

—Da el aviso —dijo—. Yo voy a buscar a Sienna.

—Debería acompañarte —señaló Joe.

—No —replicó Kurt—, quédate con ellos. Necesitarán que los saques de aquí cuando los marines salten el muro.

51

A bordo del Black Hawk que volaba en cabeza, con el nombre en clave de «Dragón Uno», el teniente Brooks estudiaba a sus hombres mientras el equipo de asalto continuaba acercándose a tierra. Algunos hablaban y bromeaban, otros comprobaban una y otra vez sus armas y su equipo siguiendo una especie de ritual, y unos terceros estaban impasibles como estatuas. Cada cual se preparaba para la batalla a su manera, pero a Brooks le bastó un vistazo para saber que estaban listos.

Por el momento, habían viajado cuatrocientos ochenta kilómetros al sur, se habían encontrado con el avión cisterna y habían completado sin incidentes la complicada maniobra de repostaje nocturno. Después habían puesto rumbo al sudeste y habían empezado a rastrear la costa, viajando en formación a ciento treinta nudos y a apenas quince metros por encima de la superficie del canal de Mozambique.

—Entraremos en el espacio aéreo de Madagascar dentro de siete minutos —les informó el piloto.

—¿Sabemos algo del *Bataan*?

—Nada todavía —respondió el piloto—. Si no recibimos la autorización definitiva para cuando lleguemos a ese límite, no tendré más remedio que abortar.

Brooks lo entendía. Él estaba al mando de la misión, pero el reglamento era el reglamento.

—Reduce un poco la velocidad —sugirió—. Y avanza un rato en paralelo a esa línea.

—¿Señor?

—Ahorraremos algo de combustible —explicó Brooks—, y de paso daremos a esos biólogos marinos un poco más de tiempo para entablar contacto.

—¿De verdad cree que van a conseguir algo? —preguntó el piloto con tono escéptico.

—No estoy seguro —dijo Brooks—, pero no me gustaría nada estar volando rumbo a casa si llaman pidiendo ayuda.

El piloto asintió para indicar su conformidad, se comunicó rápidamente por radio con los otros helicópteros y luego se ladeó a la derecha y empezó a reducir la velocidad. Los demás Black Hawks le imitaron, y la carrera en línea recta hacia la costa se convirtió en un vuelo más pausado en paralelo a ella. Había poco peligro de que los detectaran por radar, porque Madagascar solo tenía una red muy rudimentaria. El combustible y el tiempo eran factores más preocupantes.

—De acuerdo, teniente —dijo el piloto—, hemos bajado hasta la configuración de ahorro máximo de combustible, pero no podemos mantenernos así durante mucho tiempo.

Resultó que tampoco hizo falta. Quince minutos más tarde, llegó una señal por el enlace vía satélite.

—Dragón Uno, aquí Tribunal. ¿Me recibe?

«Tribunal» era el nombre en clave del *Bataan*. Brooks pulsó el interruptor para transmitir.

—Tribunal, aquí Dragón Uno, adelante.

—Tienen autorización para el objetivo. La condición actual del blanco es verde. Se han identificado amigos. Un total de quince, tal vez dieciséis. Su situación se indicará con una bengala y humo verdes. Se cree que otros edificios contienen hasta veinte hostiles. Se prevé armamento ligero.

Brooks sintió que se le disparaba la adrenalina, y miró al piloto y hacia la costa asintiendo con la cabeza. El piloto captó el mensaje, puso de nuevo rumbo hacia tierra y aceleró al máximo el Black Hawk.

—Recibido, Tribunal. Estamos a dos minutos de la divisoria continental y acercándonos al blanco. Nos pondremos otra vez en contacto de camino a casa.

Cuando el director de la misión a bordo del *Bataan* cortó la comunicación, Brooks reflexionó sobre el estado de las cosas. En un mundo que se había acostumbrado a observar el desarrollo de sus operaciones militares en tiempo real, aquella la estaban ocultando por completo. No había transmisión a la sala de operaciones de la Casa Blanca ni grupo de generales y políticos presenciando la jugada como si fuera una película o una final deportiva. Cuando el gobierno entero tenía dudas sobre qué sistemas seguían siendo seguros y cuáles habían sido pirateados, nadie quería arriesgarse. Los mandamases esperarían en silencio. Al final, recibirían una sencilla llamada telefónica del oficial al mando del *Bataan*, que les diría si la misión se había saldado con éxito o con un fracaso.

Mientras la fuerza de asalto de los marines viraba hacia la isla, Kurt avanzaba bordeando el lateral del palacio de los Brèvard. Unos focos que apuntaban desde abajo hacia la estructura hacían imposible cruzar los últimos tres metros o así sin revelar su posición, por mucho que el traje intentara compensar. En vez de atravesarlos, dio un amplio rodeo que lo llevó por delante de una piscina olímpica hasta llegar a la parte de atrás, donde encontró una galería colgante.

Usando una silla para llegar más alto, se encaramó a la veranda y corrió hacia delante. Consiguió forzar la puerta y se coló dentro.

Dando las gracias por no haber activado ninguna alarma, entró en un vestíbulo y se encontró rodeado de obras de arte enmarcadas, intrincados tapices y estatuas que parecían dignas de cualquier museo.

Necesitaba encontrar una escalera que le llevara al piso de arriba, de modo que avanzó por el vestíbulo y se detuvo al oír unos pasos que se le acercaban desde un pasillo adyacente.

Retrocedió y se escondió detrás de la estatua de algún héroe griego con hojas de laurel en la cabeza, donde se agazapó cuanto pudo en las sombras hasta que la figura le pasó por delante.

Era Calista. Iba hablando por radio, dando órdenes. No vio a Kurt; ni siquiera miró en su dirección. Cuando llegó al final del pasillo, entró en una sala.

En una casa con tantas habitaciones, Kurt sabía que le costaría encontrar a tiempo la correcta. Pero ver pasar a Calista le había dado una nueva idea. Después de mirar a los dos lados del pasillo para asegurarse de que no se acercaba nadie, salió de detrás de la estatua y desanduvo sus pasos en dirección a la habitación en la que Calista acababa de entrar.

52

Calista estaba preparada para partir. Con el paso de los años había empezado a sentir claustrofobia en el hogar familiar, una sensación que no había hecho sino empeorar en los últimos meses. Cogió una pequeña mochila de un estante de su ropero y empezó a preparar el equipaje.

Siempre pragmática, no se preocupó por la ropa o las joyas. Los efectos personales que le importaban eran los que le resultarían útiles: pasaportes con varios nombres, fajos de dinero en unas cuantas divisas distintas, un cuchillo, una pistola y tres cargadores de repuesto. El único objeto con valor sentimental que tenía era un collar con un anillo de diamante engarzado que había sido de su madre. Se lo había dado Sebastian.

Contempló por un instante el collar y luego lo metió en un bolsillo lateral, que cerró con cremallera. No le importaba nada más de lo que contenía aquella opulenta mansión. Todo era falso; las obras de arte, los tapices y los muebles antiguos no eran más que buenas falsificaciones. A eso se dedicaba su familia: daban vida a mentiras.

Lo único que echaría un poco de menos era a los caballos.

Mientras pensaba en su favorita, una yegua llamada Tana, que significaba «sol» en malgache, se le ocurrió que Sebastian quizá hubiera colocado explosivos en el establo para que estallaran como el resto del complejo.

Eso le pareció cruel. La humanidad era bastante insignificante a sus ojos, pero los animales, en su inocencia, eran otra cosa. No tenían estratagemas ni deseos que fueran más allá de complacer a sus amos y recibir sus recompensas en forma de comida, cobijo y atención.

Cerró la cremallera de la bolsa y decidió bajar caminando hasta el establo y soltar a los animales. No había motivo para que murieran abrasados.

Se echó la mochila al hombro, salió del dormitorio, entró en su salón y se dirigió directa hacia la puerta. Al acercarse a ella, reparó en que estaba cerrada pero sin el pestillo. Aquello era más que extraño: ella siempre lo corría.

Metió la mano en la mochila, buscando la pistola.

—Lo siento, Calista —dijo una voz a su espalda—. Me temo que se acabó lo que se daba.

Calista se quedó paralizada. El timbre de voz resultaba fácil de reconocer, al igual que la entonación tranquila y segura de las palabras. No le cabía ninguna duda de que Kurt Austin estaba plantado a su espalda.

—Tira la bolsa al suelo y date la vuelta poco a poco —ordenó él.

Calista bajó los hombros y lanzó la mochila a una esquina. Girando con lentitud, encontró a Kurt sentado en un sillón victoriano de respaldo alto, apuntándola con un fusil de aspecto letal.

—Creo que ya hemos pasado por esto —dijo Calista.

—Es verdad —coincidió Kurt, mientras se levantaba—. Y seguiremos repitiendo hasta que nos salga bien.

Calista lo inspeccionó durante un momento. Parecía fuera de lugar con toda aquella armadura. Menos atractivo, menos único. Como si le hubiera leído el pensamiento, Kurt se quitó la capucha.

—¿Cómo diablos has entrado aquí? —preguntó ella—. Tenemos cámaras, centinelas, detectores de movimiento…

—No hay nada infalible —respondió Kurt.

Eso era verdad.

—No esperarás salir vivo —continuó Calista—. Estamos preparados para recibiros. Llevamos un tiempo esperando que hagáis algo.

Kurt alzó las cejas.

—¿En serio? —preguntó—. Porque a mí no me lo parece. Vuestros hombres de la entrada están medio dormidos. La pandilla del barracón está de fiesta como si fuera el 14 de julio. Y ya hemos encontrado a los rehenes y de paso neutralizado a dos de vuestros guardias. Todo eso sin que los demás os enteréis de nada.

—Aquí tenemos por lo menos cincuenta hombres leales a mis hermanos y a mí. Nuestra superioridad numérica es abrumadora.

—De momento —replicó Kurt con suficiencia.

Calista se mordisqueó los labios. De modo que había refuerzos en camino. Y llegarían pronto. Su hermano estaba haciendo el tonto porque pensaba que aún no estaban en peligro. Calista tenía sentimientos encontrados; por un lado le maldecía en silencio por su arrogancia, y por otro deseaba poder avisarle.

—Si ya habéis ganado, ¿qué es lo que quieres de mí? —preguntó—. ¿Respuestas, tal vez? ¿Sigues intentando averiguar lo que te pasó en el *Ethernet*?

Kurt le sonrió. Era un gesto a la vez entrañable y orgulloso.

—Ya es demasiado tarde para eso —dijo—. Sé lo que pasó. O al menos sé lo suficiente. Lo recordé todo cuando me quitaron el chip en Corea.

Calista desplazó el peso al otro pie.

—Entonces sabes que si no fuera por mí, te habrían matado y mandado al fondo del mar dentro de aquel yate, como a todos los demás que nos encontramos.

—Teniendo en cuenta que fuiste tú quien causó el peligro en primera instancia, la verdad es que eso tampoco me afecta mucho. Por otro lado —añadió Kurt—, sí que he aprendido a apreciar la importancia de recordar con claridad el pasado, gracias a ti. Siendo así, he pensado que te devolvería el favor.

—¿De qué estás hablando? —preguntó Calista, que se estaba hartando de la conversación.

Kurt la estudió con aquellos ojos azul claro, evaluándola, midiéndola. Por fin, abrió la cremallera de un bolsillo diagonal que había en el costado derecho de su chaqueta y sacó una hoja de papel doblada. La colocó en la mesita que separaba los sillones, la alisó y después se apartó.

—Echa un vistazo —fue todo lo que dijo.

Calista vaciló y luego dio un cauteloso paso al frente, estirando el brazo hacia el papel como quien acaricia a un animal peligroso, manteniendo la mayor distancia posible entre su cuerpo y el papel impreso.

Inclinó la página para que le diera la luz y echó un vistazo rápido a la imagen.

—¿Qué se supone que es esto?

—Es una familia —respondió Kurt—. Lo creas o no, es tu familia. Tu verdadera familia.

Calista le miró con suspicacia.

—¿De qué estás hablando?

Reparó en que Kurt la miraba con una actitud distante, casi profesional.

—Tu familia no son los Brèvard, Calista, sino las personas de esa fotografía. La mujer se llamaba Abigail. Era tu madre. Sus amigos la llamaban Abby. El hombre se llamaba Stewart y era tu padre. Los dos niños son Nathan y Zack; o mejor dicho, eran Nathan y Zack.

Por motivos que no podía identificar, Calista empezó a sentirse mareada.

—¿Esperas que me crea eso?

—Mira a la mujer. Mírale la cara. Podríais ser gemelas.

Calista no estaba ciega, veía el parecido. Era absurdo.

—¿Crees que puedes engañarme?

Kurt no parpadeó.

—No es ningún engaño. Tu madre era una experta en telecomunicaciones, y tu padre trabajaba en sistemas de guía de satélites. Eran dos personas muy inteligentes, brillantes en cuanto a conocimientos de matemáticas y ciencias. Igual que tú, supongo. Llevaban una buena vida en una zona residencial de Inglaterra. Por desgracia, se metió de por medio la familia Brèvard, que los borró del mapa, los hizo desaparecer, del mismo modo en que tú secuestraste a Sienna y sus hijos. Los usaron como monedas de cambio y para aprovecharse de lo que sabían, exactamente igual que tú, Sebastian y el resto de esta familia enferma habéis utilizado a las personas que tenéis de rehenes.

Calista sacudía la cabeza, llena de furia, un tipo de ira que le estaba costando controlar. Era impropio de ella, que era fría y desapasionada. ¿Por qué le irritaba tanto aquello?, se preguntó. Por supuesto que Austin era capaz de mentirle. Por supuesto que intentaría cualquier cosa con tal de confundirla. Pero ¿por qué iba a molestarse, si él y sus amigos estaban prácticamente convencidos de su victoria?

Sentía el impulso de abalanzarse sobre él, cerrarle las manos en torno a la garganta y apretar hasta asfixiarlo si podía. Aunque se llevase un tiro en el intento, por lo menos no tendría que escucharle más.

Se lanzó hacia él.

—Eres un mentiroso —chilló.

Le pegó un puñetazo en el pecho, que se estrelló impotente contra el blindaje corporal, y luego le lanzó un zarpazo con la otra mano, dispuesta a sacarle los ojos. Pero Austin era demasiado rápido y demasiado fuerte. Le cogió el brazo y paró el golpe. Después le hizo dar media vuelta y le cruzó los brazos por encima del pecho, sujetándola desde atrás.

—No miento —dijo—. No quiero hacerte daño. Pero debes saber la verdad.

—¡No quiero saberlo!

—Créeme, sí que quieres —replicó él—. Porque estas personas son mejores que los Brèvard. Estas personas amaban la vida, no abusaban de ella ni la destruían, y tú eres una de ellas.

Calista siguió revolviéndose e intentó golpearle con la cabeza y los codos, pero no sirvió de nada.

—Sé el horror que supone preguntarse qué es real y qué no —aseguró Kurt con voz pausada—. Sé por lo que estás pasando ahora mismo. Yo lo viví durante meses, pero lo tuyo es peor, porque lo has sufrido toda la vida. No puedo ni imaginarme lo que habrá supuesto para ti.

—No me ha supuesto nada —insistió ella, mientras efectuaba un intento desesperado de pegarle una patada y zafarse.

Kurt le dio la vuelta y la miró a los ojos.

—A tu padre lo mataron cuando intentaba huir de sus captores —dijo—. Lo asesinó a tiros a plena luz del día un hombre al que nunca encontraron. Lo habían amordazado y golpeado. Lo habían torturado.

—¡Para!

—Tu madre y tus hermanos tuvieron peor suerte. Encontraron un bote salvavidas en un barco medio enterrado en el lodo, pero el agua se les acabó. Murieron deshidratados, navegando a la deriva por el océano a cien millas de aquí.

Calista se quedó paralizada.

—¿Qué has dicho?

—Murieron en alta mar —repitió Kurt—, en un bote salvavidas medio podrido. Estamos bastante seguros de que lo encontraron en un viejo buque que estaba enterrado en el río a varios kilómetros de aquí.

Una imagen apareció como un fogonazo en la cabeza de Calista; le golpeó como un rayo. Una fugaz impresión de los remaches de unas planchas de metal oscuro, el río crecido, el sedimento arrastrado por la corriente.

—Un barco —susurró—. ¿Un viejo barco de hierro?

Un segundo rayo la sacudió. Era de noche; la única luz procedía de la luna en cuarto menguante. Una mujer la sujetaba de la muñeca y la llevaba hacia la colina. Dos niños arrastraban un pequeño bote de madera sacado de una cueva que habían excavado en la arena.

—Es mentira —protestó Calista.

—Es la verdad —dijo Kurt—. Tu verdad.

Calista ya había dejado de revolverse y estaba como ida. Kurt seguía sujetándola con fuerza, quizá porque no podía confiar en ella. Pero cuando empezaron a temblarle las piernas, Calista notó que la sostenía e impedía que se desplomara allí mismo.

Los recuerdos siguieron fluyendo. Hombres que les perseguían. Un disparo que atravesaba uno de los recipientes. El agua se derramaba. Desastre.

—No hay agua suficiente —dijo Calista en voz alta.

Más disparos. La mujer cayó.

—Le dispararon —explicó Calista a nadie en particular.

—La hirieron —aclaró Kurt con voz calma—, pero fue una herida superficial.

—Cayó por la colina.

En su cabeza, Calista oyó gritar a la mujer.

«¡Olivia!»

Calista sentía solo miedo, un miedo atroz y vertiginoso.

«¡Mamá!», gritó uno de los niños.

«¡Olivia, corre!»

Sonaron más disparos y la mujer se volvió y echó a correr.

Calista se quedó parada en la colina, mientras abajo su madre y sus hermanos echaban al agua el pequeño bote. Les vio subir a bordo y remar hacia la oscuridad, avanzando deprisa gracias a la corriente. Sintió que los hombres le pasaban corriendo al lado, vio como bajaban a trompicones por la ladera y oyó como disparaban una y otra vez hacia las tinieblas.

Pero en ningún momento se vino abajo. Se quedó allí parada sin más, mirando, hasta que al final cesaron los tiros y uno de los hombres subió y le cogió la mano.

—Les dejé irse sin mí —le dijo a Kurt.

Estaba sollozando, sin fuerzas para sostenerse en pie. Kurt la dejó poco a poco en el suelo.

—No había agua suficiente —le dijo—. No bastó para tres; mucho menos iba a bastar para cuatro.

Calista sollozaba entre temblores, y de pronto volvió a enfadarse.

—¡No tienes derecho! ¡Ningún derecho a…!

La locura de lo que estaba diciendo la interrumpió antes de que acabara.

—La familia Brèvard te robó la vida —dijo Kurt—. A lo mejor se dieron cuenta de lo lista que ya eras. A lo mejor sabían que podían moldearte para convertirte en una de ellos. A lo mejor planeaban matarte y luego no encontraron el momento. Sin embargo, fueran cuales fuesen sus motivos, te robaron la vida. Robaron la vida de tu familia y creemos que la de muchas otras. Y si les dejas, robarán la vida de Sienna, de sus hijos y de todos aquellos a los que tienen encerrados en esa especie de barracón que hay colina abajo.

Calista observó que Kurt se refería en todo momento a «Sebastian» o «la familia Brèvard», pero sabía que ella era también parte implicada. Por un segundo le entraron ganas de gritarle, de chillarle a la cara «Yo soy así», de reivindicar su implicación, enorgullecerse de ella y mandarle al carajo, pero el deseo se esfumó. Y volvieron las lágrimas, incontenibles.

¿Por qué no iban a ser falsos su nombre y sus recuerdos? Todo cuanto la rodeaba era mentira.

Mientras lloraba, Kurt se situó delante de ella y le secó con delicadeza las lágrimas de la cara.

—Ayúdame a encontrar a Sienna antes de que lleguen los marines —dijo—. Esta noche Sebastian va a perder. Pero no quiero que la use de escudo o la mate en un arrebato de ira cuando se dé cuenta de que todo ha terminado para él.

Calista le miró. Había bondad y determinación en esa cara. «El caballero andante», pensó. Realmente lo era.

—No ha acabado todo para él —le dijo.

—Pronto sí.

—No, no lo entiendes —insistió Calista—. Puede que hayáis llegado antes de tiempo, pero él sabía que llegaría una respuesta. Tiene unas cuantas sorpresas desagradables esperando a tus amigos. Y tiene un plan de huida bien preparado.

—No podía saber que vendríamos.

—Vosotros no, pero sabía que vendría alguien —explicó Calista—. Lo está esperando. Mientras nuestros hombres luchan contra vuestras fuerzas, hará saltar todo este sitio por los aires. Las operaciones de hackeo que habéis estado observando cesarán y él desaparecerá, nosotros desapareceremos, y el mundo entero dará por sentado que hemos muerto.

—O sea que la historia, en efecto, se repite —dijo Kurt—. Tenemos que impedírselo. Y tenemos que impedir lo que sea que tiene planeado. ¿Me ayudarás o no?

Calista lo miró por entre las lágrimas.

—Confío en ti —dijo Kurt.

—¿Por qué?

—Llámalo instinto —respondió él, y le tendió una mano.

Calista vaciló. Lo que deseaba de verdad era quedarse allí en el suelo, tumbada, hasta que llegara el fuego y la consumiera. Un destino que nunca había estado más segura de merecer.

—Un hombre sabio me dijo una vez: «Somos quienes decidimos ser» —añadió Kurt—. Tienes elección. Puedes ser Calista Brèvard, o puedes reclamar tu humanidad como Olivia Banister.

Los nombres parecieron despertar algo en ella, pero no fue lo que Kurt se esperaba. Olivia era una niña asustada, Calista no temía a nada. Calista era una superviviente, un instrumento de poder. Y ahora, pensó ella, un instrumento de venganza. Asió la mano de Kurt y se levantó.

—No —dijo—, yo soy la que ves. Te ayudaré a encontrar a Sienna, pero no te interpongas entre Sebastian y yo. Porque voy a matarlo por lo que han hecho él y su familia. Si intentas detenerme, te mataré a ti también.

—Es tu decisión —repuso Kurt—. En cualquier caso, pongámonos en marcha. No tenemos mucho tiempo.

53

Con Calista abriendo la marcha, los dos avanzaron por los pasillos. Aunque Kurt había afirmado que confiaba en ella, tampoco pensaba darle un arma. Solo necesitaba que le ayudase a superar a los matones que defendían la sala de control, o por lo menos le acercara lo suficiente para eliminarlos.

—Por aquí —dijo Calista, doblando a la derecha por el pasillo.

En ese momento, empezó a aullar una alarma.

Kurt se quedó quieto, preguntándose si Calista había activado algo.

—No he sido yo —afirmó ella, que al parecer había adivinado lo que pensaba.

El sonido de unos disparos efectuados con armas automáticas fuera del edificio resonó en el pasillo, seguido del inconfundible zumbido de unos helicópteros al sobrevolarles. Los marines habían llegado y no habían pasado desapercibidos. El aullido de un cohete cortando el aire dio paso a una explosión y un fogonazo de luz a través de las ventanas del final del pasillo.

—Tenemos que darnos prisa —dijo Kurt. Él y Calista arrancaron a correr. Habían llegado casi al final cuando uno de los hombres de Sebastian llegó corriendo desde el otro lado.

—¡Calista! —gritó—. Nos atacan. En el corral no responde nadie y…

Justo entonces vio a Kurt y supuso enseguida que formaba parte del asalto. Levantó un subfusil y disparó.

Kurt lo vio venir, apartó a Calista de un empujón y se lanzó al suelo encerado. Mientras las balas destrozaban el yeso a su espalda, apuntó con el fusil y apretó el gatillo casi a la vez. El arma electromagnética disparó una andanada de letales proyectiles de hierro que acribillaron al hombre, lo levantaron del suelo y lo tiraron de espaldas. Aterrizó boca arriba, pero los músculos de la mano debían de habérsele agarrotado en un espasmo porque el subfusil siguió disparando, dejando un reguero de balas de la pared al techo que despedazó dos de los espejos y desarboló una armadura.

—Adiós al factor sorpresa —dijo Kurt. Se puso en pie, ayudó a Calista a levantarse una vez más y arrancó a caminar por el pasillo.

En ese preciso instante, el teniente Brooks y los hombres del pelotón de la fuerza de reconocimiento estaban pensando exactamente lo mismo. Habían llegado desde la costa, volando raso, con las luces apagadas y atentos a cualquier indicio de que los hubieran detectado o hubieran hecho acto de presencia en el barrido de algún radar.

Todo apuntaba a una entrada limpia. Y entonces habían cruzado el muro del enorme complejo y frenado hasta quedar inmóviles en el aire para que los equipos de ataque pudieran empezar un rápido descenso en rapel hasta el suelo. Sin embargo, al mismo tiempo que lanzaban las cuerdas, habían empezado a recibir fuego directo, no de un blanco humano que se encontrara en tierra, sino procedente de armas accionadas a distancia.

De al menos tres puntos de los jardines habían surgido, de pequeños cobertizos de mantenimiento, otros tantos pares de ametralladoras del calibre 50. Buscaban blancos, giraban y disparaban contra los helicópteros. Uno de los Black

Hawks ya echaba humo y se retiraba cuando Brooks dio la orden al resto de ellos.

—¡Retiraos! —gritó—. Iniciad maniobra evasiva.

El piloto dio media vuelta y el helicóptero empezó a alejarse de los disparos, pero el espantoso tableteo de los proyectiles atravesando el fuselaje le dijo a Brooks que era demasiado tarde. La metralla y los fragmentos de cabina volaban de un lado a otro como confeti. La sangre que roció la pared del fuselaje indicaba que al menos un hombre había sido alcanzado.

Al mismo tiempo, el helicóptero dio un bandazo hacia un lado, y Brooks vio que el piloto también estaba herido. Estaban girando sobre sí mismos y cayendo.

El copiloto tomó los mandos e intentó enderezar el aparato, pero golpearon el suelo con un crujido. El Black Hawk rodó sobre un costado, con lo que las enormes aspas del rotor se clavaron en el suelo y se rompieron en mil pedazos.

—¡Vamos, vamos, vamos! —gritó Brooks, mientras sacaba a empujones a un hombre por la puerta y luego agarraba al piloto herido y lo ponía a salvo.

La tripulación del Black Hawk y los doce marines que transportaba estaban lejos del helicóptero cuando este explotó. Había tres heridos, además del piloto, y una misión que debía ser un paseo se convertía de repente en una lucha desesperada.

Los hombres se pusieron a cubierto cerca de una pared de roca y establecieron un perímetro defensivo. Brooks vio que los otros Black Hawks huían para ponerse a salvo. Parecía que todos iban a salir de la zona de peligro cuando un misil salió disparado de otro cobertizo medio derruido.

La estela de fuego del cohete era fácil de seguir: volaba hacia el sur tras al helicóptero y lo convirtió en una bola de fuego.

—¡Maldita sea! —renegó Brooks—. Nos han tendido una trampa.

Para entonces salían hombres en tropel de los barracones

y las balas de pistola silbaban al pasarles por encima de la cabeza.

Brooks cogió la radio y transmitió para todas las unidades:

—Líder Dragón a Equipo Dragón. No se acerquen a la zona de fuego. Repito, no se acerquen a la zona de fuego. El complejo está mejor defendido de lo previsto. Misiles y armas de gran calibre.

—Dragón Tres fuera de la zona —fue una respuesta.

—Dragón Cuatro también fuera de la zona.

Eso significaba que el misil había alcanzado al Black Hawk Dos. Brooks no tenía ninguna manera de averiguar si alguien había sobrevivido a la explosión.

Pulsó el interruptor para hablar.

—Dragón Cinco, ¿cuál es su posición?

Dragón Cinco era el helicóptero de reserva cuya función principal era trasladar a los rehenes, pero también transportaba a dos médicos de la marina.

—Seguimos en el punto alfa. ¿Nos necesitan?

—Negativo —respondió Brooks—. Quédense allí hasta que me ponga en contacto con ustedes.

—No vamos a dejarles ahí abajo, teniente.

—Lo harán si yo se lo ordeno —replicó Brooks—. Manténganse alejados hasta nueva orden.

Brooks dejó la radio y echó un vistazo a sus hombres. Tres estaban heridos. Así que quedaban nueve más el copiloto, que llegado ese momento tendría que hacer algo más que volar.

—Jones —le dijo a uno de sus hombres—. Lleve su pelotón al sur. Asegúrense de que nadie nos flanquea.

—Sí, señor.

—Dalton, García, vosotros venid conmigo. Tenemos que encontrar esas ametralladoras y la batería de misiles y eliminarlas.

—Sí, señor —respondieron los hombres al unísono.

Protegidos por el fuego de cobertura de sus compañeros, los tres soldados corrieron cincuenta metros hacia el norte y después escalaron a toda prisa el muro que llevaba al siguiente bancal.

Mientras la inesperada batalla se dirimía de una punta a otra del complejo, Joe seguía con los rehenes. Notaba por el estruendo de las explosiones y el volumen de los disparos que algo había salido mal.

—Todo el mundo al suelo —dijo—. Volcad esas mesas y apilad los colchones.

Casi como para darle la razón, unos disparos atravesaron la parte superior del edificio. Joe se lanzó al suelo como todos los demás. Se oyeron plegarias en varios idiomas. El gimoteo de los niños no precisaba traducción.

—Pensaba que nos íbamos —dijo alguien.

—Yo también —gruñó Joe.

Preguntándose qué había salido mal, reptó por el suelo hasta la puerta y la entreabrió. Unas llamaradas iluminaban el cielo al pie de la colina.

Oyó que varios de los helicópteros maniobraban a lo lejos y el disparo de unas ametralladoras pesadas. Por el auricular, la voz de Brooks avisaba de que les habían abatido y advertía a los demás de que no se acercasen. Al otro lado del bancal vio dos contingentes distintos de hombres que bajaban corriendo por la colina disparando a lo loco. Entre esos y los del barracón, los marines del helicóptero derribado pronto estarían en grave inferioridad numérica.

Joe sabía que necesitaban su ayuda, pero si dejaba la cabaña, los rehenes quedarían completamente solos e indefensos.

Estudió lo que estaba pasando durante unos instantes más. El combate se estaba librando más abajo de donde estaban ellos, aunque en la casa principal se oían sonidos de otra batalla. No obstante, a su derecha, en dirección al sur, todo estaba en calma.

—Es hora de irse —anunció Joe—. No hay que perder el autobús.

Empezó a indicarles por señas que se acercasen a la puerta y señaló hacia la derecha, donde reinaban la oscuridad y la calma.

—Hay un muro a unos setenta metros de distancia. Corred hasta él, escaladlo y seguid corriendo. No paréis hasta encontraros al menos a mil metros de aquí, y solo si descubrís alguna clase de protección. Una zanja, unos arbustos, un grupo de esos árboles raros, cualquier sitio donde podáis esconderos.

Le entregó a Montresor la bengala verde.

—Si ves que os pasa algún helicóptero por encima, enciende esto y sostenlo en alto. Sabrán que sois rehenes y no combatientes enemigos.

Mientras Montresor y los demás se reunían en torno a la puerta, Joe echó otro vistazo fuera.

—¿Qué pasa con mi mamá? —preguntó Tanner Westgate.

—Kurt la encontrará —dijo Joe—. De eso puedes estar seguro.

A Joe se le encogía el corazón al ver aquellas caritas surcadas de lágrimas. Cuando cada uno de los niños estuvo sujeto de la mano de un adulto, Joe se adelantó, se aseguró de que el camino estuviera despejado y luego les hizo señas para que salieran.

Les acompañó durante la mitad del camino, más o menos, y cuando estuvo seguro de que habían dejado atrás los tiroteos, señaló hacia el muro.

—Adelante —exclamó, instándoles a seguir avanzando—, saltad ese muro y no miréis atrás.

Mientras los prisioneros trotaban en la penumbra, Joe se volvió hacia los sonidos del combate. Mirando colina abajo, distinguió el tiroteo en todo su iridiscente esplendor nocturno. A juzgar por las balas trazadoras, estaba claro que el teniente Brooks y sus soldados estaban siendo machacados por tres lados, cuando treinta o cuarenta de los hombres de Brèvard cerraron poco a poco el cerco en torno a ellos.

Joe empezó a moverse hacia delante.

—Increíble —susurró—. Tanto tiempo queriendo llamar a la caballería, y resulta que la caballería soy yo.

Con ese pensamiento en la cabeza, avanzó sin saber muy bien qué iba a conseguir, o si iba a conseguir algo.

54

Mientras fuera el caos iba en aumento, Kurt y Calista se descubrieron enzarzados en una batalla de velocidad con el resto de los hombres de Brèvard. Acababan de cruzar un pasillo aprovechando el fuego a discreción de Kurt, que había mantenido a raya a quienes les perseguían, solo para toparse de bruces con un segundo contingente que se acercaba por el otro lado.

En ese momento, a medio camino de la sala de control, se veían atrapados bajo un fuego cruzado, recibiendo disparos de ambos extremos del pasillo.

—Ponte detrás de mí —le dijo Kurt a Calista mientras respondía al fuego.

—Tendrías que haberme dado una pistola —señaló ella.

—Tenía mis motivos —replicó Kurt.

—¿Qué tal te suenan ahora esos motivos?

—No tan bien como entonces —reconoció Kurt.

Sin otra cobertura que un viejo aparador de madera, Kurt tenía que mantener un ritmo constante de disparos para impedir que sus enemigos avanzasen. Un contador digital azul en la parte superior del arma le informaba del estado de la munición. Llegó a cero con bastante rapidez y Kurt cambió el cargador.

Comprendiendo que tenían que salir de aquella batalla antes de que se agotara el segundo cargador, empezó a disparar a las luces una por una hasta que el tramo central del pasillo quedó sumido en la penumbra. A modo de respuesta, sus atacantes apagaron el interruptor, lo que dejó a oscuras el resto del pasillo, algo beneficioso para el plan de Kurt.

Retrocedió pegado a la pared, encontró una puerta y la abrió de una patada.

—Entra —dijo.

Calista hizo lo que le ordenaba, mientras otra ráfaga de balas rebotaba en el suelo de mármol. Kurt, con la esperanza de engañar a los dos grupos para que se dispararan entre ellos, pegó media docena de tiros en una dirección del pasillo y luego unos cuantos más en la otra.

En cuanto hubo terminado, dio un paso atrás y cerró la puerta. Nada más hacerlo, oyó disparos procedentes de ambos extremos del corredor. Durante un rato al menos, tendrían problemas para distinguir entre sus propios tiros y los de Kurt, pero este sabía que lo único que había conseguido era ganar algo de tiempo para Calista y él.

Mientras planeaba su siguiente jugada, Calista estaba ocupada empotrando un gran sofá contra la puerta y encajando el reposabrazos bajo el picaporte.

—No es mala idea —comentó Kurt.

—¿Cuánto tiempo crees que tenemos? —preguntó ella, mientras tiraba de un tocador para dejarlo pegado al sofá.

—No tardarán mucho en descubrir que ya no les estoy disparando —dijo Kurt—. Pero pasarán un minuto o dos antes de que reúnan el valor necesario para lanzarse por el pasillo.

—¿Y entonces qué?

Antes de que Kurt acertara a responder, el aullido de un cohete sonó fuera del edificio. Cuando se dio la vuelta, Kurt vio el fogonazo blanco de otro misil que surcaba la noche.

—Sebastian —dijo Calista—. Siempre con algún as en la manga. Esos son de Acosta; él era el traficante de armas.

Kurt hizo una estimación rápida pero desalentadora.

—Tenemos que parar esto. O ninguno de nosotros saldrá vivo de aquí.

—Tenemos que llegar a la sala de control —señaló Calista—. Todo se maneja desde allí.

Era imposible que sobreviviesen si cargaban pasillo abajo, ni siquiera vaciando el fusil electromagnético sobre la marcha y con la armadura de kevlar para proteger las partes más vitales del cuerpo de Kurt. Tenía que haber otra manera.

—¿Qué más hay en esta planta? —preguntó.

—Nada —respondió Calista—; solo más dormitorios como este. Como si algún día fuéramos a recibir a la corte.

A Kurt se le ocurrió una idea.

—Podría funcionar, con un poco de suerte —se dijo.

Se acercó a la pared, la tanteó y luego empezó a hacer agujeros en las placas de yeso a puñetazos. Era una construcción normal y corriente de madera y paneles de escayola. Localizó los montantes, retrocedió y luego, con mesurada precisión, apuntó con el fusil de rieles a una sección de la pared, para después trazar una línea vertical de ocho disparos de arriba abajo.

—¿Qué haces? —preguntó Calista.

—Prefiero que estemos en habitaciones separadas —respondió Kurt.

Con una carrerilla de varios pasos, arremetió contra la sección perforada de la pared, se la llevó por delante con el hombro y pasó a trompicones a la sala contigua.

Calista le siguió. Después, en rápida sucesión, hicieron lo mismo en las tres habitaciones siguientes.

Si hubiera usado un fusil corriente, Kurt podría haberse temido que los equipos de hombres del otro lado le oyeran, pero el fusil electromagnético no emitía ningún sonido. Lo único que se oía eran los proyectiles al atravesar el yeso, un sonido que a él le recordaba a un bibliotecario entusiasmado usando una perforadora de tres agujeros.

—Esta es la última habitación —dijo Calista.

Kurt comprobó el fusil de rieles. El contador le informó de que quedaban diez proyectiles. Diez. Por si acaso, abrió la cremallera del bolsillo diagonal del pecho que contenía el viejo revólver Colt.

Esperando no encontrar más resistencia, se acercó a la puerta, la entreabrió y miró hacia el pasillo. Sus enemigos habían convergido en torno a la puerta de la habitación en la que habían entrado Calista y él, y estaban intentando echarla abajo.

—Prepárate —dijo.

Cuando los hombres del otro lado del pasillo derribaron la barricada que Calista había construido y entraron por la fuerza en la habitación, Kurt abrió del todo la puerta y cruzó a toda velocidad el tramo final de pasillo hasta llegar a la escalera. Calista le pisaba los talones.

—Dos plantas más arriba —le dijo.

Kurt subió corriendo el primer tramo, saltando los escalones de dos en dos.

Cuando se acercaba al último recodo, un trío de hombres apareció corriendo en dirección contraria. Kurt no tenía elección: apretó el gatillo. Los proyectiles de hierro atravesaron al primer hombre de parte a parte y se hundieron en el segundo. Los dos guardias liquidados cayeron hacia atrás y derribaron al tercero, que abrió fuego con su subfusil Uzi.

Varias balas alcanzaron a Kurt en la placa del pecho y lo lanzaron hacia atrás. Estaba bastante seguro de que al menos una había herido a Calista, porque esta gritó y cayó rodando por la escalera.

Tumbado boca arriba, Kurt apretó el gatillo inferior y las puntas del táser se clavaron en el cuello de su enemigo, que con una sacudida brusca se desplomó boca abajo y empezó a temblar a causa de la electricidad que le recorría el cuerpo.

Kurt mantuvo el gatillo apretado y la electricidad fluyendo mientras se ponía en pie, corría hacia delante y pateaba al hombre en la cara como si intentase sacar del estadio un balón de fútbol americano. La cabeza del hombre se dobló hacia atrás y se quedó inmóvil.

Una vez controlada la situación, Kurt cogió la Uzi y retrocedió hasta donde había caído Calista.

—Te ha dado.

—La pierna —dijo ella.

Kurt tiró de Calista para subirla al rellano. Había recibido un balazo en el muslo. Sangraba, pero no lo suficiente para indicar que el proyectil hubiera alcanzado una arteria. Kurt se quitó el cinturón y lo enrolló en torno a la pierna a modo de torniquete.

—Creo que está rota —explicó Calista, que intentó ponerse en pie, pero ni siquiera con la ayuda de Kurt pudo cargar algo de peso en la pierna—. Tú sigue —le dijo a Kurt—. Pronto subirán por aquí. Necesitarás que te cubra las espaldas.

Kurt vaciló y luego le dio la Uzi. Imaginó que se la había ganado, a esas alturas.

—No le dejes vivir —dijo Calista—. No tiene derecho.

Sin responder, Kurt la apoyó en la pared, donde dispondría de algo de protección y de un buen ángulo para disparar a cualquiera que se le acercase.

—No vayas a ninguna parte —le ordenó—. Volveré a por ti.

—Eso dicen todos —replicó ella.

Kurt dio media vuelta y subió corriendo por la escalera, hasta que por fin llegó al último rellano. Le cerraba el paso una puerta de acero macizo, que estaba cerrada a cal y canto.

Comprobó cómo iba de munición: quedaban siete proyectiles. Esperaba que bastasen.

Dio un paso atrás y disparó contra el cerrojo. Los proyectiles de hierro lo destrozaron como balas perforantes. La puerta se abrió de par en par con el impacto de los disparos y Kurt entró en tromba.

Vio dos guardias, liquidó a uno y luego saltó para ponerse a cubierto mientras el otro empezaba a disparar.

Arrastrándose por el suelo mientras el guardia descargaba una lluvia de balas, Kurt rodó y disparó otra vez. El proyectil letal atravesó uno de los ordenadores de Sebastian y mató al instante al último de sus guardaespaldas.

Kurt se puso en pie y buscó a Sienna. La avistó al fondo de la habitación. Sebastian la tenía sujeta contra su cuerpo y sostenía una pistola automática chapada en níquel contra su sien.

55

Desde donde estaba, Joe tenía la ventaja de la elevación del terreno, que le permitía ver y oír la batalla que se libraba en los dos bancales inferiores del complejo. Por el auricular oyó al teniente Brooks dirigiendo a sus hombres, buscando un punto débil y siendo rechazado. Al otro lado de los prados oscuros distinguía el helicóptero en llamas y las rayas rojas de las balas trazadoras que convergían en la zona que rodeaba al aparato desde tres direcciones distintas.

Pulsó el interruptor del micrófono de su auricular.

—Líder Dragón, aquí Zavala —dijo—. Les están rodeando. Sugiero que abandonen su posición y vayan colina abajo.

Pegado a la pared de roca para protegerse, el teniente Brooks recibió la comunicación y se quedó atónito por un segundo. Ninguno de sus hombres se llamaba Zavala. Entonces cayó en la cuenta. Uno de los oceanógrafos se apellidaba así.

—Zavala, no podemos retroceder, tenemos cinco heridos, dos de ellos críticos. Más abajo no hay protección. Si no defendemos este muro, estamos muertos.

Un estallido de interferencias dio paso a la voz calmada del oceanógrafo.

—Daré un rodeo e intentaré aliviar la presión en su flanco derecho.

Eso sin duda ayudaría, pero allí había demasiados hombres de Brèvard para que se enfrentara a ellos, aunque los pillara por sorpresa.

—Negativo —dijo Brooks—. Se las vería con veinte enemigos. Si de verdad quiere ayudar, cárguese esas ametralladoras del cincuenta y el lanzamisiles. Nuestra única oportunidad pasa por tener al resto de los hombres sobre el terreno, pero no pueden acercarse ni a un kilómetro de nosotros mientras esos trastos estén activos.

Un retraso que pareció durar una eternidad hizo que Brooks temiera por Zavala, pero luego le llegó su voz alta y clara.

—Veré qué puedo hacer.

Brooks disparó por encima del muro y se agachó justo antes de que varias balas arrancasen esquirlas de las piedras superiores.

El soldado de primera clase William Dalton se acercó corriendo y reforzó la posición.

—¿Hay novedades, teniente?

—Es posible que venga ayuda en camino —dijo Brooks—, aunque si nos salva un biólogo marino, nunca lo superaremos.

—Bueno, es casi como decir un «biólogo marine» —señaló Dalton.

—También es verdad —dijo Brooks, que volvió a ejecutar la rápida maniobra de disparar y agacharse—. También es verdad.

Avanzando sin levantar la cabeza, Joe se dirigió a lo que suponía que era el emplazamiento del que procedían los misiles, pero antes topó con las ametralladoras gemelas del calibre 50.

Las vio moverse de izquierda a derecha, como si buscaran helicópteros en la distancia. Apoyó en el hombro la culata del fusil de rieles y reventó el trípode giratorio que sostenía las armas. El fluido hidráulico se derramó por todas partes y las ametralladoras quedaron inmovilizadas.

—Un calibre cincuenta menos —anunció.

—Bien —replicó el teniente Brooks—. A ver si puede cargarse ese lanzamisiles.

—No lo veo —respondió Joe.

—Más arriba —explicó Brooks—. Yo diría que se encuentra en el centro de ese laberinto.

Joe miró a su alrededor. Distinguía la pared de setos, pero no tenía manera de llegar a la entrada. Y teniendo en cuenta la complejidad del laberinto, dudaba que pudiese alcanzar el centro con rapidez.

El tableteo del segundo par de ametralladoras del 50 le llamó la atención y le dio una idea.

Dirigiéndose hacia ese sonido, atajó por un jardín ornamental lleno de extraños arbustos en flor. Al otro lado distinguió el segundo par de ametralladoras. Corrió hacia ellas, pero en lugar de seguir el rastro de uno de los helicópteros en el cielo lejano, las armas giraron hacia él y los cañones empezaron a descender.

Joe supuso que se había quedado sin refrigerante y ya emitía una señal de calor, pero era demasiado tarde para echarse atrás y siguió con su carrera, saltó de cabeza hacia la base del trípode y se escurrió debajo de ella al mismo tiempo que las ametralladoras empezaban a disparar y acribillaban el suelo en el punto que acababa de dejar atrás.

Con Joe agarrado a la base del trípode, el tableteo cesó, pero las armas siguieron oscilando de un lado a otro, buscando en vano una posición desde la que dispararle. No sirvió de nada, porque Joe estaba demasiado cerca, por debajo de su ángulo máximo de depresión.

Con un agradecido saludo a quienquiera que hubiese diseñado el sistema, Joe se planteó sus opciones. En vez de destruir el mecanismo que apuntaba y disparaba las armas, empezó a desmontarlo. Al cabo de un rato, las ametralladoras dejaron de rotar.

Joe dejó el fusil en el suelo, sacó el cuchillo y empezó a pelar los cables. Al cabo de poco tiempo, tenía media docena de ellos con el cobre a la vista.

—¿Zavala? —oyó por la radio.

—Estoy en ello —contestó Joe.

—Sea lo que sea lo que piensa hacer, mejor que sea rápido.

Empalmando diferentes combinaciones de cables, Joe consiguió que la plataforma girase a trompicones hasta que la tuvo apuntando al centro del laberinto de setos.

A continuación consiguió elevar las armas. Ahora solo necesitaba que disparasen. Examinó el mecanismo del gatillo. Las armas eran ametralladoras M2 estándar del calibre 50. Nada exótico, pero los gatillos estaban cubiertos por una funda metálica.

Usando la culata del fusil a modo de maza, Joe rompió esa funda y accedió a los gatillos. Habían instalado una sencilla abrazadera hidráulica para apretarlos a distancia. Joe no tenía tiempo de trastear con aquello, de modo que rodeó con las manos el mecanismo entero del gatillo y apretó.

Las dos ametralladoras empezaron a escupir fuego. Una de cada cuatro balas era trazadora, y gracias a ellas Joe vio que había apuntado un poco alto. Bajó los cañones unos centímetros y empezó a disparar otra vez. En esa ocasión, los proyectiles encontraron su blanco y destrozaron la batería de misiles. Uno de los cohetes explotó y otro salió disparado, pero enseguida se le torció el morro para abajo y cayó con un golpe sordo en los pastos del otro lado del muro.

Joe todavía estaba disparando cuando oyó que Brooks llamaba al resto de los helicópteros.

—Aquí Líder Dragón, la ZA está despejada. Repito, la ZA está despejada.

—Dragón Tres en camino —fue la primera respuesta.

—Dragón Cuatro en camino.

Movilizada la ayuda, Joe se dejó caer otra vez al suelo, recogió el fusil electromagnético y esperó a que llegaran los marines.

56

En la sala de control de la última planta de la mansión principal, se vivía un compás de espera. Kurt había levantado el fusil de rieles y apuntaba con él a la cabeza de Sebastian Brèvard, pero este se había colocado detrás de Sienna y había amartillado la reluciente automática que apretaba contra su sien.

Teniendo en cuenta la precisión de su arma, Kurt estaba seguro de que podía matar a Sebastian con un solo disparo, pero los nervios del cuerpo tienen maneras extrañas de reaccionar a la muerte del cerebro. Si Kurt le disparaba, Sebastian tal vez se quedara inerte al instante o, por las mismas, su mano podría experimentar una convulsión que apretara el sensible gatillo de la pistola y matara a Sienna.

El hecho de que le quedase un solo proyectil en el arma también era motivo de preocupación.

—Kurt —gritó Sienna—. Lo siento mucho. Todo esto es culpa mía.

Kurt miró a Sienna a los ojos, para transmitirle calma.

—Todo saldrá bien —le prometió—. Te va a soltar.

—¿Yo? —preguntó Sebastian—. ¿Para que puedas matarme? No lo creo.

—No me interesa matarte —explicó Kurt—. Para eso ya hay cola. Si Acosta no acaba contigo, lo harán los norcoreanos… o hasta Than Rang, si sale alguna vez de la cárcel. Vivo o muerto, eres irrelevante para mí a estas alturas. Tus planes se han ido al traste. No sé qué conspiración has estado tramando aquí, pero está saltando por los aires mientras hablamos.

—¿En serio? —replicó Sebastian, alzando las cejas en una exagerada mueca de sorpresa—. Porque, aparte de que os hayáis adelantado, todo va exactamente como había planeado.

Kurt le miró a los ojos. No le interesaba sostener una charla banal con aquel hombre, pero estaba dispuesto a tenerla si con eso le inducía a cometer un error.

—¿Esperas que me crea que todo esto forma parte de un plan maestro?

—Vamos, hombre —prosiguió Sebastian—; sin duda sabrás que podríamos haberte matado en el yate de Westgate. Los cadáveres que se encontraron en el pecio son una buena prueba. ¿Te has preguntado siquiera por qué te perdonamos la vida?

Kurt llevaba un tiempo dándole vueltas a ese interrogante.

—Intentabais mantener en secreto el secuestro —dijo—. Querías que yo le contara al mundo que Sienna se había ahogado. Así, no habría investigación.

—Entonces, ¿por qué te enviamos las fotos de Sienna en Irán? —preguntó Sebastian—. ¿Por qué ayudarte a comprender que estaba viva, al fin y al cabo?

Kurt no tenía respuesta. A decir verdad, no se creía una sola palabra de lo que decía Sebastian, pero se estaba quedando sin tiempo. La batalla de fuera no parecía ir muy bien, y los disparos que oía en el rellano le indicaban que Calista intentaba defender su posición.

—¿Se te ha comido la lengua el gato? —preguntó Sebastian—. Entonces te lo diré yo. Necesitábamos que pusieras la pelota en juego. Iniciar el proceso de reevaluación entre vuestros confiados líderes. Plantar la semilla de la duda.

—No importa lo que tuvieras en mente —replicó Kurt—, se ha acabado. Puede que nos hayas llevado la delantera desde el principio, pero nosotros sabemos lo que te traes entre manos desde Corea. Nuestra gente está desconectando las redes vulnerables en este mismo momento. Cuando por la mañana el mundo se abra para dar paso a los negocios, el Phalanx habrá desaparecido. Lo están arrancando de todos los sistemas en los que ha estado instalado alguna vez.

Una amplia sonrisa asomó a la cara de Sebastian. No había nada de falso en ella, y tampoco parecía la de quien pone buena cara ante la derrota. En realidad, a Kurt le dio la impresión de que acababa de comunicar a Sebastian una noticia maravillosa.

—Por supuesto que están haciendo todo eso —dijo Brèvard—. Que es exactamente lo que yo estaba esperando.

—Mientes —le espetó Kurt.

—¿Miento? —repusó Sebastian—. Pregúntale a tu encantadora amiga si el Phalanx ha estado alguna vez en peligro.

Kurt se negó a seguirle el juego, de modo que Sebastian centró su atención en Sienna.

—¡Cuéntaselo!

—Dice la verdad —reconoció Sienna—. Sigue siendo seguro. Gracias al modo en que funcionan sus protocolos de inteligencia artificial, el Phalanx no puede ser pirateado. Ni siquiera por mí.

Kurt entrecerró los ojos. Sienna tenía la cara bañada en lágrimas.

—Entonces, ¿por qué montar todo este enredo?

Sebastian respondió:

—Porque he pasado tres años perfeccionando el mayor golpe criminal de todos los tiempos —alardeó— y la aparición repentina del Phalanx casi lo echa todo a perder. Ahora, gracias a ti, a los Westgate y a un exceso de cautela, tus líderes lo están retirando por mí.

Kurt por fin lo veía claro.

—Y cambiándolo por los viejos sistemas —dijo—. Sistemas que ya sabes piratear.

Sebastian parecía un hombre que se tuviera por un genio o incluso un dios. Sus máquinas y sus hombres estaban ganando la batalla de fuera, y las mentes más sobresalientes en cuestiones de seguridad le habían entregado lo único que no podía conseguir por sí mismo. Habían retirado la muralla infranqueable del Phalanx y la habían reemplazado por lo que debía de ser un verdadero túnel que conducía directamente a lo que Sebastian perseguía.

—Vas a robar los bancos de todo el mundo —dijo Kurt, recordando el trabajo que había hecho Montresor.

—No será nada tan burdo como un robo —replicó Sebastian—. Yo soy un artista. Mi delito tendrá mucho más estilo.

—¿Qué delito? —preguntó Kurt irritado—. ¿Qué pretendes?

—Es la Reserva Federal —exclamó Sienna—. Ha plantado virus en los bancos de la Reserva Federal.

—Cállate —gritó Sebastian a la vez que intentaba impedirle que hablase apretándole la tráquea con el antebrazo.

Aquella reacción hizo que Kurt se moviera y casi disparase, pero Sebastian también se desplazó y logró mantener a Sienna entre los dos.

—¿La Reserva Federal? —repitió Kurt—. No puedes robar la Reserva Federal, sería una insensatez más grande incluso que robar un banco.

—Si mi intención fuese atracarlo —replicó Sebastian con un tono cargado de orgullo y veneno.

Kurt decidió pincharle. A lo mejor, solo a lo mejor, el ego de Sebastian era como el de muchos delincuentes, que en secreto desean que el mundo sepa lo brillantes que son. Desde luego, no sería el primero que alardease de un delito y lo reivindicara.

—Si no piensas robar la Reserva Federal, entonces ¿qué es lo que pretendes? Supongo que no irás a hacer un ingreso.

—En realidad —dijo Sebastian—, en cierta manera sí.

Kurt guardó silencio.

—¿Tienes alguna idea de cómo crea dinero la Reserva Federal? —preguntó Sebastian.

—Imprimiéndolo —respondió Kurt, pensando en la historia familiar de los Brèvard.

—Hasta cierto punto —reconoció Sebastian—. Pero tienen maneras más eficaces, la más útil de las cuales es el pago de bonos. Cuando deciden que los inversores o los titulares de bonos merecen una compensación, sencillamente se sientan ante el ordenador, teclean unos números y los dólares aparecen por arte de magia en las cuentas correspondientes, a la vez que se cancelan los pagarés.

Sebastian sonrió.

—No voy a robar la Reserva Federal —continuó—. Voy a usar sus propios programas para crear de la nada una serie de bonos y al mismo tiempo crearé dólares para liquidar esos bonos. No se echará de menos ningún dinero; no habrá pérdidas que explicar o rastrear. El balance de la Reserva Federal se quedará exactamente como está ahora. Una columna compensará a la otra; el pasivo cuadrará con el activo. No vamos a robar dinero; vamos a crearlo.

—Pues claro —dijo Kurt. Tenía sentido—. Eres un falsificador. Como tus antepasados, solo que un poco más moderno.

—¿O sea que sabes su historia?

—La Banda del Río Klaar —respondió Kurt.

Sebastian reaccionó al oír el nombre, pero no avergonzándose. Casi parecía orgulloso de reconocerlo.

—Mi bisabuelo fue un hombre brillante —dijo—. Los billetes que creó eran perfectos. No podían diferenciarse de los auténticos. No hasta que el tiempo deterioró los tintes. Entonces tuvo que desaparecer, y eso fue lo que hizo. Aunque el mundo entero lo estuviera buscando, desapareció sin dejar ni rastro.

—¿Asesinando a más de doscientas personas en el *Waratah*? —replicó Kurt—. No sois artistas; sois matones y asesinos.

—Veo que has juntado todas las piezas del rompecabezas

—reconoció Sebastian, como si estuviera halagando a Kurt—. Razón de más para que me vaya.

—¿No creerás de verdad que te vas a salir con la tuya? —preguntó Kurt—. El sistema tiene mecanismos de control, auditores y organismos investigadores.

Sebastian subió un escalón arrastrando a Sienna.

—¿Tan inocente eres? A diario se producen miles de millones de transacciones. Billones de dólares cambian de manos en el espacio de un mes. ¿Crees que todo eso lo cuadra una horda de contables con una visera verde sobre los ojos, que trabajan en alguna oficina perdida del banco? Esos controles y auditorías de los que hablas los efectúan programas de ordenador. Y adivina quién controla esos programas ahora. Yo. Los datos que arrojen satisfarán a los pocos humanos que se molestan siquiera en mirar más allá de la primera línea y la última, eso te lo aseguro.

Sebastian subió otro escalón con Sienna a rastras.

—Eso no puedes saberlo con certeza —observó Kurt.

—Estoy bastante convencido a estas alturas —dijo Sebastian—. Y si tu gobierno se entera en algún momento, descubrirá que centenares de miles de millones de dólares han sido creados y desembolsados a miles de empresas y testaferros que he creado yo. Descubrirá que la mitad del rastro se evapora y la otra mitad conduce a fondos de financiación de campañas electorales en Estados Unidos y otros lugares del mundo. Verán que miles de millones han sido canalizados a través de China, Irán y Corea del Norte. Y se las verán con un terrible dilema: reconocer la verdad y hacer temblar la confianza del mundo en el todopoderoso dólar, lo que con toda probabilidad hundiría el sistema financiero internacional, o dejarlo correr, reparar el boquete con discreción y tomarlo como una experiencia didáctica.

Kurt debía reconocer que Sebastian probablemente tenía razón.

—Es posible que no lo publiciten, pero irán a por ti.

—Me darán por muerto —dijo Sebastian, que superó con Sienna el último escalón y tiró de ella hacia el fondo de la habitación.

Kurt vio que se dirigía hacia otra puerta de acero de seguridad instalada en la pared de atrás. No podía permitir que Sebastian la cruzara con Sienna. Se puso rígido.

—Da un paso más y te mato —advirtió—, pase lo que pase después.

Sebastian estudió a Kurt desde detrás de Sienna. Para entonces estaba tan pegado a ella que solo el ojo derecho le asomaba por detrás del cuerpo de la rehén para observar a Kurt y su mirada amenazante. Y aun así, pese a lo pequeño del blanco, a Sebastian no le cupo duda de que Austin dispararía. Ya había perdido demasiadas veces a esa mujer. No parecía dispuesto a perderla otra vez.

Eso le dejaba a Sebastian una única opción. Con Sienna bien sujeta contra el cuerpo, cruzó el brazo por delante de ella y se sacó del bolsillo un minúsculo mando a distancia.

A ojos de Kurt se parecía mucho al que había usado Calista en el túnel de debajo de la zona desmilitarizada.

—Si tu plan es electrocutarme, llegas un poco tarde, ya me han despiojado.

—No es para ti —dijo Sebastian—. Es para ella. —Después, le susurró a Sienna—: Te haré una oferta. La misma que llevo haciéndote desde el principio. Tu vida o la de tus hijos. ¿Qué eliges?

Pulsó una tecla en la pantalla cristalina del mando y una bola de fuego estalló en mitad del patio. Fue tan potente que destrozó las ventanas de detrás de Kurt. Los añicos de cristal volaron por la habitación.

Kurt se mantuvo firme mientras los cristales chocaban contra él.

—Eso ha sido la armería —le explicó Sebastian a Sienna con regodeo—. Si te resistes o si él intenta detenerme, desintegraré a los prisioneros de la cabaña y tus hijos arderán.

«Una jugada a ciegas como una casa», pensó Kurt. Ninguno de ellos sabía si los prisioneros seguían en la cabaña. Era del todo posible que se hubieran quedado allí para cobijarse de la batalla que se libraba en el exterior. También era posible que Joe se los hubiera llevado a otra parte.

—Deja que me vaya —le suplicó Sienna a Kurt, con los ojos llenos de lágrimas.

—Te matará —replicó Kurt—. Los matará de todas formas.

—¡Por favor!

En ese momento, una figura entró arrastrándose por la puerta principal, una visión lastimosa que reptaba por el suelo.

—Hermano —exclamó—. Querido hermano.

La aparición de Calista fue lo bastante sorprendente para distraer por un momento a Sebastian, que hizo ademán de mirar en su dirección antes de corregirse. La pistola que tenía en la mano se apartó de la cabeza de Sienna por un instante y, en ese abrir y cerrar de ojos, Kurt apretó el gatillo y disparó.

El proyectil de hierro del fusil electromagnético impactó en la pistola niquelada a una velocidad de seiscientos metros por segundo, justo por delante del martillo.

El impacto destrozó la pistola al mismo tiempo que el percutor caía y golpeaba la bala de la recámara. La pólvora del cartucho de 9 milímetros prendió y el proyectil de plomo inició su travesía hacia delante. Pero el disparo de Kurt había deformado el armazón de la pistola, de modo que la bala, en lugar de escapar por la boca del cañón, reventó el arma.

En el momento de la explosión, la pistola ya no estaba en la mano de Sebastian, porque el disparo de Kurt se la había arrebatado, sino volando hacia el fondo de la habitación. El impacto le había roto la muñeca a Sebastian, y la metralla que salió disparada en todas direcciones cuando estalló el arma le hizo cortes en la cara y en el cuello, como las zarpas de un animal enfurecido.

Cegado por la furia, Sebastian lanzó a Sienna contra Kurt, agarró la puerta e intentó cerrarla de golpe.

Kurt ya estaba tirando a un lado el fusil electromagnético y metiendo la mano en el bolsillo abierto de su chaqueta blindada para sacar el Colt. Apartó a Sienna de un empujón y desenfundó como un pistolero del Viejo Oeste: extendió el revólver hacia Sebastian, lo amartilló y apretó el gatillo en un solo movimiento veloz.

La atronadora detonación de la vieja bala del calibre 45 resonó en toda la sala mientras el cañón escupía fuego y salía una nube de humo por los dos lados del tambor.

El pesado proyectil rozó la brillante puerta de acero y alcanzó a Sebastian justo a la derecha de su centro de masas. El secuestrador salió despedido hacia atrás como si le hubiera pegado una coz un caballo. Se estrelló contra la pared del otro lado y cayó de costado a la vez que la puerta se cerraba de un portazo y lo ocultaba.

Kurt corrió hacia la puerta y giró el picaporte. La puerta se había cerrado pero el pestillo no estaba puesto; la abrió de par en par, dispuesto a disparar otra vez, pero al instante comprendió que no sería necesario. Sebastian yacía muerto contra la pared.

El mando a distancia cayó de la mano del difunto y Kurt se relajó por un momento, hasta que en la pequeña pantalla del aparato vio lo que parecía un segundero avanzando en un arco rojo hacia la posición de las doce en punto.

—¡Sal de aquí! —gritó Kurt, mientras corría junto a Sienna y la ponía en pie.

Las explosiones comenzaron a lo lejos. Primero, la cabaña de los prisioneros, después los barracones y por último los dos helicópteros del hangar.

Kurt había ayudado a Sienna a levantarse y estaba haciendo lo mismo con Calista.

Se volvió hacia la puerta, pero era demasiado tarde. Una serie de explosiones sacudió la mansión, demoliendo una sección tras otra y avanzando hacia ellos como un ruidoso tren de mercancías.

Comprendiendo que no había otra salida, Kurt empujó a Sienna hacia las ventanas destrozadas y la veranda de abajo.

—¡Salta! —gritó.

Sienna saltó sin pensárselo y Kurt se lanzó con Calista por encima del borde al cabo de medio segundo. Mientras caía por el aire, notó que las explosiones se acercaban. A su izquierda y su derecha iban estallando de forma simultánea bloques de la mansión. La sala de control explotó al cabo de un instante, en una erupción de fuego que retumbó a la vez que Kurt, Sienna y Calista se zambullían en el lado hondo de la piscina olímpica de Sebastian.

Kurt sintió que las piernas le golpeaban el fondo de la piscina de cuatro metros de profundidad y miró hacia arriba. Vistas a través de la lente caleidoscópica del agua removida, las lenguas de fuego distorsionadas resultaban casi hermosas.

A continuación se produjo una granizada de escombros, entre ellos salpicaduras de napalm que seguían ardiendo en la superficie del agua y cascotes de piedra de la casa que caían alrededor de ellos como meteoros.

Kurt agarró a Sienna para impedirle que emergiera cuando una segunda lengua de fuego pasaba por encima de la piscina y luego se retiraba.

Él podría haberse quedado allí abajo otro minuto, pero Calista luchaba por soltarse. Kurt dudaba que se hubiera preparado para la zambullida. La agarró con fuerza y se impulsó hacia arriba en un ángulo que les alejaba de la casa. Salieron a la superficie mientras los últimos fragmentos dispersos caían del firmamento.

Flotando y ayudando a Calista a mantener la cabeza por encima de la superficie, Kurt se volvió trazando un lento círculo y vio que medio mundo era pasto de las llamas. Las plantas superiores de la mansión habían saltado por los aires, mientras que las inferiores estaban consumidas por el fuego. Le asaltaron olas de calor, templadas solo por el frescor del agua.

—Por allí —dijo Kurt, señalando hacia el otro extremo de la piscina.

Sienna empezó a nadar, y Kurt rodó para ponerse boca arriba y arrastrar a Calista con brazadas de socorrista hasta que pudo hacer pie y llegar caminando hasta la pared.

Mientras salían del agua, Kurt oyó que se acercaba alguien. Amartilló la vieja pistola y se preparó para una pelea más, pero un grito amistoso le impidió disparar.

—Tranquilo, vaquero —exclamó Joe Zavala saliendo de la oscuridad.

Mientras Kurt bajaba la pistola, aparecieron varios marines, que se acercaron por detrás de Joe.

—Kurt, te presento al teniente Brooks —dijo Joe—. Teniente Brooks, le presento a Kurt Austin.

Brooks sonrió a Kurt y luego pareció reconocer a Calista. Alzó el arma.

—No pasa nada —advirtió Kurt, levantando una mano.

—Pero es una de ellos —insistió Brooks.

—No —replicó Kurt—. Resulta que, a fin de cuentas, no lo es.

Brooks tomó una decisión rápida. Bajó el arma y cogió la radio.

—Que venga aquí el SARC —dijo, refiriéndose a los médicos de la marina, dos de los cuales habían aterrizado en el Dragón Cinco—. Tenemos otro herido.

Antes incluso de que llegara el médico, Brooks se agachó junto a Calista y empezó a trabajar en sus heridas.

—¿Y mis hijos? —preguntó Sienna—. ¿Y los demás?

—Sanos y salvos —respondió Joe—. Los he enviado a tomar un helado en cuanto ha empezado la batalla.

—Han saltado el muro y se han reunido con un par de los muchachos del Dragón Tres —intervino Brooks.

—¿Dónde están ahora?

—El Dragón Cuatro ha descendido en picado y los ha recogido —explicó Brooks—. Ya vuelan de regreso al *Bataan*.

Al oír eso, la postura entera de Sienna se relajó bajo una oleada de alivio. Se le hinchó el pecho y rompió a llorar otra vez. Pero en esa ocasión eran lágrimas de alegría.

Kurt sonrió.

—Entonces ¿deduzco que hemos ganado?

—Hemos ganado —confirmó Joe—. Mientras tú te dabas un chapuzón nocturno con dos bellas mujeres, el resto estábamos trabajando duro para volver las tornas de la batalla.

—Me alegro de oírlo —dijo Kurt—. ¿Y cómo vamos a salir de aquí «el resto de nosotros»? Parece que vamos algo cortos de helicópteros.

—Cargaremos al máximo el Dragón Tres y se llevará a los heridos —explicó Brooks—. El resto nos dirigiremos a la costa. Madagascar tiene un ejército bastante limitado y al parecer estamos a kilómetros de cualquier punto importante, pero no quiero toparme con ningún miembro bienintencionado de la guardia local.

Kurt asintió.

—¿Vamos caminando?

—No —respondió Brooks—. Mis hombres han rescatado un montón de caballos de los establos del bancal más bajo. Cabalgaremos.

Al oír eso, Calista alzó la mirada.

—Yo voy con vosotros —dijo.

Brooks sacudió la cabeza.

—No está en condiciones de cabalgar, señorita. Irá en el helicóptero.

Calista enderezó la espalda y se soltó de la mano del teniente.

—He dicho que iré a caballo. Además, necesitaréis a alguien que os enseñe el camino.

—Creo que sabremos encontrar el océano nosotros solos —insistió Brooks.

—Créame —terció Kurt—, no sirve de nada discutir con ella.

Brooks se encogió de hombros.

—Usted verá.

Al cabo de unos minutos, el grupo llegó a los establos. El último Black Hawk estaba posado en el prado vecino.

Sienna abrazó a Kurt con fuerza.

—Te lo debo todo —le susurró al oído—. Mi vida, mi familia. ¿Cómo podré compensártelo nunca?

—Ve y vive, nada más —dijo Kurt—. Y dile a tu marido que siento haberle atizado en la mandíbula.

Sienna le miró con expresión confusa.

—Es una larga historia —añadió Kurt—. Sabiendo por lo que ha pasado, espero que ni siquiera lo recuerde.

Sienna asintió, empezó a llorar de nuevo y sonrió a través de las lágrimas. Le dio otro fuerte abrazo y luego embarcó en el helicóptero.

Cuando el aparato se puso en marcha y despegó, Kurt se dirigió al interior del establo. Calista ya estaba a grupas de su caballo, y los demás estaban montando.

Kurt se subió a un animal de aspecto robusto y cogió las riendas.

—Mírame —dijo Joe—, soy la caballería, ni más ni menos. Ahora hasta voy a caballo.

Solo Kurt se rió; nadie más pilló la broma.

Salieron del establo en fila india, recorrieron el camino principal y cabalgaron a campo abierto mientras a sus espaldas, en el monte, el palacio Brèvard y los sueños locos de Sebastian quedaban reducidos a cenizas.

Kurt se fijó en que Calista no miró atrás en ningún momento. En lugar de eso, los llevó a un sendero que ella misma había creado transitando por allí a lo largo de los años.

Solo entonces Calista comprendió por qué siempre regresaba a aquella extraña colina en la que el buque había estado enterrado. Solo entonces recordó a sus verdaderos hermanos hablando de un bote salvavidas. Y luego a Sebastian, de joven, con Egan y Laurent, trabajando allí abajo para cubrir lo que su madre y sus hermanos habían exhumado.

Dos horas más tarde llegaron a la costa, donde un oleaje suave lamía una ancha playa. Una vez allí, el teniente Brooks ordenó al grupo que se detuviese, hizo una llamada por radio y encendió una baliza de luz tenue.

Tras una breve espera, un par de botes hinchables de alta velocidad aparecieron en la oscuridad, tripulados por sendos soldados vestidos de camuflaje y con la cara pintada. Entraron en las aguas de la playa y aminoraron hasta detenerse justo al otro lado de donde rompían las olas bajas.

—¿Alguien ha pedido un taxi acuático? —preguntó uno de los hombres camuflados.

Mientras los marines vigilaban la orilla en ambas direcciones, Kurt ayudó a Calista a bajar del caballo. Estaba pálida y fría. Frotó la mancha que su animal tenía en el morro y susurró algo sobre correr en libertad. El caballo partió y se alejó al galope por la playa, y Calista prácticamente se derrumbó en el suelo. Kurt la recogió, la cargó en brazos y se metió en el agua mientras ella le envolvía el cuello con las manos y se apretaba contra él.

—Tendría que haberme ido de aquí hace veintisiete años —susurró.

—Más vale tarde que nunca —dijo Kurt.

La llevó hasta el bote más cercano y la posó con suavidad en el fondo. Después subió él y Joe les siguió enseguida, mientras los marines se acomodaban en el segundo bote. Al cabo de unos instantes, surcaban las olas a toda velocidad en dirección al mar abierto.

Solo Calista se sorprendió cuando una gran forma negra se elevó desde debajo del agua y dejó que los botes se le subieran encima.

Un grupo de marineros les ayudó a bajar de las embarcaciones y los dirigió a una escotilla de la cubierta. Llevaron a Calista a la enfermería mientras el capitán de la nave estrechaba la mano a Kurt y Joe.

—Bienvenidos a bordo del USS *Ohio* —dijo—. Tengo entendido que trabajáis para Dirk Pitt en la antigua organización de Jim Sandecker, la NUMA.

Ambos asintieron al unísono.

—Los dos me han pedido que os salude de su parte —explicó el capitán—. El plan es informarles mañana por la mañana. Que es dentro de una hora y cuarenta minutos, por cierto.

—Qué suerte la nuestra —comentó Kurt.

—Por lo menos tú pasaste tres días roncando en Corea —señaló Joe—. Imagina cómo me siento yo.

Kurt se rió.

—Ya informaré yo —dijo—, pero necesito enviar un mensaje seguro antes de sumergirnos. ¿Sería posible?

—Claro —respondió el capitán—. ¿Qué quiere que diga?

—Es complicado —comenzó Kurt—. Básicamente, necesito que alguien decrete que mañana los bancos hacen fiesta. Y a lo mejor el resto de la semana; por si acaso.

57

En las últimas horas de aquella noche el SS *Waratah* por fin regresó a casa. Algunos habían querido retrasar su llegada hasta la mañana, pero Paul no quiso saber nada. Creía que el venerable buque ya había pasado demasiado tiempo lejos.

Tras un delicado empujoncito del *Sedgewick*, el buque entró en puerto prácticamente solo. Sin embargo, al acercarse al muelle, Paul vio una estampa que recordaría durante el resto de su vida. Parecía que la mitad de Durban hubiera salido a la calle, pues miles de personas esperaban en la oscuridad con velas en las manos. Ocupaban los dos lados del muelle de entrada y el pantalán.

No vio flashes de cámaras ni hubo dignatarios ni discursos. Todo eso llegaría más adelante. Por el momento, aquella noche era la gente de Sudáfrica quien daba la bienvenida a casa a ese buque.

El *Waratah* llegó hasta el muelle y fue amarrado. Un oficial de alto rango de la marina sudafricana subió a bordo y Paul cedió el mando del buque. A partir de ese momento, solo pensó en encontrar a Gamay y envolverla con sus brazos.

Fiel a su palabra, su mujer le esperaba al pie de la pasarela. Se abrazaron y empezaron a caminar por el muelle. Paul no había visto en su vida tantas tarjetas, flores y coronas.

Se detuvo junto a un retrato que le resultaba familiar. En la foto en blanco y negro vio a un hombre corpulento con un bigote de puntas retorcidas. Debajo estaba escrito su nombre, al igual que su ocupación a bordo del *Waratah*: fogonero, asignado a la caldera de popa.

Paul seguía sin creer en fantasmas, pero se preguntó si no existirían, al fin y al cabo.

Cogidos de la mano, Gamay y él recorrieron el resto del muelle sin pronunciar una sola palabra.

58

Los detalles del mensaje de Kurt explicaban lo que sabía sobre el plan de Brèvard. Y cuando se informó al presidente y al director de la Reserva Federal, se declaró una moratoria de tres días para todas las actividades de ese organismo.

Entretanto, Montresor, Sienna Westgate y el resto de los hackers explicaron de forma voluntaria lo que habían hecho y les habían obligado a hacer, y revelaron los virus, escondites y trampillas que habían plantado, uno por uno, hasta que todos los peligros quedaron al descubierto y neutralizados.

Después de doce horas a bordo del *Ohio*, Kurt, Joe y Calista fueron trasladados a un barco que navegaba rumbo a Durban. Al mismo tiempo, un helicóptero recogió al teniente Brooks y al resto de los marines y los llevó de vuelta al *Bataan*, después de que prometieran no reírse nunca más de los oceanógrafos.

Al entrar en el puerto de Durban, Kurt y Joe se maravillaron ante la imagen del *Waratah*, que volvía a estar en casa después de tantos años. Un sinfín de ramos de flores adornaban el muelle delante del buque, al que ya estaban aplicando una concienzuda operación de limpieza y restauración. Se estaban elaborando planes para convertir una parte del barco en museo y la otra en un monumento flotante a los doscientos once pasajeros y tripulantes que habían desaparecido hacía más de un siglo.

Un diario descubierto en la enfermería permitió conocer hasta cierto punto lo que había sucedido, aunque, por desgracia, los descendientes tendrían que vivir sabiendo que aquellos que no murieron en el secuestro fueron abandonados a su suerte en botes salvavidas y perecieron en el mar por culpa de una tormenta. Se estaba organizando una ceremonia conmemorativa con todos los honores.

Al amarrar, Kurt buscó con la mirada caras conocidas.

—Pensaba que Paul y Gamay vendrían a recogernos —le comentó a Joe.

—He recibido un mensaje suyo —dijo su amigo—. Están en una doble cita con Duke y Elena. No sé qué decían de ir a una galería de tiro para demostrar, de una vez por todas, quién había salvado el *Waratah*.

Kurt se encogió de hombros. El mensaje no tenía sentido para él.

Aunque Paul y Gamay no estuvieran para recibirles, sí que había acudido alguien. Una mujer atractiva cuyo vestido blanco ofrecía un agradable contraste con su bronceado color canela. Estaba en el pantalán inferior, saludando con la mano y gritando a Joe.

—No sabía que tuvieras amigas por estos pagos —dijo Kurt, aunque Joe parecía tener un amigo en cada puerto.

—Es la periodista que cubrió la noticia de cómo te rescaté de las fauces del mar embravecido —explicó Joe—. Nos hicimos amigos mientras te estabas recuperando.

—Bueno, si alguien se merece una temporadita de relax, eres tú. Nos vemos en Washington.

Joe asintió, bajó por la pasarela con paso despreocupado y se fue con la joven.

Mientras el resto de los pasajeros se apeaban del barco, Kurt se volvió hacia Calista. Había empezado a recuperarse de sus heridas, pero parecía más demacrada que nunca.

—¿Qué será de mí? —preguntó—. ¿Iré a la cárcel?

Kurt respiró hondo.

—Hay muchas personas que tienen preguntas para ti —reconoció—. El FBI, la Interpol, Scotland Yard. Pero en tu caso existen atenuantes significativos. Aparte de eso, nos ayudaste a la hora de la verdad, y ya has proporcionado información útil sobre el resto de los conspiradores.

Calista se animó un poco y bajó la vista a sus piernas. Una escayola cubría la mitad inferior de la izquierda, mientras que una pulsera localizadora en el tobillo derecho le recordaba que no era libre. La policía sudafricana y el consulado británico pretendían seguirle el rastro hasta que decidieran su destino. Le habían informado de que alguien la acompañaría en todo momento y, en efecto, un agente del cuerpo de policía de Durban la estaba esperando al pie de la pasarela.

Desde luego no parecía que fuese a disfrutar de mucha libertad en el futuro inmediato. Se volvió hacia Kurt.

—¿Irás a visitarme a la trena? Seguro que paso la mayor parte del tiempo en aislamiento.

Kurt se rió.

—Sin falta —prometió—. Te llevaré un pastel con una lima dentro.

Calista alzó una ceja.

—Es lo menos que puedo hacer —añadió Kurt—. Por lo que a mí respecta, ya eres parte de la manada.

Calista lo miró extrañada.

—¿«Parte de la manada»?

Kurt no se molestó en explicarlo.

—Cuando tengas algo de tiempo libre, lee *El libro de la selva* de Kipling. Tendrá más sentido después de eso.

Calista asintió y se volvió hacia el muelle, para observar a las personas que en ese momento desfilaban a través de las puertas de la terminal de embarque de pasajeros y se ponían a esperar juntas. El grupo parecía abarcar tres generaciones: una pareja canosa, tres personas de treinta o cuarenta años y varios niños.

—No sé si puedo hacer esto —dijo Calista.

—Esa gente es tu familia —insistió Kurt—, tu familia de verdad. Han volado desde Inglaterra para conocerte.

—¿Qué van a pensar de mí? —preguntó Calista—. ¿Qué voy a decirles? He hecho cosas espantosas.

—Te verán como la hija pródiga —dijo Kurt—. Encontrarán en ti la recompensa a la esperanza que han mantenido viva durante todos estos años. Te contarán historias sobre tu padre y tu madre. Para serte sincero, si se parece en algo a mis reuniones familiares, tendrás suerte si consigues colar un comentario o dos.

Calista agradecía las palabras de Kurt, pero el miedo era apabullante.

—No puedo —se lamentó, sacudiendo la cabeza.

—Calista no puede —matizó Kurt—, pero Olivia sí. ¿Recuerdas cómo dejaste libre a tu caballo? Haz lo mismo con Calista. Es hora de despedirse de ella.

Calista respiró hondo, en un claro intento de hacerse fuerte ante el embate de la emoción. Se volvió hacia Kurt y cambió de tema.

—La verdad es que tendrías que haberme besado —le dijo—. En el yate de Acosta, digo. Nos habríamos ahorrado un montón de problemas.

Kurt se rió de buena gana y asomó a su cara una sonrisa; se le marcaron los hoyuelos y las arrugas de la bronceada piel que rodeaba los ojos.

—Dudo mucho que un beso mío vaya a cambiar la vida de nadie.

—Habría estado bien averiguarlo —replicó ella.

Kurt siguió sonriendo y luego se inclinó poco a poco hacia ella. Deslizó la mano por su mejilla y la ahuecó en torno a su cara, que atrajo con delicadeza hacia él hasta que sus labios se tocaron suavemente en un beso prolongado.

Cuando se separaron, Calista exhibía una sonrisa radiante.

—No lo sé —dijo—. Ha estado bastante bien.

Kurt volvió a reírse.

—Ve a ver a tu familia —le dijo—. Llevan esperando treinta años.

Calista asintió, le miró por última vez y luego bajó por la pasarela con la ayuda de un oficial del barco. El agente de la policía de Durban les salió al paso y la acompañó hacia la familia que nunca había conocido.

Veintiséis horas después, Kurt pasaba por el control de aduanas de la terminal principal del Aeropuerto Internacional de Dulles, en Washington. Había perdido la noción del tiempo, pero fuera era de noche. Y teniendo en cuenta lo desierta que estaba la terminal, debía de ser de madrugada. En realidad, las únicas personas que había a la vista eran miembros del personal de limpieza.

Avanzó poco a poco hacia la recogida de equipajes, pero hizo una pausa cuando vio a un grupo de policías del aeropuerto cerca de una de las puertas de seguridad. Fuera, en la pista, había varios vehículos con las luces rojas y azules encendidas, aparcados alrededor de un jet privado que tenía la puerta abierta y la escalerilla puesta.

La curiosidad dio paso a la sorpresa cuando reconoció a David Forrester, al que estaban escoltando hasta la terminal dos agentes vestidos con cazadoras que llevaban las siglas FBI escritas en la espalda.

—Bueno, lo que hay que ver —dijo Kurt.

Al oír su voz, los agentes y el prisionero alzaron la vista.

—Perdone, señor, pero tiene que apartarse —advirtió uno de los agentes.

—No pasa nada —terció otra voz.

Kurt no reconoció a quien había hablado, pero el hombre a todas luces le conocía. Se presentó.

—Trent MacDonald, de Langley.

Kurt reconoció el nombre y recordó que MacDonald era

la primera persona de la CIA que había compartido algo de información acerca de la posibilidad de que Sienna hubiera sobrevivido.

Se dieron la mano.

—Gracias por su ayuda —dijo Kurt—. Ha pescado un pez gordo, por lo que se ve.

—No tanto como el que capturó usted —reconoció Mac-Donald—, pero estamos contentos. Remitimos al FBI la información que nos dio su amigo. Por suerte, han podido atrapar a Forrester antes de que partiera hacia un país sin acuerdo de extradición.

Un punto más a favor de Calista, pensó Kurt.

—¿Y qué papel ha desempeñado este pájaro en el asunto?

—Forrester era el topo de Brèvard —explicó MacDonald—. Todas las maniobras financieras pasaban por él. Usó sus contactos para plantar los virus informáticos en la Reserva Federal, de modo que puso en peligro el sistema principal y los protocolos contables. También montó una red de empresas tapadera que habría hecho prácticamente imposible seguir el rastro del dinero una vez que se moviera.

A Kurt no le sorprendía.

—Y por si fuera poco, también ha estado controlando a Westgate —añadió MacDonald—, con un implante que tenía en el cerebro y que Forrester usaba para asegurarse de que no recordara demasiado y demasiado pronto.

Eso arrojaba una luz nueva sobre el encontronazo en el Smithsonian.

—Supe que ese sujeto era una víbora desde el momento en que le vi —dijo Kurt.

—Las primeras impresiones… —comentó MacDonald.

Kurt asintió y miró más allá de Forrester, por la ventana, desde donde podía ver a agentes del FBI registrando el avión en busca de pruebas. Mientras trabajaban, apareció el primer rayo de luz diurna, y las nubes altas se tiñeron con un levísimo tono rosa. Al parecer, a fin de cuentas era de mañana.

Kurt miró una vez más a Forrester, que clavó en él unos ojos que no expresaban el más mínimo arrepentimiento.

—Más te vale disfrutar del amanecer —le dijo Kurt con frialdad—. No verás muchos más, allá adonde vas.

Un tic movió la mejilla de Forrester, pero esa fue su única reacción. Era suficiente.

Kurt se volvió hacia Trent MacDonald, le dio la mano una vez más y siguió su camino.

Salió de la terminal y se plantó en la acera, preguntándose cuánto tiempo tendría que esperar al minibús de enlace con el aparcamiento de larga duración. Antes de que calculara una cifra, vio que se le acercaba un Jeep negro que le resultaba familiar. Su Jeep. Aparcó justo delante de él.

Cuando se abrió la portezuela del conductor, la hermosa cara, la melena rubia y la sonrisa radiante de Anna Ericsson asomaron por encima del techo.

—¿Te has metido a ladrona de coches mientras no estaba? —preguntó Kurt.

Ella se rió.

—Con todos tus problemas de memoria, he pensado que a lo mejor te costaba encontrar el coche en el aparcamiento cuando volvieras.

Kurt se hizo el ofendido, pero con toda sinceridad, no recordaba el trayecto al aeropuerto de hacía dos semanas.

—Puede que no andes muy desencaminada —dijo, y luego añadió—: Te pido perdón por mi comportamiento. No era exactamente yo.

—Lo entiendo —respondió Anna—. Yo también fui una irresponsable. ¿Te interesa empezar de cero?

—Nada me haría más feliz —respondió Kurt.

Anna bajó de un salto, rodeó el Jeep y le tendió la mano.

—Hola —dijo, como si se encontrase con él por primera vez—. Me llamo Anna Ericsson. Soy psiquiatra. Y no se me permite salir con mis pacientes.

Kurt le estrechó la mano.

—Kurt Austin. Por suerte, ya no necesito psiquiatra. —Abrió la portezuela del copiloto para ella y preguntó—: ¿Te importa que conduzca yo?

Anna se puso cómoda en el asiento de la derecha mientras Kurt daba la vuelta y se sentaba al volante.

—¿Adónde vamos? —preguntó.

—A algún sitio con vistas al río —respondió ella con coqueta timidez.

Kurt cerró la portezuela, arrancó el Jeep y salió del aparcamiento… sonriendo.

—Conozco el sitio perfecto —dijo—. Y lo mejor es que seremos los únicos invitados.

El papel utilizado para la impresión de este libro
ha sido fabricado a partir de madera
procedente de bosques y plantaciones
gestionados con los más altos estándares ambientales,
garantizando una explotación de los recursos
sostenible con el medio ambiente
y beneficiosa para las personas.
Por este motivo, Greenpeace acredita que
este libro cumple los requisitos ambientales y sociales
necesarios para ser considerado
un libro «amigo de los bosques».
El proyecto «Libros amigos de los bosques» promueve
la conservación y el uso sostenible de los bosques,
en especial de los Bosques Primarios,
los últimos bosques vírgenes del planeta.

Papel certificado por el Forest Stewardship Council®